당신은 언제 행복하실 거예요?
저는 지금 당장 행복하려고요.

노희경 2022.6

우리들의 블루스
1

노희경 대본집

우리들의 블루스 1

초판 1쇄 발행 2022년 7월 15일
초판 6쇄 발행 2024년 11월 11일

지은이 | 노희경
펴낸이 | 金滇珉
펴낸곳 | 북로그컴퍼니
책임편집 | 김옥자
디자인 | 김승은
주소 | 서울시 마포구 와우산로 44(상수동), 3층
전화 | 02-738-0214
팩스 | 02-738-1030
등록 | 제2010-000174호

ISBN 979-11-6803-033-6   03810

노희경 대본집

우리들의 블루스

1

북로그컴퍼니

〈우리들의 블루스〉가 나를 또 한 뼘 키웠다

책을 내면서 부끄러움이 앞다투어 튀어나온다. 제주어를 모르면서 제주 배경 이야기를 쓰겠다고 한 것(어이없고 감사하게도, 대사 대부분은 배우들이 직접 제주어를 공부해 연기한 것이다), 임신 중단 경험은커녕 고민조차 하지 않았으면서 영주와 현의 이야기를 섣불리 선택한 것, 친구와 틀어진 인연을 바로잡지 않고 흘려보낸 일이 흔했으면서 미란과 은희에겐 굳이굳이 관계를 이어가라 등 떠밀어 종용한 것, 영옥 정준 영희의 이야기를 써놓고도 장애인과 그의 가족들의 아픔을 여전히 잘 모르는 것, 자식을 잃은 춘희 맘을 내 어머니를 통해 보았으나, 그건 남의 집 불구경만큼이나 피부에 와닿지 않는 아스라한 정도쯤.

이런 부끄러움과 동시에 반사적으로 수십 개의 변명도 마구 튀어 오른다. 드라마는 수기가 아니지. 작가는 관찰자지. 하지만, 나는 한수처럼 가족 때문에 남에게 눈치 보며 손 벌려 빚을 얻어봤고, 은희처럼 사랑이 이뤄지지 않아봤고, 영주와 현이처럼 부모 가슴에 팔뚝만 한 대못을 박아봤고, 내 선택이 누군가에겐 힐난거리가 되었던 일도 겪어봤고, 자식은 아니었지만 가족 때문에 부모 때문에 호식처럼 가슴 치며 제 뺨 치며 울어도 봤고, 인권처럼 부모가 죽고 나서야 철이 들었고, 선아처럼 우울증을 앓진 않았지만 공황장애로 부지불식간 땅이 꺼지는 공포를 수시로 당하는 형제를 수년간 곁에서 지켜봤고, 동석처럼 날 낳아준 사람을(내 경우는, 아버지였지만), 이 갈며 수십 년간 자다가도 미움에 눈을 부릅떠봤고, 옥동처럼 글자도 모르는, 열두어 살 때부터 남의 집 일을 했던, 별것을 넣지 않고 된장 하나로도 된장찌개를 기막히게 끓이는 어머니도 두어봤다. 관찰과 수기와 해결될 수 없는 논란거리들이 마구 뒤엉켜버렸다. 글 쓰는 내내 일필휘지는 꿈도 못 꾸고, 쓰고 또 쓰고, 지우고 또 지우고의 반복과 부끄러움과 변명

만이 함께했다. 삼십 년 가까이 글 써도 노하우라곤 없는, 늘 전작을 뛰어넘어야 한단 과제가 장애물이, 페널티가 되는. 그래도 시간이 가고, 끝을 맞으니 다행이지 않은가. 곧 이 드라마가 사람들의 뇌리에서 잊혀질 건 더더욱 다행이다. 사람들은 새로운 드라마를 보며 더 즐겁고 더 많이 행복해져야 하고, 나는 쉬어야 할 때가 왔으니. 이 대본집은 그냥 기록일 뿐, 두고두고 남겨지기 위함은 아니다.

감사도 있다. 내게 다가온 모든 인연, 상처보단 경험이 된 숱한 조각조각의 사고와 마찰들, 수십 년간 미움뿐이었던 아버지조차도. 아버지 당신이 없었다면 내가 미움을 어디서 배우고, 미움이 화해의 욕구나 방증과 다름 아니란 걸 어디서 알 수 있었겠는가. 대본의 구멍을 메워준 배우분들과 한결같이 나를 믿어주는 김규태 감독님, 이동규 대표님, 장정도 씨피님, 김양희·이정묵·박장혁·김진한·유영종·함민 감독님과 김향숙 기사님, 최성권 음악감독님과 숱한 스태프분들은 말해 무엇 할까. 함께 몇몇 에피소드를 고민하고 만들어준 리나·성민·정미·시영 작가와 만만찮은 작가를 시종일관 웃음으로 대해준 은영·성민·송이·경희 피디에겐 단순하지 않은 미안함과 고마움이 교차한다.

전엔 글 쓸 때만 살아 있는 것 같았는데, 이젠 쉴 때도 살아 있는 걸 느껴보려 한다. 이런저런 모양의 구름이 시시각각 떠도는 하늘과, 길거리를 휘젓고 다니는 청춘들을 노인들을 노동자를 꽃잔디 보듯, 가만 긴 시간 보며 멍 때리고도 싶고, 주목처럼 근사하지 않은 멋대가리 없는 가로수 플라타너스의 허리나 발꿈치 정도를 만져보고 싶고, 때론 우러러보고, 기대보고도 싶다. 나는 글 쓰기 위해 태어난 사람이 아니라, 행복하기 위해 태어났으므로. 〈우리들의 블루스〉가 나를 또 한 뼘 키웠다.

2022년 초여름, 노희경

Q 〈우리들의 블루스〉를 집필하게 된 계기는 무엇인가요?

언제부턴가 주인공 두 사람에게 집중된 이야기가 재미없어졌다. 실제로 우리 모두는 각자의 삶의 주인공이다. 출연진 누구도 객으로 취급하고 싶지 않았다. 그 문제의식이 이야기의 처음 출발이었다.

Q 15명 주인공들의 에피소드가 각자 있지만, 이들의 관계가 조금씩 엮이는 독특한 옴니버스 구성의 드라마인데요, 새로운 시도를 하게 된 소감과 집필하실 때 가장 신경 쓰신 점이 있으신가요?

창작자는 늘 새로운 것을 만들어내는 사람이어야 한다. 새로운 구성, 새로운 시선, 새로운 장르.. 그 갈구 속에서 이런 구성을 선택하게 됐다. 몰입력이 높은 단막의 장점과 매 회차 궁금증을 가지고 전개되는 미니시리즈의 장점을 어떻게 하면 섞을 수 있을까가 가장 큰 고민이었고 마지막까지 고민이었다.

Q 드라마의 제목을 〈우리들의 블루스〉라고 지은 이유가 있을까요? 제목에 어떠한 의미가 담겨 있는 건지요?

블루스는 서민의 음악이다. 테마를 가진 각각의 서민들의 이야기를 한 곡의 음악처럼 들려주고 싶었다.

Q 제주, 오일장을 배경으로 한 이유가 있을까요? 드라마 집필을 위한 취재 과정도 궁금합니다.

몇 년간 겨울철이면 제주 지인의 펜션에서 글을 쓰면서, 매주 오일장을 돌아다니며 제주에 흠뻑 빠졌다. 풍경만이 아니라, 그들만의 독특한 제주 궨당문화(모두가 친인척인 개념)도 부러웠다. 남이 아닌 우리라고 여기는 궨당문화는 사라져가는 한국의 뜨끈한 정서를 보는 듯했다. 수십 명의 선장, 해녀들, 생선장사, 은행원 취재는 물론, 지방방송에서 만들어낸 수십 년간의 오일장 다큐, 만물상 다큐들을 일 년에 걸쳐 백여 편 이상 찾아보면서, 오일장 속 사람들의 동선, 말투, 심리, 애환에 공감하려 했다.

Q 배우들의 캐스팅 이유가 궁금합니다. 배우의 어떤 면이 드라마 속 캐릭터와 잘 어울릴 것 같다고 생각하셨는지? 또 함께 작업을 하시면서 발견한 배우들의 매력이 있으신가요?

이번에 함께한 배우분들은 작가라면 누구라도 함께하고 싶어 하는 배우분들이다. 감독과 나의 선택에 그분들이 응해준 것에 감사한 마음이다. 많은 시청자는 〈우리들의 블루스〉에 나오는 배우분들의 연기를 의심하지 않을 것이다. 그래서, 내가 고민한 건, 단 한 가지뿐이었다. 그분들이 어울리는 배역, 능숙한 배역이 아닌, 지금까지 영화나 드라마에서 잘 안 했던 역할을 주자, 배우들이 고민하게 하자, 그래서 시청자가 새롭게 보게 하자. 배우분들은 힘들었겠지만, 내 욕심은 채워진 듯하다.

함께 드라마를 해본 적이 있는 한지민 배우는 이번엔 능숙해지고, 깊어지고, 확신에 차 있고, 다채로워졌다. 후반부에 터질 영옥의 이야기는 한지민이 아니었다면 쓸 수 없었을 이야기다.

김혜자 · 고두심 선생님은 연기가 아닌 자신들의 속내를 보여주셨다. 고개 숙여 경의를 표한다.

처음 작업해본 이병헌 배우는, 진짜 연기 보는 맛이 있다. 한 씬 한 컷, 그가 연기해내는 동석인, 깊고 앙칼지고 익살스럽고 울림이 있다. 엔딩 부를 보면, 배우 생활 백 년은 더 할 것 같다. 무진장하다.

차승원 배우가 내 작품에 어울릴 수 있을까, 의문이었다. 그런데 나와 호흡을 서너 번은 맞춰본 배우처럼 잘 어우러졌다. 중년의 초라함과 삶의 고단을 넘어, 순수하고, 맑기까지 한 한수를 차승원 배우 아니면 누가 했을까 싶다.

신민아 배우는 나와 제작진을 깜짝 놀라게 했다. 대체 이 배우는 언제 그렇게 세밀해진 건지, 언제 그렇게 차분하고 당차진 건지. 보기 전까지, 신민아 배우의 연기는 아무도 예측할 수 없을 것.

김우빈 배우는 글 쓰기가 가장 편했다. 연기로는 아무도 본 적 없지만, 실제로 는 모두 다 아는 김우빈의 실제 성격을 그냥 정리하고, 나열하면 됐었다. 몸은 물론 마음까지 건강한 김우빈의 매력을 가감 없이 보여줄 수 있어 즐거웠다. 고통스런 시간을 지나, 다시 화면에 컴백한 그를 격렬히 환영한다.

엄정화 배우는 연습 때부터 이미 미란이었다. 아마 그렇게 되기까지, 그는 숱하게 대본을 보고 또 보고 했을 것이다. 미란과 은희의 에피소드 중 6, 7분이 넘은 긴 씬이 있다. 대본 쓸 때 옆에 와 있었던 듯, 작가의 호흡의 의도를 그대로 읽어낸 그 씬은, 그야말로 압권이다.

이정은 배우는 내가 본 배우 중 가장 투지와 열정이 있는 배우다. 〈우리들의 블루스〉에서 아마 분량이 가장 많았을 것. 그만큼 믿고 의지했다. 한수와 은희 편에서 이정은 배우가 보여준, 중년의 첫사랑에 대한 회환은 설레고 시다. 이제 할리우드까지 진출, 축하한다.

최영준·박지환 배우의 발견은 쾌재다. 그들의 연기를 기대 없이 보다가 시청자는 아마 기분 좋게 뒤통수를 맞을 것이다. 그리고 그들과 함께 엉엉 울지도 모르겠다. 긴 무명의 시간은 이제 갔다.

노윤서, 배현성, 기소유, 보기만 해도 기분 좋아지는 이 청춘 배우들과 아역 연기자는 믿기지 않을 만큼 완벽하게 영주와 현, 은기를 연기했다. 숱한 오디션을 통해 이 둘을 찾아낸 연출부에게 감사한다. 연습 때 한 조언을 잊지 않고 연기에 담아낸 똘똘함도 고맙다.

그리고 특별한 영희를 연기한 귀여운 은혜씨, 그의 그림만큼 엣지 있는 연기가 기특하고 감탄스럽다.

일러두기

1. 이 책의 편집은 노희경 작가의 집필 방식을 따랐습니다.

2. 드라마 대사는 글말이 아닌 입말임을 감안하여, 한글맞춤법과 다른 부분이라 해도 그 표현을 살렸습니다. 지문의 경우 한글맞춤법을 최대한 따르되, 어감을 살리기 위해 고치지 않고 그대로 둔 경우도 있습니다.

3. 대사와 지문에 등장하는 말줄임표나 쉼표, 느낌표와 마침표 등의 문장부호 역시 작가의 집필 의도를 살리기 위해 그대로 실었습니다.

4. 이 책은 작가의 최종 대본으로, 방송된 부분과 다를 수 있습니다.

차례

시놉시스 1

살아 있는 모든 것은 다 행복하라!

이 드라마는 인생의 끝자락 혹은 절정, 시작에 서 있는 모든 삶에 대한 응원이다. 응원받아야 할 삶이 따로 있는 것이 아니라, 오직 지금 이 순간 살아 있다는 것만으로도 삶은 때론 축복 아닌 한없이 버거운 것임을 알기에, 작가는 그 삶 자체를 맘껏 '행복하라!' 응원하고 싶다.

낼모레 죽을 거라는 말기 암 선고를 받은 일흔 중반의 옥동,

청소년기 어머니의 재가로 상처받고 이후 첫사랑부터 만나는 여자들에게 족 족 채이고 가진 것이라곤 달랑 만물상 트럭 하나와 모난 성깔뿐인 마흔 초반 솔 로인 동석,

남편은 물론 자식 셋을 먼저 보내고 마지막 자식마저 이제 곧 보낼 처지인, 오 래 산 게 분명한 죄라는 걸 증명하는 일흔 초반 춘희,

하루 이십 시간 생선 대가리를 치고 내장을 걷어내 평생 형제들 뒷바라지하 고도 기껏 생색낸다는 말을 듣는 오십 줄의 처녀 은희,

수십 년 우울증에 시달리면서도 이 앙다물고 버틴 삶인데 그로 인해 이혼을 당하고 자식마저 양육할 수 없단 판결을 받은 선아,

가난한 집안에서 홀로 잘나 대학을 나왔지만 그래봤자 월급쟁이 인생에, 골프 선수 꿈꾸는 능력 좋은 딸이 있지만 뒷바라지에 허리가 휘고 다리가 꺾여 첫사 랑을 속이고 돈을 빌리려는 삶 자체가 초라한 기러기아빠 한수,

해녀로 물질하며 깡 좋아 먹고사는 것은 두려울 것 없지만 사랑하는 남자가 선뜻 결혼하자고 프러포즐 해도 마냥 기뻐할 수 없는, 평생 혹 같은 다운증후군 언니를 가진 영옥과

큰 욕심 없이 남들 다 서울로 갈 때도 고향 제주와 가족들 지키겠다며 선뜻 배 꾼으로 남아 고작 욕심이라곤 사랑하는 여자와 제주 이 바닷가에서 단둘이 오 손도손 소박한 신혼을 꿈꾼 게 전부인데 그마저도 야멸차게 거부당한 정준에게 도,

배 속 아이라도 애 죽이는 게 어디 쉬운가? 자신들도 애 낳는 게 무섭지만 나

름 고심해 애 낳기를 결정했는데, 고등학생이 무슨 애를 낳고 키우냐? 학교와 남들도 모자라 아버지들에게까지 손가락질받는 영주와 현이에게도,

자식 잘못 키웠다 욕하는 남들은 그렇다 치자, 죽자 사자 키워놓은 자식에게마저도 아버지가 해준 게 뭐 있냐? 이제부터 내 인생 간섭 마라! 온갖 악담을 듣고 무너지는 아버지들 방호식과 정인권은 물론,

부모 형제 남편 자식에게까지 맘적으로 버려지고 오갈 데 없어 죽고 싶은 맘으로 마지막 실오라기라도 붙잡듯 찾아온 베프(미란의 입장에선) 은희에게 위로는커녕 귀찮고 이기적인 년이란 소릴 들은 미란과

어느 날 아무 영문도 모르고 엄마와 아빠를 떠나 낯선 제주 할머니 집에 떨궈진 일곱 살 은기까지.

작가는 무너지지 마라, 끝나지 않았다, 살아 있다, 행복하라, 응원하고 싶었다.

따뜻한 제주, 생동감 넘치는 제주 오일장, 차고 거친 바다를 배경으로 14명의 시고 달고 쓰고 떫은 인생 이야기를 옴니버스라는 압축된 포맷에 서정적이고도 애잔하게, 때론 신나고 시원하고 세련되게, 전하려 한다. 여러 편의 영화를 이어 보는 것 같은 재미에, 뭉클한 감동까지, 욕심내본다.

동석과 선아

날 처참하고도 초라하게 한 번도 아니고 두 번씩이나 짓밟고 떠난 그 기집
애가, 나보다 더 처참하고 초라한 모습으로 내 나와바리, 제주 앞바다에
다시 나타났다. 콱! 내가 당했듯 밟아줘 볼까?

이동석 (남, 사십 대 초반, 트럭 만물상)

제주 태생. 엄마 집이 있지만, 가지 않고, 트럭 하나에 의지해, 야채며 옷가지,
살림살이 등을 되는 대로 싣고 제주 인근 흩어진 섬들을 오가며 섬사람들에게
장사해 먹고, 잠도 트럭에서 잔다. 섬마을 할머니 손님들과 시장서 일하는 초등
학교 선배 은희, 인권하고나 웃고 농담을 주고받을까 대개는 별말이 없고 투박
하고, 거칠다. 남들은 그를 두고 태생이 거친 놈이라 하지만, 모르는 소리. 그 역
시 남들처럼 평화롭고 싶었고, 깔깔대고 웃고 싶었고, 해맑게 장난치고 싶었고,
행복하고 싶었다. 누나 동희가 가난에 떠밀려 중학교 졸업하자마자 해녀가 되
어 열아홉 꽃다운 나이에 바다에서 지랄 같은 전복 따다 죽지만 않았어도(파도
에 떠밀려 온 누나의 시신, 그 손엔 머리통만 한 튼실한 전복이 쥐어져 있었다. 저놈이 누
날 죽였군. 그는 이후 전복을 안 먹는다), 엄마 옥동이 배꾼인 아버지가 파도에 휩쓸
려 바다에서 죽자 기다렸단 듯이 아버지 친구인 선주에게 재가만 하지 않았더
라도, 제 엄마 옥동을 식모라고 부르고, 자신을 그지새끼라고 부르는 이복형제
(제 또래와 한 살 위인 형이 있었다)들에게 허구한 날 죽게 맞지만 않았어도, 그리
고 참 지켜주고 싶었던 첫사랑 그 기집애가 내 순정을 열여덟 그때, 서른둘 그
때, 두 번씩이나 작신 짓밟아버리지만 않았어도... 과연, 내가 지금 이 모양 이 꼴
일까? (은희 인권 호식은 그가 선아 이후 두어 명의 여자를 만났던 걸 아는지라, 이 말에

쉽게 수긍 안 하고, 핑계라 여기지만, 어쨌든, 그는 그리 생각한다.)

　그가 선아를 첨 본 건, 선아 나이 열다섯(중2), 그의 나이 열여덟(고2) 때였다. 누나의 죽음과 엄마의 재가로 삐뚤어질 대로 삐뚤어진 그는 학교는 뒷전이요, 거의 매일을 읍내 오락실에서 살았는데 어느 날 선아가 그 오락실에 나타났다. 서울 애기라고 했다. 아버지 사업이 망해 윗마을 지네 궨당네(삼촌네) 더부살이 왔다고 했다. 살결이 파도 거품처럼 희고, 꽃내음도 나는 새침데기 애기(어린애란 제주 표현). 근데, 불량스럽게, 혼자 이 오락실엔 왜? 동네 애들은 선아를 대놓고 찝적거리며 궁금해했고, 동석은 안 궁금한 척하며 궁금해했다. 그러던, 어느한 날, 동석은 그날도 이복형제들과 죽어라 쌈질을 해 실컷 두들겨 맞고(일대일이라면 백전백승이겠으나, 이복형제는 둘이었고, 가끔 친구들까지 대동했다) 늘 그렇듯, 피떡이 되어서도 오락실을 찾아갔는데 텅 빈 그곳에 선아만 놀고 있었다. 그렇게 야밤까지 함께 오락실을 지키는 게 둘의 일상이 되어갔다. 동석이 혼자 먹기가 뭐해(진실은 그녀에게 맘이 있었지만) 선아에게 컵라면을 건네면 선아는 답례로 그의 오락실 책상 위에 음료를 놓아주었다. 동석은 그녀에게 좀 더 많은 컵라면과 간식을 주기 위해 엄마 찬장에서, 이복형제의 가방에서 돈을 훔쳤다. 그때문에 맞아 터져도 그 짓을 멈추지 않았다. 그런 날이 쌓이고 쌓였다. 그리고, 버스가 끊긴 어느 날, 스쿠터를 타고 다니는 그가 걸어가는 선아에게 물었다. '집에 데려다줄까?' 말 없는 선아가 올라타더니 그의 허리에 손을 감았다. 동석이 다시 물었다. '바다 들렀다, 갈래?' '어.' 동석은 그 밤 바닷가를 달리며 이유 없이 행복했다.

　어느 비 오는 깊은 밤, 선아가 그의 창문을 두드렸다. 빤스 바람에 창문을 여니, 빗속에 젖은 새처럼 선아가 떨고 있었다. 그는 엄마 모르게 이복형제 모르게 아버지 모르게 그녀를 제 방에 들여, 라면을 끓여주고, 제 옷을 주고, 젖은 옷을 부뚜막에 말리고, 방에 들어갔다. 그리고, 여전히 떠는 선아에게 말했다. '안아줄까? 다른 짓 안 하고.' 선아가 고개를 끄덕였다. 첨 안아보는 여자, 아니 첨 안아보는 사람의 느낌은 어색하고 설레고 왠지 슬펐다. 그 밤 그는 선아에게 약속을 지켰다. 사랑해서 자제했다. 그는 선아도 자신을 사랑하는 줄 알았다. 착각이었다.

사랑이 착각인 줄 알았던 그때 그날 일을 그는 지금도 정확히 기억한다. 이복형제들과 쌈질로 매일 피떡이 되는 그에게 '맞지 마' 하던 선아의 말이 떠올라, 그날 오름에서 그는 정말 죽기 살기로 안 맞고 형제들을 패기만 했다. 죽자고 달려드는 그를 친구 패거리 없는 이복형제들은 당해내지 못했다. 그리고, 득의양양 선아를 만나기 위해 오락실로 향했는데, 선아가 없었다. 오락실 알바하는 친구 놈에게 선아가 어디 갔냐 물으니, 친구 재구와 나갔다 했다. 담배 피우나, 재구 놈처럼. 그는 아이들이 아지트로 삼는 폐가로 향했다. 근데, 멀리 재구 놈이 바지춤을 추스르며 나오는 게 아닌가? 뭔 일이지? 그를 지나쳐 폐가로 가니, 선아가 교복 윗단추를 여미고 있는 게 아닌가? 선아가 당했구나. 그는 다짜고짜 재구에게로 되돌아가, 재구를 두들겨 패기 시작했다. 길 가던 사람들이, 동석을 뜯어말렸지만, 이미 눈이 돌아간 그를 말리기엔 역부족이었다. 그때, 선아의 목소릴 들었다. '경찰관님 빨리 와주세요, 깡패가 사람 죽여요.' 재구를 패던 동석이 선아를 올려다봤다. 선아가 때마침 온 아버지의 차를 타고 쌩하니 떠났다. 이건 뭐지?

민선아 (여, 삼십 대 후반)

서울 태생. 말수 적고 차분하다. 태훈은 그녀의 웃음이 이뻐 반했다지만, 자신은 모르겠다. 어려선 웃음이, 애교가 많았던 것도 같다. 엄마가 아무런 말 한마디 없이 자신을 버리기 전까지는. 일곱 살, 유치원을 마치고 나온 선아를 엄마가 다짜고짜 차에 태웠다. 아빠에게 간다고 했다. 대체 아빠가 어딨다는 건지, 아빠는 벌써 한 달도 넘게 집에 오지 않았는데.. 엄마는 성인오락실(도박장) 앞에 차를 세우고 선아에게 말했다. '오락실 들어가서 아빠한테 집에 가자 그래.' 선아는 엄마가 시키는 대로 오락실로 들어갔다. 담배 연기 자욱한 그곳에서 아빠가 배팅에 열을 내며 오락기판을 두들기고 있었다. 선아는 얼른 밖으로 나갔다. '엄마, 아빠 여깄어!' 근데 엄마 차가 없다. 엄마 차가 있던 자리엔 덩그러니 선아의 짐가방과 아빠의 짐가방만이 놓여 있었다. 선아는 그렇게 엄마에게 버려졌다. 아빠는 이후 선아와 살아보려고 애썼다. 엄마처럼 밥도 해주고, 학교도 보내주고, 일도 하고. 그런데 뭐든 실패했다. 그러다 아버지 고향인 제주 삼촌네로 갔다. 재기할 사업자금을 달라는 아버지, 너한테 돈 준 게 얼만데, 더는 없다는 큰삼촌은 매일을 다퉜다. 선아는 집에 있을 수가 없었다. (그때 들락거린 오락실에서 동석을 만났다. 거칠지만 그래도 제법 착한 동네 오빠. 죽음이 뭔지도 모르면서 죽고 싶었던 시절, 선아에게 동석은 작은 의지처였다. 죽고 싶은 순간을 때워주는. 그녀의 우울증은 이 때부터 시작됐는지도 모르겠다.) 그리고 그날이 왔다. 동석이 재구를 때리던 그날, 아빠는 또 큰삼촌과 다퉜는지 눈이 슬퍼 보였다. 선아를 차에 태우고, 바다로 가, 한참 바다만 보던 아빠가 선아에게 말했다. 배고프다, 빵하고 우유 좀 사다 줄래. 선아는 아빠 말을 듣고 빵과 우유를 사서 다시 바닷가로 갔다. 근데 멀리 아빠의 차가 바다를 향해 달리다 가라앉고 있었다. 선아는 아빠를 그렇게 보냈다. 그리고 제주를 떠났다. 엄마는 그 후에 다시 만나, 대학 졸업 때까지 같이 살았다. 지금 엄마는 재가했다.

　다시 동석을 만난 건 서울에서였다. 직장생활을 하던 이십 대 후반, 연애하던 태훈과 잠시 다퉈 소원해진 그때, 야근에 지치고, 회식에 지쳐 있던 그때, 대리운전을 불렀는데 동석이 기사로 왔다. 마지막 기억이 별로(선아의 입장에선, 친구 재구를 이유 없이 패던)라, 모르는 척할까 했는데, 동석이 명함을 주며, 말했다. '나 알지?(나중에 동석은 왜 선아를 자신이 아는 척했을까, 후회하고 후회했다. 보고 싶은 맘, 과거야 어쨌든 보자마자 여전히 설레는 마음이 문제였다. 그리고 묻고 싶었다. 그날 재구와 무슨 일이 있었는지..)' '알다마다.' 이후, 선아는 대리운전이 필요하면 동석을 불렀다. 매상도 올려주고 싶었고, 제주에서 신세 진 것도 있었고, 무엇보다 아빠가 계신 제주 바다의 사람이니까. 그녀는 이후 동석이 배가 고프다면 제 원룸에서 라면도 끓여주고, 토요일엔 같이 클럽도 가서 놀았다. 대부분 무뚝뚝하지만 가끔 웃고 무식한 걸 그대로 드러내는 동석이 귀엽기도 했고, 누구랑도 나눌 수 없는 아빠 얘길, 동석과는 나눌 수 있었다.

선 아　(별일 아닌 듯) 오빠, 우리 아빠 죽은 거 알아?

동 석　(덤덤히) 알지..

선 아　제주 사람들도 다 알지?

동 석　(덤덤히) 그럼...

선 아　(별일 아닌 듯) 뭐래? 동네 사람이, 울 아버지 죽은 거?

동 석　(딴 데 보며, 툭) 뭐라긴.. 힘들었나 보다, 하지 뭐.

선아　　(그리운, 애써 담담히) 아빠 보고 싶다.

동석　　…

　진짜 편한 오빠. 그렇게 몇 달, 어릴 적 오락실에서 놀 때처럼 가볍게 봤는데, 한 날 동석이 바다를 가자고 했다. 아버지 죽고는 한 번도 보지 않았던 바다. 술기운이었을까, 선아는 따라나섰다. 그런데 차에서 동석이 다짜고짜 입을 맞췄다. 이건 뭐지? 동석이 어이없는 표정의 선아를 보고, 덤덤히 그러나 어렵게 어설프게 말했다. '너도 내가 좋아서.. 여기까지 온 거 아냐?' '내가? 오빨?' (나중에, 다시 만난 동석은 그때 그 말이 '내가? 너까짓 걸?' 하는 소리로 들렸다고 했다. 그의 자격지심은 그의 문제, 선아는 별로 미안하지 않았다.) 동석과는 그렇게 끝내고(시작한 적도 없었지만), 서울로 올라와 몇 달 후 태훈과 화해하고 결혼했다.

　태훈은 회사 동기로 만났고 사오 년을 만났다 헤어졌다를 반복했다. 사랑했고 지루해졌고 다시 사랑해 결혼하고 아들(김열, 5살)을 낳았지만, 종국엔 헤어졌다. 헤어졌다 만났다를 반복하며 깊어지긴커녕 상처만 주는 관계로 끝난 것이다. 태훈은 자신은 최선을 다했지만, 선아에게 자신의 우울증을 낫겠단 의지가 없다고 했다. 의지가 없다고, 내가? 천만의 말씀. 그녀는 누구보다 우울증을 증오하고 미워하고 극복하고 싶었다. 눈을 뜨면 대낮인데 불이 켜져 있는데도 사방이 어두운.. 온몸에선 늘 눈물 같은 물이 뚝뚝(아빠의 시신을 바다에서 건져 올렸을 때처럼) 떨어지는 환상을(실제 수시로 이 환상이 그널 지배한다) 떨쳐내고 침대가 손이 있는 듯 자신을 한없이 잡아당겨도 아들 열이에게 밥을 주기 위해 몸을 일으켰고 집 안을 치웠다.

태훈　　(밥 먹다, 짜증스런, 답답한) 야, 집 좀 치워라. 냄새나잖아.

선아　　(기운 없지만, 애써 기운차려, 담백하게) 치웠어. 방도, 설거지도 했고.

태훈　　세탁실은? ..젖은 옷가지들 그대로 다 처박아두고? 이불 빨래는 한 계절이 넘어가는데도 하지도 않고,

선아　　(기운 없는, 애써 기운 차리려 하며, 담담히) 니가 좀 하면 안 돼?

태훈　　(답답해, 울고 싶은) 내가 돈도 벌고 집도 치우고, 너도 씻겨주랴? 거울 좀 봐, 대체 머릴 며칠을 안 감은 거야. 냄새나, 너?! 약 먹고, 상담

도 좀 받고! 살려는 의지를 좀 내봐! (집을 나갔다, 다시 들어와 소리치는) 그래, 니네 죽은 아버지 땜에 충격으로 그럴 수 있다 치자, 근데, 언제까지 그럴 건데? 십 년, 이십 년이 지나도 괜찮아지지 않으면, 대체 언제 괜찮아, 질 건데, 넌?!

인정한다. 나는 내 몸을 씻고 건사할 기운도 없을 만큼 무력했다. 약은, 먹지 않은 이유가 있다. 열이와 함께, 자동차를 타고 가던 그날, 약 기운에 졸음이 쏟아져, 사고가 날 뻔한 기억이 떠나질 않는다. 암튼, 남편은 이혼을 요구했고, 그녀는 미련 없었다. 근데, 태훈이 아이는 시어머니와 자신이 키우겠다고 했다. 나에겐 열이만이 전분데, 난 이제 약도 먹는데, 안 된다고 했다. 그러나, 이혼하고, 1차 양육권 소송에서 지고 말았다. 이제 난 어디로 가야 하지? 어떻게 살아야 하지?

❧ 줄거리 ❧

선아는, 1차 양육권 소송에서 진 날, 그길로 그냥 차를 몰아, 목포로 가, 제주 가는 배에 올라탔다. 그 어떤 계획도 없었다. 무조건 제주 바다를 보고 싶었다. 그리고 배 안에서 근 칠팔 년 만에 만물상 트럭을 타고 있는 동석을 봤다. 아는 척할 기운도 없었다. 동석 역시 그녈 봤지만, 아는 척하지 않았다. 저건 여기 왜 왔나? 순간 맘이 꿈틀거렸지만, 지난날 상처가 더 컸다. 재수 없다, 모른 척하자.
배가 제주에 닿고, 선아가 차를 몰고 사라졌다. 동석은 서운하지 않았다. 근데, 트럭을 몰고 한참을 가는데, 멀리 길가에 선아의 차가 퍼져 있는 게 아닌가? 동석은 그냥 스쳐 지나가려다 다시 차를 몰아 선아에게로 갔다. 이유는 자신도 모르겠다. 동석이 말없이 선아의 차로 가, 보닛을 열고 차를 점검하니, 배터리가 없다. 선아가 번연히 저를 알 텐데도, 인사도 없이 말했다. '밧데리가 없는 것 같아요... 좀 도와주세요.' 동석이 말했다. '싫은데..' 선아가 다시 말했다. '그럼 전화 좀 빌려주세요, 밧데리가 없어서..' 동석이 다시 말했다. '싫은데..' 동석은 차를 몰아 그 자릴 떴다. '안녕, 오빠.' 그렇게 인사만 했었어도, 그리 속 좁게는 안 했을 건데.. 어쨌든 선아와 그걸로 끝났으면 했는데, 며칠 후, 선아를 모슬포 오일장에 옷 팔러 가 다시 봤다. 좁디좁은 모슬포 오일장 사람들은 선아에 대해 이러쿵저러쿵 말이 많았다. 선아를 기억하는 은희 인권 철민을 정작 선아는 하나도 몰라보는 게 이해가 안 간다는 말로 시작해(나중에 왜 그들을 모른 척했냐, 동석이 물으니, 선아는 그 시절부터 우울증이었는지 이상하게 그 시절 기억이 다 날아가 버렸는지 진짜 기억이 안 난다, 오빠 외엔, 이라고 했다), 선아가 인근 모텔에 방을 얻어두고 귀신처럼 하루 진종일 바다만 보고 있다는 모텔 주인장의 말을 들었다는 둥, 그리고 선아가 폐가를 사 거기서 살려는지 살림살이 준비한다는 둥, 선아가 영옥과 정준을 찾아가 가당찮게 해녀가 되고 싶다고 말했다는 둥, 엊그젠 은희의 생선가게에 찾아와(직원 구한단 팻말을 보고) 생선 배 따는 걸 자기가 하면 안 되겠냐 물어서, 재미 삼아 한 번 시켜줬더니 칼로 지 손가락을 썰고 피를 한 바가지 흘리고도 눈 한번 깜빡하지 않았다는 둥, 서울서 선아를 걸러걸러 아는 제주 애한테 들었는데, 선아가 이혼을 당하고 애를 뺏겼단 이야기까지. 동석은 그러든지 말든지였다. 근데, 일이 터졌다. 지 아버지 죽은 바닷가에서 몇 날 며칠 바다만 보던 선아가, 바다로 뛰어들어, 영옥과 다른 해녀들이 죽을힘을 다해 뛰어들어가 구해낸 것이다. 물에 젖어, 정준과 해녀들에 의해 나온 선아를 동석은 달려가 업고, 사람들이 알려주는 선아의 폐가로 향했다. 모른 척할걸, 이 착한 오지랖. 동석은 사람 귀찮게 왜 바다엔 뛰어들고, 물고기도 아니면서... 투덜거려도 맘이 아팠다.

그 밤, 폐가로 선아를 옮기고, 쌀로 죽도 끓여주었다. 근데, 선아가 싸가지 없이 이번에도 고맙단 말을 안 한다. 그는 이제 진짜 됐다 싶어, 트럭을 몰고 가려다, 도저히 참을 수 없이 화가 나 되돌아가 물었다. '너 뭐야?! 너 그때, 읍내 폐가에서 재구 새끼랑 뭔 짓 했어?! 뭔 짓 했어?! 너 뭐가 그렇게 잘났어, 기집애야?! 니가 뭐가 그렇게 잘났길래, 그때 강릉 바닷가에서 나한테 내가 니까짓 걸? 이라고 했어?! 어?! 어?! 너 뭐야?! 남들 먹고살려고 뛰어드는 바다에 지 목숨이나 쓰레기처럼 버릴라고 하고, 죽을람 서울서 죽지, 쌍! 제주가 만만해! 내가 만만해!'

대체 뭔 소릴 지껄이는 건지, 동석 자신도 제 말뜻을 다 알 수가 없었다. 그렇게 혼자 원맨쇼를 하고도 모자라, 그 밤부터 동석은 선아의 주위를 맴돌았다. 괜히, 반찬거릴 가져다주고, 혼자 집을 짓겠다는 선아를 놔두지 못하고(선아는 나중에 열이와 살 집을 짓는다고 했다), 괜히 나서서, 집을 고쳤다. 남들이 왜 그러냐 하면, 그냥 좀 따질 일이 있어. 들을 말도 있고. 단순한 척 말했지만, 그는 선아가 죽을까 봐 겁이 났다. 지랄 맞고 대책 없는 이 순정. 그러다 선아가 오래전 그의 질문에 대답을 했다. 그때, 재구랑 폐가에선 별일 없었다. 나는 그때 매일 죽고 싶었고 망가지고 싶었고, 그래서 부담 없는 양아치 재구한테 자자 했더니, 재구가 옷 벗다 말고 동석형한테 맞아 죽을 거 같애, 무서워, 하고 가버렸다고 했다. 그리고, 강릉에서 내가 너까짓 걸이란 말은 한 적이 없단다. 내까짓 게 누굴지까짓 거라고 할 처지나 되냐다. 그러며, 동석보고 오빤 늘, 자신한텐 착한 동네 오빠였단다. 그때도 지금도. 대체 내가 왜 지 오빤지, 성도 부모도 다른데.. 다시 까이는 느낌이었지만, 동석은 선아를 혼자 놔둘 수가 없었다. 그래서, 그날 섬마을 장사 가는 길에 선아를 태웠다. 싫다 하는 선아에게, 대신 오늘 아들 보러 가는 서울행에 운전해 같이 가주마 했다. 그리고 목포로 가, 아들 선물을 장만하는 얼굴 환한 선아를 볼 땐, 또 어찌나 이쁘던지. 동석의 맘속에 둘이 이러고 살면 참 좋겠단 꿈이 대책 없이 스멀스멀 자라났다. 그리고 서울행. 야밤, 선아가 집 앞에서 아빠 차를 타고 온 아이를 만났다. '안녕, 엄마야.' 물기 가득한 눈으로 환하게 웃는 선아는 동석의 눈에 너무 아름다웠다. 동석은 둘의 시간을 방해하고 싶지 않아, 차에서 멀리 떨어져 길가 벽에 기대섰다. 태훈도, 자릴 비켜주었다. 선아와 열인 태훈의 차 안에서 한참을 웃으며 이야길 나눴다. 목포에서 산 선물을 보여주고, 열이가 좋아하는 노래도 핸드폰으로 듣고. 그렇게 한참을 즐겁게 놀다, 선아가 아들을 트럭에 태우려 했고, 태훈이 달려와, 아들을 빼앗아 안았다. '어딜 데려가!' 그때 다급한 선아가 애처롭게 '일주일만 같이 있다 올게.' 하며 아들 열이의 팔을 잡아 뜯었다. 그 순간 팔이 뽑힌 열이가 비명을 지르며 울었다. '애 다쳐!' 하며 태훈이 선아를 밀쳐 넘어뜨리고, 그걸 본 동석이 뛰어와, 사납게 태훈을 치려다 말고, 넘어진 선아를 일으켜 세워 서둘러 차에 태워 그 자릴 떠났다. 그리고 그 밤 선아는 강남 한복판에서, 태훈에게 전화를 받았다.

태 훈　병원이야, 열이 팔이 빠졌대. 깁스 했어.
선 아　열이 좀 바꿔줘.
태 훈　엄마 전화 받을래.
열 이　엄마 무서워. 싫어, 안 받아.

그리고 전화 뚝! 이내 온 태훈의 문자. '열이가 전화를 끊었네, 나중에 다시 전화해.' 맘이 너무 아팠다. 내가 무섭다니, 엄마가 무섭다니, 그 밤 선아는 아주 간만에 우울증 약을 먹고는 없었던, 그 환상, 사방이 암흑이고 온몸에서 눈물이 흘러내리는 환상을 다시 만났다. 동석은 선아나 저 자신이나 지금까지 죽어라 힘들게 살아온 인생, 억울해서라도 행복하고 싶었다. 웃고 싶었다. 과연 동석은 선아와 행복할 수 있을까...

은희와 한수 🍀

잘생기고 공부 잘하고 쌈질까지 잘하던 고등학교 동창. 은희의 첫사랑 한수가 삼십 년 만에(모친이 이사 간 진 십여 년 됐고, 그 전에 간간이 한수가 제주를 방문했지만, 은희 입장에선 본 적이 없으므로 삼십 년 만이 된 것) 제주에 떴다. 모슬포지점 농협 지점장. 건들거리던 옛 모습은 사라지고, 멀끔하고도 완벽한 도시남이 되어서. 게다가 아내 없이 혼자. 게다가, 아내와 간당간당 이혼(?) 직전에, 또 게다가, 자긴 은희 너 같은 여잘 만나 어부가 되어 살았어야 했다는 말을 해대며. 이게 웬 말, 웬 떡? 은희는 쉽게 한수에게 맘을 빼앗기는데, 과연 한수도 그럴까? 그즈음, 주변은 한수의 정체를 알아가고..

🍀

정은희 (여, 사십 대 후반, 생선가게 운영)

농사짓는 부모 밑에서 4남 1녀 중 장녀로 태어났다. 모슬포시장에서 가장 돈이 많은 장사꾼에 억척스럽고 성실하고 똑똑하고 흥도 많지만, 자수성가한 까닭에 세상에서 자신이 젤 잘났단 생각도 많다(현재 제주시와 서귀포, 모슬포점에 생선가게 운영, 그리고 이십 대에 산 서귀포 땅에 건물이 올려지면서, 동네에서 준갑부가 되었다). 아직도 처녀. 그녀의 삶은 늘 생선처럼 비리고, 생선 대가리 치는 것만큼 잔인했다. 딸년은 중학교만 나와도 된다는 아버지에게 반항해 16살에 농약을 마실 때까지만 해도(농약은 미란의 아이디어였다. 제 집의 농약을 물에 두어 방울 타주며, 너는 이걸 마셔라, 나는 니네 집에 가, 니가 고등학교 못 가 농약 먹어 눈이 뒤집혔다고 할 테니. 은희는 미란이 시키는 대로 농약물을 마셨고, 미란에게 이끌려 온 아버진 울며 은희를 업고 뛰었다. 미란이 은희 아버지 뒤를 쫓아 뛰며, '다 아저씨 잘못이다, 은희는 죽을 거다, 이 동네에서 고등학교 못 가는 애는 은희밖에 없다, 은희는 살아나도 챙피해 못 살 거다', 울며 악담을 퍼부으며 쇼를 했다. 작전은 성공. 고등학교 입학. 미란과는 그렇게 절친이 됐다. 젠장할, 이 기억만 없었어도 코 푼 휴지처럼 버려버릴 년인데..) 그녀는 고등학교를 나오면 서울로 가, 전문대라도 나와, 지금의 한수처럼 서울내기가 되고 싶었다. 하지만, 삶은 계획대로 되지 않았다. 고등학교 2학년 아버지가 갑자기 밭에서 뇌졸중으로 돌아가시고 늘 제 편에 서 있던 어머니도 밭에서 열사병으로 돌아가셨다. 그러며, 남긴 어머니의 유언, '동생들 잘 보살펴라'. 그녀는 엄마가 미웠다. 사랑한다고 하지, 고맙다고 하지, 이쁜 우리 딸이라고 하지, 행복하라 하지, 기껏 유언이라고 남긴 게 동생들 건사라니. 그래도, 원망은 잠시, 아쌀한 그녀는 고등학교를 중퇴하고, 시장에서 생선장사를 시작했다. 동생들 대학 다 보내고, 돈이 모이는 만큼 그녀는 이상하게 팍팍해져갔다. 그런 어느 날, 한수가 제주에 나타났다. 잠시 잠깐 온 게 아니라, 발령받아 온 것이다. 그것도 이혼 소송을 준비하면서. 그렇다면 이제 여기서 제법 살겠군. 어쩌면 사랑도 가능할지도. 팍팍한 그녀 가슴에 촉촉한 설렘이 찾아왔다.

고등학교 시절, 한수는 모든 여자애들의 우상이었다. 키 크고 잘생기고 공부는 전교 일이등에, 쌈질도 잘하는 터프가이. 흠이 있다면 저만큼 가난한 오 남매의 장남이라는 것 하나. 흠이 너무 큰가? 어쨌든, 은희는 한수와 지리지만 아련한 추억 하나가 있다. 학기 초 등록금을 못 내 선생님으로부터 혼이 나던(그 시절은 그랬다. 집에 돈이 없단 이유로 아이들은 학교에서 혼이 났다) 어느 날, 은희는 등록금을 마련하기 위해, 교복에 지게를 메고 그 안에 돼지새끼 한 마릴 담아, 한림장(지금이야, 두 시간 거리지만, 그때는 여섯 시간의 장거리) 가는 버스 탔는데, 한수도 교복에 지겔 지고 그 안에 참깨 한 가마닐 담아선 버스에 탔다. 애들은 번연히 알면서 학교 안 가고 지게 지고 어딜 가냐고 놀렸고 은희는 쪽팔렸는데, 한수가 애들에게 으름장을 났다. '웃지 마. 줘 패버리기 전에…' 애들이 일순 놀림을 멈췄다. 짱! 최한수. 어찌 멋지지 않을 수가 있나. 그날 둘은 돼지를 참깨를 팔고, 시장에서 함께 순댓국을 먹고, 은희는 한수가 담배 피우는 걸, 망봐주었다. 그러다, 담배를 달라고 한번 피워보겠다는 은희에게, 한수가 은희의 머리카락을 귀 뒤로 넘겨주며 말했다. '그러지 마, 착한 놈이.' 그런 한수를 보다 은희는 순간적으로 한수에게 입을 맞춰버렸다. 그리고 제주로 돌아와 미란에게 떠들다, 흥분해 거짓말을 보탰다. 그날 한수가 제게 입을 맞췄다고. 근데, 절대 비밀이라 했는데, 미란이 약속을 어기고 정말 한수 니가 은희에게 키스했냐 애들 많은 자리에서 대놓고 묻는 게 아닌가? 감히 한수가 고작 은희에게, 절대 그럴 리가 없단 투로. 나는 어쩐다. 하늘이 노래지는 듯했다. 근데, 한수 왈, 자신을 보고, 다시 미란을 보며, '내가? 너를? 강제로? 억지로? 야, 너도 좋아했잖아?'라고 하고 가버리는 게 아닌가. 그런 나의 한수가 제주에 떴다.

최한수 (남, 사십 대 후반, 모슬포농협 지점장)

어려선 가난이 싫어 욱하고 괜한 쌈질도 했지만, 다 지난 일, 지금은 세상 누구보다 성실하다. 돈 아끼려 혼자 밥해 먹고 술 담배 안 하고 집안 살림도 잘하고 누가 봐도 선한 웃음에 포근하고 성실한 샐러리맨. 아내와 자식 사랑이 끔찍하다. 2남 3녀 중 장남, 아버지는 술주정뱅이로 그가 초등학교 때 막내가 두 살 때 도랑에 빠져 돌아가시고, 엄마 혼자 남의 집 땅에 깨농사를 지어 살림을 건사했다. 그는 공부를 잘해 서울로 유학을 갔다. 동생들은 그의 뒷바라질 위해 허리 아픈 어머니 봉양을 위해 모두 고등학교만 졸업하고 육지의 공장으로 식당으로 일찍이 일자릴 찾아 나섰다(큰여동생만 제주에 남아, 남편과 성실히 일해 현재 말 농장을 하며 잘산다. 어머니는 서울에서 막노동하며 혼자 사는 막내가 모시고 산다). 동생들은 그가 대학을 나오면 퍽이나 잘될 줄 알았을 거다. 자신들의 삶도 다 돌봐주고, 어머니도 잘 모시고. 그러나, 사는 게 어디 그리 녹록한가. 그는 대학 가서 아무리 열심히 공부해도 장학금을 매번 받지 못했고(제주 우등생은 서울에선 그저 그런 위치란 걸 대학 가 알았다), 대학 일 학년 때 미팅에서 만난 미진과 결혼해선 맞벌이를 해 학자금 융자 결혼자금 융자받은 거 갚기에 허덕였고, 딸 보람이가 골프에 재능을 보이고부터는 더더욱이 사는 게 팍팍했다. 보람이는, 어려서 자신의 골프채를 갖고 놀더니(그에게 골프는 고객 관리차 배운 거지, 허영은 없었다) 남다른 끼를 발휘해 초등학교 때는 전국에서 개최하는 모든 경기에서 상을 휩쓸었다. 그는 아내 미진과 딸을 골프 유학을 위해 해외로 보내고 기러기아빠가 됐다(사실 그는 보람이가 골프를 그만뒀으면 했다. 근데 어린 놈이 일주일을 굶어가며, 유학을 보내달라고 떼쓰는 데는 당해낼 재간이 없었다. 그리고 현재는 그가 포기할 수가 없게 됐다. 투자한 게 얼만데, 가능성만 있다면, 죽기 살기로 해봐야 하지 않나). 만약 보람이가 박인비처럼 된다면! 그의 동생들, 그의 어머니의 삶도 하루아침에 보상되지 않을까. 근데, 미국으로 간 보람이는 중학교 땐 승승장구하더니 고등학교 들어서서 갑자기 성적이 곤두박질쳐 현재는 프로 2부에 있다(생계를 위해 대학을 포기하고 프로로 일찍이 전향한 것. 현재 프로 2부 2년 차). 최근 2년 동안, 세계 대회 준우승만 한 번, 대부분은 50위, 100위권 사이에서 맴돌고 있다. 포기하기엔 아깝고, 계속 가기엔 코칭비며, 체류비, 대회 경비며 돈이 너무 많이 들었다. 십 년 전집 살 때 퇴직금도 칠십 프로는 당겨 써 없고, 이 년 전엔 서울에서 살던 강북 아파트까지 팔았지만, 그 돈마저 바닥이 나고 있다. 그러던 중, 세계 최고의 코치가보람일 보잔다. 가능성이 있단다. 자세가 잘못돼 있지만 자신은 고칠 수 있단다. 근데 코칭비가 만 오천 불. 그렇다면 이런저런 경비까지 한 달 2천5, 6백만. 1년이면 3억 이상. 마지막 남은 퇴직금 정산이 있지만, 그건 퇴직해야 받을 수 있다. 만약 퇴직해 받는다 해도, 그 돈은 어머니 허리 수술비를 내야 할 것 같고, 어머니 모시고 월세 사는 막내의 전셋집 마련도 해줘야 할 것 같고, 백에 하나 아내와 보람이가 돌아왔을 때, 그 돈이 없으면 가족이 다 길바닥에 나앉을 처지다. 근데, 돈 많은 고객이 제의를 한다. 오랑전자 주식을 사라. 곧 중국 유럽 투자가이뤄진다. 한두 달 새, 2억 넣으면 5억, 6억은 건진단다. 그즈음 그는 서울의 농협 지점장에서 제주 고향 모슬포의 농협 지점장 자리로 발령을 받았다. 자신을집사처럼 부려먹던 고액 고객 서너 명이 돈을 빼, 다른 은행으로 튄 것에 대한경고성 인사였다(그들은 그가 권유한 상품이 대박이 나면 당연하다 했고, 손실이 나면그의 능력 부족이라 몰아세웠다). 자존심은 퇴사하고 싶었지만, 이 상황에 무슨 자존심. 퇴직은 가당찮다. 그는 고향으로 갔다. 어머니가 허리 아파 농사 그만두고막내에게 간 것이 10년 전이니, 10년 만에 밟는 고향 땅이다. 오기 싫었는데, 이렇게 초라한 모습으론. 하지만, 허우대는 멀쩡하니, 남들 보긴 괜찮겠지. 버티자. 근데 돈은 어쩐다.

한수는, 모슬포지점에 도착해, 원룸 월세를 구하고, 쓰던 살림살이로 최대한소박하게 집을 꾸몄다. 그리고 고객 관리차 서류를 보다, 순간 가슴이 뛰었다. 모슬포농협 최대 고액 유치자 열 명 중, 두 명이 다 제 고등학교 동창인 게 아닌가. 한 명은 서귀포에서 건물 지어 임대업 하는 김복천이고, 한 명은 정은희. 아직미혼에, 이런저런 투자 않고, 그냥 현찰 12억을 은행에 턱 맡겨놓고 산단다. 생선가게 해 돈 벌고, 번듯한 건물을 지어 카페를 운영하고... 얘랑 나랑 뭔가 있었는데.. 맞다, 나랑 키스했다 거짓말을 했었지, 얘! 그리고 그때 친구들이 그랬지, 은희가 학교서 공부는 안 하고 나만 보더라고.. 나처럼 가난했던 앤데.. 못생겨도

착하고 귀여웠는데... 애한테 돈을 빌려볼까? 1억만. 빌려줄까? 만약 그 돈으로 오랑주식을 살 수만 있다면, 그리고 그게 터지면 얼마나 좋을까? 그는 그 밤 돈 생각에 잠을 못 잤다. 그리고 고등학교 동창회가 열렸다.

❧ 줄거리 ❧

아내 미진에게서 전화가 왔다. 그만하자. 더는 못 버틴다. 보람이 경기 가는데 비행기 표값도 없어, 애만 간신히 비행길 태우고 나는 고물차로 삼천 킬로를 가고 있는데 산길에서 차가 퍼졌다. 너무 무섭다. 그만하자. 보람이 설득해 서울 가겠다. 한수는 노트북 너머 우는 아내를 가만 지켜만 보았다. '자동차 보험회사에 전화해, 내가 어떻게 해볼게.' 늘 제 편이던 아내가 진짜 당신이란 사람, 지겹다며 화상전화를 껐다. 그도 조용히 화상전활 껐다. 그리곤 젤 좋은 양복을 다려서 걸치고, 뒤축이 낡은 구두도 구둣방 가서 갈아서 신고는 동창회장으로 향했다. 시끌벅적 동창회는 난리도 아니었다. 그의 귀향을 축하하며, 부어라 마셔라, 술 못 마시는 그도, 한참을 마셨다. 그때 은희가 나타났다. '야, 반갑다, 최한수!' 그러며 덥석 그를 안는데, 한수는 은희에게서 후광을 보았다. 그리고 떠오른 단 하나의 생각. 애가 나에게 돈을 빌려줄까? 그 밤, 술 취한 친구들이 가고, 몸을 못 가누는 한수를 은희가 집에 데려다준다며 자신의 트럭에 태웠다. 그리고 한수의 집 앞, 한수는 차에서 내리기 싫었다. 초라한 제 살림을 은희가 보는 것도 싫었고, 그냥 마구 슬펐다. '돈 좀 빌려주라, 은희야', 은희 얼굴만 보면 그 초라한 한마디만 생각나는 제 자신도 싫었다. '나, 집에 들어가기 싫은데...' '집에 안 들어감 나보고 어쩌라고.. 허허허..' 은희가 어릴 때보다 훨씬 호탕하게 웃으며 그를 보았다. 싫지 않은 눈빛. 저 애 나한테 설레고 있구나. 그때 그가 불쑥 거짓말을 뱉었다. '나, 이혼할라고 해, 은희야.' 그리고, 너무 슬퍼서 그랬을까, 그는 그 트럭 안에서 잠이 들어버렸다.

은희는 그 밤 제 트럭 안에서 잠든 한수를 보며 이걸 어쩌나 생각이 많았지만, 싫지 않았다, 자기도 모르게 설레는 맘은 그냥 좋은 친구한테 일어날 수 있는 감정이다 치부하고, 은희는 한수를 태우고, 늘 그렇듯 생선을 사러 멀리 한림장, 서귀포 선착장을 돌고, 제 생선 점포들을 돌았다. 서너 시간 후, 한수가 깨, 생선을 거래하는 진지한 은희 옆에 서서 말했다. '넌 멋있는 어른이 됐구나.' 은희는 그 말에 별소릴 다 한다며 웃었지만, 자꾸 맘이 설렜다. 그래서, 딴 때 같으면 서둘러 냉장창고로 갈 걸, 생선을 잔뜩 실은 트럭을 달려 제주 동 트는 바닷가로 향했다. 그리고 둘은 바닷가를 걸으며, 예전 애길 나눴다. 은희는 농담처럼 어려서 엄청 한수가 좋았다고 가볍게 말했고, 한수는 진작 말하지, 나도 너 귀여워했는데 하며.. 맞장구를 쳤다. 그리고, 한수가 아이처럼 바다로 뛰어들어가, 수영을 했다. 토요일은 근무가 없다나. 은희는, 애도 아니고 별짓을 다 한다며 모래사장에 남아, 그런 한수를 구경이나 했다. 양복을 입은 한수가 자유로운 돌고래같이 수영하다, 어릴 적 그때처럼 바다를 방바닥 삼아 하늘을 보고 누웠다, 은희는 '뭐 하는 짓이냐? 다 큰 어른이!' 그리 퉁명스레 말해도 뜬금없이 이대로 한수와 있는 이 시간이 멈췄으면 좋겠다 생각했다. 그러나 그건 가능하지 않은 일, 그녀는 '쟤는 남자가 아니라, 유부남이고, 친구다' 세뇌하고 세뇌했다. 그러나, 생각보다 마음은 그렇게 간단히 정리되지 않았다.

은희는, 제 맘을 친구의 의리로 포장해, 한수와 있는 시간을 만들었다. 다른 은행에 있던 제 돈을 한수의 은행 지점으로 옮기고, 한수가 하라는 대로 묵혀뒀던 돈을 은행 상품에 가입하고, 주변 아는 상인들에게 한수를 소개해주고, 그렇게 한수를 돕고, 한수와 있을 시간을 만들었다. 그러던 어느 날, 한수가 제 집에서 저녁을 먹자 했다. 은희는 난생처음 수입 주류가게에서 제법 비싼 와인을 사서 들곤, 한수의 원룸으로 향했다. 근데 살림살이가 소박하다 못해, 초라했다. 침대 겸 소파에, 책장과 책상이 전부인, 그리고 반찬가게에서 산 반찬들과 어설픈 해물찌개. '곧 이혼할 아내에게 있는 돈을 다 주려고.. 아내는 직장이 없어서.. 그래서 좀 아끼고 있어.' 정말 괜찮은 남자가 아닌가. 그 밤, 은희는 한수의 식탁에서 밥을 먹고, 와인을 마시고, 한수가 틀어주는 음악을 들으며 한수의 이야기를 들었다. 아내와 이혼 준비 중이다, 아이는 골프 선순데 현재는 2부지만 조만간 1부에서 뛴다. 곧 박인비처럼 될 거다. 아이가 내 전부다. 그 누구한테도 이런 얘길 할 수 없었는데, 너라서 한다. 정말 간만에 널 봤는데, 넌 사람을 편하게 하는 재주가 있나 보다. 그날 숱한 이야기를 듣는데도 은희의 머릿속엔 아내와 이혼 준비 중이다, 서류를 미국에 보내줬다, 너라서 한다, 넌 사람을 편하게 하는 재주가 있나 보다는 말만 들렸다. 그리고, 그 밤, 자신의 집 앞 한수의 차 안에서 한수가 말했다.

한수 (슬픈 듯, 그러나 애써 따뜻하게) 은희야, 우리 만날래?

은희 (설레도 감추며, 어이없는 듯, 가볍게) 지금도 잘 만나고 있는데.. 새삼 뭘 또 만나....

한수 친구 말고... 여자 남자로..

은희 (어이없단 듯, 웃으며) 그럼 뭐 지금은 우리가 남자 남자, 여자 여자로 만나냐..

한수 (가만 은희를 차분히 보다, 은희에게 입을 살짝 맞추고, 입 떼고, 가만 보는데, 눈가가 촉촉하게 슬픈)

은희 (뭐지, 가만 보다) ...가서 자라. (하고, 집으로 가는데, 슬프기도 설레기도 하고, 뭐가 뭔지 모르겠는)

며칠 후, 인권은 자신의 모든 네트워크를 이용해, 한수의 정체를 알려줬다. 부인 미진과는 대학 일 학년 때 만나, 그때부터 지금까지 죽고 못 산단 얘기, 딸 보람이의 뒷바라지로 유학생 부모 사이에서 부인이 돈을 빌리러 다닌단 얘기, 돈을 안 갚는단 얘기, 서울엔 집도 없단 얘기, 퇴직금도 거의 소급해 써서 없단 얘기, 결국 한수는 빛 좋은 개살구란 얘기, 최근엔 주식을 하려 한단 얘기, 곧 은희 너에게도 돈을 빌릴 거란 얘기, 벌써 복천에겐 돈을 빌려달란 얘길 했단 얘기... 은희는 그 말들을 들으며 생각했다. 그게 다 맞는 말이라면, 대체 한수는 언제부터 자신을 돈 빌릴 타깃으로 본 걸까? 내가 정말 귀엽기는 했을까? 그날 그 짧은 키스 후에 촉촉한 눈빛은 정말 진심 아닌 쇼였나? 아님 부인에게 미안해서였나? 화는 안 났다. 다만 슬펐다. 내가 하루 두세 시간 자면서 일하는 걸 보고 안쓰럽다 했는데, 내가 동생들 죄다 전셋집이라도 장만해준 걸 보고 존경스럽다 했는데, 가족들 챙기며 사는 걸 낙으로 삼는 내가 너무 안됐다 하며 따뜻하게 손을 잡아줘놓고, 결국은 그리 힘들게 번 내 돈을 가져가려 한다고? 설마 세상에 그렇게 나쁜 놈이 있을까? 설마?

그리고 며칠 후, 한수에게 연락이 왔다. 목포로 여행 가자, 단둘이. 은희는, 그러자 했다. 그리고 생애 첫 남자와 떠나는 여행 가방을 쌌다. 오늘 밤엔 알게 되겠지, 한수가 날 사랑해 이러는지, 아님 돈 때문에 이러는지.. 설렘과 화보단 슬픔이 파도처럼 밀려왔다. 한수와 은희가 목포행 배를 탔다.

영주와 현

임신을 확인했을 때 영주가 제일 처음 한 생각은 '망했다!'였다. 지워야 한다고 생각했고, 지울 수 있다고 장담했지만, 그게 어디 쉽나. 어딜 가도 아는 사람 천지인 좁아터진 제주 안에서 산부인과 한번 가는 것도 첩보물인 데다가, 배는 점점 불러와 복대를 해도 티가 나기 시작하고, 아빠들에게 말하는 건 생각만 해도 후달린다. 영주와 현이는 계획대로 아이를 지우고 없던 일로 되돌려놓을 수 있을까?

방영주 (여, 열여덟 살, 고등학생)

제주생. 영주는 제주가 갑갑하다. 거친 바람도, 사시사철 생선반찬도 싹 다 지겹지만, 무엇보다 자신의 존재를 모르는 사람 하나 없는 이 동네가 진저리 난다. 뭐 대단한 일이라고 아빠가 원래 망나니였단 얘기, 결국 엄마가 애 버리고 도망갔단 얘기를 모두가 알고 있는 건지. 집밖에 나서서 학교에 갈 때까지 인사만 백번 해야 하는 이 촌바닥. 하루빨리 탈출하고 싶다. 그리고 곧 그날이 다가온다. 이제 곧 스무 살이고, 1년만 더 버티면 서울대 의대 입학! 제주완 안녕이다! 다들 영주가 바득바득 서울대에 가려는 이유가 그곳으로 도망간 엄마 때문이라고 추측하지만, 그건 자신을 모르는 소리. 영주의 솔직한 맘은 서울대 합격이라는 합당한 이유로, 아빠와 멀어지고 싶었다. 어려선 아빠에게마저 버려질까 두려워 언제나 완벽한 딸이려고 노력했고, 커가면서는 딸 하나 잘 키우려고 갈수록 궁상맞아지는 아빠가 보기 싫어 밖으로 나돌았다. 허술한 아빠 백업하느라 영주 자신도 고생깨나 했는데, 아빠가 딸 독립할 날만을 손꼽아 기다린다고 하니 심사가 뒤틀린다. 잘됐지 뭐, 대학 가면 각자 살면 되겠네?! 서울대가 허무맹랑한 꿈은 아닌 게, 영주는 부동의 전교 1등(가끔 현이가 1등을 할 때도 있지만)이다. 그렇다고 타에 모범이 되는 학생은 아니고, 뒤에선 호박씨 까고 잘 노는 날라리다. 반장인 게 학생부에 유리해서 하는 거지, 뒷골목 우두머리가 제 옷이다. 발랄하고, 예쁘고, 우등생이 놀기까지 잘하니 따르는 친구도 많지만, 이기적인 면모를 알고 나면 모두들 하는 말. '못된 년.' 시험 기간만 되면 연락 두절이지, 한창 놀다가도 공부한다며 흥 깨기 일쑤에, 남친이랑 헤어졌다며 울고불고 죽겠다는 친구를 혼자 두고 기어이 학원에 간 게 영주다. 끼도 흥도 많아 노는 걸 좋아하지만, 언제나 마지노선은 칼같이 지켰다. 그게 엄마 없는 아이 소리 듣기 싫은 영주의 자존심이었고, 딸 걱정에 늘 두통약을 달고 사는 아빠에 대한 최소한의 의리였다. 하루 진종일 얼음 만지느라 냉골인 아빠 손을 생각하면, 엇나가려다가도 서늘하게 정신이 차려졌다. 그렇게 영주는 스스로를 완벽하게 통제할 수 있다고 믿었지만, 사랑이, 마음이, 어디 생각대로 움직이나. 어렸을 때부터 매일같이 봐온, 윗집 사는 현이 땜에 영주가 선을 넘을 줄이야. 사실 영주는 알고 있었다. 친구들과 놀다가 늦게 들어가는 날이면, 항상 현이가 계단참에 나와 있다는 걸. 그날따라 비도 오고, 시험도 끝나서 기분이 너무 좋았으나. '너 맨날 여기서 나 기다리지, 이 샌님아' 해버렸고, 부끄러워 내뺄 줄 알았던 현이 대뜸 입을 맞추는 게 아닌가. 마침 계단 센서등이 꺼지지 않았음 얼굴 빨개진 게 다 들통날 뻔했었다. 그때, 냉수 딱 마시고 정신 차렸더라면 어땠을까? 그랬다면, 지금 이 순간 임신테스트기의 두 줄을 볼 일은 없었겠지! 똑똑한 척은 혼자 다 했는데, 서울대가 코앞인데.. 피임 한번 잘못해서 발목 잡혔다. 딸만 다 키우고 나면, 바다로 나가 살겠다던 아빠의 꿈을 내가 짓밟을 수 있나? 친구들은 잘난 척하더니 꼴 좋다고 하겠지. 연약한 현이를 뭘 믿고? 엄마도 없는 내가 어떻게 엄마가 되겠어. 지우는 게 유일한 답이라고 애써 정리했는데, 지울 수 있다고 소리쳤는데, 무섭다. 임신은 축복이라고 누가 그런 거야, 누구한테만 축복인 거야? 썅, 망했다.

정현 (남, 열여덟 살, 고등학생)

제주생. 사람들은 나약해 보인다고들 하지만, 현은 거칠고 힘만 센 게 강한 거라고 생각하지 않는다. 우유부단하단 평가도 못마땅하다. 느긋하고, 생각이 많고, 섬세할 뿐. 부모가 초등학교 때 이혼한 후 마초 같은 아빠와 단둘이 살며, 아빠에게 매일같이 '이 샌님 새끼!'란 말을 귀에 인이 박이게 들었지만, 현은 속으로 코웃음을 쳤다. 자칭 남자라고 하는 아빠가, 늘 시끄럽고 쌍욕을 입에 달고 살고 새끼가 아니면 문장을 잇질 못하는 아빠가, 현이 눈엔 그저 무식해 보였다. 아빠는 순대장사가 자랑스럽다고 하지만 그것도 현이 눈엔 자기 위안 같았다. 제주 오일장을 다 돌며 생고생하는 것에 비해 버는 건 푼돈이고, 볼품없고, 냄새나고, 춥고 더울 때에도 난장에서 일하는 게 뭐가 좋아. 게다가 시장에만 가면 눈치 없이 만나는 사람마다 아들 자랑을 하는 통에 장 볼 때 아니면 시장에 안 간다. 너무도 비루한 아빠 인생에 유일한 자랑거리가 되는 것도 지치는 일이었다. 결국은 엄마도 그런 아빠에게 지쳐 떠났으니까. 그래서 현은 아빠가 남자답지 못하다며 깔아뭉개도 한 귀로 듣고 한 귀로 흘릴 수 있었다. 근데, 영주가 '너 맨날 여기서 나 기다리지, 이 샌님아' 했을 땐 넘어가지 못했다. 어디서 그런 용기가 나왔는지, 샌님이란 말에 발끈해선, 대뜸 몸을 뻗어 키스해버렸다. 당황한 영주가 '너 지금 무슨 뜻이야?' 했을 때에도, 담담하게 '좋다는 뜻이다' 해버렸다. 그때 알았다. 아빠 말이 틀렸네, 나 샌님 아니네. 키스도, 자자는 말도, 영주가 예쁘단 말도, 사랑한단 말도 현이가 먼저 했다. 이상하게 영주 앞에서만큼은 초인적인 힘이 생겨났다. 친구들도 어딘가 달라졌다고 했다. 아빠가 툭툭 건들며 '너 여자 손이나 잡아봤냐?', '너 그래서 뽀뽀라도 해보겠냐?', '아빠가 콘돔이라도 사줄까?' 하며 짜증 나게 해도 허허실실 웃음이 났다. 아까 영주랑 뽀뽀했거든요? 동네 어른들이 장난치며 '둘이 결혼해' 했을 때에도 콧방귀 뀌던 영주가 이젠 친구들 몰래 손을 불쑥 잡아왔고, '너 섹시해'라고 할 때마다 득의양양해졌다. 성적은 흔들리고, 아빠 압박은 더 거세게 들어오지만, 섹스 후 둘이 꼭 안고 숨 고를 때, '니가 좋아' 영주의 이 한마디에 얼마나 가슴이 뜨겁던지. 그리고는 다시 잊은 듯 일상으로 돌아가 치열하게 공부하는 영주를 보며, 현은 가끔 불안했다. 영주가 자주 하던 '우리 그냥 한때야'라는 말은, 체한 듯 현의 마음에 쌓였다. 영주는 사람들 몰래 사귀는 게 스릴 있다고 했지만, 현은 점점 영주에게서 주변인이 되는 쓸쓸함을 감출 수 없었다. 영주를 깊게 사랑할수록 열등감과 패배감이 자라났다. 그래서 영주가 임신했다고 했을 때, 현은 덜컥 겁이 났다. 아기를 책임질 자신도 없었지만, 영주가 아기를 지우며 현과의 관계도 싸그리 지울 것 같아서. 둘의 아이를 임신했음에도 현은 여전히 주변인이었다. 그리고 현에게 비수처럼 날아와 꽂힌 한 마디. '모든 걸 포기하고 아기를 낳을 만큼, 우리가 그렇게 사랑해?' 현의 십팔 세 인생에, 중요한 물음이 던져졌다.

❊⁀ 줄거리 ❊⁀

며칠 전 처음 임신테스트기를 해보고 두 줄이 나왔을 때 불량일 거라고 생각했다. 그러다 다시 또 두 줄이 나왔을 땐, 저녁이라서 정확하지 않은 거라 애써 부정했는데, 아침에 편의점에 달려가 사 온 임신테스트기에서 두 줄이 나왔을 땐, 인생 망했다는 걸 인정해야 했다. 학교에 가서는 현이와의 대화를 피했다. 그놈과 이야기하기 시작하면 왠지 일이 복잡하게 꼬일 것 같았다. 평소처럼 웃고 떠들고 장난치다 보면 마치 임신 이전으로 돌아갈 거라고 믿는 듯 영주는 깔깔대며 더 크게 웃었다. 그러다가도 문득 두려워져 발바닥으로는 계속 골프공을 굴려댔다. 인터넷에서 본 민간요법인데, 발바닥을 계속 자극하면 자궁이 수축돼 유산될 수 있다고 했다. 믿거나 말거나 해보자. 계속 굴리다 보면 아무도 모르게 사라질 수도 있으니까.

현은 처음에 영주의 임신 소식을 들었을 때 하, 하고 한숨을 쉬어버렸다. 그러면 안 됐는데.. 영주가 상처받았나? 그래서 자꾸 대화를 피하나? 하지만, 아무리 생각해도 자신이 없었다. 낳을 자신도 없었지만 지울 자신도 없었다. 그래서 영주가 어떻게 하고 싶냐고 물어도 '생각 좀 해보자'라고 말할 수밖에 없었고, 영주에게 미안해 자꾸 주춤거리게 됐다. 그렇지만, 영주가 말끝마다 '넌 빠져!', '내가 결정해', '내가 알아서 해'라고 할 땐 울컥했다. 학교 애들에게 사귀는 걸 비밀로 하자 했을 땐 그거 정도야 뭐, 했지만 이번엔 배 속의 아기가 자신의 아이이기도 하지 않나? 언제까지 영주 인생에 주변인으로 살아가야 하나?! 울화통이 터졌다. 이번엔 용기 내 마음을 전했는데..

현　　(차분히 마음을 말하는) 나는 니가 지운다고 하면 가장 안전한 방법을 같이 찾을 거고, 니가 낳는다고 하면,
영주　　(말을 자르며) 어떻게 낳아? 막말로, 우리가 그렇게 사랑해?

영주의 날카로운 질문에는 답을 못 했다. 그래서 영주가 혼자 병원에 가겠다

며 비켜서라고 했을 때에도 비켜설 수밖에 없었다.

영주는 모자를 푹 눌러쓰고 서귀포 시내에 있는 산부인과에 갔다. 낙태죄는 사라지고 임신 중단이 합법화된 세상이 왔지만, 여전히 병원마다 낙태 가능한 주수가 달랐고, 학생인 영주는 병원을 예약하는 것부터 실제로 가는 것까지 어느 것 하나 쉽지 않았다. 병원 앞에서 아빠 절친 은희삼촌을 만나질 않나, 간호사는 영주의 생년월일을 보고 바로 눈빛이 달라져 영주를 주눅 들게 했다. 게다가 영주가 인터넷으로 계산한 임신 주수는 4개월이었는데, 초음파로 정확히 검사하니 22주 1일, 6개월이었다. 생리가 불순해서 정확지 않았던 건지, 6개월이나 모르고 있었다는 게 말이 돼?! 태동도 전혀 느낀 적 없었고, 자주 피곤하고 소화도 안 돼 더부룩하긴 했어도, 스트레스 때문인 줄만 알았다. 덜컥 겁이 난 영주는 당장 지워달라고 했지만, 의사가 수술을 거부했다. 의료 거부로 고소하겠다고 맞짱 떠봐도, 고소하라는 차가운 답이 의사의 입에서 나왔다. '떼쓴다고 뗄 수 있을 줄 알았어?', '그러게 피임을 잘하지 그랬어, 학생.' 평소 같으면 들이받았을 말에도 지금 대들면 수술이 어그러질까 참고 빌었지만 소용 없었다. 이제 어쩌지?

현은 현실적으로 고민해보기 시작했다. 정말 낳을 수 없나? 편의점에 들어가 분유값을 보니 19,800원, 기저귀값이 28,000원이었다. 지갑을 열어 꼴랑 만 칠천 원 있는 꼴을 보니 현재의 처지가 보였고 진심으로 초라했다. 낳을 수 없겠네.. 단념했다가도, 아기 옷가게에 진열된 옷만 봐도 가슴이 두근대고, 아기 양말을 손에 올려보니 어찌나 애틋한지. 혹시 낳을 수 있나? 다른 마음이 올라왔다. 도무지 정확한 답을 내릴 수 없어 괴로운 현은, 다음 날 모의고사에서 인생 처음으로 백지를 내버렸다. 인생의 답을 모르는데, 수학 문제 하나 더 푼다고 뭐가 달라질까?

6개월도 수술 가능한 병원을 예약하고, 영주 혼자 제주시로 가고, 현은 침대에 누워, 베개에 양쪽 다릴 올려 쩍벌 한 채로(낙태수술 자세) 누워 있었다. 수술 상황을 시뮬레이션 해보며 영주가 느낄 고통을 조금이라도 느껴보고 싶었다. 영주를 위해 할 수 있는 게 아무것도 없었다. 그때, 아빠가 들어와 한 소리 했다. '차라리 자든가. 아님 놀든가. 남자 새끼가 쩍벌 하고 하루 종일 볼썽사납게

스리.' 맞다. 내가 남자라면, 움직이자. 현은 달렸다. 영주를 혼자 둘 순 없다. 마음이 그랬다. 영주한테 몇 대 처맞더라도 일단 가자. 영주는 첨엔 놀라더니, 막상 현이 오니 안심이 됐는지 손을 먼저 잡았다. 의사는 초음파로 친절하게 아기의 상황을 알려주었다. '아구, 아기가 너무 건강해요.' 의사의 안타까움 섞인 말에 현은 울컥했다. 그리고 그때, 의사가 '심장 소리 들어볼게요.' 했고, 영주가 '들려주지 마세요!! 무서워요!' 소리쳤지만, 타이밍이 어긋나 심장 소리가 두둥, 하고 흘러나왔다. 들어버렸다, 절대 들어선 안 됐을 심장 소리를. 영주는 옷도 제대로 추스르지 못한 채 병실을 뛰쳐나갔다. 현도 뒤따라 나갔다. 토하는 영주 등을 두드려주며 현이 말했다. '우리 낳자. 낳아보자. 안 해봤잖아. 할 수 있을지도 모르잖아.' 욱욱 토하며 영주는 '너 땜에 망쳤어!' 현을 원망했지만, 영주 맘속에서도 불쑥 이런 맘이 올라왔다. 정말? 우리한테 지우지 않는 선택지도 있다고? 말도 안 돼.

집으로 돌아가는 버스 안, 하교 시간이라 버스에 아는 얼굴들이 보였다. 모자를 푹 눌러쓰고는 구석 자리에 가 앉았다. 영주와 현은 서로 어떤 말도 할 수가 없어 멍하게 바다만 바라보고 있었다. 22주인데, 수술은 못 받았고, 이제 어쩌지. 힘도 없고, 더 이상 눈물도 안 나왔다. 그때 버스가 덜컥하더니 배 속 아기의 태동을 느낀 영주가 순간 위험을 감지했다. 버스에 연기가 차오르기 시작하고(소화기가 터져 연기가 난 것일 뿐 큰 화재는 아니었다), 다들 놀라 웅성대기 시작했다. 덜컥 겁이 난 영주가 옷깃으로 입과 코를 막고는 자신도 모르게 미친 듯이 소리쳤다. 친구들도 다 타고 있는 버스 안에서. '저 임산부예요! 세워주세요!' 도로 한복판에서 버스를 세우고 영주가 뛰쳐나왔다. 출발하려던 버스가 다시 서고, 현이 따라 내렸다. '제가 아이 아빠예요!'

덜렁 해안도로에 내린 두 사람, 그리고 창문 너머로 대박 사건이라는 듯 두 사람을 내려다보는 친구들. '인생 조졌네.' '아빠들한테 어떻게 말하지? 너부터 말해.' '학교에 소문 다 나겠지?' 걱정도 되지만, 이제 서로의 마음이 선명해진 영주와 현은 터덜터덜, 그러나 다소 비장하게 집을 향해 걸어가는데..!

인권과 호식

평생에 걸쳐 조금씩조금씩 틀어져 이젠 서로가 꼴 보기 싫어진 인권과 호식, 이 두 남자에게 화해의 계기는커녕, 일생일대의 웬수가 될 운명이 찾아왔다. 딸년 아들놈 둘 다 홀애비로 애지중지 키워놨더니, 감히 애비들 허락도 없이 지들끼리 눈이 맞다니, 그것도 모자라 고딩 주제에 애를 배고, 또 그것도 모자라 낳아 키우겠다고 하고, 또 그것도 모자라, 학교를 관두겠다고 하고 급기야 둘이 손잡고 총총 집까지 나가버렸다. 두 자식들 서울대 의대 보낼 생각에 아무리 힘들어도 이 앙다물고 악착같이 살았는데, 두 남자 인생이 순간에 똥통에 처박혀버렸다. 좋다, 어차피 망가질 대로 망가진 인생, 끝까지 싸워보자. 자식 이기는 부모 여있다, 이 양아치 같은 새끼들아.

정인권 (남, 사십 대 후반, 오일장 순대국밥집 운영)

욱하는 성질에 말도 거칠지만, 그건 못 배워 그런 것일 뿐, 천성은 그렇지 않다. 나름 인정도 많고, 의리도 있다. 호식에게까지 줄 의리는 없지만. 제주 지역 오일장에서 순댓국을 팔고, 오일장이 없는 날은 가내수공업(도축장 가서 내장 받아와 손질하고, 부속 야채들 장 보고, 다듬고, 순대를 삶아내는 것까지 오롯이 그의 몫이다)으로 순대를 만들어, 근처 순대국밥집에 순대를 공급한다. 그가 첨부터 고단하고 성실한 이 삶을 살아온 건 아니다. 대대로 그의 집안은 오일장에서 순댓국을 팔아왔다. 그의 부모도 당연히 그랬다. 가난의 대물림, 아무리 순대를 팔고 썰어도 나아지지 않는 살림 형편. 그는 어릴 때 그 가난이 싫어, 무작정 집을 뛰쳐나가, 깡패가 됐다. 주먹이 세고, 맞아도 쓰러지지 않는 맷집과 독종 기질 때문에, 아무도 그에게 근접을 못 했다. 덕분에 서귀포 제주시 일대 나이트클럽 기도들의 우두머리가 됐다. 승승장구처럼 보였다. 멋진 오픈카도 타봤으니... (아내, 현이엄마는 초등학교 중학교 동창으로, 죽어라 그를 쫓아다녔던 순정 많은 여자였다. 그래서, 그냥 동거해 살았는데, 아내가 그 몰래 결혼 신고를 하고 애(현이)를 낳아, 살고 있었다. 매일 깡패 짓은 관두라고 울며불며 매달렸지만, 그는 아랑곳하지 않았다. 급기야 아내가 더는 못 산다며, 열 살 현이를 두고, 집을 나갔다. 그때도 그는 별 감흥이 없었다. 여자가 어디 남자 하는 일에.. 그리 치부하고, 현이는 부모에게 맡겼다.) 근데, 어느 한 날, 그가 외제차를 타고, 부모님이 순대국밥 하는 오일장 인근을 지나가는데, 눈 앞에서 사고가 났다. 뜨거운 순대국밥 두 그릇을 머리에 이고 돈 만 원 벌겠다고 배달 가던 어머니가 오는 트럭에 치여 그 자리에서 즉사를 한 것이다. 애끓는 어 머니를 그렇게 보내고서야 인권은 정신이 차려졌다. '인권아, 자식 부끄럽게 살 지 마라.' 그 듣기 싫던 잔소리가 장례 내내 유언처럼 들려왔고, 그 잔소리가 사 실은 엄마 스스로의 다짐이었단 걸, 자식한테 안 쪽팔리겠다고 죽어라 순댈 삶 았던 거라는 걸 인권은 벼락처럼 갑자기 알게 됐다(아버진, 현재 할아버지와 요양 시설에 계신다. 형제 없는 외동이다). 그런 엄말 내가 평생 쪽팔려했다니.. 엄마 말 대로 이제부턴 아들놈한테 쪽팔리게 살지 말자, 내가 속죄하는 길은 그것뿐이 다. 그 후로 인권은 누가 봐도 반듯하게 현이를 키우며, 자길 버리고 간 아내에 게 보란 듯이, 순박하고 착실하게 순댓국을 팔고 있다. 성정이 맑고 깊은 데다 공부까지 전교 1, 2등을 도맡아 하는 아들 현이는, 초라한 정인권의 인생에 유일 한 자랑거리다. 입만 열면 현이에게, '샌님 같은 새끼, 사내답지 않은 새끼, 에미 편만 드는 새끼, 기집애처럼 이쁘게 생겨 사내다운 덴 한 군데도 없는 새끼' 하 며 거친 말을 쏟아내지만, 그건 그냥 말일 뿐, 사실 인권은 현이의 그런 모든 게 좋았다. 어느 한 군데도 자신을 닮지 않아서. 현이 놈과 같이 목욕탕에라도 갈라 치면 온 마을 사람들의 부러운 시선은 덤이었다. 그래서, 그는 오늘도 순대를 아 구지게 썰었다. 누굴 위해? 현일 위해! 그리고 돌아가신 어머니 유언을 지키기 위해!

그런데, 이게 무슨 날벼락인가! 그 샌님 같고 내 인생의 자랑이던 현이, 이 새 끼가, 호식의 딸 영주를 임신시킨 것도 모자라 학교를 관두고 애까지 낳겠다니... 인권은 하늘이 무너지고, 땅이 솟구치고, 정신이 혼미해졌다. 다른 놈도 아니고 호식이랑 이렇게 얽히다니! 팔자도 기구하다 싶다! 그는 호식이라면 치가 떨렸 다. 고등학교 동창인 호식은 같은 학년이었지만, 그보다 나이가 한 살 어렸다. 은 희, 한수, 명보도 다 한 살 어렸지만, 걔들은 두어 달 차이고, 호식인 열 달 차이 가 난다. 그래서, 놈은 고딩 때부터 같은 학년 같은 반이래도 그를 '형형' 하며 유난히도 따랐었다. 그는 그런 호식을 예뻐라 했다. 힘없고 순한 호식이가 애들에게 놀림을 당하거나 맞기라도 하면, 그가 나서서 그 애들을 패준 건 물론이고, 일거리 없이 노름할 때도 그 짓 하지 말라고 클럽에 주방일도 알아봐주고, 알뜰 살뜰 챙겼다. 그런데도 놈은 정신을 못 차렸다. 애 우유값 없다며 돈을 빌려가더니, 그 돈 갖고 또 노름판에 드나들고... 그래서, 다시 애를 업고 찾아와 진짜 마지막 부탁이라며 돈을 빌려달랄 땐, 야멸차게 '이 거지 같은 새끼, 꺼져!' 해버렸다. 그래야 될 것 같았다. 근데 그걸 빌미로(물론 인권의 생각이다) 놈이 지금껏 나를 못 잡아 먹어 으르렁이다! 성질 같아선, 비 오는 날 먼지 털리게 줘 패고 싶지만, 간신히 참고 사는데, 이런 일이 벌어지다니. 그는 일단 현일 잡았다. '죽어도 안 된다, 애는 지워라! 내가 너 하나 키우려고 포기한 게 얼만데! 넌 왜 얼굴도 안 본, 니 인생 망칠 배 속 그 애새낄 포길 못 하냐!!' 근데, 현이 새끼 하는 말, 그런 말 하는 아버지가 쪽팔린단다. 너한테 안 쪽팔릴려고 내가 어떻게 살았는데.. 쪽팔려?! 그는 일어나 현일 죽게 밟았다. 어디서, 감히, 어디서, 감히! 발에 짓밟히는 건 현인데, 억장은 그가 무너졌다.

정현 (남, 열여덟 살, 고등학생)

열 살 때, 엄마 아빠가 이혼했다. 아빠가 초라해 보였다. 엄마를 붙잡으란 인권에게 '왜 살아야 돼요? 싫은데? 헤어질 수 있지?' 현은 엄마 편을 들었다. 아빠의 거친 모습들이 싫었다. 깡패 시절의 아빠는 늘 신경이 곤두서 있어서, 눈엔 살기가 번뜩였다. 아빠 저 성질 때문에 엄마만 고생했다 느꼈다. 인권은 늘 현일 두고, 남자답지 못하다, 샌님이다, 했지만, 현인 그런 시대착오적인 꼴통 남성우월주의자 같은 말에 상처받지 않았다. 아빠나 그리 사세요, 난 아빠처럼 되기도, 아빠처럼 살기도 싫으니. 온갖 허세질에(이장도 제 밑에 있던 꼬붕, 시의원도 제 밑에 있던 꼬붕, 국회회원은 자기가 모시던 형 등등), 지만 옳은 사람, 그래봤자, 순대장사면서. 그마저도 비위생적인 순대가게. 지금까진 싸우기 싫어서 져주고 말았지만, 영주 문제에서만큼은 그럴 수가 없다. 이제 내 인생의 정답은 영주니까. 그래서 영주와 헤어져, 애를 지우라는 아빠와 붙었다. '그동안 아빠 마음대로 다 했잖아요. 내가 왜 아빠 방식대로만 살아야 해요? 이번엔 내가 옳아요. 영주와 내 아이, 내가 지켜요. 나밖에 없다고요. 낳을게요. 해볼게요. 왜 못한다고만 해요? 왜요? 이제 내가 학교 관두면 의사 못 되고, 그럼 의사 아들 있다 자랑질 못 할까봐서요? 그동안 자랑할 만큼 했잖아요. 내가 의사가 돼야만 아빠 아들인 건 아니잖아요?!' 말이 채 끝나기도 전에 아빠의 주먹이, 발길질이 날아왔다. 잘됐군, 그동안 밥값 이걸로 퉁치면 되겠네! 맞는 맘이 편했다.

방호식 (남, 사십 대 후반, 얼음가게 운영)

살갑고, 인정 많다(인권에겐 거칠지만). 가파도 출신. 부모님은 보리농사로 겨우 먹고살았다. 아래로 여동생 셋이 있지만, 모두 중졸, 그만 남자라는 이유로 서귀포에서 학교를 다녔다. 은희와 결혼을 약속하고, 부모님에게 인사하러 함께 가파도에 갔다가 돌아오는 길에, 은희는 결혼을 물렀다. 결혼하면 먹여 살려야 할 가족이 더 느는 거네, 현실을 깨달았다고 했다. '나 같아도 싫다, 너같이 가난한 새끼.' 옆에서 인권이 아프게 찔렀다. 그렇게 호식의 마음에 가난이 사무쳐 한 탕의 유혹이 자라난 걸 그땐 몰랐다. 다시 여잘 만나 결혼해 애까지 낳고 그럭저럭 살면서도, 돈 좀 모인다 싶으면 주식으로 날려먹고, 사업에 투자했다 날려먹고, 그러다 결국 도박에까지 손을 댔고, 그 일로 인권에게 죽도록 맞으면서도 호식은 정신을 못 차렸다. 어차피 끝난 인생이란 생각이 더더더 그를 막다른 길로 이끌었다. 근데, 그러던 어느 날, 집에 오니, 세 살배기 영주가 울며 하는 말, '엄마 도망갔어, 잡아와!' 호식은 그때 잠깐, 영주를 두고 도망가는 상상을 했다. 그리고 엎어져 잠을 잤는데, 일어나 보니, 영주가 빈 밥솥을 긁고 있었다. 정신이 드는 순간이었다. 저 앨 살려야 한다. 근데, 어떻게 살리나. 일을 해야 돈을 벌 텐데 애를 맡겨둘 데가 없으니. 그는 눈이 펄펄 오는 날, 영주를 데리고 깡패질 하던 인권에게 찾아가 무릎을 꿇었다.

인권   돈 주면 너 또 도박할 거잖아.
호식   한 번만 도와줘, 형. 애 밥이라도 먹이게.
인권   쇼하고 있네. 똘내미 데려오면 믿어줄 줄 알았냐? 너 같은 새끼들이 한 둘인 줄 알어?

호식 (손 붙잡으며) 형. 나 정신 차렸어. 지금 사정이 급해서..

인권 (영주 보며, 답답한) 딸년 앞세워 앵벌이 시키면 좋으냐? 이 그지새끼 야? (하고, 가는)

　모멸감이 들어도 호식은 인권을 다시 한번 불렀다. '형, 한 번만!' 그때, 인권이 돌아서 그의 뺨을 갈기며, 말했다. '꺼져, 이 거지새끼야!' 진짜 거지였어서, 호식은 그 뺨 한 대에 상처를 받았다. 등 뒤에서, 영주가, 놀라, '울 아빠 왜 때려요?!' 하며 악을 쓰며 울었다. 그때 결심했다. 애 앞에서 거지 같다고, 뺨 맞은 이 순간을 이 수모를 결코 잊지 않으리라. 그리고 다신 이런 꼴 안 당하리라. 인권과의 연은 여기서 끊으리라. 그때 호식과 영주를 구해준 건 은희였다. 믿을 만한 사람이 해주면 좋겠다며, 얼음가게를 마련해줬다(그땐 은희도 큰돈은 없었는데, 빚까지 얻어 해줬다. 그래서, 지금도 은희 일이라면, 양팔 걷어붙이고 나선다. 이때 다른 얼음장사들이 텃세 부린 걸 인권이 쌈질까지 해가며, 막아준 건 나중에 알게 된다). 자길 차버린 첫사랑에게 도움받는데도 호식은 부끄러울 겨를이 없었다. 오직 영주 생각만 했다. 그때부터, 호식은 고장 안 나는 기계처럼 일했다. 매일 새벽 수산물 경매도, 그 와중에 영주 아침밥을 차리는 것도, 하루 수백 포대의 얼음 배달도 한 번을 빠뜨리지 않았다. 섭섭시장 전체의 냉장고나 다름없는 역할을 호식은 우직하게 해냈고, 덕분에 거래처가 넘쳐난다. 손발에 동상을 달고 살고 맨날 손끝이 갈라져 피가 나도, 집안 살림 다 하고, 영주의 손에 매일 계절 과일 담은 도시락까지 들려 보낸다.

　부모 공양, 자기 땜에 희생한 동생들 건사, 영주 키우는 일에 돈은 벌어도 벌어도 모자라, 짠돌이 중에 짠돌이다 됐다. 그래서 인생 모토가 가성비. 뭘 하나 사도 똑똑한 영주에게 묻고 물어서 산다. 자신은 단벌 작업복에 러닝이 찢어져도, 양말이 빵꾸 나도 절대 안 사고 기워 입지만, 영주 거라면 뭐든 최고로 산다. 인권은 그런 그를 두고 '저게 무슨 딸바보야. 그냥 바보 천치지' 놀려댔지만, 아무럼 어때, 내 딸한테 좋은 일인데! 그렇게 사는 호식에게 보답이라도 하듯, 영주는 시험 때마다 전교 1, 2등 성적표를 가져왔고, 호식은 그 성적표가 마치 제 인생의 성적표 같아 받아들 때마다 엉엉 울었다. 학원비, 과외비 대주느라 행색이 더 초라해져도, 호식은 지갑 속에 넣고 다니던 그 성적표를 꺼내 보고 가슴을 쫘악 폈다. 선생님 말대로 이제 일 년만 버티면 서울대 의대다. 그러면 그땐 내 인생도 볕 들겠지. 그는 정준처럼 선장이 되고 싶었다. 배를 몰고 나가, 배낚시 온 손님들 접대하고, 손님 없는 날엔 혼자 낚시해, 낚시한 생선 회 떠 먹으며 소주 한잔, 상상만 해도 흥이 났다. 부모님, 동생, 영주, 돈 걱정 않고, 그저 혼자서...

근데, 그 꿈을 다른 사람도 아니고 영주가 박살을 내려 한다. 애를 낳겠다니! 신나게 따다가 올인 한 번으로 몽땅 날려먹었던 마지막 도박판이 생각났다. 나 이렇게 다시 시궁창으로 처박히는 건가?

방영주 (여, 열여덟 살, 고등학생)

겨우 세 살이었지만, 엄마가 도망가고 아빠는 방황하던 그 무렵의 불안을 영주는 기억하고 있다. '아.. 저 혹을 나더러 어쩌라고?' 아빠가 그 말을 실제로 했던가? 어쨌거나 그 똥 씹은 표정은 분명히 기억난다. 어렸을 때 영주는 아빠에게 버려지지 않으려고 혼자 몰래 무던히 노력했던 것 같다. 아빠가 아무리 잘해줘도, 시장 삼촌들이 호식이는 영주 없이 못 살 거라 말해도, 영주는 스스로 '완벽한 딸'을 포기하지 못했다. 호식이 가성비 운운하며 장고 때리고 있으면, 성질 급한 영주가 나서서 정리하고는 꼭 덧붙였다. '아빠 진짜 나 없으면 어쩌려고 이래?'

완벽해야 한다는 스트레스 때문에 담배 피고 노래방 가고 일진 애들이랑 어울려 다니고, 그러면서도 영주는 독하게 전교 1등을 지켰다. 서울대 가면, 아빠도 나도 서로 버림받는 기분 없이 서로에게서 벗어날 수 있으니까. 아빠 늘, 내가 자길 가둬놓은 것처럼, '너 서울 가야 내가 자유다' 했지. 그래서 영주는 아이를 낳기로 결심하고도 여전히 서울대에 갈 생각이다. 그래서 설득했다. 애는 현이가 키워준다니, 난 애 낳고 아빠가 원하는 서울대에 가겠다. 그러니 제발 애 낳는 걸 허락해달라. 근데, 영주 말이라면 뭐든 듣던 호식이 이번엔 다르다. 죽어도 애를 지우란다. 그렇다면, 아빨 버릴 수밖에!

❈ ` 줄거리 ❈ ´

호식은 영주가 임신했단 말을 했을 때, 어쩌다 영주와 같이 보던 드라마 주인공 얘길 하는 줄 알았다. 그런데, 웬걸. 그 주인공이, 영주일 줄이야. 그러며, 쏟아내는 말이 가관이다. 남자는 현이고, 임신한 진 6개월이 됐으며, 현이와 자신은 애를 낳기로 했으니 도와달라. 호식은 믿을 수가 없었다. 상식적으로 이성적으로 말이 안 됐다. 둘은 매일, 공부나 하는 모범생들 아닌가? 공부하느라 잠잘 시간도 없는 것들이, 대체 무슨 시간이 남아돌아 연앨 하고, 고딩이라 여관도 못 가는 것들이 잠자릴 하면 어디서 했단 말인가? 그런데, 영주 하는 말, 야자 하며 공부하다 눈이 맞고, 장소는 소박하게도 학교 뒤꼍이란다. 이 무슨 고혈압 터지는 소린지! 그래서, 강간이냐, 물으니, 자기가 먼저 덮친 거나 마찬가지란다. 호식은 그날 그게 말이 되냐고?! 길길이, 뛰다가, 결국엔 울어버렸다. 그리곤 결론을 내렸다. 애를 지우자. 그런데 영주 이년, 눈을 똑바로 뜨고 하는 말, 아빠도 시간이 필요하겠지 하며 방으로 들어간다. 그 말인즉슨, 애를 낳겠다는 말. 그렇다면, 어른들끼리 상의하자 싶어, 인권을 찾아갔다. 자초지종이 이렇다, 애들 애 지우게 하자, 그랬더니 인권 그냥 벌떡 일어나, 가다, 다시 돌아와 하는 말. '애들 애? 웃기고 자빠졌네! 애는 영주가 뱄어?! 현이가 밴 게 아니라! 니네 일은 니네가 해결해 새끼야?' 그러며 다시 가버린다. 정말 상종 못 할 개자식이 아닐 수 없다. 어쨌든 호식은 딸 인생과 제 인생을 동시에 말아먹을 것 같은 애는 낳게 할 수 없는데..

호식에게 자초지종을 들은 인권은 그길로 집에 가, 암 말도 없이, 그저 현일 개 패듯 두들겨 팼다. 그리고, 담 날(장날) 인권은 장터 공중화장실에서 만난 호식에게 백만 원을 던졌다. '영주, 좋은 병원 데려가서, 애 떼라.' 그리고 화장실을 나왔는데, 갑자기, 은희의 '악' 소리가 들려, 돌아보니, 호식이 새끼가 은희의 생선가게에서 칼을 잡으려 하는 게 아닌가! 다행히, 은희가 동태로 칼 잡는 호식의 손등을 쳐, 피 보는 일은 없었지만, 둘이, 엉겨, 싸우는 통에 영주 현이의 임신을 동네가 다 알게 됐다. 잘난 자식 덕에 모든 이들의 부러움을 받던 둘이, 한순간에 안쓰런 홀애비들로 전락하는 순간이었다.

그 밤, 호식은 딸 앞에서 아빠 체면을 버리고 무릎을 꿇고 빌었다. '영주야, 제발 떼자, 그 혹 떼자. 방영주, 아빠 말 들어!' 그랬더니, 영주 하는 말, 내 애기가 혹이면, 아빠한테 나도 혹이었어? 그래서, 호식이 사실을 말해줬다. '당연히 혹이었지, 새끼야! 애 키우는 게 얼마나 힘든데! 다 널 위해서야! 애 떼자는 것도 내가 지금 이러는 것도 모두 다 오직 널 위해서! 선택해, 아빠야, 니 배 속에 그 혹이야?!' 그때만 해도, 호식은 영주가 제 말을 들을 줄 알았다. 하지만 영주는 이제 호식의 딸 역할보다, 배 속 아이의 엄마 역할이 우선이었다. 야무진 영주가 야무지게 제 선택을 말했다. '내 배 속의 혹! 아빠 혹 떼. 나 버려.' 그리고, 영주가 집을 나갔다.

집을 나가, 거지처럼 둘이 손잡고, 인근 모텔에서 살림 차려 사는 듯한(사정 아는 모텔 주인이, 미성년자임에도 불쌍해 방을 내준 것) 애들을 보고, 인권은 가만있을 수가 없었다. 은희 말 들으니, 호식은 정신이 나가, 얼음 배달도 작파하고, 식음을 전폐하고, 술을 처마신다고 했다. 등신 같은 놈, 그래가지고 되겠냐. 인권은 최후의 방법을 쓰기로 했다. 모텔로 찾아가 영주 손을 붙잡고, 병원으로 가자 한 것이다. '돈만 주면 수술해주는 데 있어, 삼촌 따라와라. 니 인생 안 망치게 내가 도와줄게.' 근데 영주가 버티며 죽어도 싫단다. 그것도 답답한데, 현이 새긴 길바닥에서 무릎을 꿇고, '내가 이렇게 빌게요. 이럼 되겠어요? 봐요. 빨리!' 고함을 친다. 그 바람에 사람들은 구름떼처럼 몰려오고, 인권은 쪽이 팔렸다. '시발. 너 이 새끼.. 기어코 니 애빌 깡패 만드냐? 그래, 난 무식해서 끝까지 이래야겠다. 영주, 따라와!' 하며 영주의 손목을 다시 끌었는데, 현이(그날 영주는 독감을 앓으면서도 진통제 한 알을 못 먹었는데.. 현인 그 순간 영주와 제 아이를 지켜야 한단 생각뿐이었다)가 갑자기 야수처럼 소릴 지르며 '건드리지 마! 우리 영주 건드리지 말라고!' 하며 인권을 들이받았다. 그러며 넘어져 바닥에 얼굴을 간 인권에게 하는 말, '내가, 영주가 얼마나 힘든지, 지금 우리 맘이 어떤지 아빤 관심도 없고 보이지도 않죠? 내가 쪽팔려요? 난 아빠가 평생 쪽팔렸어요. 아빠 아들 이제 안 해요, 못해! 시발!' 그러며 넘어진, 그를 두고 영주의 손을 잡고 가는 게 아닌가. 인권은 눈알이 돌아갔다. 내 저 새낄 잡아 죽이리라. 그는 가까스로 일어났다. 근데, 어느새 소식을 듣고 달려온, 호식이, 그의 얼굴에 주먹을 뻗는 게 아닌가. 그날 둘은 원 없이 맞고 때리고, 종국엔, 경찰차에 실려 경찰서 유치장에 나란히 갇히는데...

그 시각, 두 아빠에게서 희망을 접은 영주와 현은, 집 안의 돈 될 만한 것들을 다 훔쳐들고 길 위에 서고... 인권과 호식은 그렇게 자식들에게 버려졌다. 초라한 인생이 더욱 초라해졌다. 둘은 화해할 수 있을까?

그 외 인물들

양달이 (여, 스물아홉)

두 살 터울 농아 동생 별이(수어로 대화하거나 말을 크게 해 대화한다)와 시장에서 커피장사를 하고, 해녀 일(이제 1년 됐다, 초보), 은희네 생선가게 일, 영옥의 실내포장마차 일 뭐든 다 한다. 부지런하고 밝다. 선한 부모님 두 분은 모두 농아로 푸릉마을의 돌담 쌓는 일을 한다. 동갑내기로 초등학교, 중학교, 고등학교까지 함께 다닌 정준 동생 기준이 자길 좋아하는 것은 알지만, 고등학교 때 자신의 친구랑 사귄 걸 알아 맘이 안 간다. 세상에서 부모님 담으로 별이가 젤 좋고, 별이와 노는 게 늘 신나고 재밌다. 남들은 별이랑 언제나 같이 살 수 있는 게 아니니, 자매라도 적당히 놀라 하지만, 달이는 결혼해도 별이랑 앞뒷집에 살 생각이다. 문제없다. 그러나 정말 문제없을까. 가끔 혼자 있고 싶어지는 마음은 대체 뭔지.. 어쨌든 그 맘은 혼자만 알았으면 한다.

양별이 (여, 스물일곱, 커피장사)

상냥하고, 맑은 웃음만큼 생각도 밝고 긍정적이다. 달이별이란 카페를 내고 싶은 게 꿈이다. 시간 나면 그래서 달이와 함께 카페 보러 다니는 게 취미다. 둘은 쌍둥이처럼 행동도 웃음도 하는 짓도 닮았다. 사람들은 자신이 농아라고 왠지 불쌍한 눈빛이지만, 그건 괜한 걱정. 별이 자신은 농아라서 별로 불편한 게 없다. 사랑하는 부모님과 달이성(언니)이 있으니. 충분히 사랑받고 있고, 충분히 행복하다 여긴다. 근데 기준이가 짜증 난다. 달이를 빼앗아 갈까 봐서가 아니라, 달이가 물질하느라 바다 들어가는 게 늘 걱정인데(그래서 달이가 바다 들어가면 늘 함께 나가, 달이가 물에서 나올 때까지 기다린다) 달일 좋아하는 기준도 바닷일 하는 선원인 게, 맘에 안 든다. 달이의 짝은 육지에서 일하는 남자였으면 좋겠다. 바다에서 일할 거면 차라리 묵직한 정준 오빠 같은 사람이거나.

박기준 (남, 스물아홉, 정준의 배에서 같이 일한다)

　어려선 양아치 같았지만, 지금은 맘 잡고, 형 일을 돕는다. 물론 맘 잡은 지 일 년도 안 됐지만. 어려선 일 안 하고 술이나 먹고 돈이나 쓰러 다니고 여자들이나 따라다녔다. 그러다 정준이가 기준이 땜에 속상하단 얘길 들은 동석이가 반 죽 게 자신을 패며 말했다. 다시, 노는 거 눈에 띄면 죽는다. 그래서, 정준의 배에 올 랐다. 첨엔 동석이 무서워 그랬지만, 지금은 정준이가 존경스러워 일한다. 근데 형이 속을 알 수 없는 영옥일 좋아하다니, 별로다. 그리고 달인 자신이 자길 좋 아한다 여기지만, 사실과 다르다. 난 별이가 좋다. 근데, 왠지 말을 못 하겠다. 사 랑은 성격도 변하게 하는 건지, 부끄럽다. 이 사실은 아무도 모른다.

씬	장면(Scene)이라는 의미. 같은 장소, 같은 시간 내에서 이루어지는 일련의 행동이나 대사가 한 씬을 구성한다.
C.U	클로즈업. 배경이나 인물의 일부를 화면에 크게 나타내는 것을 말한다.
점프컷	연속성이 없는 두 장면을 붙이는 편집 방식이다.
인서트	화면의 특정 동작이나 상황을 강조하기 위해 삽입한 화면. 인서트 화면이 없어도 장면을 이해하는 데에는 별다른 지장이 없으나 인서트를 삽입함으로써 상황이 명확해지는 한편 스토리가 강조된다.
(E)	대사와 음악을 제외한 효과음(Effect)을 뜻하며, 보통 등장인물은 보이지 않고 소리만 나는 경우에 사용한다.
플래시백	회상을 나타내는 장면. 지금 일어나고 있는 사건의 인과를 설명할 때 쓰이기도 하고, 인물의 성격을 설명하기 위해 쓰이기도 한다.
플래시컷	화면과 화면 사이에 들어가는 순간적인 장면. 극적인 인상이나 충격 효과를 주기 위해 삽입되는 매우 짧은 화면을 지칭한다.
F. I.	페이드인(Fade-In). 어두웠던 화면이 점차 밝아지는 상태를 말한다.
F. O.	페이드아웃(Fade-Out). 화면이 점차 어두워지면서 장면이 바뀌는 것을 말한다
(N)	내레이션을 지칭하는 용어로, 장면 밖에서 들려오는 목소리를 나타낸다
몽타주	따로따로 편집된 장면들을 짧게 끊어서 붙인 화면을 말한다.
(O.L)	오버랩(Overlap). 현재의 화면이 사라지면서 뒤의 화면으로 바뀌는 기법이다.

너 제주 왔단 말 들었다.
야, 반갑다. 내 첫사랑.

프롤로그.

썬1.   푸릉(푸르다는 뜻의 가칭, 제주 지역) 제주 바다, 새벽 3시경.

카메라, 하늘에서 바다로 내려와 파도를 따라 불 켜진 등대를 보여주고 그 옆에 정준이 기거하는 낡은 그러나 제법 운치 있는 불 꺼진 버스를 보여줄 때, 요란한 시계 알람 소리가 사이렌처럼 들리고, 거의 동시에 '위스키 온 더 락'(강지민 버전) 같은 레트로풍(?) 음악이 들리면서, 정준의 버스에 불이 켜지고, 차 창문으로 보면, 정준(얼굴은 보이지 않고, 멀리 실루엣만), 버스 안 침대에서 일어나 앉아, 시계(C.U)의 알람을 끄고(새벽 3시), 다시 일어나, 버스 한쪽에 마련된 싱크대에서 칫솔에 치약을 발라, 차 창문 앞으로 와, 찡그린 눈으로 오늘은 파도가 어떤가 진지하게, 파도를 살피는,

썬2.   영옥의 집 안, 침실(바깥채, 모든 게 아주 정갈한 실내, 15평 정도의 소박한, 원룸) + 은희의 집 안(안채, 20평 정도의 소박한 느낌, 거실에서 티브이 보다 잔 듯 이불이 깔려 있고, 이불 옆에 먹던 소주에 안주 등이 놓여진, 지저분한), 검은 새벽.

영옥, 반바지에 민소매로 침대에서 모로 자는, 음악 소리('위스키 온 더 락',

은희의 집에서 들리지만, 시끄러운)에도 죽은 듯 자는, 카메라, 자는 영옥의 모습에서 그 집을 빠져나와 마당으로 가, 안거리(제주 사투리, 안채)로가, 주방 창으로 보면, 은희, 자다 깬 얼굴에 부스스한 머리를 하고 덤덤하고 진지한 얼굴로, 핸드폰에서 나오는 음악에 몸을 흔들며(그냥 거의 반사적이지, 퍽 신나는 건 아니다), 건성 립싱크 하듯 노래를 따라 부르며, 밥통에서 밥을 퍼 큰 양푼에 넣고, 참기름, 깨소금, 소금만 넣어 밥을 맨손으로비벼, 주먹밥을 만들어, 낡은 도시락에 넣는 모습이 컷컷 보여지는, 주먹밥만드는 것에 집중하는, 부스스한 모습에 웃지 않고 춤추며, 무표정하게 주먹밥을 만드는 모습이 언밸런스하게 보이는,

씬3.　　은희의 집 앞, 검은 새벽.

은희의 트럭, 집 앞을 지나 빠져나가는, 은희, 음악을 틀어놓고, 운전해 가는, 약간은 전투적인, 긴장감이 있는,

씬4.　　제주 한적한 도로 + 은희의 트럭 안, 검은 새벽.

은희, 운전하며, 손에 주먹밥을 들고 씹으며, 웃지 않고, 음악에 맞춰, 몸을흔드는, 그러나 머릿속은 오늘 경매에 생선이 좋은 게 나와야 하는데 하는생각으로 긴장감이 느껴지는, 경적을 울리고, 차를 질주해, 앞에 신호에 걸려 서 있는 정준의 트럭 옆으로 가, 차 창문 열고,

✳ 교차씬 》

은희　　(웃지 않고, 자기 밥은 입에 물고, 주먹밥 새것 들어서 보여주며) 밥은 먹언?

정준　　(담담히, 야구공 잡는 폼으로 손을 벌리면)

은희　　(던지고)

정준　　(주먹밥 받아서, 입에 물고, 신호등 바뀌자 바로 고맙단 뜻으로, 작게 경적

빵 울리고, 빠르게 운전해 가는, 긴장감 있는)

은희   (정준의 트럭 쫓는)

씬5.   수협 경매장 밖, 아침.

점프컷으로 활기찬 경매장의 풍경이 보이는,

1, 수협 밖, 항구.
배에서 생선들을 거칠고 빠르게 리어카에 하역하는 사람들의 모습,

* 점프컷, 항구 한편 》
호식, 땀이 난 채, 냉동트럭 안에 가득 찬 얼음을 차 아래 리어카에 삽질해
서 담는, 리어카에 얼음이 담기면, 호식, 차에서 내려, 빠르고 긴장감 있게
리어카를 끌고 수협 안으로 들어가는,

호식   비키서, 비키서! 비키서, 비키서, 비켜!

2, 경매장 일각.
아낙들, 공터에 앉아, 수많은 생선들을 상자에 담는, 그때, 호식, 얼음 리어
카를 끌고 와 얼음을 그곳에 부리고, 다시 얼음을 가지러 나가는, 호식 뒤
의 인부가 생선 리어카를 끌고 와 고등어 경매장으로 가고, 카메라, 인부
를 따라가면, 고등어 경매장이 나오는,

3, 고등어 경매장.
인부들, 고등어가 담긴 상자들을 줄지어 차려놓는,
정준, 긴장감 있게 많은 사람들(대부분이 잔뜩 긴장한 느낌이다) 틈에서
고등어를 관찰하는,
은희, 불쑥 긴장감 있는 얼굴로 정준 옆에 나타나 고등어를 보며,

은희   물건 어떵해?

정 준   (고등어들 보며, 진지한) 별로.

은 희   (답답한) 무사(왜)?

정 준   (물건이 안 좋아 맘 답답한, 은희 귀에 대고, 남들 안 들게, 가볍게 툭툭 말
       하는) 물건들이 나오는 족족 얼음만 잔뜩 쟁여서, 눈속임햏. 죄다 최소 어
       제 꺼나, 그제 꺼.

은 희   (고등어 보며, 말꼬리 자르며, 살짝 답답한) 이런, 생선 눈깔이 몬딱(죄다,
       몽땅) 술 처먹은 양 맛탱이가 갔네이. (답답한, 정준 보며) 어업량이 적어신
       가?

정 준   (고등어만 보며) 고등언 작게 사고, 오징어 삽서.

은 희   (답답한, 담담히) 너 알앙(알아서) 허라. (하고, 가는)

경매사   장수 8호 고등어, 장수 8호 고등어. 경매 시작.

정 준   (경매사 옆에 있는 자기의 담당 중도매인에게 수신호로 손가락을 폈다 접
       었다 하며 진지하게, 삼십 상자를 사라고 말하는)

중도매인   (정준의 신호를 알아차리고, 수신호로 물건 사는)

       4, 2경매장.
       갈치 생선 상자들이 줄지어 있는,

경매사   (높은 의자에 올라가, 중도매인들을 내려보며, 힘 있게) 우리호 갈치, 우리
       호 갈치, 우리호 갈치! 싱싱한 갈치! 10킬로 짝당 십만! 10킬로 짝당 십만
       부터 시작!

중도매인들   (각자 진지한 얼굴로, 경매사 보며, 수신호를 하는)

은 희   (담당 중도매인1 옆에 서서, 물건을 보고, 단호한, 중도매인1 귀에 대고, 빠
       르고, 작게) 삽서!

중도매인1   (진지하게, 은희 귀에 대고, 진지하게) 하영?

은 희   (갈치만 보며, 작지만, 단호히, 진지하게) 떨이, 무조건 지릅서.

중도매인1   (진지하게 고개 끄덕이고, 빠르게, 경매사 쪽으로 가서, 경매사 보며, 자기
       보라고 손뼉 치고, 수신호를 힘 있게 하는)

       중도매인2, 그걸 보고 돈을 더 높여 수신호 하면,
       중도매인1, 다시 돈을 더 높여 수신호 하는,

중도매인2, 짜증 내며 포기하고,

중도매인3, 돈을 더 높여 부르고,

중도매인1, 더 돈을 높이고,

경매사　33번 십삼만 이천, 십삼만 이천. 더더더더, 더더더더? (하며, 중도매인들 보면, 모두 고개를 젓는) 원 투 쓰리! (경쾌하고, 멋진 야구심판 같은 모션으로) 우리호 갈치, 우리호 갈치, 싱싱한 우리호 갈치, 33번, 모조리, 전량, 싹쓸이, 낙찰!!

은　희　(담담히, 박수를 서너 번 치고, 바닥에 살짝 침 뱉고, 빠르게 힘 있게 출구 쪽으로 가는)

5, 서귀포매일시장 일각, 어두운 새벽 5시경.

정준, 땀 흘리며 트럭 위에서 트럭 아래로 생선 상자를 은희 매장의 직원1(민군), 직원2(양군)에게 던지는, 정준, '스무개양(스무개요)!' 하며 던지고, 민군 양군, '스무개양' 하며 받는, 다시 정준, '스물하나양' 하면, 민군 양군, '스물하나양' 하며 받는, 민군, 먼저 리어카에 생선을 싣고 가는,

정준, 수건으로 땀 닦고, 다시 쉬지 않고 양군에게 하역을 하는,

6, 서귀포매일시장 내 은희 매장, 새벽 5시경.

민군, 리어카의 생선을 생선대에 정리하고, 양군, 생선 리어카 끌고 와 함께 정리하는, 은희, 한쪽에 서서, 주문 장부들을 진지하게 보다, 장부 놓고, 생선 정리 같이 하는,

7, 푸릉마을 길가, 어스름한 새벽, 6시경.

춘희 외 혜자, 해녀1, 2(모두 육십 대 중년들), 가방 들고 길가에 죽 앉아 길가 쪽을 보며 차 기다리는,

＊ 점프컷 》

영옥의 작은 차 와서 서며,

영　옥　(차 창문 열고, 밝게) 삼춘들 탑서!

* 점프컷 》
춘희와 혜자, 해녀1, 2 타고,

혜자 (짜증) 혼저혼저 오라게! 무사 맨날 늦나?!
영옥 (웃으며, 밝게) 죄송합니다. 죄송합니다.
춘희 (순하게, 덤덤한, 표정으로, 그냥 타는)

* 점프컷 》
영옥의 차, 달리는,

8, 바닷가, 달리는 정준의 배.
춘희, 영옥, 달이, 해녀들1~10까지, 배에 타 있고, 더러는 멀미약을 먹거나,
물안경에 쑥물을 내 바르는,

혜자 (영옥이 주는 멀미약 먹으며) 너 바당(바다)에서, 나 옆이(곁에) 거머리추
      룩(처럼) 붙지 말라게. 귀찮게.
영옥 (밝게, 웃으며) 네. (하고, 멀미약을 하나 따, 춘희에게 주며) 멀미약 드세요.
혜자 (밉게 보며) 춘희삼춘한티도 알랑방귀 끼멍 붙지 말라! 삼춘 귀찮게.
영옥 (자기 멀미약을 먹으며) 네!
춘희 (덤덤한, 바다만 보며, 멀미약을 받아 먹는)
달이 (담담히, 영옥의 귀에 대고) 언니, 혜자삼춘 말 신경 쓰지 마, 춘희삼춘한
      테 안 붙으면 오늘도 소라만 따.
영옥 (대꾸 없이, 배 몰아가다 고개 돌리는 정준과 눈이 마주치면, 윙크를 하며)
      헤이, 선장, 밥은 먹언?
정준 (못 들은 척, 아무렇지도 않은 척, 고개 돌려, 배만 몰아 가는)
영옥 (밝게, 옆의 배에 있는 배선장에게) 헤이!

* 점프컷 》
배선장(삼십 대), 배에서 영옥을 보고, 손 흔들며, 밝게, '헤이! 영옥!' 하는,
영옥, 다시 배선장에게 '헤이! 하고, 배선장도 가며 '헤이! 영옥' 하며 둘이

손 흔들며 웃는, 그 그림 위로,

혜자　(그런 배선장 보고, 영옥 보며, 어이없고, 황당한, 맘에 안 드는, 꼬나보며, 춘희 귀에 입술을 바짝 대고, 구시렁) 무사, 아무 소나이(사내)헌티 말을 걸고, 히야까시를 허고... 여시 같은 년이. 저거 이디서 내쫓읍서, 춘희삼춘. 첨부터 육지 것은 받는 게 아니언마씸. 하는 말마다 거짓말 닮고(같고).

춘희　(관심 없는 듯, 물안경을 쑥으로 닦기만 하는, 제 할 일에만 집중하는)

＊ 점프컷 》
운전하는 정준 옆에서 기준, 해양경찰과 주변 배와 해녀들 들으라고 무전기로 말하는,

기준　전진 1호, 전진 1호, 총 15명 승선, 총 15명 승선! 현재 위치 푸릉 앞바다, 위도 8 경도 10. 현재 시각 오전 7시 30분, 물질 종료 시각 오전 11시 30분! 물질 종료 시각 오전 11시 30분!

＊ 점프컷 》
해녀들, 태왁에 핸드폰을 비닐에 싸서, 넣으며, 시간을 확인하는,

정준　(운전만 하며, 아무렇지 않게) 내가 영옥누나 사귀면 아시(동생) 넌 어떨 거 같아?

기준　(보다, 순간 멍, 그러다 여전히 배선장과 '헤이'를 주고받는 영옥 보고, 정준 보며) 심심해서 놀 거 아님 관둬. 형 스타일 아냐. 딱 봄 몰라, 엄청 헤프다고. (하고, 자리 비켜, 멀리 바다를 보는)

정준　(담담히, 배를 세우는, 그리고, 고개 돌려, 영옥 쪽을 보는, 담담한)

영옥　(배에 걸터앉아, 아무도 모르게, 정준에게 윙크를 하고, 바다로 들어가는)

＊ 점프컷 - 바닷속 》
춘희 영옥 달이 외 해녀들, 바다로 들어가는,

＊ 점프컷 》

정준의 배, 해녀들을 놔두고, 육지로 향해 가는,

* 점프컷 – 바닷속 》
해녀들 잠수하고, 영옥, 야무진 얼굴로 춘희를 쫓다가,
춘희, 멈춰 서, 영옥 보는, 덤덤하게, 다른 데로 가라고 손짓하는,
영옥, 멈칫하는, 속상한, 가려다, 밑에 전복 발견하고, 얼른 가서, 빗창(전복
따는 도구)으로 전복을 따려는데, 안 되는, 계속, 힘들게 전복을 따려 하지
만, 안 되는, 비장한, 춘희, 영옥을 답답하게 보다, 그냥 다른 데로 가는, 영
옥, 숨이 찬, 그러나 마침내, 전복을 따고, 그리고, 태왁을 향해 올라가는,

* 점프컷 》
영옥, 수면 위로 얼굴 내밀고, 신난, '아우!' 하고, 망사리에 전복 넣고 바로,
잠수하는,

9, 서귀포매일시장, 오전 8시경.
사람들, 은희의 가게 앞에 여럿 모여 있는,
민군 양군, 생선 배를 가르며, 열심히 일하는,
은희, 가오리를 펜치로 껍질을 벗기며, 손님에게 말하는,

은희 호끔만, 잠시만 기다립서! 천천히, 천천히, 순서대로! 주문합서! (하다, 생선
     을 뒤적거리는, 손님에게, 펜치를 흔들며, 버럭) 에헤이! 에헤이! 생선 주물
     딱거리지 맙서! 몬딱(전부) 다 살 것도 아니멍(아니면서)!
손님 (서울 사람, 갈치 들고) 나 이거, 만 원에 주라, 이모.
은희 (생선 뺏어, 진열하며) 만오천 원.
손님 (갈치 들어보며) 만이천 원.
은희 (갈치 뺏어, 진열하며) 에헤, 만지지 좀 맙서, 쫌! 갑서! 안 팔아마씸, 개시
     부터 와서.. 삼춘이 배 타고 바당 나강(나가서) 직접 낚시행 잡아, 드십서!
     (하고, 가오릴 칼로 탁탁 힘 있게 토막 내는)
손님 으이그 성질도, 알았어, 알았어. 만삼천 원.
은희 (순간, 화난 얼굴로 토막 내다, 칼을 도마에 거칠게 확 꽂고, 손님을 빤히
     보는, 화를 참는 듯) ...

여러 손님들   (놀라며)?!

은희   (칼을 뽑아, 다시 토막을 내며, 투박하게) 두 마리 사면 마리당 만사천, 더
는 말 맙서. (하고, 일하며, 눈만 들어, 손님 보며, 거칠게) 오케이?

자막 : 한수와 은희 1

씬6.   전철역 앞, 낮.

한수와 직원들 일고여덟 명, 에스에스 은행 어깨띠를 하고, 전단지를 지나
가는 행인들에게 나눠주는,

한수 외 직원들   (힘 있게, 따뜻한 웃음 지으며, 전단지를 나눠주며, 반복해서 말하는)
에스에스 은행입니다. 고객님들을 위한 맞춤 신상품이 있어 홍보 나왔습
니다. 은행 방문상담 환영합니다. 감사합니다. 감사합니다.

행인들, 누구는 관심 없이 받아 가거나 누구는 버리고 가는, 한수, 행인에
게 전단 주다, 얼른 행인이 버린 바람에 날리는 전단지를 뛰어가 주워서,
자신이 들고 있는 전단지 밑에 깔고, 제자리로 와 새 전단지를 다른 행인
에게 주며, 위의 말을 반복하는, 전투적이고 열심인,

씬7.   복도식 아파트, 낮.

한수, 뛰어다니며 대문 밑으로 전단지를 빠르게, 넣는,

* 점프컷 》
한수, 땀 나는, 그러나 전투적으로 힘들게, 계단을 뛰어 내려가, 아래층으
로 가서, 같은 방식으로 전단지를 빠르게 현관문 안으로 넣는,

* 점프컷 》

다른 층을 보면, 직원1, 한수와 같은 방식으로 집집마다 전단지를 넣는,

씬8. 부동산 앞, 낮.

부동산에서 물건 박스를 들고 나오는 직원4, 5의 모습 위로,

한 수   (E) 왜 홍보물을 그냥 다 들고 나와?

직원4, 5 돌아보면, 한수와 직원1, 2, 3 걸어오고 있는,

직원4   (답답한) 안 받는대요. 완전 잡상인 취급. 무조건 나가라고.
직원5   한영은행 애들이 아침부터 벌써 싹 다 돌았나 봐요. 우리랑 똑같은 홍보물
         들고...
직원4   동네 부동산마다 한영, 에치비 은행에서 준 홍보물이 그득그득이에요.
한 수   (근처에 둔 차로 가서, 타려는데, 교통위반 딱지가 붙어 있는, 그걸 떼내려
         하는)
직원1   (한수 앞에 있는 제 차에 타려다가, 한수 보며) 제 차엔 없는데, 왜 늘 지점
         장님 차만, 그런 게 붙는지, 참. (하고, 차에 타 가고)
한 수   (딱지를 뜯다가, 너무 잘 붙어 있어서, 안 뜯어지는, 답답한, 떼다 말고 그
         냥 운전석에 타며, 직원1 차에 안 타고, 남은 직원들에게) 타 타. (하고, 직
         원들 차에 다 타면, 운전해 가는)

씬9. 작고 협소한 지점장실, 낮.

한수, 박스에 서류들을 챙기는데, 핸드폰 오는 소리가 들리는, 기다린 전화
인지, 얼른 한쪽에 놔둔 핸드폰 있는 데로 가려다, 책상에 슬리퍼 신은 발
가락이 부딪혀 너무 아픈, 참고, 책상에 걸터앉아, 전화를 확인하고 받는,
손으로 아픈 발가락을 꽉 잡고 있는, 목소린 따뜻한, 조금 어색한,

한수   어, 형식아, 나야.. 그래, 니 와이프한테는 어떻게, 물어봤니?

친구   (E, 미안한) 너무 미안한데, 와이프가, 친구랑 돈거래 말라고.. 그러다 돈 잃고 친구 잃는다고.. 너는 절대 그럴 일 없다고 해도, 죽어도 안 된다고.... 그럴 거면 이혼하자고 그러네.. 정말 미안하다, 야.

한수   (참담한, 애써 담담히) 아.. 그래..

친구   (E) 야, 한수야, 그래도 이번에 너 돈 어떻게든 마련해, 내가 말한 오랑 주식 사라, 어? 야, 그거 진짜, 사기만 하면 두어 달 만에 두 밴, 기본으로 남아. 일억 넣음 이억, 이억 넣음 사억. 내가 너 고향 친구니까 이 정보 주지, 다른 놈들 같음 주지도 않아..

한수   (전화 내용, 들으며, 그사이에 양말을 벗어보면, 피가 나고, 발톱이 덜렁거리는, 몸도 맘도 아파, 울고 싶은, 참고) 알아, 알아.. 니가 나 위해, 정보 준 거. 근데 형식아, 지금 내가 전근 준비가 바빠서, 우리 전화 나중에 또 하자. 그래. (하고, 전화 끊고, 발톱을 냅다 뽑는, 아프지만, 비명도 못 지르는, 피 나는 발가락을 손으로 꽉 쥐고, 아파하는)

남자   (E) 야야야야, 너 왜 이 말 했다 저 말 했다 해?!

씬10.   은행 창구 + 지점장실 + 지점장실 앞, 낮.

       직원들, 속상한 얼굴로 업무를 마무리하는, 누군가는 셔터를 내리는,
       직원1, 억울한 표정으로 서 있고, 점퍼 차림의 중년의 남자, 그 앞에 서서
       화를 내는,

남자   (화나, 버럭대는) 웃긴 놈이네, 이거!

직원1 (울고 싶은, 답답한) 제가 언제 이 말 했다 저 말 했다 합니까, 사장님. 제가 사장님께 추천드린 상품은 원금보장이 아닌 비보장이어서, 리스크가 크다고, 몇 번을 말씀드렸는데,

남자   (말꼬리 자르며, 옆의 서류를 들어, 직원을 때리며) 니가 언제 자식아, 그런 말을 했어?!

직원들 (손님을 말리려 앞을 가로막으며) 사장님 말로 하세요! 왜 이러세요, 정말!

남자	(칠 듯이) 나와, 안 나와, 니들!

* 점프컷 》

그때, 한수, 한쪽 발은 슬리퍼를 신고, 한쪽 발은 밴드를 덕지덕지 붙인 채, 나와, 남자에게로 빠르게 가서, 그 앞에 서며, 답답하지만, 정중히 말하는,

한수	사장님, 참으세요, 참으세요! 그리고, 일단 제 방으로, 제 방으로 가시죠.
남자	지점장 넌 뭐야? 너 니 방에 있었으면서, 왜 이제 나와! 나 무시해?!
한수	(답답하지만, 정중히, 달래는) 아이고, 사장님도, 참, 무슨 그런 말도 안 되는 말씀을 하세요. 감히 저희가 사장님을 어떻게 무시합니까.
직원1	(억울한, 울고 싶은) 지난 1분기 2분기 때 수익 나서, 제가 이자 보고드릴 땐 좋아하셨으면서, 이번에 손실이 좀 났다고 이렇게 화를 내시면.. 은행은 어떻게 일합니까?
한수	(버럭, 속상한) 김대리, 가만 안 있어?!
남자	저 새끼가, 그래도! (하며, 직원들 밀쳐 넘어지게 하고, 옆의 서류로 직원1 치고, 한수, 놀라, '사장님' 하며 남자 허리를 안지만, 그러든 말든, 소리치는, 그러면서도 한수에게 밀려, 지점장실로 가는) 니가 자식아, 이윤이 나면 연 수익률이 십 프로 넘는 건 우습다고, 정육점 하는 심사장도 오억이나 투자했다고, 갖은 말로 순진한 사람 꼬셔놓고, 이제 와서 뭐 원금보장이니 비보장이니, 어려운 말을 해대고.. 일억 팔천을 일억 육천으로 만들어놓고, 니가 무슨 할 말이 있다고, 이게!
한수	(소리치는 남자는 아랑곳없이, 달래며, 남자를 조심히 제 방으로 미는데, 남자와 말소리가 맞물리는) 사장님, 진정하세요. 일단 제 방에 가셔서 차분히, 차 한잔 드시면서.. 혈압도 높으신데, 진정하시고, 진정하시고.. (하고, 씩씩대는 남자를 방에 억지로 데리고 가는데)
남자	(한수의 다친 발가락을 모르고 얼결에 밟는)
한수	(땀이 쭉 날 만큼 아프지만, 간신히 참고 씩씩대는 남자를 제 방에 넣고, 들어가 남자를 제 의자에 앉히며) 제가 차 한잔 드리겠습니다. 잠시만, 여기 계세요.
남자	아, 진짜 속상하네.
한수	(문 닫고, 나가는, 발이 아픈, 가까스로 참는)

* 점프컷 - 창구 ⟫

한수, 나와서, 씩씩대는 직원들에게,

한 수 (답답하고, 속상한, 애써 담담히) 김대리 참아, 다들 퇴근해요. (하고, 발가락 아픈 걸 참고, 탕비실로 가는)

직원1 (그 모습 보고, 속상하지만, 탕비실로 가는)

씬11. 은행 탕비실 안, 낮.

한수, 컵을 들면, 직원1, 들어와, 컵 잡으며,

직원1 제가 할게요. (컵 잡아서, 냉장고 문 열면)

한 수 (피 나는 발가락에 휴지를 둘둘 말며, 담담히) 저 양반 찬 음료 주지 마. 아주 입이 데일 것같이 뜨건 차 줘. 벌컥벌컥 못 마실 만큼 뜨거운 거. 뜨거운 차 먹으라고 후후 불다 보면, 어떤 성질도 가라앉는다.

직원1 (하라는 대로 하며, 걱정, 미안함) 발가락은 왜?

한 수 (발가락에 휴지만 말며) ..별거 아냐..

직원1 죄송해요, 지점장님. 제가 참고 그냥 무조건 잘못했다 그래야 하는데..

한 수 (발가락에 휴지 말고, 주머니에 넣어둔 양말을 꺼내 신으며, 안 보고, 담담히) 내 전근 선물이려니 해.

씬12. 지점장실 안, 낮.

남자(지점장 의자에 앉은), 생강차를 마시려다가, 뜨거워 놀라, '아, 뜨거!' 하면,

한수, 앞자리에 마주 앉아, 말하는,

한 수 (따듯하고, 담담히, 그러나 비굴한 건 아닌) 천천히 드세요, 천천히.

남자 (차를 후후후 식혀 조금 먹고, 극악하다기보다 속상한) 내가 이천을 벌려면, 반년은 죽어라 고생해야 돼. 근데, 그 돈을 하루아침에 다른 데서도 아니고 은행에서 날린단 게 말이 되냐? 어? 최지점장 말해봐, 말해봐? 입 있으면?!

한수 (공감하며) 속상하시죠. 저 같아도 진짜, 속상하죠. 뭐라 드릴 말씀이 없습니다.

남자 아.. 진짜.. 후후.. (하며, 차를 마시려 하는)

한수 (담담히, 진지하게, 눈치 살짝 보고) 그래서.. 제 생각은, 이번에 사장님이 하셨던 그 상품이 다행히 넬모레면 만기 상환되니까, 연장 마시고, 그 돈 빼서 다른 상품, 안전한 (하며, 서류를 하나 꺼내 보여주며) 원금보장형으로 갈아타시는 게.. 어떠신지. 이게요, 이자율도 아주 쎄요. 신상품인데, 사장님이 하시면 첫 개십니다.

남자 (서류 보며, 얼굴은 굳어 있어도, 진짠가 싶은) 그.. 래? (하고, 차를 무심히 마시다, 뜨거운) 앗 뜨거!

한수 (옆에 휴지를 얼른 꺼내, 일어나, 남자의 입을 막으며) 이런 이런 조심하시지..

씬13. 한수의 오피스텔 전경, 저녁.

전화벨 소리 나는,

씬14. 한수의 원룸 오피스텔 안, 저녁.

원룸에 빌트인 된 작은 티브이엔 보람이(주니어 경기에서 경기를 잘하는, 나이 열아홉, 작년 경기쯤 되는)의 골프 경기가 나오는, 한수, 일상복 차림으로 욕실에서 세수한 얼굴로 나와 수건으로 머릴 털며, 전화 받으며 말하면서, 주방으로 가, 라면 물을 올리며,

한수 (따뜻하고, 담담한) 오늘은 일 일찍 끝났나 보네. 너 택배 일하면서 허런

괜찮고?

씬15.   한영(한수 동생)의 투룸의 작은 임대주택 + 한수의 원룸, 저
        녁, 교차씬.

        한영(택배 일복 차림), 주방에서 생선을 구우며,

한영   (불편한) 교통사고 난 허리가 뭐 하루아침에 괜찮아, 지나?
한수   (미안한, 라면을 넣으며) 조심해.
한영   (어이없는, 생선을 이미 다 차려진 밥상에 놓고, 티브이 보는 엄마 앞으로
        가져가며, 전화하며 말하는) 걱정됨 돈이나 주든가. 지점장 해 번 돈 다 지
        식구한테만 쓰고, 장남이면서 막내동생한테 엄마 맡기고, 고작 한 달에 이
        삼십만 원밖에 안 보내고. 뭐 하는 거야, 대체?! (하고, 한수모와 함께 밥
        먹는)
한수모   (듣기 싫은, 밥 먹는, 기죽은 듯한)
한 수   (할 말 없는, 라면 휘적이며) ..엄마 좀 바꿔줘. 나 담 주초에 전근 가는데
        엄마한테 인사도 못 가서, 전화드리고 갈라고..
한영   (싫은) 엄마 자. (하고, 전화 끄는)
한수모   (한영을 서운하게 보는)

씬16.   한수의 원룸 안, 저녁.

        한수, 참담한, 그러나 참고, 주방에 서서, 김치를 통째로 꺼내고, 냄비째 라
        면을 후루룩 먹다가, 냉동실 열어, 얼린 찬밥 덩이를 라면 냄비에 부어, 수
        저로 퍼먹으며, 티브이 앞으로 가 앉아서 보람의 경기를 보는,

한 수   (진지한, 답답한) 쟤가 작년에도 ..자꾸 드라이블 오른쪽으로 감아 치는 경
        향이 있었네. 저러니까, 자꾸 우측으로 밀리지, 자식이..

그때, 주방 식탁에 켜놓은 노트북에 미진의 영상통화가 오는,

한 수   (급한, 라면을 바닥에 놓고, 식탁 노트북 놓인 자리로 뛰어가 앉으며, 영상
전화 켜고) 잘 지냈어?

＊ 점프컷 - 시간 경과 》

한 수   (담담한) 있는 거 다 탈탈 털어도 현재로선 팔천. 달러로 육만 육칠천 되겠
네.

미 진   (미국, 한적한 도로 차 안 - 피곤한 얼굴을 부비며, 잠시 생각하고) ...그 돈
원정 경기 다니면, 오 개월도 못 써. 자기야, 그냥 접자. 이부 리그에서도 성
적이 평균 오십 위권 이하면, 내년에도 일부 못 가.

한 수   (가만 보며, 진지한, 단호한) 입스(자막 설명) 와서 최근 반년이 그런 거지,
그 전엔 일부에서도 관심 있어 할 만큼 성적 좋았어. 오늘 경긴, 십일 위였
다며?

미 진   (차갑게) 오늘은, 수준 낮은 지역 경기.

한 수   (담담한) 보람이 들어.

미 진   보람인, 모레 경기 있어서, 비행기로 엘에이 먼저 보냈어. 난, 비행기값 아끼
려고 어제부터 차로 이동 중이고. 내 차 고장 나 이 차도 빌린 거라고.

한 수   누구한테 차를 빌려?

미 진   아는 스폰서.

한 수   (궁금한) 어떤 아는 스폰서? 보람이한테 관심 있어, 그 스폰서?

미 진   (담담한) 그만하자, 차로 미국 전역을 질주하는 거 나 무서워, 이제. 기름값
없어 히터도 못 킨다고. 여긴 춥다고. 나도, 늙었고.

한 수   (참담하지만, 처지지 않고) 스티브 코치한테 연락 왔어? 보람이 연습 장면,
경기 장면 비디오 보냈다며? 뭐래?

미 진   (가만, 답답하게, 한수를 보다, 외면하는)

한 수   뭐래?

미 진   (고개 돌려 보며, 화난) 이제 더는 여기서 돈 빌릴 데도 없어? (속상한, 원
망스런) 유학생들, 이민자들 사이에서 나 지나가면 뭐라 그러는지 알아?
쩅그랑! 빈 깡통이란 소리야! 보람인 돈 먹는 귀신이고! 어렵게 대출받아

서, 퇴직금 중간 정산까지 해서, 집 산 거까지 팔아서, 애 뒤치다꺼리했으면 부모로서 할 만큼 한 거 아니냐? 진짜!

한수   (가만 꼬나보듯 보며, 참담해도 진지한) 박인비 코칭했던 스티브가 뭐랬는지만 말해. 보람이 입스 고칠 수 있대? 못 고친대? 당신도 보람이 입스 와서, 성적 떨어진 거 알지, 걔 입스만 고치면.. 아니 어쩌면 보람이 입스가 아닌지도 몰라. 입슨데 어떻게 경기를 치러? 그건 공황장애 같은 건데.. 그냥 단순히, 잘못된 코칭 문제일 수도 있어. (사이) 스티브 뭐래?

미진   (속상한) 레슨비가 한 달에 만 오천 불. 것도 일 년은 해야 된대. 레슨비에 햄버거만 먹어도 생활비 숙소비 장거리 이동비 합치면, 삼, 사억을 애한테 더 쏟아부어야 한다고! 우리 이제 집도 없는데, 퇴직할 거야? 아, 그럼 되겠네! 퇴직금 타서 마지막으로 애한테 꼬라박고 애 성공 못 하면, 우리 다 거지처럼 길거리에 나앉고, 그럼 되겠어! (하고, 영상통화를 끊는)

한수   (미동 없이, 참담하고, 진지하게, 가만있다가, 다시 노트북으로 영상전화를 거는)

* 점프컷 - 노트북 영상 》
잠시 후, 미진, 영상을 켜고, 눈가 그렁해 보면,

한수   (보고, 살짝 눈가 붉어 참담한, 한숨 쉬고, 맘 다잡고, 담백하게) 니가 그렇게 화내는 거 보니까, 스티브가 우리 보람이 가능성 있다고 했구나, 그지?

미진   (가만 보는, 원망스런)

한수   우리한테 남은 희망은 보람이밖에 없어. 미진아.. 우리 좀만 더 버티자. 돈은 내가 어떻게든 마련해볼게.

미진   (속상한, 맘 아픈) 퇴직하기만 해, 그냥!

한수   (할 말 없는) ...

미진   뭘 더 버텨?! 미국에서 벌써 칠 년을 살았어.

한수   (말꼬리 자르며, 울고 싶은, 버럭) 보람이가 포기 안 하는데, 보람이는 골프가 지 인생 전부라는데.. 우리가 어떻게 포길 하냐? 부모가 돼서!

미진   .... (눈물 닦고, 참담해, 잠시 그대로 있는)

한수   ....

미진   (옆의 텀블러로 물 마시고, 참고, 한수 보며, 안쓰런, 차분히) 제주 푸릉으로 전근, 언제 가?

한수 담 주.

미진 고향 가면, 친구들 보겠네.

한수 (착잡한) 친구는 무슨... 안 본 지가 이삼십 년인데.

미진 (한수 동생 한숙에게 미안한) 아가씬.. 찾아갈 거야?

한수 (참담한) 돈은.. 내가 어떻게든 마련해볼게.

미진 (속상해, 영상을 *끄는*)

한수 (노트북을 닫고, 일어나, 옆에 접힌 라면 박스를 펴서, 짐 챙기려 하는)

씬17. 나는 비행기 + 비행기 안, 다른 날, 낮.

한수, 비행기 안에서 아래를 내려다보는, 착잡한,

씬18. 제주, 해안도로 + 한수의 차 안, 낮.

뒷좌석에 짐이 잔뜩 실린,
한수, 운전해 가는,

씬19. 제주 서귀포 시내의 오피스텔 엘리베이터 안, 낮.

한수, 생각 많게 서 있고, 옆의 바닥을 보면 가방과 라면 박스가 여러 개
인,

씬20. 오피스텔 안, 낮.

한수, 반바지에 반소매 차림으로, 한쪽에 짐을 두고, 걸레로 방을 닦는,

* 점프컷 - 화장실 안 》

한수, 거품 나는 수세미로 변기며 여기저기를 닦는,

* 점프컷 - 오피스텔 안 》

한수, 짐들을 풀어 정리하는, 보람의 트로피들을 챙겨 와 정리하는, 밝게 찍은 가족사진을 놓는, 그리고, 옛날 오래된 커피기계에서 커피를 내려, 창가에서 커피를 마시는데, 도로에서 시끄러운 싸움 소리가 나서, 내려다보는,

은희   (황당한, 버럭, E) 여깄는 사람들신디 다 물어봅서! 나가 잘못해신가, 그쪽이 잘못해신가!

* 점프컷 - 오피스텔 밖 》

은희의 트럭과 자동차가 부딪쳐 접촉사고가 난 듯한,
은희, 트럭 앞에 서 있고, 자동차의 젊은 깡패 같은 남자 운전자, 나와, 은희와 싸우는, 욕은 삐 처리,

은희   나 차는 고만히 이신디, 당신 차가 급하게 우회하당 들이박았잖아! 아니라?!

운전자   (서울 사람) 내가 턴 하는 거 니 눈깔로 빤히 보면서, 니가 안 기다리고, 니 똥차를 뺐잖아, 년아! 내 차 기스 가게! 쌍!

은희   (년 소리에 돌겠는, 차분히, 어이없는) 뭐라?

운전자   뭐가?

은희   년?

운전자   (얼굴 디밀며, 사납게) 그래, 이 늙은!

은희   (순간, 두 손가락을 들어, 운전자 눈을 쑤실 듯) 눈깔이(눈알)를 확! (안 지고, 운전자에게 다가가, 눈 똑바로 보며, 갑자기 살벌하게 욕하는) 이 쌍, 개새끼가 엔간히 하지, 어디서, 늙은 년 소릴, 계속 나불대고. 축 늘어진 개구락지 뒷다리 같은 게!

* 점프컷 - 오피스텔 창가 》

한수, 커피를 마시며, 멀리, 은희를 가만 관찰하는, 은희가 맞나 싶어 보는, 자세히 보려 하는,

* 점프컷 - 오피스텔 밖 》

그때, 인권, 트럭을 타고 가다, 세우고, 차에서 내려, 은희에게 가며,

인 권 　(은희를 말리려는, 상냥히) 야야야, 여자가 무사 욕을 경(그렇게) 햄시니?!

* 점프컷 》

운전자 　(은희에게, 험악하게) 이 늙은 게 진짜 죽으려고 욕을 하고, 콱! (주먹을 들었다 내렸다 하며) 이 콩만 한 게, 콱! 씹어버릴까 보다!

은 희 　(운전자 빤히 보며, 낮게, 피곤한) 씹어봐라, 이 축 늘어진 개구리 뒷다리 같은 게! 너가 먼저 나신디 늙은 년이 어쩌구저쩌구 욕했지? 나가 먼저 너신디(너한테) 욕했냐? 이 말라비틀어진 고사리 같은... 뭘 억울한 추룩(척) 눈깔이를 주먹만 하게 뜨고 데룩데룩 굴려, 눈깔이를 뺑, 와자작 씹어불카(버릴라), 진짜.

운전자 　(다시 손 올리며) 이게, 진짜.

인 권 　(은희를 말리며, 차에 태우려 하며) 가라게! 가! (운전자 달래는) 서울 양반, 갑서, 갑서!

운전자 　(화 참고, 돌아서며) 아, 똥 밟았네. 왕쪼다들이 진짜, (침을 뱉고, 차에 타려 하는)

인 권 　(그 말에 웃옷을 벗어, 던지며, 갑자기 남자에게 다가가, 팔 잡아 돌려, 자길 보게 하면서, 너무 화난 티 안 내고, 살벌하게) 뭐, 쪼다? 아이(얘) 차가 시동도 안 걸려신디, 무신(무슨) 차를 빼당, 너 찰 박아, 이 개나리, 쌈장 같은 자식아! 좋게, 끝내잰 하난(끝내려고 하니까), 콱 뭐 쪼다?! 너 쪼다가 뭔 뜻인지 알기나 알고 씨부렴나(씨부리냐), 쪼다는 너추룩 으른한테 막말하는 덜떨어진 인간들을 쪼다랜 하는 거라? 너가 처먹을 욕을 왜 우리신디 해, 이 왕쪼다, 개나리, 고사리, 축 늘어진 개구리 뒷다리 같은 새끼야!

운전자 　(열나, '에우!' 하며 순간, 인권의 말꼬리 자르며, 주먹을 뻗으면)

인 권 　(몸을 재빠르게 피하고, 그 뒤에 있던 호식(싸움 말리러 오던 중)이 맞고,

코피가 터지는)

호식   아, 쌍!

＊ 점프컷 - 인도 》

영주, 하교해 오다, 싸우는 호식 보고, 어이없고, 싫고, 속상한, 그때, 같이
가던 선미, 영주에게 말하는,

선미   (재밌는, 웃고) 반장, 니네 아빠 코피 난다. 부반장 아빠, 웃통 벗고 크크..

영주, 속상해, 옆 인도를 보면, 현이, 인권을 속상하고 창피하게 보고, 그냥
가는, 영주도 그냥 가는,

＊ 점프컷 》

인권   (핸드폰 꺼내 전화하며) 쪼다, 넌 무사 괜히 거기서 있당 맞암나(맞니)? 심
심해?
은희   (화 참고, 그사이, 전화해, 말하는) 어, 오순경, 나, 생선.. 은희. 여기 푸릉사
거리, 폭력사건 난(났어), 뛰어오라게. (하고, 끊고, 인권에게) 너네들 저거,
서에 넘기라이. 자이(쟤) 그냥 보내면 나헌티 죽는다. (차에 타 가는)
운전자   (버럭) 아.. 짜증 나. (하고, 차에 타면)
호식   (담담히, 차 앞을 막으며) 가게마씸? 못 가마씸! 변상하고 가마씸!

차들 경적 소리 나고,
인권, 자기가 교통경찰처럼 차들을 정리하는, 능숙한, '거기 서고, 거긴 가
고! 거긴 잠시 대기!' (반복하는, 능수능란한)

＊ 점프컷 - 오피스텔 창가 》

한수   (그들을 보며, 그리운 듯, 쓸쓸한 웃음 지으며) 여전하네, 자식들.. 늙어도
안 변했네.. (하고, 창가에서 커피 마시며, 가는)

씬21. 몽타주.

1, 순대 작업실, 밤.
인권, 야채들을 썬 걸 큰 대야에 담고, 돼지 피를 넣어, 기계로 섞는 모습
점프컷으로 빠르게 보여주는, 돼지 피가 얼굴에 튀는,

2, 얼음공장, 밤.
얼음이 기계에서 나오고, 얼음을 물로 세척하는 인부들,

3, 바닷가, 동트는 새벽.

4, 서귀포매일시장 앞 + 한수의 차 안, 아침.
꽉 막힌 도로,
한수, 차를 타고, 운전하고 있는, 도로에서 운전자들 앞의 트럭(은희의 트
럭)이 중앙선 침범해 시장으로 가는 것 때문에 시끄러운,

한 수 (시계 보며 답답한, 경적 소리 울리고, 그러다 차에서 내려 왜 그런가 싶어
나가는)

＊ 점프컷 》
차들이 꽉 막혀, 빵빵대는,

＊ 점프컷 》
은희의 생선트럭, 중앙선을 가로질러, 많은 차들을 비집고 유턴하려는, 운
전자들 '뭐 하는 짓이야! 장난하냐!' 하고 소리치고,

은 희 (땀 흘리며, 힘든, 천천히 조심히 운전에만 집중하며) 죄송합니다. 죄송합
니다, 할 말 없습니다. 밥 먹고 살다가 보니 이럽니다, 정말 죄송합니다, 죄
송합니다. (하며, 차를 중앙선 침범해 유턴, 시장으로 들어가려다가, 멀
리 차 앞에 서 있는 한수를 순간 보고, 반가운, 근데, 긴가민가하다, 확신

하는, 놀라) 어어어어, 야, 너 너너너... 서, 설마, 하, 한수?!

그 소리에 한수, 은희를 빤히 보는, 어색한, 현재 도로 상황 때문에, 난감한 웃음 짓고,

한 수   어어어.. 은희야... 나, 한수.. (하고, 주변 보면)

다른 차의 운전자들, '야, 차 빼!', '뭐 하는 거야!' 하며 소리치고, 경적 울리는,

은 희   (운전자들에게) 호끔만예(잠시만요), 호끔만! (버럭, 다급해) 이십 년 만에 고향 친구 봔(봤어)! 잠시만!
한 수   (은희 보며, 난감한) 으, 은희야, 차 빼고 그냥 가! 내가 나중에 연락할게!
은 희   (차 빼며, 한수 보고 말은 하는) 야야, 제주 놀러 완? 언제 서울 가? 너 나 전화번호 알아?
한 수   (핸드폰으로 트럭의 전화번호를 찍고) 전화번호 찍었어. 일단 차 빼!
은 희   (맘 다급한, 반가운) 야, 너 꼭 해! 전화해! 꼭! (하고, 차 빼며) 죄송합니다, 죄송합니다. (하고, 가는)
한 수   (운전자에게) 죄송합니다. 죄송합니다. (하며, 차에 빨리 타, 운전해 가는)

        ＊ 점프컷 - 시장 일각 》
        은희, 차를 세우고, 급히 죽어라, 좀 전에 막혔던 도로로 뛰어나가면, 차들 다 가버린, 은희, 서운한, 답답한,

은 희   아.. 그새 갔네....
상 인   (E) 야, 생선, 차 빼!
은 희   (뛰어가며) 감수다(가요), 가! 생선 가!

쎈22.   서귀포시장 앞, 한수 은행 전경, 낮.

명 보　(E) 여긴 손대리. 노총각입니다.

씬23.　은행 안, 낮.

명보, 한수 옆에서, 직원들을 소개시키는, 한수, 직원들과 일일이 악수를 하며, 정중하게 인사하는,

한 수　(악수하며) 잘 부탁합니다. (하고, 다른 직원에게, 이동하는)
명 보　여긴 이팀장. 성과 넘버원입니다.
한 수　(손 내밀며) 잘 부탁합니다.
명 보　여긴 상냥한 조팀장,
한 수　잘 부탁합니다.

씬24.　지점장실 안, 낮.

한수, 자료들을 보고 있는, 책상 앞에 화목한 가족사진 작은 게 놓여 있는,
명보, 자료들을 들고 와, 한수 앞에 놓고 앉으며,

명 보　이건 우리 은행 브이아이피들.
한 수　(담담히, 원리원칙주의자처럼) 김팀장님, 은행에선 서로 존대합시다.
명 보　(어색하게 웃으며) 우리끼리 이신디(있는데) 뭘.
한 수　(명보가 준 서류들을 보며) 주고객은 시장 상인분들인가?
명 보　상인, 시내 건물주. 여기 돈 많아. 웬만한 서울지점보다 영업하기 나아.
한 수　(서류 넘기며) 그러네.. 진짜... (하다, 뭔가 이상한, 명보 보며) 정.. 은희?
명 보　현찰 보유액만, 12억 9천.
한 수　(안 믿기는) 우리 동창, 정은희?
명 보　(일어나며, 힘 있게) 일단, 나가게(나가). 고객들한테 인사 나가야지. (하고, 나가는)

한 수   (부러운 감탄사) 야. (하고 서류를 보다, 접고, 옷 입고, 나가는)

씬25. 서귀포매일시장 안, 낮.

한수, 어깨띠를 하고, 명보와 함께 상점에 인사를 다니는, 한수, 상점 주인
과 악수하고, 구십 도 각도로 인사하며,

한 수   잘 부탁드립니다. 언제든 은행 상담 오시면 성의껏 모시겠습니다.
명 보   (주인에게, 설명하는) 여기 서귀포 푸릉 출신! 창문고교, 전교 1등, 서울대.
한 수   (보면)?
명 보   (한수 보고, 주인에게) 아니, 서울에 있는 명문대학 나온 분. 금의환향. 잘
           부탁드립니다.
주 인   예, 예. 걱정 맙서.

한수, 명보, 인사하고, 시장을 지나쳐가다, 멈추고,

명 보   (큰 상점들을 가리키며) 이디(여기)!
한 수   (보며)?
명 보   저디(저기)!
한 수   (큰 상점을 보는)?
명 보   그리고, 이디, 저디! (하며, 큰 상점 두 곳을 가리키는)
한 수   (상점들을 눈여겨보고, 명보에게) 다 뭐야? 우리 거래처야?
명 보   (힘 있게, 그냥 가는, '은희의 생선가게-서귀포점'이라 쓰여 있는 상점으로
           가면, 직원들만 일하는, 손님 가득한, 턱으로 가리키며) 마지막으로, 저디.
한 수   (보는, 사람들이 어마어마한, 조금 놀란, 짐짓 내색 않고, 진지하게 보는)
명 보   너가 오면서 본 다섯 개, 상점이 다 은희 꺼.
한 수   (명보 보고)? (다시, 생선가겔 보면, '은희네 생선가게'라고 쓰인 간판이 그
           제야 보이는, 직원들 일하는 것 보는, 장사가 무지 잘되는, 부러운, 자신이
           초라한)
명 보   (장사하는 것 보며) 네 곳에서 나오는 월세만, 월 천오백 이상. 제주점 여기

서귀포점, 오일장에서 생선장사만 해서 연간 매출이 23억. 직원들 월급 주고, 지가 가져가는 순이익은 연, 삼억 이상.

한수 (부러운, 담담히) 은희 남편은 뭐 해? 같이 하나?

명보 가이를(갤) 누가 데려가크냐, 무서웡(워서). 혼자야. (웃으며 농담) 설마 아직도 널 좋아해서 안 가신가(안 갔나)?

한수 (보며) 실없이.

명보 (웃으며) 야, 혹시 모르잖아. 너가 싱글이어시민(었으면)..

한수 (담담한, 웃음 가신) 은희는.. 왜 안 보여?

명보 가이는(개는) 일 많아. 이 동네 천지사방 마트에 물건 대주지, 춘희 옥동삼춘 오일장에 팔 건생선 만들지, 제주랑 여기 생선가게에.. 참, 너네 오피스텔 앞 카페 건물도 은희 꺼. 동생들한테 돈 안 뺏겨심 가이(갠) 아마도 서귀포 시내 제주 시내 빌딩 한 채씩은 이실걸(있을걸).. 죽이지?

한수 (생선가게 보며, 참담한, 나는 뭐 했나 싶다, 돌아서 가며) 인권이랑 호식인?

명보 (가며, 말하는) 그것들은 돈 없고. 우리 은행에 대출받아, 장사하는 수준. 근데, (멈춰 서서, 한수 보며) 우리 본점에선 상품 팔랜 난린데, 은희 야이(얘)가 꿈적을 안 해요. 기집애가 그냥 현금만 은행에 쟁일 줄 알지, 투자도 모르고 쓸 줄도 모르고. 내가 아주 애가 탐쪄. 야, 이번 주 금요일날 동창회 가면 너 무조건 은희 구워삶앙, 상품 투자하게 해, 알았지이?

한수 (가며, 담담히, 맘에 안 드는) 개가 임마, 뭐 감자냐 고구마냐, 구워삶게.

명보 (깔깔대고 웃으며) 말발 살아이신게! 왕년에 한참 주먹 쓸 때처럼? 크크크.

한수 (웃고) 다른 데 인사 갈 덴 어디야?

명보 (농담, 굽신) 아, 네 지점장님, 저쪽입니다.

한수 (웃고, 가는)

명보 참, 지금 가볼 주유소 사장네, 너 딸 보람이처럼 미국서 딸내미도 골프 하는데.

한수 (고개 끄덕이는)

씬26. 제주의 한적한 길 + 차 안, 낮.

한수, 답답한 얼굴로 가는, 조수석에 선물꾸러미 놓인,

씬27. 넓은 말 농장 일각, 늦은 오후.

한숙, 화난, 한수가 반갑지 않은 얼굴로 말에게 풀 주는, 한수, 주변을 구경하며,

한 수 (동생이 대견한) 야, 농장 진짜 크다. 말로만 듣다 와 보니.. 좋네. 너 고생했겠다.

한 숙 (일만 하며) 엄마는 보고 내려완?

한 수 (미안한) 일이 바뻐서, 그냥 왔어. 지난달에 가서 같이 저녁 먹고 했어.

한 숙 (일하다, 돌아보며) 올켄 아주 미국서 살고 인?

한 수 (미안한) 보람를이가.. 공부를.. 더 해야 해서.. 이제 다 끝나가, 일 년만 더 하면 된대. 보람이 잘되면 오빠가 너한테도 한영이한테도 엄마한테도 잘할게, 한숙아.

한 숙 (버럭대며, 일하며, 속상해, 말하는) 공부는 무슨 공 치는 데 공불 그렇게 집 팔아가면서까지 해맨! (일하다, 한수 보며) 없는 집에서 오라방 하나 서울 유학 보내잰, 나도 한영이도 고등학교만 나와신디, 엄마도 하나 제대로 못 모시고, 뭐 하맨?

한 수 (미안한) 할 말 없다.

한 숙 할 말 있음 사람이 아니지게! (하고, 일만 하는)

그때, 제부, 와서, 한숙의 일을 거드는, 한수가 맘에 안 드는, 퉁명스레,

제 부 (한수에게) 식사는 하션마씸?

한 수 아직..

제 부 밥 먹엉 가면 좋은디, 일이 많아부난예(많아서), 밥도 못 했수다.

한 수 (속상한) 밥은 무슨...

제 부 (한숙에게, 일하면서) 오늘 울 어멍이 집에 오랜 해라?

한숙   (일하며) 알았수다, 이거 하고 가게마씸(가요).

한수   (한숙과 제부 눈치 보면서도, 따뜻하게) 나.. 담에 올게, 제부. 이제 제주 사
        니 자주 올게. 나오지 마. (하고, 가는데, 속상한, 참담한, 울고 싶은)

씬28. 한수의 오피스텔 안, 밤.

        한수, 식탁에 사 온 반찬을 봉지째 놓고, 밥 먹다가, 옆의 핸드폰을 보고,
        핸드폰 들어, 문자 넣는,

        ✽ 점프컷 - 인서트, 문자 》
        한숙아, 오빠가 미안하다. 부탁이 있는데, 한 일억만 빌려주면 안 될까..

        ✽ 점프컷 》

한수   (그 문잘 가만 보다, 지금은 아니다 싶어, 지워버리고, 핸드폰 놓고, 밥 먹
        던 걸 정리하는)

        ✽ 점프컷 》
        한수, 주방에서 컵에 수돗물을 받는데, 문자가 와서 보면,

은희   (밝은, 우정이 좋은, 연인의 설렘은 아직 아닌, 스스로도 그렇게 믿는, E)
        명보한테 한수, 너 제주 왔단 말 들었다, 야, 반갑다. 내 첫사랑. 이번 주 금
        요일 동창회 나올 거지? 와라, 꼭! 얼굴 봐야지, 내 첫사랑!

        한수, 쓸쓸한 웃음 짓고, 핸드폰을 그냥 내려놓고, 텔레비전을 틀어, 유튜
        브에서 보람의 경기를 찾아 틀고, 물 먹으며, 창가로 가서, 아래 카페를 보
        면, '은희의 카페'라고 쓴 간판이 보이고, 손님들이 북적이는 카페 안도 보
        이는, 생각 많은, 카페를 보는,

명보   (E) 너네 오피스텔 앞 카페 건물도 은희 꺼. 동생들한테 돈 안 뺏겨심 가이

| | (개) 아마도 서귀포 시내 제주 시내 빌딩 한 채씩은 이실걸(있을걸). 죽이지? |
| **한 수** | (아련하고, 쓸쓸한) 난.. 뭐 했나... 저런 것도 없고.. (티브이 보며) 너 키웠지, 그지? (하고, 다시 고개 돌려, 창가의 카페를 보며) 너무 부럽다.. (하는데, 슬픈, 멀리, 바닷가를 보며, 쓸쓸한) |

씬29.   은희 집 앞 동네길, 밤.

은희, 한수 생각에 웃으며, 빠르게 영옥의 가게로 걸어가는,

씬30.   회상 + 현실 교차, 낮.

1, 제주 한적한 길과 달리는 버스 안, 낮, 회상.
한수(교복 차림, 고등학생, 이름표를 단, 잘생긴, 날라리 같은), 화가 난, 가난이 참담한, 자리에 앉아, 창가를 보는, 자리 옆에 커다란 깨 포대가 보이는,
버스 서면, 학생들 우르르 타고,
은희(교복 차림, 고등학생, 이름표를 단, 못생긴, 야무진), 망태기에 애기돼지를 싸서 안고, 차에 올라, 한수 맞은편 자리에 앉는, 버스 출발하고,

남학생1	(놀리는) 야, 한수야, 은희야! 너네 학교 안 간? 무사 돼지 들고 포대 들고인?
남학생2	(은희 보며) 그거 팔앙, 수학여행 갈 거라?
남학생3	(한수의 포대 보며) 넌 뭐 팔앙(팔아서) 수학여행비 낼 거?! 깨? 조? 수수?
한 수	(남학생 꼬나보며, 화나도, 담담히, 낮게) 깨.
여학생1	(웃으며, 은희에게) 야, 도새기 잘도 아깝다! 팔지 말라게!
은 희	(꼬나보며) 쌍년이.
여학생1	(일어나며) 이 미친....
한 수	(여학생1 보며) 앉으라.

은희	(한수 무덤덤히 보면)
남학생1	(웃으며) 앉지 말라게. 붙게.
한수	(일어나, 서 있는 남학생1의 멱살을 잡아, 자리에 앉히며, 물끄러미 꼬나보는, 그리고, 남학생1, 기죽으면, 다른 애들, 꼬나보고, 여학생1 보며, 턱으로 앉으라고 하고, 여학생1, 기죽어 앉으면, 자기 자리에 가서 앉는)
은희	(돼지를 안고, 담담히, 한수를 보는)
한수	(가만, 창가만 보는)

2, 한수의 오피스텔, 밤, 현재.
한수, 바가지에 물을 떠서, 한쪽에 다리미대로 가서, 와이셔츠에 물을 뿌리고, 다리는,

3, 영옥의 포장과 실내가 연결된 실내포장마차 안, 밤, 현재.
은희, 소주를 한잔 마시며, 바다 보며, 즐거운, 한수 생각에 설레는,

은희	야, 바당 좋다!
영옥	(주방에서 안주 만들며, 밝게, 재밌는) 그래서, 기껏 그게 끝이야?
은희	(영옥 보고, 웃으며) 아니, 더 있지? 그래서, 결국 우리가 수학여행을 목포로 가신디이?

4, 목포 시내 일각, 작은 슈퍼 + 골목, 낮, 회상.
은희, 삼각 커피우유를 빨대로 마시며, 나와, 골목으로 가면,
한수, 담배를 끄는,

은희	(담담히, 툭툭) 애들 자유시간이라고 다.. 유달산 가신디, 넌 왜 안 간?
한수	그냥.
은희	너, 성선이랑 사귀지, 뽀뽀햇?
한수	(담담히, 보고, 툭) 헤어젼.
은희	(삼각 커피우유를 빨아 먹으며) 뽀뽀함 좋아?
한수	(보고, 어이없어, 귀엽게 웃는)
은희	너 양아치지? 둘이 잔?

한수	(은희 안 보고, 어이없단 듯 웃는)
은희	(삼각 커피우유 빨아 먹으며, 아무렇지 않게, 툭툭) 너, 나같이 못생긴 앤 안 사귀지이?
한수	(따뜻하게, 어이없이, 웃는)
은희	(삼각 커피우유 주면)
한수	(고개 젓고)
은희	(다시 삼각 커피우유 마시는, 툭툭, 무심히) 야, 우리 심심한데 뽀뽀나 해 보카(해볼까)?
한수	(어이없는) 뭐? (하며, 웃는)
은희	(덤덤하지만, 실망한, 감추고, 한수 윗주머니에서 담배갑을 집으려 하며) 나도 담배 줘보라, 펴보게.
한수	(담배 못 빼게 하고, 어깨동무를 하며, 웃으며 가는) 그러지 마, 착한 새끼가.
은희	(황당해 보는데, 설레는) ?
한수	(웃으며, 남자친구에게 하듯, 다른 손으로 머릴 흩트리며) 뭘 봐, 귀엽게. 가자, 자유시간 끝났어.
은희	(멈춰 서고, 툭툭 말하는, 키 큰 한수 올려다보며) 나 너 좋아. 나 가져. 아님 널 주든가.
한수	(웃고, 달래듯, 어깨동무하며) 가자. 은희야.

하는데, 은희, 한수의 얼굴을 잡아당겨, 입을 살짝 대는,

한수	?

5, 영옥의 가게 안, 밤, 현재.
은희, 영옥 마주 앉은,

영옥	(너무 재밌어하는, 발버둥을 치듯) 어머! 어머! 진짜, 진짜?!
은희	(깔깔대며, 술 따라 마시며) 진짜! (하고, 뽀뽀하는 시늉) 쪽!

그때, 정준, 가게에 들어와, 주방에 가서, 잔과 소주 가져와, 은희, 옆에 앉

는,

영옥 (웃겨, 발버둥치며) 언니 넘 까졌다! 그래서 이제 거기서 끝?

은희 (재밌는) 아니, 더 있지.

영옥 (몸을 뒤틀며, 재밌어하는) 와! 와! 와, 더 얘기해줘, 더더더!

정준 (은희 옆에 앉아, 영옥을 의식하지만, 안 하는 척, 술을 마시는)

은희 (기분 좋은, 정준 보며) 내 첫사랑 얘기해주고 있언.

영옥 (은희에게, 웃겨, 죽는) 얼른 해봐!

6, 한수의 오피스텔 안, 밤, 현재.
한수, 현관에 쪼그리고 앉아, 구두를 닦는, 옛 생각에 웃음이 나는,

은희 (E) 미란아, 경하지(그러지) 말아, 미란아!

7, 교실 복도, 낮, 회상.
미란, 웃으며, 죽어라, 달려가고, 일층에서 이층 삼층으로 뛰어 올라가고,
은희, 울 것 같은 얼굴로 죽어라, 미란을 쫓아가며, 애들을 밀치고, 울 것처
럼 말하는, 미란일 못 잡는, 힘든, 뒤처지는,

은희 미란아, 미란아! 서! 너 말함 죽여불켜(죽여버릴 거야)! 야, 새끼야!

* 점프컷 – 교실 안, 회상 》
미란, 웃으며, 빠르게 교실문 확 열면, 말뚝박기하며 놀던 학생들, 선생인
줄 알고, 모두 후다닥, 자리에 앉는, 한수, 공부만 하는,

미란 (문 열고 들어와 한수 쪽으로 가는)

인권, 호식 (교복에 명찰 단) 뭐야..

미란 (한수에게) 야, 너 진짜 너가 은희한테 키쓰핸?!

한수 (공부하다, 고개 들고)

인권 (깡패 같은, 멍하니 놀란 호식에게) 어떵해(어떡해)? 벙쪌?

호식 (은희 한수를 벙쩌 보고, 속상한)

성선 (이쁜, 화나, 한수 보는)

미란 말해봐, 너 진짜 은희한테 입맞췄냐고 강제로! 억지로! 멋있게!

은희 (울 것처럼 들어와, 미란 보고, 소리치는) 야! 개 같은.. (하고, 울상돼 한수
보면)

한수 (담담히, 미란을 보고, 은희 보며, 추궁하듯, 어이없단 듯) 내가? 너를? 강
제로? 억지로?

은희 (울 것 같은, 미안한) ..

한수 (은희 보며, 어이없는) 야.... (담백하게) 너도 좋아했잖아. (하고, 공부하는)

은희, 뛰어와, 너무 힘들고, 한수 말에도 놀라, 기절하는,
미란과 인권, 호식, 학생들, '야야야!' 하며, 은희에게 뛰어가 흔들고,

8, 영옥의 가게 안, 밤, 현재.

영옥, 은희 (서로 보고, 웃으며, 큰소리로) 너도 좋아했잖아! 악! (두 번, 세 번 반복하
며, 웃는) 너도 좋아했잖아! 악!

정준 (둘 하는 짓, 특히 영옥을 보며, 웃기고 어이없는, 술 마시는 척하며, 영옥
을 보는데 영옥에게 맘이 자꾸 가는, 작게 웃는) 미쳤나..

영옥, 은희 (서로 마주 보며, 악쓰며, 웃는) 너도 좋아했잖아, 악!

* 점프컷 》

한수, 편안하고 쓸쓸한 웃음 띠고(과거를 회상한 것), 카페를 다시 보고 커
튼을 치는데, 삶이 고단한 느낌이다, 그 모습에서 엔딩.

2부 ——————— 한수와 은희 2

잘 자라줘 고맙다, 친구.
이렇게 잘 자라서, 내 찬란한 추억과 청춘을 지켜줘서 고맙다.

씬1.　　프롤로그(자막 : 7년 전).

　　1, 달리는 동해안 해변가, 밤.
　　선아, 시원한 듯, 즐거운 듯, 오픈카에 몸을 내밀고 서서, 음악을 몸으로 느끼며, 시원하고, 밝은, 가끔 '바다다, 바다!' 소리치고, 바람과 음악을 느끼는,
　　동석(턱에 반창고 붙인), 운전을 기가 막히게 부드럽고 강하게 하면서, '테네시 위스키' 같은 노래의 쉬운 음절만 따라 하며, 좋은, 차를 몰며, 가끔 '바다!' 소리치는, 즐거운, 시원한,

동 석　　야, 잘 잡아! 돈다! (하며, 차를 바닷가에서 빙글빙글 돌리는)
선 아　　(즐거운) 악! 시원해! 악, 악! 시원해!
동 석　　(즐거운 듯, 차를 빙빙 돌리는)

　　＊ 점프컷, 교차씬 – 회상 속 회상 》
　　고교 시절 동석(얼굴이 다 터져, 피가 난, 오래된 상처와 새로운 상처들이 얼굴과 손등에 많은), 중학생 선아(차분히 가는, 동석의 허리를 손으로 느슨하게 잡고 있다가, 어느 순간, 허리도 꽉 안고, 동석의 등 뒤에 머릴 살짝 기대고, 가만있는)를 낡은 스쿠터 뒤에 태우고, 낡은 헬멧을 씌워주는, 제주 밤 바닷가를 달리는, 둘 다, 담담하고 쓸쓸한 표정이다,

＊ 점프컷 − 7년 전 》

동 석　(차를 멈추고, 자리에서 일어나 운전석의 등받이에 걸터앉는)

선 아　(숨을 고르며, 흥분된, '후후~!' 하며, 조수석 등받이에 걸터앉아, 동석 보며, 고마운, 좋은) 너무 좋다.

동 석　(과거를 생각하다, 그런 선아를 가만 보다 선아의 입을 살짝 맞추고, 가만 있는)

선 아　?! (황당하고, 어이없는, 뭐지 싶은, 3초 정도 생각하다, 몸을 뒤로 빼는)

동 석　(입을 떼고, 선아를 보는, 담담히, 그러나 진지하고, 조금은 수줍게 보는)

선 아　... (잠시 멍한, 그러나, 그닥 기분이 안 좋은, 잠시 가만 뚫어져라, 동석을 보는, '뭐 하는 짓이야? 오빠면서 나한테 이러면 안 되지' 하는 눈빛으로 보는, 이건 아니지 싶은, 서운하고, 답답한, 맘 다잡고, 조수석 옆에 있는 가방을 들고, 차에서 내려, 차 문 닫고, 차에 기대, 핸드폰으로, 강릉 콜택시를 조회하는)

동 석　(왜 저러지 싶은, 좀 이상(?)하기도 하고, 당황하기도 하고, 멋쩍기도 한, 차에서 내려, 선아 보며, 민망함 감추고, 일상적으로 담담히) 어디.. 전화해?

선 아　(듣는 둥 마는 둥, 핸드폰으로 콜택시 찾아, 전화하는, 감정 없이, 차갑게 느껴지는) 서울 가게, 차 불러.

동 석　(선아의 핸드폰을 낚아채는, 답답한, 아, 이거 뭐지 싶은, 왜 이렇게 쎄하지 싶어, 속도 상하고, 괜시리 화도 나는)

선 아　(순간, 화가 나지만, 참고, 손 내밀며, 핸드폰 달라는 뜻으로 손을 작게 흔드는, 눈빛 처지지 않게(오빠 그만하자는 뜻), 동석을 보는)

동 석　(한숨, 작게 후 쉬는, 선아의 맘을 알겠는, 애써 담담히) 내가.. 싫구나.. (애써 담담히) 알았어. 데려다줄게, 타.

선 아　(굳은, 동석을 보며, 이렇게 관계를 흩트리는 동석이 속상한, 너무 세지 않게) 핸드폰 줘.

동 석　(화 참고, 맘이 복잡한, 선아 보며) 주면 내 차 타?

선 아　(답답하지만, 참고) ...어.

동 석　(핸드폰 주고, 차에 타면)

선 아　(핸드폰 받고, 뒷좌석에 타는)

동 석　(룸미러로 선아 보며) 앞에, 타.

선아   (말꼬리 자르며, 룸미러로 보며) 뒤에 탈래.

동석   (답답한) 야, 앞에..

선아   (창밖만 보는) ...

동석   (아, 이거 뭐지 싶고, 속상한, 화도 나는, 참고, 운전해 가는)

2, 한적한 국도 + 달리는 동석의 차 안, 밤, 7년 전 회상.
동석의 차, 한적한 시내에서 국도를 타는,

선아   (담담히, 그러나 단호한 느낌) 고속도로 타.

동석   (룸미러 보며, 화 참고, 낮게) 싫어.

선아   (화 참고, 고개 돌려, 창가를 보는, 속도 상하는)

동석   (화나는 것 참으려 하는, 그래서 좀 버벅대며 말하는) ..이럴 거면, 너 왜 첨
       부터 여길 따라왔어?

선아   (창가만 보며, 담백하게, 낮게) 바다 보재서.

동석   (화가 더 나는, 참고, 룸미러로 보며, 답답한) 야, 남녀가 이 야밤에, (답답
       해, 버벅대는) 서서서서울서 강릉까지, 진짜, 바다에 바다만 보러 오냐?

선아   (답답한, 어이없는, 조금은 타이르듯) 오빠?

동석   (답답한, 애써 참으려 해도, 잘 안 되는) 오빠, 오빠, 오빠 하지 마! 너랑 나
       랑 부모가 같아? 피가 섞였어, 살이 섞였어? 왜 내가 니 오빠야? 야, 난 남
       자야! 넌 여자고! 야, 너도 솔직히 내가 싫지 않으니까, 좋으니까, 맬 나 만
       나고 클럽 가 놀고, 이 먼 바다까지 나 따라온 거 아냐? 그래, 안 그래?

선아   (어이없게, 빤히 룸미러로 동석을 보며) 내가?

동석   (룸미러로 선아 보는, 어, 이거 봐라 싶은) ?

선아   ..오빠를?

동석   ?

선아   좋아해.. 서?

동석   (순간, 그 말이, 내가 너까짓 걸 좋아하겠냔 투로 들리는, 차 멈추고, 깊게
       한숨 쉬고, 참담한, 웃음 지으려다 말고, 룸미러로 선아 보며, 참담함을 참
       고, 살짝 눈가 붉어, 툭툭 말하는) ..왜 ..너 같은 건, 나까짓 거 ...좋아하면
       ...안 되냐? 그래?..

3, 여객선 안 + 섬의 선착장, 낮, 현재.
동석, 트럭 안에서 입 벌리고 피곤해 떡이 되게 자고 있는,
배가 선착장에 닿는, 섬에 도착했다는 방송 나오고, 사람들, 내리고,
동석, 그래도, 자는,
그때, 뒤차들, 짜증 나, 동석에게 차 빼라 크게 경적 울리고,
동석, 자던 얼굴로 경적 소리에 벌떡 일어나, 시동 걸고, 창문 열고,

동 석 (짜증) 그만 안 해! 가잖아, 콱! (하고, 운전해, 배를 빠져나가는)

4, 추자도 같은 섬, 낮, 현재.
동석(피곤한, 거친, 투박한 느낌, 앞 씬의 날라리나 양아치 같은 느낌보다,
고된 노동자 같은)의 만물상 트럭 가고, 스피커로 동석의 목소리가 들리
는, 정확한, 감정 고조 없이 스타카토로 말하는,

동 석 (E) 고등어고등어, 오징어오징어, 계란계란, 두부두부, 순두부순두부, 비지
비지, 시금치시금치, 세발나물세발나물, 양배추양배추, 포도포도, 요쿠르
트요쿠르트, 뻥이요 뻥튀기, 뻥이요 뻥튀기, 강냉이강냉이, 추억의 과자 센
베이, 추억의 과자 센베이, 양은냄비양은냄비, 스텐냄비스텐냄비, 후라이팬
후라이팬, 펜치망치도라이바공구일체, 펜치망치도라이바공구일체, 윗도리
아랫도리, 윗도리아랫도리...

5, 바닷가, 일각, 낮, 현재.
동네 할머니 할아버지들, 여러 명 서서 물건 구경하고, 동석, 트럭 위에서,
바쁘게, 생선을 서너 마리를 새 냄비에 담아, 할머니1에게 주며,

동 석 (담담히, 일만 부지런히 하는) 이만 천. 천 원 깎아, 이만. (다른 할머니에
게) 삼춘, 요즘 시금치 비싸매. 양배추 드십서. 양배추 싼다, 이천.
할머니1 스텐 국자 이시냐(있어)? 멸치는?
동 석 (주변을 마구 뒤져, 국자와 큰 멸치 꺼내 주고, 옆에 약봉지를 집어 주며)
이건 삼춘이 부탁한 두통약. 구천 원. 그래서 합이, (생각하고) 이만 오천
원. (할머니1이 돈 주면 받는)

할아버지1 도끼 이시냐?

동 석 (옆에 있는 도끼 들어, 손에서 몇 번 휙 돌리고, 할아버지 앞에 불쑥 내미는)

＊ 점프컷 》
할머니들 여럿, 물건 들고, 집으로 가고,

＊ 점프컷 》

동 석 (큰 봉지에 강냉이며, 시금치며, 마구 담는, 그러다, 멀리 있는 할머니에게, 오징어 들어 보이며, 큰소리) 삼춘, 삼춘 좋아하는 오징어 사 와서(왔어), 옵서, 옵서!

할머니2 (손사래 치고, 집으로 들어가는)

동 석 (큰 봉지에 담은 걸, 할머니3에게 주며, 이상한) 파란 대문 할망 아판마씸? 무사 물건을 안 사?

할머니3 (돈 주고, 아무렇지 않게) 엊그제 다른 만물상서 사신디(샀는데)? (하고, 가는)

동 석 (순간 눈꼬리가 올라가는, 이상한, 물건 고르는 할머니4에게) 다른 만물상?

할머니4 (할머니3을 보며, 화내는) 저 할망이 일어시(일없이) 쓸데어신(없는) 말을 햄시니(하고 있니) (하고, 동석 보며) 건전지 이시냐? 손가락만 헌 거?

동 석 (이상한, 뭔가 낌새가 있는, 멀리 보면, 다른 주민들, 일하거나, 집 앞에서 고추 같은 걸 말리거나 하는, 큰소리로, 떠보는) 장들 안 볼 거꽈?!

주민들1, 2 담에 오라!

동 석 (이런, 벌써 다른 데서 샀구나, 감이 확 오는) 무사 담에 와마씸? 지금 삽서! 삼춘 늘 찾는 (고등어 들어 보이며) 자반 가정왔수다게!

주민들 (고개 젓고, 제 일들만 하는)

동 석 (고등어 내려놓고, 물건 고르는 할머니4, 5, 6에게, 손사래 치며, 속상해, 버럭) 다들 갑서! 장사 안 하쿠다!

할머니들 (놀라) 무사니? 무사 장살 안 하잰(안 하려고)?

동 석 (화난, 트럭에서 내려와, 닫고, 포장을 내리고, 주민들 들으라고 속상해 소리치는) 다른 만물상 차 옴 거기 강(가서) 삽서!

주민들　(다들, 동석을 보면) ?!

동 석　(파란 대문 쪽 보고, 주민들 보며, 허리에 손 올리고, 화내는) 나가(내가), 오늘 무사 이추룩(이렇게) 손님이 없나 해서(했어)! 나는 할망 하루방들 그저 눈 빠지게 나만 기다리는 줄 알앙, 어제저녁부터 감기 몸살 오한이 나도 쌩 쉬지 않고, 차 끌엉(차 끌고), 배 탕(배 타고), 파도 탕(파도 타고), 하루 십만 원 벌이가 안 돼도 쌩! 여길 기어 와신디(왔는데)! 그렇게 일 년 삼백육십오 일을 매주 한 번도 안 거르고, 비가 오나 눈이 오나... 근데.. 딴 만물상에 물건을 사서(샀다고)? 그럼 나는, 그럼 나는?! 오늘 떼 온 생물들, 고등어, 오징어, 시금치, 양배추, 두부, 순두부, 여기서 못 팔믄, 다 땅에 파묻어야 하는디? 생물 아닌 냄비 공구 옷가지들은 딴 만물상서 사도 돼마씸! 겐디(그런데), 보관 안 되는 생물들은 사야지게!

할머니들　(안된, 미안한) 우리는 안 산, 너한티 사려고 안 산? 우리한틴 팔아야지게!

동 석　(속상한) 다 똑닮아마씸(똑같아요)! 다른 할망이 사민, 말려야지게! 무사 (왜) 사는 거 보고만 있어수꽈? 난 어떵하랜(어쩌라고)?! 손가락 빨멍(빨면서) 살라고! 다 똑닮아마씸! (하고, 트럭 물건 쟁이다, 시금치 상자, 두부판 내리며) 다 가져갑서! 쌩! 어차피 파묻어버릴 거! (요쿠르트 박스며, 강냉이 던지며) 다 거저 먹읍서(먹으세요)! (요쿠르트며, 강냉이가 터져 바닥에 흩어지고)

할머니들　(속상한, 말리며, 더러는 물건을 주우며) 동석아! 동석아! 경하지 말라게 (그러지 말아)!

동 석　(차에 타, 시동 걸고, 속상해, 가슴을 치며, 울 것 같은) 자기들 아쉬울 땐, 그저 밤이고 낮이고 전화행(전화해서), 건전지 사 와라, 택배 보내달라, 약사 와라, 자기들 자식새끼보다 더 부려먹고, 딴 차 옴 그디서(거기서) 물건을 사마씸?! (어이없는 탄식) 와! 와! 이러는 거 아니지게! 이번 참에 연 끊읍서! (하고, 차 타고, 가는)

할머니들　(속상한) 동석아! 동석아! (그러면서, 서로 삿대질하며, 속상해 다투는) 무사 딴 만물상 얘길 해시니! 이제 어떵할 거? 동석이 안 옴 우리 다 어떵할 거?! 저번 만물상은 물건도 안 좋아신디? 동석이 게 좋은디? 어떵할 거?

동 석　(운전해 가며, 속상한, 낮게) 내가 내 어멍하고도 연 끊고 사는데, (백미러로 자길 오라 손짓하는 할머니들 보며, 구시렁) 저 할망들하고 연 못 끊을까? 다신 여길 오나 봐라, 썅!

자막 : 한수와 은희 2

씬2.　미용실 안, 낮.

은희, 미용사에게 머리를 맡긴 채, 머리 감는데 누워 있는, 조항조의 '거짓말'을 들으며, 목을 까닥대는,

미용사　(감은 은희의 머릴 들어, 말리며) 동창회 가는 게, 겅 좋아?
은희　(계속 노랠 부르며, 몸을 작게 흔드는데)

그때, 문자 오고, 핸드폰 보면, 동생이 동영상을 보내온,
은희, 별생각 없이, 동영상 틀어 보는, 여전히 몸을 살살 흔들며, 음악에 몸을 맡기고, 별생각 없는, 그때, 전화가 오는, 핸드폰 화면에 정식(동생)이라고 뜬,

은희　(여전히 몸을 흔들며, 눈 감고, 전화 받는, 무심히) 무사? 이 동영상은?
동생　(E, 신난 흥분된) 저번에 누나가 나 집 사준다고 해서, 아파트 보러 완, 완전 죽여! 45평, 바다 전망!
은희　(순간 눈 뜨고, 다다다다 하며 버럭대는) 이 미친.. 돈도 어신(없는) 게! 너 주제에 무슨! 아파트고 바다 전망! 목재길(제주 사투리로, 모가지) 끊어불카. 빌라 보라, 이십 평형! (하고, 전화를 끊고, 다시 눈 감고, 미용사에게 머릴 맡기다, 다시 열불 나, 전화 걸고) 넌 누나 돈이 너 돈이라?
미용사　(눈치 보며, 자기 핸드폰의 노래 끄는)
은희　누가(누나가) 평생 생선 대가리 치고 내장 긁어내고 비늘 쳐 번 돈을, 지 돈처럼, 이 쌍녀르.. 형제가 아니라 웬수지게! 언제 철들 거 너! 지 돈은 십 원 한 푼 어신 게(없는 게)! 뭐, 사십오 평형?! 나가이(내가), 너 죽음 관짝을 사십오 평으로 해주켜! (하고, 전화 끊고, 눈 감고) 노래 틀라!
미용사　(노래 틀면)

은희   (노래 들으며, 흥을 내려 해도 안 되는, 다시 전화해서 욕하는) 장가도 내
      돈, 결혼도 내 돈, 집도 내 돈! 그저 인생을 거저 살잰! 누나, 사는 거 안 보
      염서? 아직도 옛날 어멍 아방 집에서, 지지리 궁상으로 사는 거! 정신어신
      (정신없는) 거! 잡아당(잡아다가) 비늘을 처버릴 새끼! (하고, 전화 끊고,
      후 하고, 한숨 쉬고, 다시 눈 감고, 차분히) ..드라이. (하고, 화를 삭이는)

씬3.   한수의 은행 지점장실 안, 낮.

      한수, 진지하고, 속 타는, 핸드폰에 문잘 쓰고, 가만 그 문잘 보는, 맘 아픈,
      답답한, 맘 복잡한, 책상에 가족사진 있는,

한수   (E) 한숙아, 오빠가 진짜 미안한데.. 이억만... (핸드폰을 놓고, 두 손으로 얼
      굴을 부비고, 작게 숨을 고르고, 이억을 지우고, 다시 일억을 쓰고, 다시,
      이건 너무 적다 싶어, 일억을 지우고, 이억을 쓰고, E) 빌려주라. 내가 딱
      1년만 쓰고, 갚을게. 나중에 이자도 넉넉히 주고. (눈가가 붉어지지만, 참
      고, E) 미안하다. 못난 오빠가. (쓰고, 못 보낼까 두려워, 빠르게, 문자를 전
      송하는, 그때, 인터폰 오고, 받으며) 어, 곧 가. (하고, 일어나 가방 챙기는)

씬4.   팀장실, 낮.

      고객(깔끔한 점퍼 차림)과 한수, 서로 악수를 하며, 명함을 교환하고 있는,
      명보, 옆에 서서 한수에게 고객을 설명하는,

명보   저번 날 저희가 찾아가 못 뵙고, 양주만 드리고 온 오사장님. 서귀포 시내
      에만 주유소 서너 개를 운영하시는... 오늘도 방카슈랑스 상품 하나 계약
      하신다고..
한수   (정중히, 구십 도 인사) 감사합니다. 감사합니다.
명보   여기 사장님 딸도 미국 동부에서 골프 합니다.
고객   (인사하며, 좀 어색한, 웃음 지으며, 편하게) 최보람 선수허고 전국체전 붙

어서, 은메달 땄언마씸(땄었어요).

한수   (미안하고, 반가운) 아..

고객   (어색한, 민망한) 지금은 이부에서도 안 받아줘부난 곧 귀국시키잰 햄수다 (귀국시키려고 해요).

한수   (안타까운) 아..

명보   (고객에게) 지점장님 고객 상담 가세요. 여긴 제가 알아서, 이따... 동창회? (살짝, 고객 못 보게 술 마시는 시늉 하며 웃는)

한수   (명보 보고, 고객에게) 그럼, 저는 이만. (하고, 목례하고, 나가다, 다시 돌아와, 구십 도 각도로 인사하며) 또 뵙겠습니다. 사장님. (하고, 나가고)

고객   (인사하고 앉으려다 한수 때문에 다시 일어나, 인사하고, 어색한 웃음 짓고, 앉는)

명보   (자리에 낮아, 서류에 도장을 찍기 위해, 도장에 인주를 묻히며) 자, 그럼 도장을 ..

고객   (말꼬리 자르며, 불쑥) 지점장 월급이 작아?

명보   (멍하니 고개 들어 보다, 뭐 그런 걸 묻나 싶어, 어색한 웃음) 저보단..

고객   (혼잣말처럼) 허긴, 가진 재산 어시(없이) 월급쟁이가 애 골프 못 시키지.

명보   ... (왜 저런 소릴 하나, 싶은, 뭔 소리가 나올까, 좀 걱정되는) 못 시키긴요, 시키고 있는데...

고객   (답답한) 미국 유학생 이민 사회가 제주만큼 좁거든이. 골프 유학생 부모들 사이에서 최보람 선수 엄마 소문이 별로 안 좋아?

씬5.   서귀포 시내, 낮.

한수, 죽어라, 가방 들고 뛰며, 전화를 하고 있는,

명보   (음악 소리 크게 나는, E) 야, 너 어디야? 무사 안 오맨?

한수   (뛰며) 고객이 일이 있어서 한참 기다렸다... 지금 가. (몰려오는 사람들 피해, 뛰어가며) 죄송합니다. 죄송합니다. (하고, 다시 전화에 대고 말하는) 야, 근데, 무슨 동창횔, 대낮부터 해?

명보   (E, 답답한) 야이(애), 야이(애), 뭔 소리 햄시니?

씬6.	단란주점 안 + 밖 + 화장실 안(남녀 공용, 변기 있는 화장실 문 앞에 여성 남성 표시된) + 서귀포 시내(한수와 교차씬), 낮.

호식, 무대에서 노랠 부르고, 남녀 동창들, 함께 무대에서 춤추는, 누군 노동자복, 누군 양복, 누군 상인복을 입고, 서로 어울리는, 여럿 술을 주거니 받거니 하며, 시끄러운, 카메라, 단란주점 문 쪽으로 가면, 명보, 안 쪽을 들여다보며, 전화하다, 화장실로 가면서 말하는,

명 보	오늘 점심부터랜 나가 몇 번을 말해서(했니)?
한 수	(달리며, 전화 받는, 힘든) 그랬나?
명 보	(화장실로 가, 지퍼 내리며, 전화하는) 야, 오늘 모임, 우린 동창회가 아니라 영업이야? 이거 이거 정신 빠졌져. (자길 보는 인권에게) 한수?
인 권	(이미 좀 술 취한, 전화 빼앗아 말하는) 미친놈, 너 친구들, 다 장사치에 뱃일하고 밭일하고 허는디, 낼 새벽부터 죄다들 경매장 가고, 밭 나가고, 배 띄워야 할 거라! 빨리 놀고 빨리 헤어져야지게, 자식아! 빨리 와! 너네 은행에 넣어둔 돈 싹 다 빼기 전에! 지점장이면 뭐 할 거, 손님이 왕이지게! (하고, 명보에게 전화 주려다, 다시 전화에 대고 말하는) 참, 난 인권이.
한 수	(뛰며, 웃으면서도, 힘든) 반갑다, 인권아. 알았어, 알았어, 거의 다 와가. (하고, 마구 뛰어가는)

＊ 점프컷 – 화장실 》

인 권	(볼일 보며, 아무렇지 않게) 이 자식 안 와.
명 보	(답답하게, 볼일 보며, 인권 보며) 얌마, 한수가 온다면 오지? 무사 안 와?
인 권	(술 취한, 여전히 변기에 볼일 보는 자세로, 서서, 명보 보며) 나가 그 자식이 동창횔 오면, 나 손에 장을 지지켜(지질게)? 나쁜 새끼야, 한수 새끼. 팔 년 전 지 어멍 여기서 육지로 모셩갈 때도 우리 보기 싫어서 몰래 밤에 왕, 모셩가고, 나가 너가 은희가 지 서울 가고 몇십 년을 지 어멍을 친어멍처

럼 조석으로 모셔신디(모셨는데), 고맙단 인사도 어시(없이).

명보 그건 한수가 염치가 없어서,

인권 친구 사이에 염치없긴! 호식이 같은 놈.

호식 (변기 옆에 오며, 화 참고, 인권 아랫도릴 보며, 담담히) 그저 입만 열면 남의 뒷담화. (꼬나보는 인권에게) 벌어진 자크나 올려.

명보 (바지 지퍼 올리고) 내가 올렸쪄, 그만.

인권 (바지 지퍼 올리고, 호식을 보며, 칠 듯이) 콱!

호식 (안 지고, 담담히) 쳐. (노래하듯) 안 치면 쪼다. (고개 더 디밀고) 쳐!

인권 (뒤통수를 냅다 치는)

호식 악! (덤벼들 듯 하면)

명보 (그 사이에 들어가 말리며) 고만하라게! 이것들은 만나면, 싸우고 지랄들하고.

인권 (눈 부라리고, 명보 호식 번갈아 보며, 버럭) 안 싸우게 되시냐? 내가 젊엉(젊어서) 노름하는 저 새끼, 정신 차리고 노름하지 말랜 노름돈 안 빌려준 걸 가지고 평생 앙심을 품고, 나가 얼음장사도 하게 시장에 빽 썽 해줘신디, 그 은공도,

호식 (얄밉게, 또박또박 말하는, 인권에게 얼굴 디밀고, 말꼬리 자르며) 그, 은공도 모르고, 꼬박꼬박 한 살 많은 너한티 말 놓고, 나가이 지랄하고! 기지(그렇지)? 게다가, 우리 똘내민 공부 잘해, 느(너) 아덜 엿 먹영 기죽이고이? 우리 영주, 이번에도 일등. 너 자식은 이등.

인권, 말 끝나기 전에 냅다, 옆에 있는 걸레 빨던 양동일 들어, 얼굴에 부어버리는, 명보까지 그 물을 맞는,

호식, 명보 (캑캑대고)

은희 (여자 화장실 안에서 나오며, 박수 치며, 담담한, 인권을 밀며) 너가 이견! 고만하라게, 인제!

인권 (양동이 버리고, 나가며, 구시렁) 순댓국에 밥 말듯 말아버릴 새끼.

호식 (캑캑대다, 인권에게 달려들 듯) 가지 말고, 붙어, 임마! 서!

은희 (가로막으며, 손수건 꺼내, 말 못 하게, 호식 입 먼저 닦아주며) 자이(재) 서민 너 더 맞는다, 고만해이. 한때라도 사랑했던 날 봐서이! (캑캑대는 명보

	에게 손수건 주며) 야이(애) 끌고 들어오라게! (나가며, 구시렁) 진상들..
명보	(자긴 대충 닦고, 수건으로 호식을 닦아주며) 넌 다른 사람한텐 다 순한디, 무사 인권이만 보면 못 잡아먹엉(먹어서), 난린디? 전엔 형형 하멍(하면서) 잘 지냈네?
호식	(명보 수건 빼앗아, 코 풀고, 보며, 속상해, 강조하며) 일 년 꿇고 학교 온 게 자랑이냐? 너네들도 인권이한테 형이랜 안 하멍(하면서), 무사 난 해야 되는디? 그리고 천하에 (강조) 순하디순한 내가, 인권이한티만 송곳니 드러냉 으르렁댈 땐, 나도, 나름, 무지무지무지한 사연이, 있겠지? 어시크냐(없겠냐)? 어? (하고, 가는)
명보	(가는 호식 보며) 뭔 사연인지 말을 하든가! 임마. (하다가, 이미 호식 나간 걸 알고, 단란주점으로 들어가는데, 생각나는)
명보	(E, 걱정) 어떤 평이 안 좋은데요?

* 점프컷 - 플래시백(앞 씬 사무실에서 고객이 했던 말이라는 설정) 》

고객	(조심스런, 답답한) 그게, 최보람이가 요새 입스가 와서 성적이 엉망진창인 데다.. 지점장 와이프가 남자 스폰서들 하고 사이가 가깝다고..... 더 걱정스런 건 그렇게 보는 사람들마다 돈을 빌리고, 안 갚은 것도 많댄.... 신용이 생명인 은행 지점장 와이프가.. 그럼 안 되잖아?

* 점프컷 - 단란주점 복도, 현재 》
명보, 답답하게 걷다가, 뭔가 이상해, 앞 보면, 인정, 명보를 꼬나보며 서 있는,

명보	(조금 놀라) 아, 여보..
인정	(명보를 아래위로 맘에 안 들게 보며) 적당히 놀아라!
명보	(답답한) 당신은 무사? 안 놀아?
인정	(주먹으로 때릴 듯이 하며) 갑자기 장탈 나, 간다. (하고, 가는)
명보	(가는 인정에게) 같이 놀면 재밌는... (하다, 인정 나가면, 시원한) 아이고 시원해, 저 마누라 잘 갔네.. (하는데, 전화 오면 받으며) 야, 넌 왜 안 오맨? 야, 무사 거기로 감시니? 그 뒤라니까! (하고, 단란주점 안으로 들어가는)

인권   (E) 자자자자, 담 순선 은희!

호식, 친구들   (E) 은희, 은희, 은희, (노래 부르라고, 박수 치며, 소리치는, E, '위스키 온 더 락' 강지민 버전 음악 전주 나오는)

씬7.   단란주점 안, 낮.

인권, 마이크를 멀리 떨어진 은희에게 '받아!' 하고 던지고, 친구들, '와! 은희 은희!'를 외치고, 은희, 마이크를 잡아, 마이크 줄을 돌리고, 옆의 친구가 주는 맥주 한잔 테이블에 놓고, 옆에 음료 들어 시원하게 마시고, 음악의 리듬을 타며(전주가 긴), 춤을 추며, 능숙하게, 가수처럼, 테이블 위에 올라가고, 친구들 떼창으로 은희의 노래 마디마디 끝음절을 신나서 따라 외치는, 인권 호식, 같이 춤추다, 서로 잘못해 눈이 마주치면, 홱 고갤 돌리는,

은희   (노래 부르는) 그날은 생일이었어. 지나고 보니,

인권, 호식 외   (신나서) 지나고 보니!

명보   (들어와, 박수 치며, 함께 노래하는)

은희   나이를 먹는다는 건 나쁜 것만은 아니야.

인권, 호식 외   아니야!

명보   (함께 노래 부르며) 아니야! (하며, 노랠 부르다, 문 쪽 보면)

한수   (힘든, 땀 난 채, 문을 열고, 들어와 문 앞에 서서, 주변 둘러보고, 노래 부르는 은희를 흐뭇하게 귀엽단 듯 따뜻하게 웃음 짓고 보는, 그러다 명보와 눈이 마주치는)

명보   (한수 보고 오라고 손짓하고, 옆의 인권에게, 웃으며) 한수 와시난(왔으니), 너 손 장 지져야켜(지져야겠다)?

인권   (한수를 힐끗 보고, 명보의 얼굴을 손으로 뭉개며, 장난) 지져라, 지져, 지져! 줘도 못 지지는 게! (갑자기, 춤추며, 박수 치며, 언제 싫어했냔 듯) 한수, 한수!

여자 남자 동창들   (그 소리에, 문 쪽 보고) 악! 한수다! (하고, 안고, 좋아하는)

은희   (노랠 부르다, 친구들과 악수하는 한수를 발견하고, 환한 웃음 띠면서도

노래를 흐트러짐 없이 열창하고, 한수에게 손짓하며, 테이블로 올라오라
고 하는)

친구들 모두, 인권도, 웃으며, 한수에게 다가가, 은희에게 가라고 하며, '한
수 한수!'를 외치며, 미는, 호식은, 쎄한(질투심이다. 그냥 은희만 보며, 춤
추는),

한 수   야야야, 난 못해. 못해. 노래 안 부른 지 오래됐어. (하면서도 친구들에게
         밀려, 은희가 있는 테이블로 올라가는)
인 권   (다른 마이크를 가져다, 한수 손에 쥐여주며, 으름장) 너 은희 흥 깨면 죽
         어?
은 희   (계속 노랠 신나게 부르는, 한수에게 노래 부르라, 손짓하는)
한 수   (친구들 보고, 어색하고, 난감하지만, 에라 모르겠다, 용기 내, 은희와 함께
         노랠 부르는데, 제법 잘하는)
친구들   (한수 노래에 즐거운 비명) 악! (좋아하는)
은 희   (웃음 띤, 노랠 부르며, 춤을 추면)
한 수   (은희를 따라 춤을 추며, 노랠 부르는)

 * 점프컷 – 단란주점 밖 + 안 》
동석, 어이없단 듯 웃으며, 재밌게들 노시네 하는 얼굴로 안을 들여다보고,
문 열고, 춤을 추며, 들어가, 노래 부르던 한수와 눈이 마주치면, 웃으며,
가볍게 경례하고, 테이블 위의 술을 마시고, 술 한잔 따라, 노래하는 한수
에게 주는, 한수, 마시고, 동석, 인권 옆으로 가, 춤추는,

인 권   (춤추며, 동석 보며, 답답한) 넌 후배가 선배들 동창횔 뭐 하러 와서? (하
         며, 일상적인 듯 동석에게 인사하잔 뜻으로 주먹을 내밀면서 명보에게 말
         하는) 너가 야이(애)한티 우리 이디 있댄(여기 있다고) 지피에스 때려시
         냐?
동 석   (편하게, 인권의 주먹 치며, 웃는)
명 보   (동석과 악수하며) 그저 술자리는 귀신같이 알지.
동 석   (명보와 악수하며, 반갑다는 듯, 괜히 더 웃는) 하하하!! (하고, 계속 춤을

추며, 술을 마시는)

인 권 (동석 보며, 맘에 안 드는, 그러다, 술 마시고, 다시 노래 부르는, 한수에게 술 주는)

한 수 (술 받아 마시고)

명 보 (웃으며, 춤추고)

인권 호식 외, 은희와 한수의 춤을 흉내 내며 떼춤을 추는, 신나는,

씬8. 단란주점 뒤, 주차장, 밤.

은희, 동석과 호식과 남녀 친구들(모두 같은 노랠 부르는, 떼창) 두엇에게 떠밀려, 주차장의 자신의 트럭 쪽으로 내몰리는,
은희, '야야야, 그러지 마라게, 그러지 마라게! 한수가 월급쟁인데 무슨 돈이 이시냐?! 야야야, 늘 하던 대로 돈 걷으라게! 아님 내가 술값 내게 하든가! 이 자식들아!'
동석, 호식과 친구들, 모두 은희를 트럭에 몰아, 둘러싸고, 노랠 부르기만 하는,

은 희 야, 지점장은 돈 거저 버냐! 간만에 고향 온 친구한티, 대접은 못 할망정, 바가질 씌우고, 너네들 깡패라?! (하고, 무리 밖으로 나가려고 하면)

동석 호식 외, 모두 박수 치며, 노래만 부르고, 은희가 계산하러 못 가게 막아서는,
은희, 속 타, 빠져나가려고 하면, 모두 또 가로막으며 노래만 부르는,
그때, 여러 친구들, 단란주점에서 나와서, 큰길로 가며,

친구들 야야, 다들 운전 말라! 장서 보게이!

인 권 (뒤따라, 단란주점서 나오며, 카드를 흔들며, 득의양양) 야, 내가 한수 카드 뺏어그냉(뺏어서) 술값 긁었쩌이(긁었어)!

동석, 호식, 친구들 (좋은, 박수 치며) 잘했다, 잘했다, 잘했다!

은희	(속상한, 그 사이에, 인권에게 가서, 카드를 뺏으며) 깡패 새끼 진짜.
인권	(은희 팔 잡아 돌려세우며) 남자 기죽이지 마, 자식아. 한수가, 지점장이, 고향에 이십 년 만에 귀향해서, 우리 장사치들신디 술 한잔 못 사크냐(못 사겠냐)? 쨔쌰, 넌 남자들 마음 몰라? 그러니까, 평생 혼자 살암서?
은희	결혼해서 너처럼 이혼당하는 것보다 나? (하고, 가는)
호식	(박수 치며) 옳소! 옳소!
인권	(호식 꼬나보며) 이혼이 마누라 도망간 것보다 낫고.
호식	(달려들 듯) 콱!
인권	(달려들 듯) 콱!
동석, 친구들	(둘 사이에 끼어들어, 말리며, 웃으며) 에에에에..

그때, 정준, 달려와, 인권 호식 사이에 끼어들며,

| 정준 | (웃으며, 말리는) 형님, 형님, 형님, 에에에에.... |

씬9. 단란주점 화장실 밖, 밤.

남녀 공용 화장실 안에서(문 조금 열린) 한수의 토하는 소리 요란한,
밖에서 명보와 은희, 말하는,

명보	(답답한, 한수가 낸 술값 얘길 하는 듯한) 백팔십.
은희	(속상한, 답답한) 뭔 누무 술들을 그렇게 처먹고, 간이나 싹들 녹아라.
명보	(피곤한 듯 웃으며) 크크... 난, 가보켜(가볼게). 인정이 지랄해서,
은희	가.
명보	(가며, 농담) 가이(개) 유부남이난(이니까), 건들지 말고.
은희	(가는 명보 보며, 어이없단 듯, 웃으며) 아이고... (하고, 한수가 있는 화장실로 가서, 노크하고, 문 열고, 토하는, 한수의 등을 쳐주며) 여적 잘 살다가 나이 들엉 고향 와서 죽네, 죽어!
한수	(눈물 콧물 나오게, 토하는)

씬10. 호식 인권의 빌라, 밤.

영주, 현관문 열고 잠옷에 카디건 걸치고, 슬리퍼 차림으로 내려오다가, 현 (일상복 차림, 슬리퍼), 나오는 걸 보는, 현, 담담히, 아래 계단에 사람 없는 걸 확인하고, 영주의 얼굴 재빠르게 잡아, 볼 맞추고, 따뜻하게 살짝 웃고 먼저 내려가는, 영주, 현이 보고, 우린 어쩌지? 하는 생각 있지만, 크게 어둡지 않은, 내려가는,

씬11. 호식 인권의 빌라 앞 + 정준의 버스 앞 + 영옥의 가게 안, 12시경.

운전석엔 정준, 옆에 인권, 뒤에 동석과 호식 타고 있는, 정준 빼고, 모두 자는,

정준, 트럭 몰고 오다 마을 앞쪽 보며, 빵 하고, 경적 울리며 차 멈추면,

＊ 점프컷 》
영주와 현, 아빠들에게 들킬까 봐, 서로 모르는 사이처럼 서 있다, 정준의 차로 오고,

정 준   (차에서 내려, 인권을 깨우며) 형님, 형님, 집, 집.

인권, 졸린 눈으로 내리고, 현, 답답한 듯, 비틀거리는 인권을 부축하며,

현   몸 좀 제대로 해봐요?
인 권   (뒤통수를 치며, 술 취한) 어디서 아방한티 짜증을! 순대 썰엉 키워놨더니, 새끼.
현   (영주한테 쪽팔리지만, 참고, 가는)
인 권   (가다, 맘에 안 드는, 영주 보며) 기집애가 인사도 안 하고..
영 주   (싫은 것보단 불편한(자길 미워하니, 그런 것), 고개 까닥하는)

인권	대가리만 건성 까닥. 싸가지 어신(없는) 거.
현	(속상한, 인권 부축한 채, 끌며) 그만 좀 가요!
정준	(밝게, 인권에게) 형님, 들어가십쇼!
인권	(정준에게) 아시, 가라. (하고, 현이에게 끌려가며, 술 취한, 퉁박) 사내새끼가 털 나게 키워놔도, 아방 하나 못 업고, 땀을 질질.. 힘도 어신(없는) 거. 키웡(키워서) 뭐 하나, 이런 거. 일등도 못하고 이등 하는 거.
현	(속상하지만, 참고, 인권만 이끄는)

* **점프컷** 》
정준, 그사이, 호식을 내리며,

정준	형님 깹서, 좀. 영주, 와신디(왔는데).
영주	(술 취해, 휘청이는 호식에게, 속상하고 답답해, 친구한테 하듯, 짜증 내는, 너무 심하게 짜증 내는 것은 아니다, 그냥 툭툭) 바로 안 서? 난 부축 못 해? 힘들어, 서!
호식	(좋은, 술 취한) 아이고, 우리 똘내미. 우리 영주. 넵.
영주	(정준에게) 오빠, 고마워요. (하고, 먼저 가는데, 답답한)
호식	(휘청이며, 갈지자로 가느라, 옆으로 가는, 잘 못 따라가는, 영주가 마냥 이쁜, 술 취한) 영주야, 일등, 아방 덱고 가야지게, 일등..

* **점프컷** 》
정준, 그런 호식 인권 보고, 웃고, 차 몰아서, 가는,

* **점프컷 – 정준의 버스 근처, 동석의 차 안** 》

정준	(자는 동석 흔들며) 형님, 내 버스 가서 자요? 형님.
동석	(코를 골고 자는, 한없이 초라한, 고단한) ...
정준	(포기하고, 한쪽 창문은 숨 쉴 수 있게, 조금 열어두고, 트럭 뒷좌석에서 모포 꺼내 덮어주고, 내려 차 문을 잘 닫아주고, 마지막 차 문 닫다가, 영옥의 가게 쪽 보면)

배선장과 영옥, 둘이 술 마시며, 영옥 핸드폰으로 동영상 보며 뭐가 재밌는지, 깔깔대고 웃는, 배선장, '웃기지, 웃기지?' 하며 떠드는,
정준, 그 모습 보며, 버스 쪽으로 가려다, 가게로 가서, 문 벌컥 열고,

정 준 (덤덤히, 무뚝뚝하게, 영옥에게) 장사 안 끝내요?

영 옥 (웃으며) 어, 끝내야지.

정 준 (한쪽 의자에 앉으며, 안 웃고) 문 닫는 거 도와줄게요.

배선장 내가 도울게, 박선장은 가.

정 준 (배선장 맘에 안 들게 보고, 영옥에게) 나, 가요?

영 옥 아니.

정 준 (배선장 안 보고, 앉는)

배선장 (서운한 영옥 보고, 정준 보며) 가.

정 준 (담담히, 조금 퉁명스레, 툭) 있으라잖아요.

배선장 (영옥 보며) 둘이 무슨 사이야?

영 옥 (정준 보고, 웃고, 배선장 보며, 웃으며) 선장과 해녀 사이.

배선장 (싫은) 아.. 잘났다.. 술맛 떨어져. (하고, 일어나며) 외상. (하고, 가는)

정 준 (일어나, 의자들 정리하는)

영 옥 (청소하며) 나한테 왜 잘해줘? 설마 나 좋아해? ...그러지 마. 다쳐.

정 준 (일만 하며, 툭) 내 맘이에요.

영 옥 뭐야? 진짜 좋다 소리야? (하고, 웃고, 청소하다, 문자 오면 보는)

* 점프컷 – 인서트, 문자 》
니가 보고 싶어 미치겠어.

* 점프컷 》
영옥, 문자 보고, 순간 짜증이 이는, 핸드폰 끄고,

영 옥 (굳은) 선장, 그냥 문 닫고, 가. (하고, 한쪽에 둔 제 옷과 가방 들고, 가버리는)

정 준 (가는 영옥 보며, 왜 저러지 싶은) ?

씬12. 편의점, 밤.

편의점 안에서, 은희, 드링크젤 사서, 서둘러 뛰어나와, 건널목 차들 피해,
잘 건너서, 단란주점 쪽으로 가는,

씬13. 단란주점 주차장 근처, 밤.

한수, 단란주점 출입구 한쪽 계단에 앉아, 술 취해, 엉망인 모습으로 드링
크젤 먹다가, 뱉지도 못하고, 크크크... 웃다가, 드링크젤 흘리는,
은희, 그 옆에 앉아 웃으며, '야야야!' 하며, 한수 입에서 튀어나와 제 옷에
묻은 드링크제를 털며, 한수 보는,

한수　(드링크제 물고, 웃는)

은희　(웃으면서도 어이없는) 뭐가 그렇게 웃겨? 어릴 때 너가 나한테 뽀뽀 당해
놓고, 내가 너한테 당했다고 애들신디(애들한테) 뻥깐 거 기억하냔 말이
그렇게 웃겨?

한수　(드링크제 먹고, 편안하게 진심으로 은희 보며, 웃음 띤) 그때 학교에서 기
절하던 니가 너무 귀여워.... 너무.......

은희　(퉁명스레, 그러나 싫지 않은, 좋은, 작게 웃으며, 농처럼 가볍게) 그렇게 내
가 귀여워심(귀여웠음) 그때 좀 사겨주지게, 자식아? 난 너 진짜 좋아해신
디?

한수　(웃음기 있는 얼굴로 은희 보며) 왜 결혼 안 했어?

은희　(농반진반, 담백하게) 너 같은 인간이 없어, 못 했다. 집에 가자? 난 술 안
마셨쩌. 화장실 다녀와 데려다줄게, 내 차 타. (턱으로 트럭 가리키고, 가
는)

한수　(가는 은희 보고 따뜻한 웃음 짓다가, 술 취해, 입가 닦는데, 문자가 오는,
무심히 열어보는데)

한숙　(서운한, 원망스러워 울 것 같은, 차분한, E) 오라방, 진짜 해도 해도 너무
햄쪄(너무한다)! 어떵(어떻게) 오라방이 나한테 돈을 빌려달라고, (버럭)

내가 이억이 어디 인?! 나 고등학교만 졸업하고 어려서부터 육지서 공장 다녕(다녀서) 오라방 대학 보낸! 이런 나한테 오빠는 뭐 해줘? 우리 농장, 그거 다 은행 대출이라! 어멍도 못 모시고, 살면서.. (속상한) 그누무 딸년, 마누라, 미국서 다 서울 들어오랜 함서! 구질스레, 돈 빌리러 다니지 말앙(말고)!

한 수   (속상하고, 참담해, 울고 싶은, 한숨을 푹 쉬고, 주변을 보는, 금방이라도 울 것 같은)

씬14.   한수의 오피스텔 앞 + 은희의 차 안, 밤.

은희의 차 와서, 멈추고,

은 희   (한수의 오피스텔 올려다보고, 자기 가게 쪽 보며) 내 카페 앞이네. 몇 층? 몇 호?
한 수   (막막한, 생각 많은, 제 처지가 자꾸 슬픈) ..
은 희   술 취해서 못 걸으크라? 내가 부축해줘?
한 수   너 어디 가? 나 낼 토욜이라 쉬는데?
은 희   야, 팔자 좋다, 넌 토요일도 있고. (시계 보며) 좀 이땅(있다가) 경매 가야 돼. 내려.
한 수   (가만 생각하다, 은희 보며) 나 그냥 너 따라 경매장이나 갈까? 집에 가봐야 아무도 없고... 잠도 안 올 거 같고.
은 희   (가볍게, 웃고) 그래, 경해라(그래라). (하고, 차 몰아 가는)
한 수   (창가를 보면, 제주 바다가 보이고, 자꾸 서글퍼지는)

씬15.   경매장 안, 새벽.

한수, 술 깬 푸석한 얼굴로 멍하니, 한쪽에 서서, 얼음장사, 생선을 상자에 담는 인부들, 경매사의 빠른 손놀림, 바쁘게 제 할 일들을 하는 사람들을 구경하는, 열심히 사람 사는 모습들이 참 대단하기도 하고, 제 모습처럼

짠하기도 한, 자꾸 서글퍼지는,

멀리서, 휙 하는 휘파람 소리가 나고, 한수, 보면,

은희, 출입구 쪽에서, '여기!' 하며 손 흔드는,

한수, 은희 쪽으로 가는, 은희, 한수를 보며, 밖으로 가려는데, 지나가던 경매사, 은희에게 말 거는,

경매사 누구? 애인?

은 희 (등짝 때리며) 남편이다, 무사?! (하고, 어느새 옆에 온 한수와 나란히 걸으며) 제주 사람들은 뭐 그렇게 남 일에 관심이 많은지. 뭐든 다 알잰 해(알려고 그래). 징그런 제주.

한 수 (담담한, 웃으며) 그게 제주지. 또 어디 가?

은 희 정준이 동생 기준이 알지? 가이(개) 불렁 물건만 보낸. 같이 밥 먹게.

지나가던 중도매인1, 은희에게,

중도매인1 정사장, 오늘 물건 얼마치 사서?

은 희 (담담한 듯, 차 쪽으로 가며, 얘기하는) 많이 못 산, 팔천.

한 수 (부러운, 담담한) ... (참담한)

썬16. 제주 작은 바닷가, 낮(회상 + 현재).

고교 시절, 인권, 호식, 은희, 한수, 미란, 명찰이 달린 교복을 입고, 모두 신발을 집어 던지고, 책가방을 던지고 해변을 뛰어서 바닷가로 뛰어가는, 서로 엎치락뒤치락 장난도 하는, '달' 같은 서정적인 음악이 흐르는,

＊ 점프컷 - 해변가, 현재 》
은희의 차가 멈춰 서 있고, 은희, 한수, 차 안에서 바닷가 쪽 해변에서 그 회상을 함께 보는 듯한, 그리운,

은 희 (회상을 보며, 잔잔한 웃음 짓고) 그땐 학교 가다 말고도, 헤까닥, 그냥 기

분 꼴리면 앞뒤 생각 안 하고, 교복 입엉(입고), 새벽에도 이 바당에 풍덩풍덩 겁도 어시(없이).. 뛰어들고 경해신디(그랬는데).. 기억나맨?

한 수   (그리운, 바다를(회상 속 자신을) 보며, 눈가가 붉어지는, 거칠지만, 밝기도 했던, 자신의 모습이 너무 아프게 이쁜) 은희야... 그때.. 난, 어떤 애였어?

은 희   (바다만 보며) 성질 필 땐 터프하고.. 어쩌다 웃을 땐 따뜻하고, 밝고, 보송보송 이뻤지게? 패기도 있고.. 그때 우리 다 그랬지게..

한 수   (바다 쪽 회상 속 자신을 그리운 듯 보며) 그지, 가끔 너무 가난이 싫어 괜히 욱욱하긴 했어도, 그때 난 니들과 놀 땐 곧잘 웃기도 했어, 그지? 지금처럼 재미없고.. 퍽퍽한 모습은.. 아니었어, 그지?

은 희   (보며, 담담히 툭툭) 야, 지금 너가 뭐가 재미없고 퍽퍽해? 지금도 멋지기만 한디?

한 수   (회상 속 자신에게로 가듯, 서글프게, 담담히, 차에서 나와, 신발을 벗고, 바다로 향하는)

은 희   (그런 한수가 센치한 듯하기도 하고, 웃긴, 어이없는) 야, 최한수, 어디 가맨?!

＊ 점프컷 - 회상과 현재가 하나 되는 》

친구들, 다들, 바다로 들어가려다, 두려워 멈칫대며, 서로 먼저 들어가라고 하는데, 어린한수는, 당당히, 뜀틀 뛰듯, 멀리 갔다가 '악!' 하며, 죽어라 뛰어서 바다로 뛰어들고, 현재의 한수에게 소리치는 듯한,

어린한수   들어와! 들어와!

한 수   (자신의 처지가 아픈, 눈가 그렁해, 웃옷 벗고, 어린한수처럼 마구 뛰어가, 바다로 뛰어드는)

은 희   (현재의 차에서 나와, 걱정) 어머머머! 야, 야, 최한수, 너 지금은 늙언! 바당 들어감 감기 걸려!

＊ 점프컷 》

어린한수, 바다 위에 누워 환하게 웃으며 바다에 누워 있는 현재의 한수를 보는, 현재의 한수, 눈가 그렁해, 그렇게 과거의 환한 한수를 보는, 자꾸 눈물이 나는, 어린한수를 외면하고, 하늘을 보는,

＊ 점프컷 》

은희	(해변에서 바다에 누운 한수를 보며, 어이없단 듯 깔깔대고 웃으며) 야... 젊다... 난 엄두가 안 남신디... 부럽다, 야!
한수	(바다에 누워, 은희에게 돈을 빌리자, 작심하는, 그러나 맘 아파 소리가 안 나오는, 작게) 은희야..
은희	(안 들리는) 뭐?
한수	(맘 아픈, 소리가 크겐 안 나오는) 나 돈 좀.... (차마 말 못 하는) ..
은희	(안 들리는) 한수야, 이제 그만 나오라게!
한수	(눈가 붉어, 참담한, 이를 앙다물고, 불쑥 소리치는, 버럭) 은희야!
은희	왜?!
한수	(작심하는) ....우리! 여행 가자! 옛날 수학여행 갔던 목포로!
은희	(가볍게, 농담, 큰소리) 목포? 둘이 가면 가켜! 시끄런 인권이 호식이 빼면!
한수	(크게, 미안하고, 속상한, 작심한) 그래!
어린한수	(그런 한수를 걱정스레 보는, 슬픈)
은희	(웃으며) 장난치네.

씬17. 한수의 오피스텔 안, 한낮.

한수, 물에 뛰어든 옷을 입은 채, 쪼그리고 침대에 누워 초라하게 자는, 머리맡의 핸드폰이 울리는,

씬18. 국도변 + 차 안 + 미국, 밤.

미진(입가가 터지고(방금 상처가 난 듯한), 울며, 두려운), 전화기를 들고 뛰어와(한수에게 전화 거는 중이었던), 서둘러 차에 타고, 차의 거치대에 신호음이 울리는 핸드폰을 올리고, 안전벨트 하는데, 그때, 누군가, 미진의 차 창문을 거칠게 두드리고, 미진, 놀라, 보고, 그냥 운전해 가는,

씬19. 한수의 오피스텔 안, 밤.

샤워 소리가 나고, 집 안엔 온통 한수가 벗어놓은 옷가지들이 널브러진, 침대맡 한수의 전화기에 다시 화상전화가 오는, 한수, 일상복 차림으로 샤워한 모습으로 나와, 전화를 받으려는데, 끊긴, 이후, 전화하려는데, 톡이 오는, 한수, 보면,

보 람 (E, 기운 없는) 아빠, 나.. 골프 포기할래요.

한 수 (화가 나는, 다시 화상전화하고, 전화 받으면, 속상하고, 눈가 붉어, 화난 목소리로, 버럭 말하는) 골플 왜 포기해?! 십삼 년 골프만 친 놈이 골플 포기하면 뭐 하려고, 임마! 아빠가 골프 포기하랄 땐 그럴 바엔 차라리 죽는 게 낫다고 밥도 안 처먹고 울던 놈이, 골프가 니 인생의 전부란 놈이! 이제 와, 왜 골플 포기해?! 왜?!

그때, 인터폰 울리고, 한수, 인터폰 보면, 은희가 서 있는,

보 람 (모텔 안에서 전화하는, 속상한) 돈도 없는데, 골플 어떻게 해?

한 수 니가 왜 돈 걱정을 해! 돈은 아빠가 어떻게든 마련해!

미 진 (전화 뺏으며) 엄마가 말할게. 보람이도 나도 골프 포기했어. 이젠 당신이 포기할 차례야. 더는 이렇게 거지처럼 초라하게 망가져가며 여기 못 있어.

은 희 (인터폰을 또 누르고)

한 수 (인터폰의 은희를 보는데, 눈가 붉은, 참고, 작심하는) 나중에 전화할게. (하고, 전화 끊고, 주변 보다, 작심하고, 가족사진을 맘 아프게, 서랍에 넣고, 널브러진 옷가지들 들고, 맘 추스르고, 문 열고) 미안, 좀 씻느라. 들어와.

은 희 (반찬통을 들어 보이며, 밝게) 밥 안 먹었지이?

＊ 점프컷 – 시간 경과 》

한수, 청소를 하고, 은희, 된장찌개를 끓이는, 이미 식탁엔 밥과 반찬들이

놓인,

한수, 청소길 돌리며, 반찬 보며,

한 수   너 살림도 잘하나 보다?

은 희   (된장찌개 간 보며, 웃으며) 못해. 다 동네 삼춘들이 준 거라. 두고 먹어이
(먹어)? 많어. (된장찌개를 식탁에 올리며) 나 음식을 못해, 생선 대가리나
칠 줄 알지.. 크크.. 그래도, 찌개 맛은 괜찮네. 간 봐.

한 수   (청소기 끄고 와서, 은희가 주는 숟가락으로 찌개 간 보고, 어색한 웃음)
간만에 집밥 먹는 거처럼 맛있다... (어색하게, 웃다가, 밥 푸는 은희의 손을
보는데, 여기저기 칼이나 비늘에 찔린 작은 상처들이 보이는, 손가락 하난
붕대 맨) 손은?

은 희   (웃으며) 오늘, 동태포 뜨당(뜨다가), 너 밥은 먹었나 생각하당(하다가), 쓱
~~ 크크크크..

     ＊ 점프컷 》
     한수, 서랍에서 작은 약상자 꺼내, 한쪽에 앉으며,

한 수   (편하게) 이리 앉아봐, 붕대가 젖었잖아. 갈자.

은 희   (설거지하다) 괜찮은디.. 귀찮게..

한 수   (약 꺼내고) 와봐, 와서 손 줘봐.

     ＊ 점프컷 - 시간 경과 》
     한수, 진지하게, 은희의 손에 약 바르고, 밴드를 두어 개 야무지게 붙이는,
     은희, 그런 한수를 조금은 어색하고 쑥스럽게 보는,

한 수   (밴드만 붙이며, 담담히, 그러나 따뜻한 느낌으로) 손에 상처가 많다.

은 희   (어색하게 웃으며) 생선장사 손이 다 이추룩하지(이렇지) 뭐. 맨날 칼에 비
늘에 상처 나는 게 일인데 ..

한 수   하루에 생선 몇 마리나 팔아?

은 희   (담담히) 마릿수론 못 세. 많아. 잘될 땐 수백 마리 이상.

한 수   그렇게 생선 토막 치면 팔 아프겠다.

은희	어깨 손목 팔목, 다 나가지. 보기만 멀쩡해, 나.
한수	(안된, 진심) 그렇게 돈 벌어서 동생들 다 대학 보내고, 장가보내고, 집도 사주고, 대단하다.
은희	이번 생은 가족들 뒤치다꺼리하당 내 인생 좋나는 걸로, 크크크. (하곤, 다 붙인 밴드 보며) 짱짱하게 잘됐쪄(잘됐네). 고맙다. (하다가, 한수의 발톱 빠진 발가락의 젖은 밴드를 보고) 야, 근데 너 발가락은 왜 그렇게 된? 피 나나 보다.
한수	(발가락 보고, 밴드를 뜯는) 그냥 발톱이 빠져서..
은희	내가 해줄게.
한수	아냐, 내가 해도 돼?
은희	너가 나 해줬네, 내가 해주크라(해줄게). 내외하맨? 친구 사이에? (하고, 한수의 발가락의 밴드를 풀다) 에고 아파시켜(아팠겠다). 무사 이랜?
한수	책상에 부딪혀서..
은희	으이그... (소독약을 붓고, 한수가 아픈지, 눈살을 찡그리면, 후후 상처를 불어주고, 약을 바르고, 밴드를 해주며, 무심히) 근데 부부가 너무 오래 떨어져 이신(있는) 거 아니? 애가 성인이면 부인은 이제 들어와도 되는 거 아니?
한수	(그런 은희를 물끄러미 서글프게 보다, 작심하고, 그러나 담담히, 서툰 불편한 거짓말, 작게) 우리.. 별거 중....
은희	(보는, 걱정) 언제.. 부터?
한수	(거짓말이 맘 아픈, 주방 쪽으로 가며, 말꼬리 흐리며) 애 유학 갈 때쯤...
은희	(걱정) 그추룩(그렇게나) 오래? 야, 별거 길게 하는 거 아니라, 설마 이혼하잰?
한수	(커피를 내리며, 참담한) 어...

* 점프컷 》
은희, 한수 창가에 서서 창가로 먼바다를 보며, 커피 마시는,

은희	이 커피 별로다 야, (턱으로 창밖 자기 카페를 가리키며) 우리 커피 가정 올걸(가져올걸). 죽이는데.
한수	(커피를 마시며, 안 보고, 바다만 보며, 담담히) 우리 목포 가자.

은희   (설레면서도 어이없단 듯, 한수 보며, 가볍게, 툭툭 말하는) 야, 너 유부남
        이라, 별거 중이랜 해도... 아까 내가 단둘이 가잔 말은 농담. 안 돼. (하다
        가, 한수 보며, 웃으며) 설마 넌 내가 여자로 안 보여서 경하맨(그러냐)?

한수   (바다만 보며) .아니.. 너 여자지..

은희   (살짝 흔들리는) ..

한수   (보며, 차분히, 진심으로) 귀엽고.. 멋있고.. 당당하고.

은희   (어색하게, 웃으며) 됐다게.

한수   ..

은희   넌 인기 많아서 기억할 여자애들이 많겠지만, 나는, 남자 너 하나. 너 지키
        켜. 내가 목포 강(가서).. 그때 수학여행 때추룩 너한티 뽀뽀하고, 덮침 어
        쩔 거? 히히.. (옛 생각 나는 듯 웃으며) 그때 난 너하고 한 그게 첫키쓰.. 첫
        뽀뽀여신디.. 그립다...

한수   (바다만 보며, 막막한 듯한, 그러나 한 번 더 말하는) 너 안 가면, 나 혼자
        가야겠다.. (하고, 식탁으로 가며) 커피 더 마실래?

은희   (한수 보며, 좀 서운한) 야, 너 진짜 혼자라도 가게?

씬20. 몽타주.

        1, 옥동의 집 안, 어두운 새벽.
        옥동, 옷을 갈아입고, 머릴 만지는, 가난이 묻어 있는, 그러나 정갈한,

        * 점프컷 》
        옥동, 이부자릴 정갈히 정리하는,

        * 점프컷 - 집의 툇마루 》
        옥동, 마루에 온갖 조, 수수, 호박, 말린 고사리 등등을 보따리에 싸놓고,
        정갈히 그 옆에 앉아 있는,

        * 점프컷 》
        그때, 은희, 차가 와서(조수석에 춘희가 탄), 서둘러 내리며, '어머니 차 탑

서!' 하고, 조수석 문 열고, 자긴 옥동의 물건들을 트럭 뒤에 싣는데, 옥동, 조수석에 타는, 춘희, 옆으로 더 가 앉는(앞자리 3인석인 트럭),

옥동   (안전벨트 하다, 춘희가 안전벨트 안 한 걸 보고, 안전벨트 해주는)

은희   (트럭 뒤에 짐 싣고, 재빠르게, 운전석에 타고) 어머니? 잠은 잘 잤수꽈? (하고, 입이 찢어지게 아아아아! 하품하고)

옥동   (앞만 보며) 어.

춘희   (은희 보며) 우리 만덕이 만길이 만영이가 살아심(살았음) 너가 이런 고생 안 할 건디?

은희   어머니 두고 먼저 간 자식들 잊읍서! (운전하고, 가며) 담 장부턴 이추룩 (이렇게) 새벽부터 장 가지 맙서. 어머니들은. 나가 인권이 호식이가 자리 맡아놈 나중에,

옥동   (말꼬리 자르며, 손짓으로 가라 하는)

은희   에고.. 성질도.. (하고, 운전하는)

춘희   (은희 보고, 옥동 보며) 잘도 착허다.

옥동   (고개 끄덕이며) 착허다. (하고, 창가 보는)

2, 장터, 새벽, 어둠에서 밝아지는.
상인들, 모두 물건을 내려, 텅 비었던 각자의 자리를 채우는, 풍경들, 컷컷 보여지는, 손님들도 오는,

3, 인권의 순대국밥집, 아침이 밝은.
인권, 일당아줌마1, 2들과 순댓국을 끓이고, 순대를 찌려, 불을 켜고, 파를 썰고, 땀 흘리며 바쁜, 그때, 호식, 얼음 리어카 끌고 와서, '국 둘, 배달', 인권, 못 들은 척 일만 하고, 아줌마1, 국밥을 마는,
은희, 생선 리어카 끌고 가다, 호식 보며,

은희   넌 바쁜데 무슨 밥?

호식   (돈을 인권 쪽에 만 원 놓고) 나가 먹크냐(먹겠냐)? 춘희삼춘, 옥동삼춘 드시게 하려고 하지?

은희   (호식 보다, 인권 보며) 야, 넌 어멍들, 드실 걸 돈을 받냐! 아, 싸가지...

인 권	(짜증 나, 은희 보고, 호식 보면)
호 식	(살짝, 메롱 하는, 그때 국밥 나오고, 리어카 놔두고, 국밥 가지고 가는)

4, 은희의 생선가게, 낮.
영옥, 정준, 은희, 기준, 생선 진열하는, 손님들도 오기 시작하는, 다른 가게
에도 손님들 있는,

정 준	(진지하게, 낮게) 당일바리 시퍼런 갈치, 고등어, 오징어, 옥돔!
기 준	(박수 치며) 삼치, 열기, 백조기, 은대구!
영 옥	달고기, 쥐치! (하며, 핸드폰의 플래시를 켜, 멀리 별이 달이가 있는 커피 리어카 쪽을 비추면)
달 이	(플래시 보는)
영 옥	(손가락으로 하나를 표시하고, 넷을 다시 표시하고, 정준 기준과 맞춰, 또 생선 종류를 말하는)

* 점프컷 》
달이, 영옥의 수신호를 알아듣고, 별이에게 수어와 말로,

달 이	1번 우리 스타일 네 잔.
별 이	(열심히, 빠르게, 커피를 타는)

그때, 동석, 와서, 달이에게,

동 석	2번 블랙, 한 잔.
별 이	(커피 만들어, 달이 주면)
달 이	(은희네로 배달 가는)
동 석	(그사이, 별이에게서, 커피 받아 마시는, 뜨거운지 후후 부는)

그때, 호식, 국밥 들고 옥동 쪽으로 가려다가, 동석 보며,

| 호 식 | 너 어멍헌티 (턱으로 옥동 쪽 가리키며) 인사핸? |

동 석	(대꾸 없이, 그냥 커피 마시며 오일장 밖으로 나가는)
호 식	(고개 젓고, 장사 물건 진열하는, 춘희와 옥동에게 밥을 가져다주며) 드십서.
춘 희	(돈을 주면)
호 식	(손사래 치며) 에헤! (하고, 그냥 가며) 가요!
춘 희	(숟가락을 옥동에게 주다, 동석이 멀리 트럭에서 옷가지를 부리는 걸 보고, 옥동에게 턱짓으로, 덤덤히) ..동석이... 와신게(왔네)..
옥 동	(못 들은 척, 국밥 먹으며) 먹으라. (하고, 국밥 먹는)
춘 희	(국밥 먹다가, 손님 오면, 덤덤히, 그러나 공손히) 손님, 물건 봅서양(보세요) .. (손님들 물건 보면)
옥 동	(담담히) 다 제주 거마씸. 나가(내가) 농사진 거.
손 님	고사리만 두 묶음 주세요. (하고, 장바구니 벌리면)
옥 동	(물건 넣어주면)
춘 희	(손님에게, 순한) 이만 원. (돈 받고) 복받아양.

옥동, 춘희, 밥 먹으며, 손님들 쪽 보고, '조, 수수, 말린 생선' 하는데, 손님 가는, 둘이 말도 행동도 똑같이 쌍둥이처럼 하는,

＊ 점프컷 》

동석, 옷장사를 하는, 말없이, 덤덤한 얼굴로 그러나 발을 구르고 박수는 힘 있게 치며, 호객하고, 사람들, 옷 들어 보이며, '얼마?' 하면, 동석, 값을 손가락으로 표시하는, 사람들 돈을 한쪽 바구니에 놓고 가는,

＊ 점프컷 – 인권 국밥집 》

한 숙	(와서, 앉으면) 소주 먼저 한잔 줍서?
인 권	(소주를 컵에 따라 주며) 대낮부터..
한 숙	(술을 죽 다 마시고, 화난, 속상한) 오라방, 울 오라방은 무사 그추룩(그렇게) 뻔뻔한디?!
인 권	?

1, 현재, 비늘 치는 은희.

2, 과거, 입맞추던, 은희 한수.

3, 현재, 내장 다듬는 은희.

4, 전날, 주차장에서 '그때 니가 너무 귀여워서..' 하며, 웃던, 한수.

5, 은희의 손에 밴드 발라주던, 한수.

6, '별거 중이야' 하던 한수.

7, 현재, 은희, 덤덤한 듯, 생선 토막을 치다, 한수에게 문자를 넣고, 핸드폰 집어넣는, 손님 부르는, 걸쭉한 목소리로 '당일바리, 갈치 있수다!'

씬21.　은행 안 + 팀장실 안, 낮.

한 수　(영업 갔다 들어오는데, 문자 알림 소리가 나, 핸드폰 꺼내 보면)

은 희　(E) 가자, 추억의 목포. 친구끼리 못 갈 것도 없지.

한 수　(맘이 무거운, 그러나 짐짓 아무렇지 않게, 팀장실을 열면)

명 보　(컴 앞에 앉아, 어색하게, 보며) 어, 영업은.. 잘 해서?

한 수　(어색하게 웃으며) 안면만 텄어. 점심 먹자. (하고, 나가려는데)

명 보　(좀 걱정되는, 담담한) 은희가 다른 은행에 있던 돈 구천 빼서, 우리 은행에 넣언. 실적은 너 앞으로 챙겨주랜 하면서. 은희가 너 생각을 많이 햄쪄 (하네).

한 수　(고마운, 서글픈 웃음 지으며) 제주 오니 좋다.. 친구들 있어서.. (하고, 문 닫고, 나가는)

명 보　(나가는 한수 보다, 전화하는, 반갑게) 어, 형식아. 잘 지내맨? 요즘도 주식 하시며 돈 좀 버시고?! 크크크.. 근데, 형식아, 내가 뭐 하나 물어보려고? 너, 최근까지 한수랑 연락하고 지낸? 아.. 제주 오기 전에도 연락핸? (걱정) 아.. 내가 좀 물어보기 그렇긴 한데... 한수, 돈이 언? .. (이상한, 조심스런) 아니, 나한테 돈 빌려달란 소릴 해서는 아니고이.. (의심스런) 무사.. 너한텐 한수가 돈 빌려달랜?

씬22. 여객선 터미널, 다른 날, 어스름한 새벽.

씬23. 여객선 터미널, 한수의 차 안, 어스름한 새벽.

한수, 걸려 온 화상전화를 보는,

씬24. 미국 모텔 안, 밤.

미진, 모텔 안에서, 전화하는 듯한, 속상한 얼굴로 전화하는, 입가에 여전히 상처가 보이는,

씬25. 한수의 차 안, 어스름한 새벽.

한수, 맘이 무거운, 전화를 끄고, 차 안에 있는 행복한 가족사진 펜던트를 보고, 생각 많은,
그때, 경적 소리 나 보면, 은희, 트럭을 주차장에 세우며, 한수 보고, 환하게 웃는, 한수, 은희 보고 어색하게 웃고, 펜던트를 맘 아픈 얼굴로 떼서, 주머니에 넣는, 그사이, 은희, 트럭에서 내려, 한수 옆자리에 타는, 한수, 작게 웃고, 차를 여객선 쪽으로 몰고 가는,

씬26. 바다를 달리는 여객선, 낮.

은희(이어폰 하고, 음악을 듣는), 한수, 바람을 맞으며 서 있는,
은희, 과자를 갈매기들에게 주는,

은희 (잔잔하게, 웃으며) 야, 좋다... 근데 넌 수학여행 이후로 목포 간 적 인?
한수 (맘이 슬프지만, 작게 웃으며) 회사 연수원이 거깄어서 두어 번.

은희   난 그 이후로, 첨.

한수   (보면)

은희   (바다 보며) 먹고살기 바빠서기도 했고, 다시 가면, 그때가 너무 그리워서 슬플 것도 닮고...

한수   (담담히) 왜.. 슬퍼?

은희   (서글픈 웃음 짓고, 짐짓 가볍게) 그때 그 시절이 내 인생에서, 내 청춘에서 가장 피크연! 수학여행 다녀왕 바로 울 엄마 돌아가셨잖아. 밭에서 일하다가 바로 일사병으로,

한수   (생각나는) 아....

은희   (서글퍼도, 짐짓 편하게) 그래서, 나 학교 중퇴하고, 그길로 생선장수 하고. 지금도 난 그때 너네들하고 같이 졸업 못 한 게, 평생 한이 됨서.

한수   나중에 검정고시 쳤잖아.

은희   (바다 보며) 어쨌든.. 사실 난 중퇴라 동창회 자리 낄 자격도 어신디(없는데), 애들이 껴주는 거지. 고맙게.

한수   (은희가 안된, 바다 보는, 자신도 착잡한) ..잘 자라줘 고맙다, 친구.

은희   (보며) 난 너가 고마운데.

한수   (보면)

은희   (바다 보며) 이렇게 안 망가지고, 멋있어서. (한수 보며) 만약 너가 엉망진창 망가져서 나타나시민(나타났으면) 나 진짜 슬프고 우울했을 거라. 내 추억이, 내 청춘이, 다 망가진 거 닮아서. 이렇게 잘 자라서, 내 찬란한 추억과 청춘을 지켜줘서 고맙다. (어깨 툭 치고, 바다 보며) 맘에 들어! (하고, 이어폰으로, 음악을 듣는)

한수   (망가진 자신이, 맘 아픈, 바다 보는데, 울고 싶은, 참는) ....

은희   내가 좋아하는 노랜데, 듣잰(들을래)? (하고, 이어폰 하나 빼서 주면)

한수   (자꾸 맘이 서글퍼지는, 아닌 척, 이어폰 받아, 가볍게, 귀에 꽂고, 바다를 보는)

은희   (그런 한수 보고, 웃고, 바다 보는)

그렇게 다른 감정의 두 사람이 한 화면에 보이면서 엔딩.

3부 ———————— 한수와 은희 3

살면서 늘 밑지는 장사만 한 너에게
이번만큼은 밑지는 장사 하게 하고 싶지가 않다.

씬1.　프롤로그.

1, 영옥의 방 안, 밤(최근).
침대맡 핸드폰에 톡이 계속 쉴 새 없이 오는, 그때, 샤워한 듯한 영옥이 안
으로 들어와, 화장대에서 로션을 바르려다, 그 핸드폰을 보고, 답답한, 이
미, 누구의 톡인 줄 아는 듯, 무시하고, 로션을 바르는, 톡이 계속 오는, 화
가 끓어오르는, 그래도 간신히 화를 참고, 침대맡에 앉아, 전화기 들어, 톡
보면, '보고 싶어'란 말이 한 자씩 끊어져 백여 개의 톡이 온, 영옥, 화가 나
는, 왈칵 울고 싶을 만큼 속상한, 이를 앙다물고, 후후 하고 작게 숨을 고
르고, 문자 하는,

영옥　(E) 기다려. 다음 달엔 꼭 갈게. (하고, 다시 화장대로 가, 로션을 바르는)

＊ 점프컷 》
계속 톡이 수십 개가 또 오는, 로션 다 바르고, 화장대 정리하고, 침대에
앉아, 핸드폰 톡 보면, '다음 달, 언제?'가 한 자씩 수십 번 반복돼 쓰어 있
는, 영옥, 더 화가 나고 속상한, 간신히 참고, '다음 달, 두 번째 토요일' 하
고, 톡 보내고, 화를 삭이는데, 다시 문자가 오는, '나쁜 년'이라고, 한 자씩
끊어서 계속 오는, 영옥, 울고 싶은, 전화기를 보다 집어 던지는, 화도 나고,
속상한, 숨을 고르는데, 계속해서 카톡이 오는,

자막 : 한수와 은희 3

씬2. 오일장(장날), 은희의 생선가게, 낮.

1, 현재, 생선 비늘 치는 은희(O. L).
2, 과거, 입맞추던(?), 어린은희 한수.
3, 현재, 내장 다듬는 은희.
4, 전날, 주차장에서 '그때 니가 너무 귀여워서..' 하며, 웃던, 한수.
5, 은희의 손에 밴드 붙여주던, 한수.
6, '별거 중이야' 하던 한수.
7, 현재, 은희, 덤덤한 듯, 생선 토막을 치다, 앞치마 주머니에서 핸드폰 꺼내 한수에게 문자를 넣는,

은희   (E) 가자, 목포. 친구끼리 못 갈 것도 없지. (하고, 핸드폰 다시 앞치마 주머니에 넣고, 걸쭉한 목소리로 손님 부르는) 당일바리, 갈치 있수다! 갈치, 갈치! (하고, 다시 생선 토막 치는데, 경쾌한, 한수 생각에 웃음이 비실비실 나는)

영옥   (손님에게 생선 주고, 돈 받고, 은희 보며) 뭐가 그렇게 신나?

은희   (안 그런 척, 시침 뚝) 내가? 아닌디, 나 안 신나는디?

정준   (생선 토막 치며, 땀 난, 은희 보며, 별스럽지 않게) 아닌데, 내가 보기에도 누님 신나 보이는데? 칼이 막 획획 날라다녀, 누님. 옆에 사람 무서워서 죽겠어. (하고, 일을 하는)

은희   내가?

기준   (커피 마시고, 얼음을 생선에 붓고, 정리하며) 어!

은희   (안 웃고, 칼을 획획 돌리며) 아닌디? (하고, 자른 생선을 영옥에게 주면)

영옥   (생선을 바구니에 담아, 옆의 물양동이에서 바가지로 물을 부어가며 생선 한 번 씻고, 소금 뿌리고, 봉지에 담으며, 은희 귀에 대고) 뭔 일 있지? (하고, 손님에게 생선 주고, 돈 받아, 플라스틱 양동이 돈통에 넣고) 감사합니다. (하고, 손님 가면, 은희에게, 귓속말) 속일 생각 마, 나, 귀신인 거 알지?

은희   (앞에 손님에게, 갑오징어 들어 보이며) 갑오징어! (하고, 확인하고 갑오징

	어 다듬으며, 정준, 기준 안 듣게, 영옥 귀에 대고, 깔끔하게) 나 목포 가.
영옥	(안 웃고, 은희 귀에 대고) 누구랑? 설마, 첫사랑이랑?
은희	(영옥 귀에 대고, 작게) 가이(개) 별거 중이랜.
영옥	(순간, 큰소리로, 버럭) 아자!

정준, 기준 모두 보면,

영옥	(안 웃고) 일해! (하고, 은희 귀에 대고) 그냥 오지 마. 처녀딱지 떼기다.
은희	(정색하며, 버럭) 미친년!
영옥	(깔깔대고 웃고, 손님에게 밝게) 뭐 드릴까요? 오늘 열기 좋은데?
은희	당일바리 갈치, 열기, 갑오징어! (등등, 생선 이름 부르며, 호객하면서도, 자기도 모르게 설레는)
영옥	(웃으며, 호객하며) 당일바리 갈치, 열기, 갑오징어, 백조기! 삼춘, 생선 봅써! 엄청 좋아요!
정준	(영옥 보며, 작게 웃고, 설레는)
기준	(영옥 밉게 보고, 영옥 보는 정준 보며, 정준 귀에 대고) 난 별로.
정준	(냉장고에서 생선 꺼내, 진열하며, 가볍게 웃으며, 툭) 아시야, 너나 잘 살어.

* 점프컷 - 인권의 순댓국집 》

인권, 파를 썰고, 한숙, 순대 안주에 소주를 먹고 있고, 일꾼아줌마들, 손
님들에게 국밥 주고, 순대 썰고, 하는,

한숙	(속상한, 울먹이듯, 버럭) 아방 병으로 죽고, 우리 어멍, 나, 한영이, 오라방 지 하나 공부시키겠다고, 죽어라, 고생해신디, 그런 가족은 거들떠도 안 보고, 집까지 팔앙, 그저 여시 같은 여편네랑 지 똘내미만 챙기고,
인권	(답답한) 야, 보람이가 잘되면, 한수만 잘되크냐(잘되겠냐)? 너도 한영이도 어멍도 너네 집안 다 잘되지?!
한숙	(말꼬리 자르며, 손사래 치며) 필요어수다게! 지들이나 잘 살랜헙서! 집까 지 팔아먹고, 궁상스럽게 여기저기 돈 빌리러 다니지 말고! (하고, 가려고, 돈 내려 하면)

인권   (돈 안 받고, 말리며) 오늘은 그냥 가라게! 근디, 한숙아, 한수가 돈을 얼마나 빌려달랜?

씬3.   은희의 화장실 안, 밤.

은희, 죽어라 이를 박박 닦으며, 거울 보고, 노래 '위스키 온 더 락'을 부르다, 이를 닦다가, 물을 뱉다가 리듬을 타며, 춤추는,

은희   (노래 부르는) 두려워서 하는 얘기. (하며, 이 닦고, 몸 흔들며, 춤추고, 노래하는) ..얼음에 채워진 꿈들이 서서히 녹아가고 있네, 혀끝을 감도는 위스키 온 더 락.. (그렇게 노랠 부르며, 이를 다 닦고, 밖으로 나가는)

씬4.   은희의 집 안, 밤.

영옥(은희 돈을 세는, 오만 원 단위, 만 원 단위로 세놓은), 달이, 별이, 자기들 돈을 세는지(오천 원, 천 원 단위, 잔돈 등으로 나눠놓은), 옆에 따로 앉아, 열심인, 은희, 화장실에서 위스키 온 더 락을 부르며, 나와, 부엌에서 밥 퍼, 한쪽에 차려진 앉은뱅이 상으로 가서, 밥을 먹는,

달이   (노래 부르는 걸, 재밌어하다, 무심히) 언니, 노래 엄청 잘 부른다?
영옥   언니, 왕년에 꿈이 가수.
별이   (돈만 세는)
달이   (웃으며) 해도 됐겠다.
영옥   (돈 세며, 은희 보고, 웃고, 달이에게) 언니, 이번 주말에 처녀딱지 뗀다?
달이   ?
은희   (밥 먹다가, 영옥 보며, 웃음기 가신) 미친년! 너 죽을래, 아가리 안 닫어? 죽잰?
영옥   (아랑곳없이, 웃으며, 달이에게) 주말에 언니 첫사랑이랑 목포 가서,
은희   (으름장, 진짜 화난 듯) 그만해, 너? 진짜! 오냐오냐 뭐든 받아주난, 기집애

가, 위아래도 어시냐(없냐)?!

영옥   (웃으며, 농담) 아고 무시라. (하고, 상관없이 달이에게 작게, 입 모양만) 남
자랑 곧, 잘 거래. 세, 엑, 스...

달이   (놀라) 익! (하고, 별이에게, 재밌단 듯 웃으며 수어를 같이 하며 말하는)
언니가 남자랑 잘 거래. 그래서 지금 엄청 설레고 좋대.

별이   (놀란, 은희 보고) 익! (웃으며, 신난, 수어) 크크크?

달이   (별이의 수어를 통역해주는, 장난) 별이가 진짜, 언니 남자랑 자냐고?! 축
하한다고! 크크크.

은희   (밥 먹다, 달이 별이 하는 양 보고, 영옥 보면)

영옥   (웃고)

은희   (화나, 밥을 한 숟가락 크게 퍼, 영옥을 잡으러 다니며) 너 죽었어?!

영옥   (도망 다니며, 웃으며) 사실이잖아, 왜 부끄러? 그게 뭐 부끄러, 우리 다 아
는 처지에! 내가 없는 말 했냐? 언니 남자랑 자는 거 안 나쁜 거야? 인간
이 좀 즐길 줄도 알아라, 맨날 돈돈돈.

은희   (도망 다니는 영옥을 결국엔 잡아서, 입 벌리게 하고, 밥을 밀어 넣는) 내
가 니 아가릴 오늘 아주 밥알로 매끈하게 공구리 쳐분다, 아주. (하고, 밥
넣고, 손으로 영옥이 못 뺄게 입을 막고) 요년, 요 주둥아리, 요거 요거!

영옥   (괴로우면서도 웃긴) 크크크.

달이, 별이에게 두 사람의 대화를 수어로 해주고 별이랑 같이 웃고,

씬5.   경매장, 다른 날, 어두운 새벽.

호식, 트럭에서 얼음을 삽으로 퍼, 트럭 아래의 리어카에 담고 있는,
경매사(2부에서 은희랑 얘기했던), 그런 호식에게 말하는,

경매사   (이상한) 은희가 지난주 이디(여기) 데령온(데려온) 남잔 누게?

호식   ?

경매사   (웃으며) 얼굴 반반허고, 소나이(사나이)답게 생긴 게, 배운 놈 같던디?

호식   (설마 싶지만, 한순가 싶은) 눈이 부리부리하고, 낯빤데기가 허영해(하얘)?

경매사   (고개 끄덕이며) 애인이라?

호 식   (기분 안 좋은, 툭툭 말하는) 애인은 무신... 친구! 서울서 공부한, 고교 동
         창. 제주 에스에스 은행 지점장. 새로 발령받앙 온.

경매사   아.... 영업하래 완? (하고, 가는)

호 식   (가는 경매사에게, 확인차 다시 묻는) 키가 컨? 갈치추룩(처럼)?

경매사   (가며, 제 머리 위로 손을 높이 들며) 엄청 컨!

호 식   (트럭에서 내려와, 수건으로 땀 닦고, 얼음 리어카 끌고 가며, 핸드폰(블루
         투스)으로 은희에게 전화하는, 받으면, 퉁명스레) 야, 너 한수 경매장에 무
         사 데령완? 시장 사람들 말 하영(많이) 햄서? 벌써, 니가 애인이 생겼네, 어
         쩌네, 말들 하멍(하면서) 다니는 거 알고 인?

씬6.   여객 터미널 가는 길, 은희의 트럭 + 경매장, 새벽(여행 가는 날), 교차씬.

         은희, 제법 이쁜 옷(찢어진 청바지에 얇은 티 정도) 입고, 트럭 운전해 가
         며, 스피커폰으로 전화 받는,

은 희   (귀찮은, 답답한) 이게 새벽부터.. 시끄럽게! 나 바빠, 전화 끊어.

호 식   (짜증스레, 버럭) 처녀가 유부남이랑 쏘다닌댄 소리 들음 어떵할 거(어쩔
         거)?

은 희   (답답한, 좀 큰소리) 알았다고, 그만하라고!

호 식   경매하는 중이냐?

은 희   그래!

호 식   아침은 먹언?

은 희   (답답하고, 화난, 전화 끊고, 운전해 가며) 말 많다! 말 많아!

호 식   (리어카 끌고 가며) 자식.... (하고, 가며, 비키라는 뜻으로) 리어커, 리어커!

         하고, 가는데, 은희의 담당 중도매인이 걸어가는 게 보이는,

호 식   (이상한) 벌써 경매 끝난?

중도매인 (답답한) 은희 사장은 오늘 무사 경매 안 완? 어디 아판?

호 식 (뭔 소린가 싶은, 이상한) 무신(무슨)? 좀 전에 전화해신디, 경매장에 있댄 허던데(있다던데)?

중도매인 (말도 안 된다는 듯) 무신? 정준이만 왕, 벌써 물건 사서 간. (하고, 가는)

호 식 (리어카 멈추고, 가는 중도매인 보며) 뭐랜? (하고, 가다, 블루투스로 은희에게 전화 걸어놓고, 리어카를 끌고 가며) 리어커, 리어커!

씬7. 여객 터미널, 주차장, 새벽.

은희, 트럭을 주차장에 세우며, 스피커폰으로 호식의 전화 오는 걸 보며, 고개 젓는,

은 희 나댄다, 나대. (하고, 전화를 주머니에 넣고, 차 세우고, 옆을 보면, 한수가 보여, 빵빵 하고, 경적 울리고, 한수 보고 환하게 웃는)

* 점프컷(2부 엔딩 무렵) 》
한수, 은희 보고 어색하게 웃고, 펜던트를 맘 아픈 얼굴로 떼서, 주머니에 넣는, 그사이, 은희 트럭에서 내려, 한수 옆자리에 타는, 한수, 작게 웃고, 차를 여객선으로 몰고 가는,

씬8. 목포로 가는 배 안, 낮.

은희와 한수, 이어폰을 둘이 나눠 끼고, 음악을 듣는,
은희, 재채기하고 좀 추워하면,
한수, 그런 은희를 보다가, 자기 웃옷을 벗어, 은희에게 덮어주는,

은 희 (웃으며, 어색한) 야, 그렇게 안 해도 돼?

한 수 (따뜻하게, 작게 웃고, 짐짓 편하게) 참, 호식이랑은 사귀었다면서, 왜 헤어졌어?

은희	(어이없는) 이십 년도 더 지난 그 얘긴 또 어디서 들언?
한수	동창회 한 날, 친구들이.
은희	암튼 말들 하(많아), 진짜. 이누무 제주 궨당문화. 남의 집 빤스 쪼가리가 몇 장인지도 다 알아사 맘 편한 인간들. 아우, 징글징글해. 그냥...
한수	(작게, 웃고, 바다 보는, 어떻게 돈을 빌릴까 하는 생각이 문득문득 들어, 답답하고, 맘이 불편한)
은희	(한수 보는데, 조금 설레는, 바다 보다, 다시 한수 보는)
한수	(보며) 왜..?
은희	(아닌 척) 뭘? (하고, 주머니에서 과자봉지 꺼내, 갈매기에게 주는) 옛다, 먹어라!
한수	(자신도 과자를 들어, 새들에게 먹이를 주는) ..

* 점프컷 》

갈매기가 와서 한수의 과자만 먹는, 은희, 서운해 한수에게 말하는,

은희	뭐야, 너 꺼만 먹네.
한수	(따뜻하게 웃으며, 농담) 너한테까지 내려가기가 힘든가?
은희	(어이없는, 벙찐) ?!
한수	(불쑥, 벌린 은희 입에 과자를 넣어주고, 은희가 귀여워 웃고, 과자를 새들에게 주는)
은희	(눈을 밉지 않게 흘기고, 과자를 새들에게 주며) 먹어, 먹어!

한수와 은희, 새에게 과자를 주거나 먹으며, 즐거운,
그때, 은희의 바지 주머니, 한수의 바지 주머니에서 각자의 핸드폰이 진동
으로 울리지만, 노느라, 못 듣는,

씬9. 서귀포매일시장 안, 은희의 생선가게, 낮.

호식, 리어카에서 얼음을 직원에게 건네주며,

호식 (이상한, 걱정) 일이 이성(있어서), 육지에? 지가 육지에 무신 일이 이서(있어)? 육지 어디?

직원 (편하게, 아무 생각 없이) 목포요, 친구랑 바람 쐰다고...

인권 (말꼬리 자르며, E) 야, 니네 사장님이,

호식 외 (모두 소리 난 쪽 보면)

인권, 손수레에 순대를 가득 싣고 가다 보며,

인권 (턱으로 호식 가리키며) 친구가 어디시냐? 여기 얼음이랑,

호식 (인권 맘에 안 들게 보고, 직원에게) 저기 순대밖엔?

인권 (맘에 안 들게 호식 보고, 전화하는, 쉬지 않고 말하는) 정준아, 은희 어디이시니(어디 있니)? 몰라? 무사 몰라? 놀러? 누게랑? 무사 안 물어봔? 자식이, 누님이 놀러 가면 누게랑 가냐고 물어는 봐야지? 뭐, 은희누나의 사생활은 관심이 없어? 지랄하네. (하고, 끊는)

호식 (그 모습 보다가, 걱정스런, 인권에게) 정준이 뭐랜?

인권 (꼬나보며) 나한테 말 걸지 마라게.

호식 (싸증 나는) 내가 너한테 말 걸고 싶엉 걸엄시냐(거냐), 은희 일이난(니까),

인권 (말꼬리 끊으며, 그냥 가는)

호식 (어이없는, 가만 보며, 이를 뽀득 갈며) 썅, 진짜.. 법 없음 한 대 쥐 패주고 싶다, 진짜.. (하고, 반대편으로 가려는데)

그때, 인권에게 명보의 전화가 오는,

인권 (가다, 멈추고, 전화 받으며) 명보야, 무사?

호식 (가다, 고개 돌려 인권 보는, 궁금한) ?

인권 (진지한, 사이) ..어? ..어? 어? ..알안. 그래, 만나게. (하고, 손수레 끌고 가는)

호식 (놀라, 리어카 끌고 인권 옆으로 따라가서) 명보가 만나자고 핸(만나자고 했어)? 무사?

인권 (가며) 한수 일!

호식 (따라가며) 나도 같이 가.

인권 (멈춰 서며) 지금 나, 순대 주러 거래처 감신디 얼음장사인 너가 무사 같이

가?

호식   명보 안 만나?

인권   만나.

호식   언제?

인권   두 시. (하고, 가는)

호식   (인권과 반대 방향으로 가다, 아차 싶어, 돌아보며, 묻는) 어디서?

인권   (가다, 보며) 어디겠니?

호식   은희 카페?

인권   (말하기도 싫은) 알명 무사 물언? (하고, 가며) 덜떨어진 새끼.

씬10. 목포 도로 + 한수의 차 안, 낮.

달리는 한수의 차 배경으로 전화벨이 울리는,

* 점프컷 - 차 안 》

은희   (전화기 꺼내 보면, 호식의 전화다) 이게... 이게 또 뭔가 내가 아쉬운 일이
        이신게, 이게. 뻔질나게 전화하는 거 보난. ..또 돈이 필요햄신가.... 으이그
        징그러.. 피붙이도 징그런데 친구란 것들까지.. 그저 나만 보면 돈돈... (전화
        길 주머니에 넣어버리는)

한수   (맘 불편한, 자꾸 서글퍼지지만, 담담하려 하는, 운전하는)

은희   (창문 열고, 냄새를 맡으며) 야, 목포 냄새. (노래 부르는) 목포행 완행열차
        마지막 기차 떠나가고.. (노래 부르다) 나 가수가 꿈이었던 거 알고 인?

한수   (운전하며, 옛 생각 나는) 그럼 알지. 옛날에도 나 니 노래 좋아했어.

은희   (쓸쓸히 웃고) 만약 내가 가수 된다고 서울 갔음.. 되실 건가(됐을까)?

한수   (따뜻하게, 웃으며) 못 될 것도 없지. 니가 하려고만 했으면...

은희   (한수에게, 서글프게 웃으며, 편하게) 너 만나난, 까맣게 잊어버렸던 내 청
        춘의 꿈 얘기도 하게 됨쪄, 옛날 친구가 좋네. (노래를 다시 부르는, 그러다,
        한수 보며) 참 넌.. 그때 뭐가 꿈이었지?

한수   (옛 생각 하며, 서글픈 듯) 농구.. 선수.

은희	(놀라운) 진짜? 너가 농구 좋아하는 줄은 알아신디, 그게 꿈이었는 줄은 몰란.
한수	(옛 생각에 서글프게 웃고) 난 공부 진짜 체질 아니었거든.
은희	근데 무사 안 핸? 아니, 됐다. 너 대답 안 들어도 훤허다. 가난한 집구석 장남 주제에 무신 농구. 말도 안 되지! 부모님이 반대했지?
한수	(서글픈 웃음) 부모님한텐 말도 안 꺼냈어. 그냥 알아서 접었지.
은희	(어이없게 웃으며) 크크크... 그지, 그지, 우린 다 알아서 접지. 가난한 집안 장녀 장남 주제에 무신 꿈. 염병... 지겨운 가난. 가난이 웬수던 그 시절이 다 갔져, 아유... 정말 얼마나 다행이니, 너나 나나 지금은 살 만허난, 그지이?
한수	(쓸쓸한, 그냥 건성 고갤 끄덕이는) .....
은희	(노래를 부르는, 그러다 다시 재채기하는)
한수	(은희 보는)
은희	(재채기하며) 아씨, 멋 부리당, 감기 걸렸쪄. 에춰에춰!
한수	(은희 보고) 배에서 너무 바람을 오래 맞았나 보다. (하고, 운전하며, 길 건너 약국 확인하고, 차를 세우는)
은희	무사?
한수	약 사 올게.
은희	야, 경하지 마(그러지 마). 또뜻한(따뜻한) 물 마심 나!
한수	약도 먹고 따뜻한 물도 마셔. (하고, 차에서 내려 횡단보도를 건너서 뛰어 가는)
은희	(뛰어가는 한수를 가만 보며, 이쁜) 세상에 열 걸음 만에 저길 감쪄... 죽인다, 기럭지... (하고, 계속 재채기하는)

씬11. 해상케이블카 안, 낮.

은희, 한수, 케이블카 안에서 편안하게 바다를 보는,

은희	난 배신자야, 호식이한텐.
한수	(은희를 따뜻하고 안쓰럽게 보는)

은희	(서글픈 웃음 짓고, 한수 보며) 가이(개)랑 막 사귀기로 하고, 키쓰도 하고, 설레고 그랬는데... 어느 날, 가이(개)네 집 먼 섬 가서, 보리농사 하는 부모님 뵙고, 거동 못 하시는 할망 하루방에, 밭일하는 세 여동생까지 보고, 다시 배 탕(타고) 집으로 오는데... 눈앞이 깜깜해지면서 자신 없더라고. 내 동생도 넷이나 되는데... 저 사람들을 어떵(어떻게) 다 먹여 살리나.. 사실 나더러 먹여 살려달란 소리도 안 해신디...... 어쨌든 등짝에 돌무더기 진 것 추룩(처럼) 무겁드라고. 그래서 그때 배에서 내리자마자, 슈퍼 강 소주 한 병 사서 나발 불고, 눈 딱 감고 말핸. 호식아, 난 고만 가난하고 싶다, 근데 너랑 살면 계속 가난할 거 닮다. 끝내자. 미안하다. (맘이 짠한) 그때, 호식이가 암 말 못 하고 내 손을 잡고 주먹만 한 눈물을 뚝뚝.. 나중에 호식이가 그 일로 방황 엄청 핸. 깡패짓 할라 하고, 도박하고...
한수	(가만 안쓰럽게 그 얘길 듣는)
은희	(풍경 보며, 속상해도 깔끔하게) 그때 내가 어떤 인간인지, 똑똑히 알았지. 나는 순정이고 사랑이고 나발이고 다 필요 없고 돈이 최고구나. 난 그런 년이구나. .. (맘 짠한 것, 빨리 추스르고, 가볍게 한수 보며) 근데 넌, 무사 너네 어멍 제주서 서울로 모셔갈 때 너네 어멍 돌본 우리들한티 말도 안 행(하고), 야반도주하듯 모셔간? 나도 친구들도 그때 너한티 엄청 실망했져.
한수	(맘 아픈, 착잡한, 어색하고 서글픈 웃음 작게 짓고) 니들 볼 면목이 없었어... 넌 호식이 한 사람한테만 배신자겠지만, 난.. 울 어머니, 동생 한영이, 한숙이.. 가족 부탁하고 돌아가신 울 아버지한테까지도.. 어쩌면 너희 친구들한테까지도, 영원한 배신자야. (하고, 고개 모로 돌려 바깥 보는데, 쓸쓸한, 조금 슬프기도 한, 작게 진심으로) 미안하다.. 다들 날 엄청 믿었을 건데..
은희	(그런 한수가 안쓰런) .된(됐어), 가정 꾸리고 살다 봄 그렇지 뭐. 그리고 뭐.. 장남이면 다 잘해야 되냐... (가만 한수를 안쓰럽게 보다, 분위기 환기시키려, 말꼬리 돌리려 다른 쪽 풍경 보며) ..와.. 죽인다, 풍경, 야! 관광 올 만하네, 여기! 기지?
한수	(은희가 보는 쪽 보면)
은희	(한수의 얼굴을 두 손으로 잡아, 각도 틀어, 옆에 보여주며) 저기.
한수	(풍경 보며 작게 웃으며) 이쁘다..

은희　(한수가 웃는 게, 맘이 놓이는, 밝게, 한수의 얼굴을 두 손으로 잡아 돌리며) 저기도 봐, 저기.. 저기도 이쁘다..

씬12.　목포 시내(현재 + 회상), 낮.

한수, 은희, 편하게 주변 구경하며 걷는, 젊은이들 데이트하는 풍경을 보며, 흐뭇한,

한수　(젊은이들 보며, 제 청춘 같아 짠하게 보며, 웃음 짓고) 여긴 진짜 어딘지 모르겠네.. 다 바뀌어서..

은희　난 그래도 어렴풋이 생각나는데, 여기...

그때, 가는 은희의 어깨를 툭 치면, 은희, 누군가 싶어(과거의 한수) 보면, 과거 회상과 겹치는,

* 점프컷 - 회상 》
고교 시절(모두 교복 입은, 명찰은 옷에 박거나, 옷핀으로 꽂은) 한수, 미란이 솜사탕을 들고, 은희 인권 호식에게 솜사탕을 안 뺏기려, 죽어라 웃으며 사람들 사이 뛰어다니고, 은희 호식 인권이 그들을 쫓으며, '야, 같이 먹게!' 하고 뛰어오고, 그러다 은희, 한수 등에 올라타, 솜사탕을 베어 먹고, 한수, 웃고, 은희, 한수의 등에서, '달려!' 하고, 한수, 은희를 업고 사람들 사이 달리는(이 부분만 느린 그림), 호식, 한수 잡으러 가며, '은희, 내 꺼야! 내리라게!' 하며 잡으러 가는, 인권은 미란일 잡아, 솜사탕을 뺏어 제 입에 다 처넣고, 미란, '미친놈!' 하며 인권을 패고,

* 점프컷 - 현재 》
은희, 그때 그 모습을 흐뭇하고 짠하게 보다가(생각하다가), 문득 고개 돌려 골목을 보면,

* 점프컷 - 골목 안, 회상 》

한수 (담배 못 빼게 하고, 어깨동무를 하며, 웃으며 가는) 그러지 마, 착한 놈이.

은희 (황당해, 보는데, 설레는) ?

한수 (웃으며, 남자친구에게 하듯, 다른 손으로 머릴 흩트리며) 뭘 봐, 귀엽게. 가자, 자유시간 끝났어.

은희 (멈춰 서고, 툭툭 말하는, 키 큰 한수 올려다보며) 나 너 좋아. 나 가져. 아님 널 주든가.

한수 (웃고, 달래듯, 어깨동무하며) 가자. 은희야.

하는데, 은희, 한수의 얼굴을 잡아당겨, 입을 맞추는,

＊ 점프컷 – 현재 》

은희, 웃음이 나는, 그때, 한수 목소리 들리는,

한수 (그때 생각에 맘이 짠해지는) 이 골목은 그대로네.

은희 (보면)

한수 (솜사탕을 들고, 그중, 하날, 은희에게 주고, 솜사탕 먹으며, 골목을 보는, 자꾸 슬퍼지지만, 참는)

은희 (괜히, 멋쩍어) 기억하네.. 이 골목을..

한수 (옛 생각에 맘이 힘들지만, 짐짓 밝게) 그럼....

은희 우리 그때 이뻤지? (하고, 가는)

한수 (은희 옆에서 걸어가며, 웃으며) 이뻤지.

은희 (솜사탕 먹으며) 우리 이젠 돈 이성(있어서), 둘이 하나씩 먹네.. 이런 걸... 예전엔 다섯이, 두 개 먹어신디.. 기억나맨, 그때도?

한수 (짠하게 웃으며, 고개 끄덕이는, 그때, 장난치는 청년들 무리가 오면, 은희의 어깰 팔로 감싸, 부딪치지 못하게 보호하는)

은희 (조금 어색하고, 설레는, 한수 보며, 솜사탕 먹으며) 달다..

한수 (은희의 어깨 감싸고 걸으며, 솜사탕을 먹고, 은희 보며, 농담) 설탕이니까...

은희 (먹다가) 크크크크크...

한수 (웃으며, 가는, 좀 전에 사람들한테서 은희를 보호하느라 은희 어깨에 올

린 손을 내려놓으려다가, 다시 의도적으로 올려, 꽉 잡는, 참담한)

은희   (뭔가 이상해, 한수를 올려다보는)

한수   (은희 보는, 조금은 불안하고 어색한 눈빛이다)

은희   (왠지 설레고 어색해, 괜한 말을 하는) 팔 올리기 딱이지, 내 키. 예나 지금
이나.

한수   (어색한, 안 보고, 그러다 조심스레) 어깨 손... 올리지 말까?

은희   (안 보고, 앞만 보며) 그냥 올려. 뭐 어때? 친군데. (하고, 가면서, 자기도 모
르게, 설레는, 느린 화면)

한수   (뭔가 자꾸 맘이 참담해지는, 힘든)

씬13. 카페 가는 길, 낮.

인권, 심각하게 빠르게 걸어가는,

* 점프컷 》
호식, 화난 듯, 빠르게 걸어가다, 앞 보면, 인권이 오다, 호식 보고, 멈추는,

인권   문 열어.

호식   너가 열어.

명보   (어느새 와서, 문 열고, 진지한, 답답한) 들어와. (하고, 들어가는)

인권(맘에 안 들게 호식 보고), 호식, 들어가고,

씬14. 농구대가 보이는 야외공원, 야외벤치, 낮.

한수, 은희, 벤치에 앉아, 솜사탕 먹으며 얘기하는,

은희   (한수에게) 중매? 야, 그건 매달 한두 건은 그냥 들어온다? 내가 안 해서
그렇지, 중매 자린 널린! 왜냐, 내가 돈이 있잖니?

한수   (어색한 웃음) ..

은희   (크크, 웃으며) 근데 그게 그렇드라고, 지금 내 나이에 들어오는 선자린.. 자꾸 의심이 들고 따지게 되는 거라. 이 인간이 혹시 어디 아픈 덴 어신가? 직장은 든든한가? 혹시 내 돈 보고 그런가? 더 웃긴 건 내가 노부모 모시는 장남은, 무조건 선자리 보지도 않고 말만 들엉 아웃시키는 거? 밥맛이지이?

한수   (가만 은희 보며, 쓴웃음) ..아니.... 그럴 수 있지..

은희   (착잡한, 그러다, 담백하게) 그럴 수 있긴... 뭐가 그럴 수 있냐? 위로하지마. 난 내가 생각해도 너무 재수 없게 변핸. 순수함이라곤 눈꼽만치도 없는, 사랑도 장사치추룩(처럼) 거래하고 계산하는, 완전 밥맛없는 꼰대 중에 상꼰대. 평생 혼자 늙어 죽을 거야, 난. (하고, 한수 보고, 한수의 솜사탕을 뺏어, 다 뜯어서 먹고) 근데 무사 부인하고 헤어지잰 하맨?

한수   (말하기 아픈, 쓸쓸한 어색한 웃음 짓고) 그냥.. 내가 못해서.. (그러다, 농구대의 농구공을 보고, 일어나 가서, 통통 튀기는)

은희   (걱정) 설마, 바람 편?

한수   (농구대에 골 넣으며) 아니.. 그냥.. 내가 능력이 없으니까..

   * **점프컷** 》
   골대에서 나온 공이 은희에게로 굴러가고, 은희, 공을 주워, 서서, 한수에게 던지고, 한수, 다시 공을 튀기며, 농구를 하는,

은희   (서서, 한수 보며) 야, 니가 무신 능력이 어시냐(없냐)? 능력 어신디, 지점장은 어떵(어떻게) 된? 딸 골프 유학은 어떵 보내고?

한수   (공 넣고, 다시 공 잡아, 공만 튀기는, 서글픈) ...

은희   딸은 티브이에서 한 번 봐신디, 너 닮앙 이쁘던디?

한수   (공을 튀기는, 말꼬리 돌리고 싶은) 은희야, 니 노래 듣고 싶다.

은희   (갑자기, 서서, 노랠 부르는)

한수   (그런 은희가 고마워, 슬몃 다시 웃고, 농구하고)

은희   나도 공 줘봐.

한수   (은희에게, 공 주고)

은희   (공을 농구대에 넣으려 하는데, 안 되는)

한수	(달려가, 공을 주위, 은희에게 주고, 공을 쏘려는 은희의 허릴 잡아, 위로 획 올려서, 공을 넣게 해주고, 은희 내리는)
은희	(공 넣고, 좋은, 비행하듯, 세리머니 하며, 한수의 곁을 크게 도는) 악! 골 넜다! (하고, 노랠 부르며, 도는)
한수	(그런 은희 보고, 웃다가, 바지 주머니에서 핸드폰 진동이 울려 꺼내 보면, 미진이다, 슬픈 맘 참고, 주머니에 전화기 넣고, 농구공을 집어, 덩크슛 하고, 골대에 매달리는, 입은 웃어도, 눈가는 그렁한)
은희	(놀라는) 우와, 덩크슛! 우와! (하고, 노래 부르며, 비행기 나는 세리머니 하는)
한수	(웃으면서도, 자꾸 슬퍼지는)

씬15. 은희의 카페 안, 낮.

인권, 호식, 명보, 셋이 앉아 있는,

명보	(답답한, 두 손으로 얼굴을 부비며, 한숨 내쉬는) 후후...
호식	(짜증 난, 답답한) 뭐 해, 넌?! 무사 사람은 불러놓고, 계속 후후야! 답답하게!
인권	(명보 보며, 말꼬리 끊으며) 한수가 너한티 돈 빌려달랜?
명보	(놀란) ?
호식	뭔 소리야?
인권	(명보만 보며, 진지한) 한수가 동생 한숙이신디 이억 빌려달랜 했댄(달라고 했대).
호식	(화나, 버럭) 이억? 미친... 지가 한숙이신디 해준 게 뭐가 인?! 어멍 이디(여기) 이실(있을) 때도 한숙이가 모셔신디! (화나, 명보 보며)
명보	(커피 마시는)
호식	너 너가 아는 한수 얘기 다 불어. 다 까, 아주! 지금 한수 자식이 은희 데령(데리고) 목포 갔다고, 유부남이 처녈 데령 목포 갔다고! (인권 보며) 내 추측이 맞다고! 그게 아니면 무사 은희가 경매 간댄 거짓말해서, 사라지냐고? 한수 은희, 둘 다 무사 전화 안 받냐고?!

명보	(답답한) 기(진짜)? 한수랑 은희가 목폴? 아닐 거라, 얌마, 한수 그런 애 아니야? 돈이 어성(없어) 그렇지... 야, 친구를 니들 무사 그렇게 이상하게..
인권	(명보만 꼬나보다, 버럭) 이상하게 안 보게, 한수 애길 제대로 하라게, 니가?!
명보	(커피 마시고, 보며, 진지하고, 답답하지만, 담백하게) 그게 한수가 여기저기 돈을 빌리러 다니는 거 같아. 서울 사는 형식이한티도 이억 빌려달랜 했당(했다가) 까이고, 서울에 있는 우리 중학교 동창 재민이한틴 벌써 오천 빌려간 지 오래고, 부인도 미국에서 한인사회에서 돈 빌린다는 소문이 파다하댄.... 그걸 우리 고객들 중에 아는 사람까지 있고.. 은행 지점장은 신용이 생명인디.. 그래서, 내가 걱정돼서, 알음알음 한수 신용상태를 알아봐신디 이미 퇴직금도 중간 정산해서 받아 썼댄 나오고,
인권	(답답하고, 어이없게 들으며) 은행 대출도,
호식	(말꼬리 끊으며, 화나고, 어이없게 들으며) 잔뜩이냐?
명보	(고개 끄덕이고) 한수가 만약 여기 고향서도 돈을 빌리면 어뎡해(어떡해).... 이 바닥 좁앙(아서), 소문 금방 다 날 건디.. 경하면(그럼) 지점장 못할 건디. 내가 그 걱정에 잠이 안 와. 대체 우리들 중 누가 이번에 한수의 돈줄이 될까,
호식	(듣는 즉시, 열받아) 누구긴 누구야, 무조건 은희지. 개자식, 이거 진짜 돈 빌리잰 계획적으로 고향 전근 와신게(왔구만), 이거. 고향을.. 뭘로 알고! (하고, 전화기 들어, 은희에게 전화 거는)
명보	(호식 답답하게 보고, 인권에게) 인권아, 겐디(근데), 한수 진짜 이상한 앤 아니라.. 착한 애라... 다 지 애 때문이지.. 다른 뜻은 어신(없는) 애라.. 소문도 그렇구...
인권	(화나는, 참고) 그 새긴 이상한 새끼라! 돈 얘기 할 거면 그냥 함 되게, 뭔 심보로 은횔 데령 목폴 간 거?!
명보	(답답한) 한수, 은희랑 목포 안 가서..
인권	(속상해, 화가 나는) 갔음 어쩔 거라? 너가 대신 죽을 거라? 남자라곤 암 것도 모르는 은희 그게 지한테 정 이신(있는) 거 아난(니까), 그거 빌미 삼앙, 후릴라고 작정한 거네, 음흉하게! 자식이, 우리 전화도 썹고! (하고, 나가는)

씬16. 고급호텔 전경 + 복도 + 은희의 호텔방 안, 해 질 녘.

엘리베이터, 객실 층에 도착하면, 둘이 내리는,
한수, 객실로 가서, 문 열어, 은희에게 들어가라고 턱짓하는,

은희   (멍) 방 하나?

한수   내 방은 (턱으로 자기 방 가리키며) 맞은편, 여긴 니 방.

은희   (농담) 아, 설렜네, 괜히. (하고, 방에 들어서서, 방 안 풍경 보며, 멋진, 감격 스런, 창가로 가서, 넋이 나간)

한수   (감탄하는, 낮게) 야...

은희   (순간, 풍경 보며, 울컥하는, 잠시 맘 추스르고, 주변 풍경 보며) .여기?.. (하고, 옆에 온 한수 보면)..

한수   (풍경 보며, 옛 생각에 서글픈 웃음 작게 짓고) 맞아. 여기가 우리 수학여 행 왔던 그 허름한 여관 있던 자리야...

은희   (다시, 풍경 보며, 맘 짠한) 그게 어서지고 이게 들어섰구나... (주변 둘러보 며) 근데 넘 과한 거 아니냐? 여기......

한수   (풍경만 보며, 서글픈, 담담하게) 나도 이런 별 다섯 개 호텔은 처음. 근데 우리 인생의 단 한 번 추억여행인데.. 좀 과하자, 우리.

은희   추억여행? ..크크크 ..맞네, 인생의 단 한 번 추억여행인데 좀 과해도 되지 뭐. (하고, 한수의 겉옷을 벗어, 침대맡에 놓고, 침대에 앉아, 방방 뛰어보 고) 쿠션 좋다... (하고, 냉장고를 열어보고, 한수 보며) 이거 공짜 아니지? 나도 이 정돈 알지. (하고, 침대에 앉아, 냉장고 닫고) 우리 술 마시잰? 수퍼 에서 사당?

한수   내가 사 올게. (하고, 나가는)

은희   (누워, 천장 보며, 좋아서, 서글퍼지는) 깨끗하다. (옆 보며) 으이그 미친년... (다시 고개 돌려 옆 보며) 이 나이 먹도록, 이런 데도 안 와보고, 뭐 핸... (그때, 전화가 오는, 보면, 호식이다, 기분 상하는, 마지못해, 받으며, 답답 한) 아주 불났져, 불나서(났어), 호떡집에 불나서, 아주! 무사 자꾸 전화질 이야?! 너는!

씬17. 영옥의 가게 안 + 밖 + 은희의 호텔방 안, 저녁, 교차씬.

명보, 인권, 호식, 정준, 모두 진지하게 앉아 술을 마시고, 영옥, 달이, 안주 만들고 있고, 별이, 한쪽에 앉아 혼자 농인들 유튜브 보며 웃는,

호식 (전화하는, 화난, 참고) 너 어디!?

인권 (전화기 뺏어, 스피커폰 하고, 테이블에 놓고, 진지한, 속상한) 너 한수랑 목포 간?

정준, 영옥, 달이 (뭔가 싶어, 인권을 보는) ?

은희 (침대에서 벌떡 일어나, 답답한, 버럭) 그래, 그래, 둘이 목포 왔쪄? 어쩔래, 니들이!

호식 (속상하고, 화나, 버럭) 유부남이랑 너가 목폴 무사 간, 새끼야! 처녀가!

은희 (짜증 난, 답답한) 유부남은 무슨.. 칠 년째 별거 중에, 곧 이혼한다는데!

영옥 (안주 만들다, 싫은) 삼춘 뭐야? 웬 스피커폰, 사람들 많은데?

인권 (은희가 못 듣게 전화 끄는)

정준 (형들이 맘에 안 드는, 답답한) 이건 매너 아니죠, 형님.. 오늘 이 자리에 난 어신(없는) 걸로 합서. (하고, 주방 쪽에 가, 물 한 잔 떠서, 바닷가 쪽 테이블로 가서 앉아 바다 보는)

은희 여보세요? 여보세요? (전화 끄며) 뭐야, 이것들. (하고, 전화 옆에 놓고, 바다 보며, 노랠 부르는) ...

인권 (명보에게, 진지하게) 한수 이혼해? 형식이한테 알아봐? 걔들 부부끼리도 친하잖아?

영옥, 달이 (어이없게, 걱정스레, 보는)

명보 (답답한, 핸드폰에서 동창 형식 찾아 전화하며, 나가는) 어, 형식아, 나 뭐 하나 물어보려고?..

호식 (따라 나가, 명보 옆에서 보는)

(E) (초인종 소리 나고)

씬18. 은희의 호텔방 안, 밤.

은희   (문 열고, 한수 보는) ?

한 수   (땀 난) 미안.. 내 웃옷 좀.. 거기 지갑 있는데, 그냥 갔네.

은희   어. (하고, 침대맡에 웃옷을 들어 한수에게 주는데 웃옷에서 펜던트가 떨어지지만, 둘은 모르는)

한 수   (웃옷 들고 나가는) 빨리 올게.

은희   다쳐, 천천히 해.

그때, 침대맡 핸드폰에 톡들이 오는, 은희, 좀 귀찮은, 뭔가 싶어, 그걸 보는, 이상한, 점점 얼굴이 굳어지는,

＊ 점프컷 - 인서트, 사진 》

한수와 부인, 보람이가 미국에서 즐겁게 서로 안고, 사진을 찍은 게 주르륵 뜨는,

씬19. 영옥의 가게 안 + 밖, 밤.

인권(진지하고, 답답한), 앉아, 명보 보고 있고, 명보(속상한), 핸드폰으로 은희에게 사진을 보내는, 호식, 앉아 화를 참는,

호식   후후.. (화나, 한숨 몰아쉬고) 한수 새끼, 이거 은희 벗겨먹잰 아주 작정한 거라, 이건.

달 이   (걱정, 영옥에게) 뭔 일이야?

영옥   (안주 접시 달이 주며, 편하게) 신경 꺼! 남 일이야, 이거나 갖다줘. (하는데, 전화 오고, 보면, 번호만 뜬, 답답한, 바다로 나가, 전화를 받는, 답답한, 귀찮은) 어, 나야.. 말해.. 나도 사랑해.. 너만 사랑하는 거 아냐..

달 이   (그 소리 듣고, 영옥이 이상한, 그래도 별일 아니지 싶어, 옆의 설거지들 챙겨, 설거지하는)

정준   (영옥 따라 나가, 밤길이 무서울 것도 같아서 멀찍이 영옥 뒤에서 걸어가는, 말을 시킬까 싶은, 전화 내용은 못 듣는)

| 영옥 | (답답한, 귀찮은 듯 전화하며 대답하다, 정준 보고, 방향 틀어, 다시 가게 쪽으로 가는) 몇 번을 말해, 사랑한다고.. 어어... |
| 정준 | (좀 멋쩍게 영옥을 보는, 말을 할까 말까, 내가 싫은가 생각하며, 영옥을 가만 보는) |

씬20. 호텔 엘리베이터 안 + 한수의 호텔방 안, 밤.

한수, 와인 한 병에 치즈 한 상자를 들고, 담담히 서 있는, 주머니에서 핸드폰이 계속 울리는, 모른 척하는, 엘리베이터 서면, 내려 은희 방 쪽 보고, 주머니에서 핸드폰 꺼내 보면, 보람이다, 잠시, 은희 방 쪽 보고 생각하다, 제 방문 열고 들어가, 화상으로 전화를 받는,

한수	(맘 무거운, 속상해도, 강하게) 왜?
보람	(초라한 모텔방 안에서 전화하는, 눈가 붉어, 미안한) 아빠, 나.. 서울 갈래.
한수	(단호한, 맘이 힘든, 화난 듯) 그런 말 할 거면 전화 끊어.
보람	(미안하지만) 아빠, 나 골프 하는 게 안 행복해. 그만할래.
한수	(속상하고, 화나는, 눈가 붉어) 없는 말 지어내지 마. 돈 때문에 그딴 말 하는 거 알어. 니 인생엔 골프밖에 없는 거, 그건 이 아빠가 알어.

그때, 미진, 전화기를 뺏어, 속상해, 소리치는, 눈가 붉은,

미진	보람이가 안 행복하다잖아! 왜 그 말을 안 믿어, 넌!
한수	(스스로에게 화난 듯, 맘 아파, 버럭) 니가, 당신이 돈돈돈 하며 징징대니까, 애가 그딴 소릴 하는 거 아냐?!
보람	(전화기 뺏으며, 아까보다 강하게) 나 서울 갈래. 아빠, 나 이젠 진짜 골프 해도 안 행복해!
한수	(화나는, 눈물 그렁해, 버럭버럭 소리치는) 왜 안 행복해?! 왜 안 행복해?! 내가, 이 아빠가, 너 하나 행복하게 만들라고, 지금까지 얼마나 얼마나 애를 썼는데, 니가 안 행복하면, 이 아빠 어떻해 이 자식아?! 입스가 와서 그런 거야, 근데 입스는 결국엔.. 다 지나가, 참아!

미진	(속상해 우는 보람이 뒤에서, 속상해, 화나, 말하는) 내 입가가 왜 터졌는 줄 알아? 도로에서 총 든 깡패 만나 맞았어! 길 가던 사람 아니었음 죽었다고! 보람이 그때 있었음 다쳤다고! 넌 보람일 위해서, 지금 이러는 게 아냐? 왜, 보람이가 골프 포기하면, 니 인생이 끝나는 거 같니?
한수	(맘 아파, 눈가 붉어, 소리치는) 입 닥쳐! (하고, 핸드폰을 던지고, 후후 숨 고르는데 눈물이 그렁한, 화장실로 가서, 세수하고, 가만 거울을 보다, 힘들게 말하는) 은희야, 나 돈 좀 빌려주라.. 은희야, 나 돈 좀... (하는데, 너무 맘이 아픈, 힘든)
(E)	(전화벨 소리)

씬21. 은희의 호텔방 안 + 영옥의 가게, 밤, 교차씬.

은희, 침대맡에서 핸드폰으로 사진 보다 전화 받는, 참담한, 그러나 너무 가라앉진 않은, 정신 차리려 하는, 대범하려 하는, 그러나 화가 나는 걸 간신히 참는, 인권, 명보, 호식, 앉아 있는, 스피커폰 켜져 있는,

은희	이 사진 뭐라?
호식	뭐긴 뭐라, 쨔샤? 한수 부부 사이좋단 증거지? 경한데(그런데) 뭐? 한수가 칠 년 전 별거? 그거 쨔샤, 일 년 전 한수 마누라가 에스엔에스에 올린 거, 형식이가 다운받아, 명보 주고, 명보가 지금 너한테 보낸 거? 가이(개) 마누라랑 죽이게 사이좋단? 젠디(근데), 무신 이혼?
인권	한수가 너한티 돈 빌려달란 얘기핸?
은희	(참담한) ...아니..
인권	그럼 곧 할 거여.
명보	(속상한) 미안하다, 은희야.
호식	니가 뭘 미안해!
인권	중학교 동창 재민이한틴 일 년 전에 벌써 오천 빌렸고,
명보	(속상한) 이잔 줬댄. 매달 이 할이나.
인권	최근에 주식 하는 형식이한틴 이억 빌려달랜 했당(빌려달랐다가), 까이고,
명보	형식이가 마누라 핑계 대면서, 주식하라고 말 돌렸댄 하더라.

인 권	(따박따박 빠르게) 요번에 지 동생 한숙이한테도 말했당 까이고, 담 타깃 이 너라? 한수, 집도 절도 없댄. 통장은 깡통. 대출은 산더미. 퇴직금도 다 땡겨 쓰고, 얼마 안 남았댄.
은 희	(화를 참고, 참담한) 돈 그렇게 빌령 뭐 한댄?
명 보	(속상한) 애 골프 시키는 게 돈이 많이 드나 봐.

그때, 초인종 소리 나면, 은희, 문 열고, 한수, 어색하게 웃으며, 와인병과 치즈를 들어 보이며, 들어와, 테이블에 앉아, 와인병을 따고, 한쪽에 놓인 잔을 두 개 들어서, 화장실에 가서 닦는, 은희, 그런 한수를 맘 다잡고 보며, 전화로는 인권의 말을 듣는,

호 식	(화나, 속상해, 하는 말) 지랄, 능력 어심(없음) 자식새끼 낳질 말든가!
명 보	너도 애 있으면서, 심하다, 쫌!
호 식	난 주젤 알아, 애 골프 안 시켠!
은 희	(담담한 척, 듣는데, 맘 아프고, 화도 나는)
호 식	한수 자식 마누라! 형식이 와이프랑 대학 동긴데! 여자가 이쁘댄! 착하고! 인정 있고, 사리 분별 바르고! 근데 한수 만낭 인생 조겼댄 해라(하더라). 아주 불행해한댄!
인 권	은희야, 너 한수한테 돈 주면, 못 받으매(받아), 알안? 재민이도 반년 쓴다 고 해신디, 이 년이 되도록 이자만 받고 원금 못 받안.
호 식	너 당장 제주 오라, 당장 집에 오라게!
은 희	(화 참고, 담백하게) 낼.. 조식 먹고 갈 거. (하고, 끊는)

＊ **점프컷** 》

호 식	은희야, 은희야, 은희야!
인 권	전화 끊었네, 너 또라이야? (하고, 제 전화 들고 나가고)
호 식	(주머니에서 제 전화 꺼내, 다시 은희에게 전화하는)

씬22. 은희의 호텔방 안 + 화장실 안, 밤.

은희, 잔 들면, 한수, 술을 따라주는,

은 희   (화와 참담함 참고, 술을 받아, 한쪽에 놓고, 술병 잡아, 한수에게 따라주
　　　 는)
한 수   (술 받고)
은 희   (술병 내려놓고, 술잔을 들어, 짐짓 밝게, 잔을 쨍 소리 나게 한수 잔과 부
　　　 딪히고, 술 다 마시고, 치즈 먹으며, 짐짓 편하게, 웃으며, 화는 참고) 와인
　　　 은 치즈랑 먹는 거 텔레비전에서만 봐신디, 맛 좋네. 너는 이런 거 어떵(어
　　　 떻게) 알안?

　　　　　＊ 점프컷 – 플래시백(은희 시점) 》
　　　　　2부, 단란주점 주차장 근처에서 은희가 귀엽다고 깔깔대고 웃던, 한수.

　　　　　＊ 점프컷 》

한 수   (어색하게 웃으며) 뭐.. 그냥.. 영업하다 보면, 거래처 사람들하고.. 먹을 기
　　　 회가 있고,
은 희   너 와이프랑도 이렇게 자주 와인 마션?
한 수   (어색하게 웃으며, 와인 안 마시고, 입술만 적시고, 내려놓는) ..
은 희   (한수를 보는)

　　　　　＊ 점프컷 – 플래시백(은희 시점) 》
　　　　　목포 거리에서 은희 어깨를 힘주어 잡던, 한수.

　　　　　＊ 점프컷 – 플래시백 》
　　　　　은희가 노래 부르는 걸 따뜻하게 웃으며 듣던 한수.

　　　　　＊ 점프컷 》

한 수   (술병 들고, 착잡한) 한 잔 더 해?

은희   (잔 내밀고, 술 받으며, 한수를 보는, 담담히, 화를 참고, 술을 죽 마시고, 잔 놓고, 한수 보는)

한수   (창밖 보며, 말 꺼내기 어려워, 작게 한숨을 쉬는)

은희   (그런 한수 보고, 화를 참고, 담백하게, 아무렇지 않은 척) 이제 우리 뭐 하카(할까)? 낮에 같이 관광도 하고, 둘이 같이 호텔 오고, 술도 마시고, 그담엔, (차분하지만, 상처 주고 싶은, 애써 담백하게, 눈가 살짝 붉은) 뭐 하카, 우리?

한수   (못 보는, 말을 못 하겠는, 와인으로 입술만 적시는)

은희   나도 너도 목욕하고... 우리 둘이.. 같이.. 잠이라도 자는 건가, 이제?

한수   (보는, 맘이 쿵 하는, 뭔가 이상한) ?

은희   (담백하게) 아님, 이제 니가 드디어, 날 여기 끌고 온.. 본심을 말하나..

한수   ?

은희   돈.. 빌려주카?

한수   (은희 보는, 맘이 쿵 하는, 맘이 아픈, 눈가가 살짝 붉어지는) ..

은희   (참담해, 맘 아프지만, 툭툭 말하는, 독하지 않은) 너, 어디부터 어디까지가 거짓말인 거?

한수   (보는, 참담한, 눈가가 붉어지는) ...

은희   난 좀 전에 알았네. 니가 돈 필요한지. (참담히, 자기 핸드폰을 열어, 명보가 보낸 사진들을 열어, 한수에게 주고) 보라.

한수   (핸드폰을 받아, 사진들을 보는데, 맘이 아픈, 눈가 붉어지며, 참담한)

은희   여기 서울 아니라 제주? 옆집에 빤스 쪼가리가 몇 장인지, 숟가락 젓가락이 몇 짝인지도 아는? 너 제주도, 인권이 명보 호식이, 니 친구들도 다 너무 만만히 봔.

한수   (참담한, 전화기를 은희 앞에 놓고, 맘 아픈, 두 손으로 얼굴 부비는)

은희   돈 어심(없음) 돈 빌려달랜 할 수 있지?

한수   (참담한, 맘 아픈, 울고 싶은, 은희 보면)

은희   (참담한, 눈가 붉어, 조곤조곤 말하는) 근데, 무사 니 마누라랑 별거네, 이혼입네, 거짓말한 거? (맘 아픈, 참으려 해도, 눈가 붉어진, 약한 모습은 아니다)

한수   (은희를 보는데, 참담하고, 비참한, 그러나, 너무 초라하지 않게 가만 보는데, 눈가가 붉은, 제 진심까지 무참하게 밟힌 게 더 속상한, 잘 설명하고 싶

	은, 맘 아파도 차분히, 그러나 말하기가 힘든) 은희야.. 모든 게 다 거짓은
	아냐.. 이 여행은 나한테도 소중한,
은희	(울컥해, 말꼬리 자르며, 제 옆 소파에 있는 쿠션을 잡아, 한수의 얼굴을
	속상해, 몇 번을 치는, 눈물 나는)
한수	(제대로 맞는, 눈물 나는, 참는, 참담한)
은희	(쿠션 던지고, 눈물 나는, 속상한, 안 돼도 애써 참으려 하는) 너 날 뭘로
	봤? 너 날 친구로는 봤?!
한수	(눈물 흐르는, 맘 아픈, 은희 못 보는, 참담) ....
은희	(맘 아픈, 눈물 나는, 눈물 닦고, 모질게, 그러나 맘 아픈) 니가 날 친구로
	생각해시민(했으면), 첨부터 그렇게 말했어야지게? 이런 데 끌고 오지 말
	고... 잘 사는 마누라랑 별거니, 이혼이니, 그런 말을 한 순간... 넌 날 친구
	가 아닌, 그냥 너한테 껄떡대는 정신 빠진 푼수로 본 거라? 기지? 내 감정
	을 이용한 거라, 기지(그렇지)?
한수	(은희 보는, 울 것 같은, 참고, 맘 아픈, 고개 끄덕이고, 낮게) 그래.. 이용할
	수 있다면, 이용하고 싶었어.... 우리 애, 보람일.. 나처럼.... 돈 때문에 지 꿈
	을 포기하게 하기 싫어서.... 꿈 없이 사는 게 어떤 건지.. 나는 아니까.
은희	(꿈 없이 산다는 말에 맘이 아픈, 참고, 가만 눈물 그렁해 보며) ..나는 오
	늘, 지금.. 평생 친구 하날.. 잃언... (너무 맘 아픈, 눈물 참고, 일어나, 화장실
	로 가서, 수건 들어, 얼굴을 파묻고, 잠시 울고, 이내 나오다, 바닥의 한수
	가족사진 펜던트를 들어, 보고, 한수 앞에 놓고, 자리에 앉아, 술 따라 마
	시고, 창가 보며, 한수에게, 낮게) 가.
한수	(그런 은희를 보다, 펜던트를 집어 옷에 넣고, 은희 보며, 진심으로, 눈가
	붉어) ..너한테 왜 첨부터 돈 빌려달란 말을 안 했냐고?
은희	(눈물 그렁해, 속상해, 화나 보면)
한수	(눈물 그렁해, 차분하게) 세상 재밌는 일은 아무것도 없는 너한테, 맬 죽어
	라 생선 대가리 치고, 돈 벌어 동생들 뒤치다꺼리나 하며 사는 너한테, 기
	껏 하나 남아 있는, 어린 시절 나에 대한 좋은 추억... 돈 얘기로... 망쳐놓고
	싶지가 않았어.
은희	(맘 아픈, 이해가 되는, 속도 상한)
한수	(애써, 맘 다잡고, 눈물 안 흘리려 하며, 맘 아픈 진심) 그래도, 너무 미안하
	다, 친구야. (하고, 맘 아프지만, 담백하게, 일어나, 나가는)

은희 (눈물 나는, 와인을 따라, 다시 마시는)

씬23. 한수의 차 안 + 호텔 주차장 앞 + 거리, 밤.

한수, 눈물 그렁해, 맘 아프지만, 그래도 큰 숨을 쉬며, 운전을 해서 호텔 주차장을 빠져나와, 거리로 가는, 카메라, 위로 가면, 은희가 맘 아프고, 속 상해, 눈물 흐르는 채, 놔두고, 그런 한수를 보며, 맘 아프게 술을 마시고, 맘 접듯, 커튼 닫는,

씬24. 은희의 호텔방 안, 새벽.

은희, 가운 입고, 바다를 보며(커튼 열린), 조식을 맛없게 먹고 있는,
그때, 옆에 놓아둔 핸드폰이 울리는, 보면 호식이다, 안 받고 그냥 다시 조식을 먹는, 그래도 계속 전화가 오는, 마지못해, 받는,

호식 (화난, E) 너 한수한테 돈 빌려줘? 안 빌려줘?
은희 (순간 화가 나, 속상해, 말하는) 안 빌려줘! 안 빌려줘! 안 빌려줘! 근데 너 네들은 너는 인권인 뻑함 나한티 돈 빌령 쓰면서, 무사 내가 한수한틴 돈 빌려주면 안 될 거! 어? 어? 어?

씬25. 호식의 집 앞, 계단 + 은희의 호텔방 안, 새벽, 교차씬.

호식, 머리에 까치집 짓고, 새벽일 나가다, 전화하는 듯한,

호식 (버럭) 친구한테 구라 치는 놈이 무슨 친구라!
인권 (머리에 까치집 짓고, 집에서 나오며, 호식의 핸드폰 뺏어, 스피커폰으로 하는)
은희 (속상해, 눈가 붉어) 구라 칠 이유가 있었겠지게?!

호식, 인권 (버럭) 뭔 이유?! 친구한테 구라 칠 이유가 대체 뭐라?!

은희 (속상한, 눈가 붉어) 친구? 니들이 가이(개) 친구라?! 웃기고 자빠졌네! 친구란 게, 형식이 새긴 여편네 핑계 주식 핑계 대고 돈 있으면서, 돈도 안 빌려줘놓고, 여기저기 말하고 돌아다니고, 재민이 새긴 돈 빌려주고 사채업자같이 이잘 이 할이나 받아 처먹고, 너네들은 무슨 경사 난 듯 온 동네 떠들고 다니멍 사람 뒷조사나 하고! 난, 개쪽 주고!

인권 (속상한) 임마, 우린,

호식 (속상한, 말꼬리 자르며) 한수보다 너니깐,

은희 (아랑곳없이) 왜 한수보다 난디? 내가 돈이 이서서(있어서)!

인권 야야, 무슨 말을,

호식 (말꼬리 자르며) 짜샤, 너는!

은희 내가 그렇게 말 안 하게 생겨시냐(생겼냐)! 돈 이신 나도 챙기고, 돈 어신 한수도 친구면 챙겨야지!

인권 (속상한, 집으로 들어가는)

호식 왜 가?

인권 (버럭) 은희 말이 다 맞는데 뭔 말을 더 해? (하고, 들어가 문 닫는)

호식 (속상한) 얌마, 우리도 속상허난..

은희 우리가 다 가이(개)한티 뭔 친구라! 나도 너네들도 가이(개)한틴 친구도 아니여, 새끼들아! 가이(개)는 우리신디 친구라고 와신디, 우린 지금도 끝까지 뒷담화에 씹어, 조지고! (속상해, 전화기 꺼, 옆에 던지고, 숨을 고르고, 조식을 먹으려다, 못 먹겠는, 칼을 놓고, 바다를 보는데, 속상해, 눈가 그렁한, 울고 싶은, 잠시 그대로 있는, 참담한)

씬26. 여객선 안, 새벽.

한수, 미진(공항 일각에서 전화하는)과 화상으로 전화 통화하는,

미진 (차분한, 서글픈, 눈가 붉어, 따뜻한) 왜 화를 안 내? 우리가 당신 말 안 듣고, 서울 가려고 공항 왔다는데?

한수 (따뜻하게 보며) 그러게, 화가 안 나네. 뭔가..

미 진	(안쓰럽게 보며, 눈가 그렁해) 솔직히... 홀가분하지?
한 수	(울컥하는, 눈가 그렁해, 고개 끄덕이는) ...그러게 ...그러네... 근데, 미진아.. 나중에 보람이가 우릴 원망하면.. 어쩌냐?
미 진	원망 들어야지 뭐. 근데, 보람이 말 믿자. 골프 하는 게 안 행복하단 말. 사람 맘 변하잖아. 행복하다 안 행복해지기도 하잖아.
한 수	그럼 우리도 지금은 별로지만, 곧 또 행복해질 수도 있겠네?
미 진	그럼.. 얘 공항 오는데 좋아서, 노래까지 불렀어. 알아?
한 수	(맘 아픈, 웃으려 하며) 다행이다, 다행이다..
미 진	(안쓰런) 당신 할 만큼 했어.
한 수	(울컥하는, 잠시 있다가, 힘들게, 고개 끄덕이는, 맘 아프지만, 작게 웃으며) 너도.. 고생했다..
미 진	(애써 웃으며, 다른 쪽 보고) 보람이 온다. 서울 가서 봐. (하고, 전화 끊는)
한 수	(핸드폰을 주머니에 넣으며, 바다를 보는, 많이 홀가분한, 머리 위의 새를 보는)

씬27.   한수의 은행(쉬는 날), 명보의 사무실 안, 낮.

한수, 명보의 자리에 가서, 사직서를 놓고, 메모장에 쓰는,

＊ 점프컷 - 메모 》
명보야, 희망퇴직으로 처리 부탁해, 자세한 얘긴, 나중에 전화로 할게. 미안하다.

＊ 점프컷 》
한수, 메모 놓고, 나가는,

씬28.   은행 주차장, 낮.

한수, 차에 타는, 뒷좌석에 짐들 있는,

안전벨트 매는데, 그때 톡이 오는, 핸드폰의 톡을 보면,

＊ 점프컷 - 문자 》
이억이 입금됐다는 은행에서 온 문자, 다시 문자 오는,

한수 (차분히 문자를 보면)
은희 (E) 장사꾼이, 장사하다 보면, 밑질 때도 있는 법. 내 올해 장사 밑졌다 생각하면 그뿐이다. 살면서 밑진 장사 한두 번 하는 거 아니니, 넘 신경 쓰지 말고, 받아.
한수 (밑진 장사라는 말에, 눈가 붉은, 고마운, 담담하게, 핸드폰 넣고 운전해 가는)

씬29. 달리는 여객선, 낮.

은희, 바다 보며, 담담한 노래 부르는, 서글픈,

씬30. 은희의 집, 다른 날, 새벽.

은희, '위스키 온 더 락'을 들으며, 일상적으로 주먹밥을 싸며 춤추는, 그러나 신나지 않는,

씬31. 경매장 가는 해안도로 + 은희의 트럭 안, 새벽.

은희, 노랠 들으며 운전해 가다, 신호등에 멈추는, 문자가 오는, 문자를 보면,

＊ 점프컷 》
이억이 입금됐다는 은행에서 온 문자, 다시 문자 오는,

한수   (E) 은희야, 돈 다시 보냈다.

그때, 뒤에서 경적 울리면, 은희, 차를 몰아, 한쪽에 세우고, 문자를 보는,
서서히 눈가 붉어지는,

씬32. 인천공항, 새벽.

한수, 미진과 보람일 기다리는, 두 사람이 오면, 한수, 눈가 붉어, 둘을 안
고, 미진과 보람도 눈가가 그런한, 한수, 맘 추스르고, 짐 받아, 나가는,

한수   (E) 살면서 늘 밑지는 장사만 한 너에게 이번만큼은 밑지는 장사 하게 하
고 싶지가 않다. 니 돈은 다시 보냈어도 니 맘은 다.. 받았다. 은희야, 난 이
번 제주 생활 진짜 남는 장사였다. 너, 인권이 호식이 명보.. 추억 속에만 있
던 그 많은 친구들을 다시 다 얻었으니..

씬33. 국도 + 달리는 한수의 차 안, 낮.

한수, 운전하고 있고, 미진, 보람, 타고 있는,

미진   이 길로 여행을 간다고?
한수   희망퇴직금이 좀 돼. 빚 갚으면.. 아주.. 적지만, 어쨌든 지금은 좀 놀자, 우
리?
보람   (밝게, 크게) 야호!
한수   (웃고, E) 앞으로 어떻게 살진 아직 잘 모르겠어. 일단 상처받고 서울 온
가족들과 신나게 여기저기 차로 여행이나 다녀볼라고. 그러다 보면, 뭘 해
서 먹고살아야 할지, 생각이 나겠지.

씬34. 몽타주.

1, 중도매인1, 경매사에게 수신호로 물건값을 말하고, 은희, '어어어어!' 하고, 중도매인1 부르고, 남들 안 보게, 빠른 수신호로 돈을 올리라고 하는,
2, 호식, 큰 얼음을 힘들게 전기톱으로 자르는,
3, 인권, 작업장에서 뜨거운 순대를 건져 올리는, 땀이 나는,
4, 은희, 땀 흘리며, 칼을 내리쳐, 생선을 토막 내며, '당일바리, 갈치, 당일바리 고등어, 갑오징어!' 하며, 주변 손님 호객하는,

한 수   (E) 그러다 또 어느 날 너무 힘들면, 제주의 너를, 내 친구들을 생각할까 해. 그럼 마구 힘이 날지도... 뭘 해도 너희들만큼 힘들까 싶거든.

씬35. 은희의 방 안 + 거실, 밤.

은희, 책장 앞 의자에 앉아, 눈가 붉어, 핸드폰의 문자를 보는, 눈가 붉어, 맘이 아프고, 따뜻해지는,

한 수   (E) 우리 다시 만나면, 제주 바닷가에서 인권이 호식이 명보랑 다 같이 기분 좋게 소주 한잔 마시자. 그땐 내가 거하게 쏠게. 그때 너는 노랠 불러주라. 그날을 기다리며, 은희의 영원한 친구 한수가.
은 희   (맘 아픈, 참고, 문자 넣는, E) 그래, 꼭 와서, 술 사라. 거하게. 여기 제주 바닷가에서 기다리마. 몸조심하고. (맘 아픈, 책장 속에 숨겨둔 오래된 것부터 최근 것까지 있는 일기장들 속에서 최근 일기장을 하나 꺼내, 진심, 슬프고, 따뜻하게, 쓰는, E) 나의 영원한 (울컥하지만, 참고, 낮게 강조하듯) 첫, 사, 랑 최한수... 안녕. (쓰고, 일기장을 책장에 넣고, 거실로 나가는, 그리고 냉장고에서 소주를 꺼내, 한잔 따라 마시고, 텔레비전의 노래방을 틀어 노랠 부르는)

   ＊ 점프컷 - 회상 》
   한수와 즐겁던 한때, 플래시백으로 컷컷 보이는,

＊ 점프컷 》

차박 하며, 미진, 보람 고기를 구워 먹고 있고, 한수, 농구공을 드리블하며,
'아빠 어릴 때 꿈은 농구선수였어, 아직도 잘하지, 아빠 아직 안 죽었지?'
하며 신난, 그런 한수와 노래하는 은희 모습이 한 화면에 잡히면서, 엔딩.

4부 ——————— 영옥과 정준 1

이 남자 저 남자 만난 여잘 나는 진짜 사랑할 수 있나?
이 질문에 답은 정했어?

씬1.　프롤로그.

1, 선아의 침실 안, 아침.

잘사는 느낌, 사십 평대 아파트, 불투명 커튼이 쳐진, 캄캄한, 커튼 사이로 들어오는 빛이 느껴지는,

선아, 옆으로 누워 지쳐 자고 있는(카메라 등진, 풀 샷에서 보면, 그냥 자는 듯한),

그때, 밖에서 소리 들리는,

태훈	(E, 선아를 부르는, 조금 피곤한 듯한, 밥을 하고 있는 듯, 그릇 소리도 나는) 여보! 여보! 선아야! 선아야!
선아	(그냥 자는, 뒷모습만 보이는) ...
태훈	(잠시 후, 평상복 차림에 앞치마 하고, 밥을 푸다 왔는지, 주걱을 들고, 문 열고, 문턱에 서서, 답답한, 너무 크게 소리치는 것은 아닌) ..선아야, 선아야.
선아	...
태훈	(답답한, 참고, 창문 커튼을 열면 빛이 환하게 들어오는)
선아	(그 빛에 눈을 뜨고, 창문 쪽 보면)
태훈	(답답한, 피곤한) 일어나라 좀, 나 출근해야 돼. (하고, 문을 닫고 나가는)

　＊ 점프컷 》

카메라, 선아에게 가면, 선아, 힘들게 일어나 침대맡에 앉는데(이를 앙다물고, 힘들어도, 죽기 살기로 일어나는 듯한), 이마에 땀이 나는, 선아, 눈을 크게 뜨려 하는, 정신을 차리려 하는, 선아의 몸에서(마치 물에 빠졌다 나온 사람 같은(환상)) 물이 뚝뚝 떨어져, 바닥이 흥건한, 선아, 후후, 작게 숨을 고르고, 정신을 차리려는,

2, 선아의 주방, 아침.
선아(피곤한 내색 없는, 옷은 평범한, 머리는 대충 묶은), 밥 먹으며, 밥 먹는 열(5살, 남자, 어린이집 원복을 입고 있는)에게 반찬을 집어주며,

선아   (웃으며) 꼭꼭..

열   (밥 먹고, 웃으며) 꼭꼭!

선아   (열이가 귀여워, 두 볼 잡고, 볼에 입맞추고) 아고,

열   (웃으며, 선아가 늘 하는 말인 듯, 흉내 내는) 이뻐.

선아   (제 흉내 내는 게 이쁜) 아고, 이뻐! (하고, 다시, 자기도 밥 먹고, 열이 밥 먹이고, 입가 닦아주는, 웃음이 가시지 않는)

태훈   (답답한 얼굴로, 밥을 먹다가, 선아 보고, 말을 하려다가, 참고, 그냥 물을 마시고, 옆에 가방 들고, 웃옷 들고, 나가려 일어나는)

선아   (일상적으로) 가?

태훈   (답답한) 어. (하고, 현관까지 나가는)

선아   (열이 밥 먹으며) 조심해, 자기야.

태훈   (나가려다, 멈추고, 말을 해야겠다 싶어, 돌아서서, 선아 보며, 답답한) 선아야.

선아   (보며) ?

태훈   (속상함 참으려 하며, 답답한) 제발.. 집에 있으면서, 집 좀 치우면 안 돼?

선아   (맘에 안 들지만, 참고, 열이 밥을 먹여주며, 담백하게) 치웠어. 방도 설거지도 했고. 거실(잘 치워진 거실 보며) 봐봐, 깨끗하잖아.

태훈   (화가 나는, 베란다 세탁실로 가 문 열고, 선아에게) 여기 좀 봐.

선아   왜 또? (하고, 따라가는)

＊ 점프컷 - 세탁실 안 》

태훈, 세탁실 안을 열면, 그 안에 이불이며, 옷가지가 세탁조 안은 물론, 그 위에까지 꽉 찬, 더러운 신발이며, 걸레까지, 한데 뒤섞인,

선 아   (그걸 보고, 담담히, 열이 있는 데로 가며) 할게.
태 훈   (가는 선아 팔 잡아 세우고, 맞은편 창고 열어, 선아가 보게 하는)

✻ 점프컷 – 창고 안 》
온통, 박스며 재활용 쓰레기가 정리되지 않아, 거의 가득 찬,

태 훈   (답답하고, 속상한) 그럼 이왕 할 거 여기도 같이 해.
선 아   (참담하고, 화나지만, 주방으로 가, 열이 밥을 먹이는)
태 훈   (나와, 선아 보며) 열이 원복 냄새 맡아봐.
선 아   (속상해, 보면) ?
태 훈   (제 옷의 냄새를 킁킁 맡고, 속상하고, 화나, 선아 보며) 내 옷도, 열이 옷도 온통 냄새투성인 거 알아? 대체 빨래를 어떻게.. (말을 하려던 걸 멈추고, 현관으로 그냥 가려는)
선 아   (서운하고, 화나는 맘 참으려 하지만 잘 안 되는, 툭툭, 너무 사납지 않은, 열이 밥 주며) 그렇게 냄새가 나면 니가 좀 하지? 빨래도 청소도? 그걸 꼭 다 내가 해야 돼?
태 훈   (나가려다, 다시 보고, 답답하고 속상해, 화나는, 버럭) 내가 돈도 벌고 집도 치우고, 너도 씻겨주랴? 거울 좀 봐, 대체 머릴 며칠을 안 감은 거야? 냄새나, 너?! 그리고 병원 좀 가라고?! 언제까지 이렇게 살 건데?! 우울증도 고칠 수 있다잖아! 약 먹고, 상담도 좀 받고!
열   (울 것 같은) 아빠.. 싸우지 마..
태 훈   (화나, 열이 안고, 열이 가방 들고, 선아 보며, 속상한, 낮게) 애 키우면서.. 어떻게든 살려는 의지를 내보라고, 제발, 좀! (하고, 나가는)
선 아   (참담하지만, 맘 다잡고, 짐짓 가볍게, 일어나, 냉장고에서, 반찬통 꺼내, 남은 음식들을 넣고, 그릇들을 설거지통에 넣다가, 방으로 들어가는, 이후, 방 안의 화장실에서, 샤워하는지, 물소리가 나는, 그 소리로 시간 경과 느낌 주기)

3, 선아의 화장실 안, 전등불이 켜진, 창문이 없는.

선아, 목욕 가운 입고, 목욕한 모습으로 로션을 바르고, 립밤 들어, 입술을 꼼꼼히 바르는,

그때, 초인종 소리 나고, 그러나 선아, 못 듣는, 잠시 후, 현관문 열리는 소리와 잠시 후 방문이 열리는 소리 나고, 다시 잠시 후 화장실 문이 열리는,

선아　(문 쪽 보며, 이상한) 왜.. 아직도 출근 안 했어? 열인 왜 안고 있어? 어린이집 안 보냈어?

태훈　(자는 열이를 안고, 어이없고, 막막하게 보며, 말하고 싶지도 않은, 답답한) 무슨 출근을 안 해.. 퇴근했는데?

선아　(이게 무슨 소린가 싶은) ?!

태훈　(속상한, 거의 포기한 듯한) 어린이집 선생님이 니가 열이 안 데리러 온다고, 아무리 전화를 해도 안 받는다고, 거래처 미팅하는 나한테 전화했드라. 열이 데리고 가라고...

선아　(이상한, 아침인데 왜 밤인가 싶은, 뭔가 불안한 얼굴로 화장실을 나가, 방에서 창밖을 보면, 어두운, 이상한, 다시 방을 나가, 거실을 보면, 어두운, 거실 창문 열고, 바깥 풍경을 보면, 온통 어두운, 달이 떠 있고(테네시 위스키 노래가 흐르는), 별이 떠 있고, 거리엔 퇴근하는 차들의 불빛이 빼곡한, 이게 무슨 일이지 싶은, 막막한, 내가 왜 이러지 싶은, 소리쳐 울고 싶은, 뭐가 뭔지 모르겠는, 정신을 차리자 싶은)

태훈　(방에서 나와, 그런 선아를 답답하게 보며, 포기한 듯, 담담하게) 밥 안 했지? 열이랑 밥 먹고 올게. (하고, 나가는)

선아, 다시 몸에서 물이 떨어지는, 베란다의 난간을 잡은 손에서도 가운에서도 머리에서도 물이 떨어지는(환상), 거리의 불빛이 하나둘 꺼져, 어두워지고, 달도 구름에 가려지는, 멍한, 물에 젖은 선아의 그 모습 교차로 보여지며 노래가 클라이맥스로 흐르며 F. I.

자막 : 영옥과 정준 1

씬2. 제주 클럽 안, 밤.

영옥(그냥 젊은 또래 여자같이 옷을 입은, 도시 여자 같은), 배선장(많이 취한, 청바지에 나름 도시 남자 같은 멋을 부린, 어딘가 촌스런), 맥주를 마시며, 신나게 춤을 추는, 영옥, 술에 좀 취한(많이 취한 건 아니다), 기분 좋은, 배선장과 춤을 춘다기보단, 혼자 흥에 겨운(거울을 보거나, 디제이를 보며 호응하거나, 혼자, 벽 보고 춤추는, 음악에 몸을 맡기고, 흠뻑 음악에 빠진) 배선장, 춤추며, 영옥이 좋은지, 눈을 못 떼고, 영옥을 의식하며 춤추고, 그러다, 영옥 앞에 가, 춤추다, 영옥을 안으려 하면, 영옥, 너무 거칠지 않게 웃으며, 빠져나와, 거울 앞에서 음악에 취해 춤을 추는,

배선장 영옥아, 야, 나, 너 사랑해.
영 옥 (아랑곳없이, 춤추며, 건성) 알아....
배선장 알아? 너두 나 좋지?
영 옥 (춤만 추는)

씬3. 클럽 주차장, 밤.

배선장, 클럽 앞 계단에 앉아, 술에 취해, 구토를 하고 있는,
그때, 영옥, 클럽(클럽 안에서 노랫소리('so annoying' 같은)가 새어 나오는)에서 나와, 맥주병을 들고, 여전히 스텝을 밟으며, 배선장 차(고급승용차)에 기대, 여전히 음악에 몸을 흔들고, 하늘의 별들을 보는,

배선장 (술 취해, 힘든) 영옥아, 우리.. (고개 들어, 멀리 모텔을 보고, 눈짓하며) 저기 가자. 어?
영 옥 (건성 모텔을 보고, 아랑곳없이, 몸을 음악에 맞춰 흔들며, 배선장 안 보고, 맥주를 마시는) ..
배선장 나 넘 취해서, 한 발짝도 걸을 수가 없어. (턱으로 모텔 가리키며) 저기서, 자고 가자, 어?
영 옥 (술 마시고, 가볍게 웃음 띤 얼굴로, 고개 끄덕이며, 주변의 사람들 구경하

	며, 맥주 마시고) 그래, 그러자.
배선장	(웃음 띤, 치대는) 진짜로.
영옥	(가볍게, 웃음 띤 얼굴로, 배선장 보며, 깔끔하게) 어.
배선장	내가 너 사랑하는 거 진짜 알지?
영옥	(건성, 여전히 음악에만 관심이 있는) 알지.
배선장	그래, 그럼 가자. (하고, 차로 걸어가, 영옥의 손 잡고, 비틀거리다, 말고, 다시 주저앉아, 구토를 하는)
영옥	(그러든 말든, 맥주를 다 마시고, 한쪽 쓰레기통에 넣고, 주차장 한쪽에 대리 기사 보고, 손 들고) 여기요!

씬4. 도로 + 달리는 배선장의 차 안, 밤.

대리운전 기사, 운전해 가고, 영옥, 앞좌석에서, 라디오의 음악을 들으며,
차 창문 열고, 시원한 바람을 맞는, 배선장은 뒷좌석에서 술 취해 힘든,

배선장	야.. 너 진짜... 서운하다... 나랑 모텔 가기로 했잖아, 모텔 가자.
영옥	(창가 보고, 웃음 띤, 건성, 담백하게) 지금 모텔 가잖아.
배선장	진짜?
영옥	(창가만 보며, 건성) 진짜?
배선장	(술 취해, 몸 일으켜, 창가 보며) 야.. 아니잖아.. 여긴 니네 집 가는 길이잖아. (하고, 영옥 쪽에 얼굴 디밀며) 모텔 가자?
영옥	(얼굴 닿는 걸 피해, 몸을 살짝 움직여, 음악을 더 크게 틀고, 기분 좋게, 제 기분에만 빠져, 노랠 따라 부르는)
배선장	영옥아! 영옥아!
영옥	(배선장 보며) 아, 바람!!! 너무 시원하지? 난 제주 바람이 너무 좋아! (하고, 손을 창밖으로 내밀고, 바람을 맞고, 목을 까닥거리며, 앉은 채, 춤을 추는)

씬5. 푸릉마을 입구 들어서는 도로 + 정준의 버스, 밤.

정준, 트럭 운전하며, 동네로 접어드는데, 갑자기, 뒤차가 달려와(대리 기사가 운전하는 배선장의 차, 음악이 아주 크게 들리는), 정준의 차를 앞질러 가버리는, 정준, 놀라, 빵빵 하고 경적 울리고,

정준   (놀라, 순간적으로) 아, 썅, 뭐야?! (하고, 답답하고, 놀라, 창문으로 고개 내밀고, 앞차 보고, 버럭) 야, 너 미쳤어?!

영옥   (차 타고 가며, 차 창문으로, 고개 내밀고, 정준에게 밝게, 소리치는) 헤이, 선장! (하고, 밝게, 손 흔들고, 가는)

정준   (황당한, 가만 가는 영옥을 보며, 얼굴이 굳어지는, 왜, 배선장의 차를 탔을까 싶은, 기분이 안 좋은, 차를 몰아, 자기 버스 앞에 세우고, 내려, 버스로 들어가, 불을 켜는, 그리고, 작업복 웃옷을 훌러덩 벗는, 그러다, 영옥이 괜찮을까 싶은 생각이 드는, 잠시 바다를 보며, 허리에 손을 올리고, 몇 초간 골똘히 영옥에게 갈까 말까 생각하는, 그러다, 가봐야겠다 싶어 작정하고, 다시 서둘러 옷을 입고, 버스에서 나와, 영옥의 집 쪽으로 뛰어가는, 걱정도 돼, 신경이 조금 곤두서는)

씬6.   영옥의 집 가는 길 + 영옥의 집, 밤.

정준, 영옥의 집 쪽으로 성큼성큼 걸어가는데, 대리운전 기사, 그 옆을 스쳐 지나가는,
정준, 가는 대리운전 기사를 누군가 싶어 유심히 보고, 다시 영옥의 집 쪽으로 가는, 그러다 한쪽 보면, 길가에 배선장의 차가 세워져 있는, 그걸 유심히 누구 찬가 확인하는데, 영옥의 집 앞에서, 영옥과 배선장이 실랑이를 벌이는 소리가 들리는,

영옥   (편안하게 웃으며, 입맞추려는 배선장에게서 제 몸을 틀어, 살짝 옆으로 빠져나와, 달래듯 가볍게) 어허? 왜 이래, 삼촌. 이건 아니다.

배선장   (어색하게 웃으며, 영옥을 안으려 하며) 딴짓 안 할게, 그냥 한 번만 안자. 너도 나 사랑한댔잖아.

영옥	(슬쩍 편하게, 몸 빼며, 편하게 웃음 띄고 달래듯, 가볍게) 내가?
배선장	내가 사랑하냐니까, 니가 어, 어, 했잖아?
영옥	그랬나?.. 기억 안 나네. 이제 가요, 그냥. 한동네 사는 이웃사촌끼리.. 이게 뭐야.. 어색해지게... 가, 어서. (하고, 팔을 잡으려 하는 배선장에게서 제 몸을 빼, 집으로 들어가려 하면)
배선장	(치대는) 영옥아! (하고, 영옥의 손목을 잡고) 야, 맬 나하고 놀면서, 왜 그래?
영옥	(손목을 빼며, 편하고, 가볍게) 노는 건 노는 거고, 이건 다르지?
배선장	(달래듯) 야!
영옥	(어이없는 웃음 짓고, 달래는) 은희언니 깨요? 깨면 죽어, 배선장님.
배선장	그러니까, 모텔 가자? (하고, 다시 잡으려 하면)

정준, 어느새 와서, 배선장의 손을 잡아, 살짝 비트는, 배선장, '아!' 하면, 정준, 손 놓고, 배선장 보는, 너무 화난 것은 아닌, 답답함이 더 큰,

배선장	(좀 술 취해, 황당한, 정준을 보며, 불편한) 뭐야, 너?
정준	(답답한, 배선장 보며, 툭툭) 한동네 사는 이웃사촌끼리 어색해지게 뭐 하는 짓이냐잖아요. 노는 건 노는 거고, 터치는.. 다르다잖아요. (하고, 두 손으로 배선장의 몸을 잡아, 길가 쪽으로 돌려세우며, 답답한, 달래듯) 가요. 그만. 배선장님.
배선장	(정준의 손을 뿌리치며, 화나 보고, 영옥에게만 말하는, 조금 화나는) 아까 모텔 가자니까, 니가, 그래, 했잖아? 너 술도 나보다 덜 먹어놓고... 말해봐? 사랑한단 말도 모텔 가자고 했던 말도 너 진짜 싹 다 기억 못 하고, 너?
정준	(뭔가 싶어, 배선장 보고, 영옥 얼핏 보고, 다시 길가 보며, 영옥이 무슨 말을 하나, 기다리는 듯한, 과하게 긴장한 건 아니다)
영옥	(어이없이, 웃으며) 그래, 기억난다, 나. 싹 다.
배선장	근데 왜 기억 안 난다고 그래?
영옥	(어이없단 듯, 툭툭, 진심) 배선장님이 자꾸 치대니까, 긴말하기 귀찮아서, 거짓말했어, 그냥. 술 취한 사람하고 난 말 안 해. 원래. 됐어?
정준	(병쩐 배선장 보며, 답답하지만, 타이르듯) 들었죠? 거짓말이란 말. 술 취

한 사람하고 말하기 싫어, 귀찮아서, 그냥 아무 말이나 했단 말. 이제, 가세
요. 늦었어.

배선장 (정준 화나 보고, 다시 영옥 보며, 비아냥) 아.... 너 그런 애야? 거짓말을 밥
먹듯이 하는?

영 옥 (가볍게) 어, 나 그런 애야. 거짓말을 밥 먹듯이 하는. (하고, 제 집으로 가
며) 잘 가, 삼춘. (하고, 들어가는)

배선장 (영옥에게 가려 하면)

정 준 (막아서며) 잘 가라잖아요, 삼춘.

배선장 아! 뭐야, 넌? (정준의 몸을 툭 치며) 니가 뭔 상관이야, 새끼야? 내가 영옥
이랑 할 말이 있어서, 그런 건데... (정준 가슴을 툭툭 쳐, 뒤로 물러나게 하
며) 니가 왜 나서? 어? 어?

영 옥 (창문 열고(집 안에 불 켜진), 편하고, 가벼운) 할 얘긴, 낼 해요. 날 밝으면.
(하고, 문 닫는)

배선장 (서운한, 정준 보면)

정 준 (답답한, 툭툭 편하게 말하는, 너무 힘주지 않고, 그러다 눈빛은 단호한 듯
한) 날 밝음 오세요.

배선장 (짜증 나는, 뭔가 말하려다, 할 말이 없는, 그래도 정준을 빤히 보는, 좀 술
취한)

정 준 (답답하게 보며, 화도 나지만, 참는) 가요. 내 얼굴 그리 봐서, 뭐 하시게?
어?

배선장 아, 짜증 나. 진짜. (하고, 가서, 제 차를 열고, 운전대에 앉는)

정 준 (답답한) 음주운전 하지 마요. 배선장님.

배선장 (정준 보며, 술 취한, 버럭) 상관하지 마, 자식아. (하고, 그냥 운전해 가는)

정 준 (보고, 바로, 경찰서 전화해, 신호음 떨어지면, 담담히, 답답한) 예, 김순경
님. 수고하십니다. (영옥의 집 마당으로 걸어가, 마당 일각의 의자에 앉으
며, 전화하는) 49더 5679, 음주운전 차량이 지금 푸릉 5리에서, 안흥 3리
쪽으로 가고 있.. (사이) 맞아요, 배선장님 차. 예, 검문 부탁해요. 많이 취
해서... 걱정돼서.. 예예. 안전! 안전! (하고, 전화 끊고, 길 쪽 보는데)

영 옥 (다시, 물을 컵에 담아 마시며, 창문 열어, 정준 보며, 웃음 띤) 왜 거짓어?

정 준 (영옥 보고, 다시, 길가만 보며, 담담히) 혹시 배선장 또 올까 봐요.

영 옥 (웃으며, 가볍게) 혹시 나 걱정하는 거?

정 준   (길가만 보며, 담백하게) 네.

영 옥   (장난스레 웃으며) 와우.. 반하겠는데?

정 준   (길가만 보며, 담담히) 자요. 한 이삼십 분만 있다 갈게요.

영 옥   (가볍게) 설마, 선장, 나 좋아해?

정 준   (그 소리에 담담한 척 보는, 마음은 조금 출렁한, 가만 영옥을 보는) …

영 옥   (농반진반처럼) 그러지 마라. 다친다. 누나가 분명히 말해. 다쳐. (하고, 문 닫는)

정 준   (가만 영옥이 닫은 창문 쪽 보다, 길가 쪽 다시 보는)

씬7.   영옥의 집 안, 밤.

영옥, 웃옷을 벗고는, 개수대로 가서, 컵을 놓는데, 그때, 한쪽에 둔 핸드폰에서 톡이 무수히 오는 소리가 들리고, 영옥, 핸드폰 있는 데로 가서, 핸드폰 들고, 한쪽에 앉아, 핸드폰 담담히 보면,

* 점프컷 - 인서트 》
톡에 올라온, 무수한 사진

* 점프컷 》
영옥, 미간이 좀 찡그려지는, 또 뭐야, 싶은, 그닥 어두운 건 아니고, 귀찮은 정도인, 톡 보면,

* 점프컷, 인서트 - 톡 사진 》
건물, 깨끗이 치워진 방 안, 깨끗한 욕실, 마당의 꽃 사진(C.U), 맛있어 보이는 음식들, 영화 보던 중 찍은 영화관 사진, 누군가의 손, 그리고, 복도에 놓인 쓰레기봉투 무더기, 빼곡한 생필품들이 놓인 선반, 어질러진 음식 테이블에 나뒹구는 소주병 등등, 연관성 없는 사진들이 죽죽 뜨는,

* 점프컷 》
영옥, 톡 보는데, 황당하고, 순간 짜증이 이는, 일상적이라, 아주 무겁게 받

는 건 아닌, 핸드폰 들고, 창문 열고, 정준 보고,

영옥 밤산책 할래, 선장?!
정준 (조금 놀랐지만, 놀란 맘 감추고, 담백하게, 설레는 맘도 숨긴 채, 일어나 가
며) 나와요. (하고, 가는데, 자기도 모르게 입가에 슬몃 웃음이 지어지는,
참으려 하는)

씬8. 동네 일각 혹은 바닷가, 밤.

영옥, 정준(설레는 맘 감춘) 걷는,

영옥 (웃음 띤) 아까, 우리 집에 왜 왔어?
정준 (설레는, 어색한 웃음 지으며) 그냥..
영옥 (떠보듯, 웃음 띤 채) 은희언니한테 용건 있었어?
정준 (그냥 가는, 말하기가 어려운, 수줍은, 애써 감춰, 그냥 덤덤하게 보이는)
영옥 (앞을 가로막고, 뒷걸음쳐 가며, 정준을 귀엽게 보며) 말해봐, 왜 자정이 다
된 시간에 우리 집 앞에 딱 나타난 건지?
정준 (멈추고, 영옥 보면) ..
영옥 (멈추고, 정준 보는)
정준 (영옥을 앞질러 가서, 자기가 뒷걸음치고, 영옥을 가만 편안하게 보기만
하는)
영옥 (그런 정준이 귀엽고, 듬직한) 매너 죽이는데?
정준 (뒷걸음치며, 편하게, 툭툭 말하는) 도로에서 배선장 차 타고 가는 거 보
고... 걱정돼서.. 가본 거예요.
영옥 (정준이 이쁘단 생각이 드는) 왜 내가 걱정돼?
정준 (보기만 하며, 걸으면)
영옥 (멈추고, 가만 보다, 툭, 웃음 띤) 너 나 좋아하지?
정준 .. (가만 보기만 하는, 맘이 좀 설레는, 참고, 진지하게 보는)
영옥 (정준 가만 보다가, 앞에 다가가는, 정준이 멈추면, 제 키와 정준 키를 손으
로 재어보듯 하며, 웃음 띤 채) 키가.. 백팔십오, 아니, 백팔십팔? 맞지.

정준   (뒤로 걸어가며, 좀 놀랍단 듯, 작게 웃으며, 영옥만 보며) 어떻게 알았어
       요?

영옥   (웃으며, 걸어가며) 그지, 그지? 어쩐지? 딱 보니까, 백팔십팔이드라. 내가
       전에 사귀었던 애도 딱 백팔십팔이었거든.

정준   (뒤로 걸으며, 왜 그런 소릴 하나 싶은, 기분이 살짝 안 좋은) ?

영옥   (정준 앞질러 가, 뒤로 걸으며, 웃음 띤) 걔 이름은 최성준. 어머, 그리고 보
       니 준준이네. 성준, 정준. (하고, 정준을 자세히 보려, 인상을 찌푸리며, 재
       밌는 듯) 어머머, 그리고 보니까, 생긴 것도 비슷하게 생겼다. 뭐야, 웃기게.
       하하..

정준   (걸어가며, 가는 영옥을 보며, 조금씩 기분이 가라앉는)

영옥   (편하게, 툭툭 말하는) 내가 2년 전 제주 내려오기 전에, 청주에서 핸드메
       이드 구두공장 다녔거든. 그때, 성준이는 잘나가는 구두기술자, 난 보조.
       (하늘 보고, 걸으며) 노래도 잘하고, 기타도 잘 치고, (걸어오는 정준 보며)
       기타 쳐?

정준   (가만 걸어가며, 고개 젓는, 좀 기분이 안 좋은)

영옥   노랜?

정준   (고개 젓는, 왜 이런 얘길 하나 싶은)

영옥   (순간 멈추고, 아차 싶은) 아.. 아니다. 노래 잘하고, 기타 잘 치는 애는.. 철
       웅이었네.

정준   (멈추고, 보는, 조금 황당하기도 한) ?

영옥   (보고, 걸으며, 가볍게 툭툭 말하는) 철웅인, 내가 스물두 살에 만나 이 년
       사귄 애. 완전 깡패 새끼. 멀쩡하다가도 술만 처먹음 개가 된다. 나나 다른
       여자앨 때리진 않았는데, 술만 먹음 남자들하고 주먹질을.. 내가 찼어. 어
       느 날, 술 먹고 지나가던 사람하고 또 쌈질을 하길래, 경찰에 신고하고, 강
       릉을 떴지. 그리고, 청주 가서, 성준이 만나고. (정준에게 묻는) 제주만 살
       았어?

정준   (걸으며, 고개 끄덕이는, 기분은 이미 상한, 날 남자로 안 보나 싶은, 생각
       이 많은, 그러나, 담담한 척, 그냥 얘길 들어주는) 네.

영옥   (손으로 지역을 꼽으며, 뒤로 걸으며) 난, 서울, 인천, 강릉, 청주, 통영, 그리
       고, 지금은 제주. 아니다, 통영 담에 부산하고, 제주 한림, 그담에 여기 서
       귀포 풍릉이다.

정준	(답답하지만, 짐짓 편하게) ..왜 그렇게.... 여기저기 옮겨다니며 살아요?
영옥	(편안하게, 웃으며) 일 따라, 남자 따라. 그리고 남자랑 헤어져서. 선장은, 여자친구 있었어?
정준	(멈춰 서서, 보는, 이런 얘길 하는 거 보니, 자기가 싫구나 싶은, 서운한 맘 드는)
영옥	말해봐, 나도 남자친구 얘기 했으니까, 자기도 해야지?
정준	(맘이 안 좋은, 자신이 싫다면, 질척대고 싶지 않은, 생각이 필요한) 가요, 이제. (하고, 돌아서서, 가는데, 좀 착잡한, 차인 기분이다, 너무 처지진 않은)
영옥	(깔끔하게, 미련 없이) 그래, 가자. 낼 물질도 해야 되는데.. (하고, 핸드폰 들어, 음악을 켜고, 정준을 지나쳐, 안 보고 가며, 핸드폰에서 나오는 노랠 흥얼거리는, 정준에게 미련은 하나도 없는 양, 가끔 춤도 추는, 그러다 정준 보고, 친구처럼 편하게, 춤도 추고, 가볍게 가는)
정준	(그런 영옥을 보는데, 미련이 많고, 서운한, 살짝 슬픈)

씬9.   정준의 버스 안, 밤.

정준, 러닝 바람으로 버스 유리창(운전석과 뒷좌석을 가리는 투명 아크릴 가림막)을 가만 보고 있는, 생각 많은, 그러다, 펜으로 가림막에 수성펜으로 글을 쓰는,

* 점프컷 - 가림막 》
〈누나가 만난 남자는 대체 몇인가?〉

* 점프컷 》

정준	(펜 내리고, 가만 글자를 골똘히 보는, 그러다 그 옆에 또 쓰는)

* 점프컷 - 가림막 》
〈이 남자 저 남자 만난 여잘 나는 진짜 사랑할 수 있나?〉

＊ 점프컷 》

정 준   (가만 그 글씨를 보는, 또 쓰는)

＊ 점프컷 – 가림막 》
〈나는 이제 어떻게 할 것인가? 질척대지 말고, 결정하자.〉

＊ 점프컷 》

정 준   (가만 그 글씨를 미간을 찌푸리고 골똘히 보는)

씬10. 편의점 안 + 밖, 이른 아침.

영옥, 일복 차림으로, 일상적으로 무덤덤히 라면이며, 국수며, 커피, 멀미약을 상자째 바구니에 담는 모습, 컷컷으로 보이고, 그 그림 위로, 계산대에 앉아 있는, 편의점 여주인, 영옥에게 말을 하는,

여주인   (속 타는) 우리 조카 서귀포에선 그림으론 알아주는 앤데.. 이상하다이? 정말 엄마가 우리 조카 그림이 잘 그리진 않는댄?

영 옥   (물건 고르는 데만 집중하며, 말하지 않는) ..

여주인   핸드폰으로 그림을 찍어 보내 그런가.. 실제 보면 엄청 잘 그리는디... 입시 공부는 어떵 시켜야 한댄?

영 옥   (물건 가져와, 계산대에 놓고, 카드 주고) 학교 선생님이 하란 대로 하면 되겠죠.

여주인   (서운한, 계산하는) 선생님은 제주에 있는 대학 가랜 하는데이(가라고 하는데)?

영 옥   (주머니에서 장바구니 꺼내 담으며) 그럼 그러면 되겠네요. (하고, 주인이 주는 카드 받아, 가게를 나가, 차 트렁크에 물건 싣는)

여주인   (문 앞까지 나가, 영옥 보며) 그래도 서울에 있는 큰 대학 가는 게 낫지 않

애?

영옥   (웃으며) 큰 대학 갈 수준은 아닌 거 같던데? (하고, 차에 타는)

여주인   (영옥 보며, 기분이 나쁜) 근디 엄마가 진짜 화가는 맞아? 그럼 그림 좀 보여줘보라! (하는데, 영옥은 이미 간, 밉게 보고, 손님이 편의점으로 들어가는 것 보고, 편의점으로 들어가고)

그때, 은희, 트럭 몰고 와, 영옥의 차와 스쳐 지나가다, 영주를 본, 영주 들으라고, 경적 빵빵 울리고, 차 세우는,

* 점프컷 – 정류장 》
현과 영주, 서로 좀 떨어져 있는, 동네 사람 몇몇 있는, 현과 영주, 은희를 보는,

은희   (정류장의 어른들 보고) 안녕하우꽈, 어르신들?

어른들   (웃으며, 인사하고)

현   (은희 보고, 무표정하게, 인사하는)

은희   (현의 인사 받고, 투박하게) 학교 가맨?

현   네.

은희   공부 잘햄지? (하고, 영주(빤히, 은희를 보는) 맘에 안 들게 보며) 뭐 하는 거?

영주   (성의 없이, 인사 까닥하고, 딴 데 보는)

은희   너 옆이(옆에) 동네 어르신들한틴 인사핸?

영주   (동네 어르신들(영주 보며, 웃는, 너그러운) 보며, 건성, 고갤 까닥까닥 인사하고, 다시 버스 오는 쪽 보는)

은희   (맘에 안 들게 영주만 보며, 투박하게, 다짜고짜, 으름장) 내려.

영주   (무표정하게(그러나 싫은) 은희 보고, 뭔 말인지 알겠는, 치맛단 접은 거 한 단 내려, 치마 길이 길게 하고, 맘에 안 들게, 은희 보면)

은희   더.

영주   (속상해, 다시 치맛단을 한 단 더 내리고 다른 데 보는)

은희   (꼬나보며) 마저 다.

영주, 속상해, 은희 보고, 치마를 마저 내리고,
은희, 맘에 안 들게 영주 보며,

은희　내가 너 눈여겨봐서, 아주. 전교 일등 하면 뭐 할 거? 인간이 돼야지. (하고, 운전해 가는)

영주　(맘에 안 들게 보며) 지가 뭐 울 엄마야...

현　(은희가 영주한테 그러는 게 속상한) 니가 자기 딸이고 싶나?

영주　(현이 보며, 어이없어, 눈 흘기는)

그때, 버스 오면, 영주 타고, 현이도 타는,

씬11.　버스 안, 아침.

어른들, 서로 인사하며, 자리에 앉고, 현과 영주, 맨 뒷좌석에 나란히 앉는,

영주　(속상하고, 답답해, 앞만 보다가, 현의 귀에 대고 살짝 말하는) 나, 생릴 안 해?

현　(영주 보면, 뭔 소린지 모르겠는) ?

영주　(고개 돌려, 앞 보며, 작게, 복화술처럼) 앞 봐. 사람들 봐.

현　(순간 긴장하는, 앞 보면, 아직 사태 파악이 안 되는, 그러다, 임신인가 싶은, 어두워지는, 걱정되는)

영주　혹시 모르니까, 넌 돈 준비해.

현　(맘 안 좋은, 걱정되는, 아주 살짝 눈가 붉은) ..

씬12.　길가 + 달리는 영옥의 차 안, 아침.

혜자, 춘희(덤덤히 길만 보는, 영옥이 왜 안 오나 싶은), 해녀1, 2 죽 앉아, 영옥을 기다리는,

해녀1	(순하게, 걱정, 혜자 보며) 설마, 지 에미 에비 얘길 속이카? 우리한티? 뭐 하러?
혜자	(화난, 답답한, 큰소리) 근디, 무사 항구 편의점한텐 그림 그리는 화가랜 허고, 나한틴 에미가 에비가 동대문서 장사한댄 하는데?
해녀2	(이상한) 기꽈(그래요)? 나한틴 부모가 없댄 해신디,
혜자	(흥분하는) 아이고 이런 해괴망측한 년이 이신가. 거봐, 거봐, 그 영옥이 년이, 이짝에선 이 말 허고, 저짝에선 저 말 한댄 허난? 이제 꼬릴 잡았쩌, 이 년! (옆에 춘희 보며) 삼춘한텐 영옥이 년이 뭐랜 핸마씸?
춘희	(차 오는 길가 쪽만 보는, 관심 없는 듯한)
혜자	(춘희에게) 춘희삼춘, 영옥이 년 하영 수상허여?! 진짜 상종 못할 년 닮아.
해녀1, 2	(걱정) 어떵해...
혜자	(춘희에게, 화나) 삼춘, 영옥이 그거 이디서(여기서, 일터에서) 내쫓읍써? 그거이, 거짓말만 하는 게 아니우다, 보는 남정네들마다, 꼬릴 치고 동네 물 흐렴수다. 우리 선장이, 벌써 영옥이 그거한테 맘이 움직연양? 선장이 내 딸하고, 선본댄 해신디, 영옥이 년 때문에, 선도 안 보캔 허고,

그때, 경적 울리고, 영옥 차 오고,

영옥	(밝게) 죄송해요, 삼춘들. 늦었어요!
혜자	(말꼬리 끊으며, 버럭, 일어나며, 뒷문 열어, 춘희 타게 도와주며) 너는 무사 맬 늦엄시니! 물때 시간 맞춰 오랜 몇 번을 말해시니! 새벽녘엔 새벽이라 늦어, 오전 나절엔 무사 늦엄서?! 대체 언제나 딱 맞출 거?!

춘희, 해녀들 다 타고,

영옥	(모두에게) 멀미약이 떨어져.. 사느라,
혜자	그누무 멀미약 핑계는!
영옥	(깔끔하게) 죄송합니다. 죄송합니다. (춘희에게, 더 부드럽게) 죄송합니다. 삼춘. (하고, 차 운전하는)
춘희	(덤덤히, 무심한, 별 관심이 없는 듯한) ..

* 점프컷 - 달리는 영옥의 차 안 》

운전대 앞창 앞에 놓인 핸드폰이 계속 울리는, 핸드폰 화면에 이름 없이 번호만 뜬, 영옥, 신경 안 쓰고, 운전만 하는,

혜 자   (짜증) 전화 받으라게!

영 옥   (밝게, 가볍게, 앞만 보며) 안 받아도 되는 전화예요.

혜 자   (영옥에게) 세상에 안 받아도 되는 전화가 어디 인! (춘희에게, 귓속말) 잘
       도 전화가 하영 와양. 바당 가민 태왁서도 전화가 오고.. 필시, 육지에 서방
       이 있거나, 애가 이서마씸.

춘 희   (귀가 간지런 게 싫은지, 혜자 얼굴을 툭 밀고, 어이없단 듯 보면) 침 튀어.

혜 자   (눈치 보며, 슬쩍 입을 닦고)

춘 희   (창가 보고, 가는)

영 옥   (룸미러로 춘희 보고, 밝게) 삼춘, 잠은 잘 주무셨수꽈?

씬13. 바다 위, 정준의 배 안, 낮.

       춘희 영옥 달이, 혜자와 다른 해녀들, 멀미약을 먹는,
       정준, 담담히 배 운전해, 바다 한복판에 멈추는,

기 준   (진지하게, 해녀들에게) 시간 맞춥서! 물질 종료 시각 오후 두 시! 오후 두
       시!

       * 점프컷 》

       춘희 영옥 외, 시계를 맞춰, 비닐에 싸, 태왁에 넣고, 달이, 방수 손목시계
       를 맞추는,

       * 점프컷 》

       정준, 춘희 달이와 해녀들이 바다에 뛰어드는 것을 보는, 모두 뛰어들고,
       맨 마지막에, 영옥, 배 가장자리에 앉아, 정준 보며, '헤이, 선장!' 하고,

정준	(보면) ?
영옥	(가볍게) 화났어? 이제 나랑 말 안 해?
정준	(그런 영옥을 물끄러미 보는, 무표정한) ..
영옥	(웃으며, 가볍게) 안 할 거구나. (하고, 물로 뛰어드는)
기준	(영옥이 뭔 말 하나 싶어 이상하게 보다가, 정준에게) 영옥누가 뭐라는 거야? 둘이 뭔 일 있어?
정준	(배 돌려 가는, 담담한, 미련 있는 느낌이 아니다)

씬14. 편의점 안 + 편의점 앞, 낮.

영주 현, 편의점을 이리저리 구경하는 척하며 임신테스트기를 찾는, 그러다, 현, 임신테스트기를 보고, 멈추는, 그때 영주, 현을 툭 치고, 지나가며 말하는,

영주	사지 마, 선미 떴어. (하고, 다른 물건 사는)
현	(잽싸게 다른 거 아무거나 집어, 나가는)
선미	(친구1, 2와 들어오며, 친구1에게) 미친.. 니가 산댔잖아! 여기서만 파는 맛있는 빵 있다고! 그래서 학교서 멀리 떨어진 여기까지 온 거 아냐? (하다가, 현 보며) 야, 부반장, 그거 뭐야? (하고, 현의 손에 들린 생리대 뺏어 보는) ?
현	(순간 놀라, 선미 손에 든 생리대 보는, 아차 싶은)
영주	(어느새 와, 선미 손의 생리대 뺏으며) 내가 사랬어. (하고, 자기 물건과 생리대를 들고 계산대로 가, 버스카드를 주고, 계산하는)
선미	(계산하는 영주에게) 이게 반장이면 다냐, 너 이거 학폭이야? 넌 왜 맨날 부반장을 니 꼬봉처럼 취급해! (현에게) 너 반장 꼬봉이야?
현	(안 밀리고, 당당히) 그렇담 어쩔 거야, 니가. 점심시간 끝나가, 빨리 학교 가.
선미 친구1, 2	(박수 치며) 와와와! 멋지다! 꼬봉!
영주	(으름장, 때릴 듯이) 뭐가 와와야! 니들 수업시간 늦음 죽어. (하고, 나가려다, 누군가와 부딪혀, 고개 들어 보면, 인권이다, 아차 싶은, 그닥 크게 놀라

는 건 아니다)

인권 (들어오다, 영주 앞에 딱 서서, 영주를 맘에 안 들게 보며) 누굴 죽여? (선
미 턱으로 가리키고, 눈은 영주만 보며) 자일 죽여? (다른 친구1, 2 턱으
로 가리키고, 영주 보며) 아님 자일 죽여? (현을 턱으로 가리키며) 설마,
자이는 아니지?

현 (인권이 싫은, 난감하고, 속상한)

선미 (인사하고, 고자질하는, 당당한) 아마 우리 전불 걸요. 재 만날 욕해요, 우
리한테. 그리고 현일 완전 지 꼬봉으로 알아요, 쟤? 오늘도 현이보고 생리
대 사라고, 시키고, (하는데, 친구1, 2, 선미의 입을 틀어막는)

인권 (화나는, 현이 뚫어지게 보고) 너, (영주 턱으로 가리키며) 너 자이 꼬봉이
야, 자식아?

현 (속상한, 그냥 가는)

영주 (인권 보고, 싫은, 선미에게, 으름장) 너 죽었어.. (하고, 나가는)

인권 (놀라고, 어이없는, 황당한) 옴마마마... 야, 새끼야! (하고, 문 열고, 가는 영
주에게, 화나, 소리치는) 너가 깡패라, 친구를 무사 죽여?! 싸가지 어신 게!

호식 (인권이 말하는 중에, 얼음트럭 몰고 배달 오다, 인권 보고, 차 세우는, 인
권 보고, 앞에 가는, 영주 현이 보고, 자기 딸에게 욕하는 거 알고, 화나
는)

인권 (호식이 화난 거 모르고 영주에게 화내는) 너 우리 현이 순하다고, 뭐 시
키고 해봐, 새끼! 내가 니 아방이랑 대판 한번 붙으켜이(붙을 거야)! 현이
너도 영주 말 듣지 말고, 새끼야, 사내자식이 벨도 어시! 뭐 하는 거?!

호식 (차에서 내려, 트럭에서 얼음상자 빼며) 날 잡아.

인권 (그 말에 영주 현이 보다, 호식 보는, 성질나는) 뭐?

호식 날 잡으라고? 대판 한번 붙자매? 참고로 난 목요일은 안 돼. (하고, 얼음을
들고 편의점에 들어가, 직원에게 주며) 이 킬로짜리 스무 개.

직원 (영수증 쓰고)

선미 친구1, 2 (호식 보고) 안녕하세요!

호식 안녕 못 해. (들어오는 인권(호식 맘에 안 드는) 턱으로 가리키며) 이 아저
씨 땜에.

선미 친구1, 2 (호식에게, 산 물건들 보이며) 아저씨, 이것 좀 사주세요.

호식 (이것저것 마구 물건 골라, 선미에게 주며) 이것도 좋아하지이, 너네들?

선미 친구1, 2   (좋은) 우왕!

호 식   난 돈 언. (인권 보며, 또박또박) 돈 많고, 가오 잡기 좋아하는, 부반장 아버지, 순대아저씨가 사줄 거라. 기지이? (하고, 직원이 주는, 영수증 받아, 나가는)

인 권   (화를 참으며) 저걸..

선 미   (다른 과자 하나 더 고르며, 인권에게) 이것도 사도 돼요?

인 권   (화가 나는 걸, 간신히 참고, 과자 뺏어, 진열대에 놓으며, 속상한) 애지간히 처먹으라! 쫌, 쫌!!

씬15.   학교 앞, 낮.

현, 영주, 속상해, 나란히 빠른 걸음으로 학교로 들어가는,

현   (담담히 말하는) 테스트기 내가 방과 후 학원 갔다 멀리 멀리멀리 가서.. 살 테니까, 넌 과외 가. (먼저, 영주 앞서, 성큼성큼 걸어가는)

씬16.   바다 위, 정준의 배 안, 낮.

기준, 배에 물질 종료 시간을 알리는 깃발을 올리고, 호루라기를 부는, 정준, 춘희를 배로 끌어올리며, '삼춘, 고생하셨어요!' 하며, 물건 많은 태왁을 잡아, 끌어올리는, 그리고 혜자와 해녀들에게 '속아수다(고생하셨어요)!' 하며 끌어올리는, 기준, 달이를 끌어올리고, 태왁을 끌어올리며,

기 준   수고했어.

달 이   (기분 좋은) 나 엄청 많이 잡았어.

기 준   (하이파이브 하며) 잘했어! (하고, 태왁을 끌어올리는)

춘 희   (힘든, 한쪽에 앉아, 납을 빼는)

혜 자   (힘든) 이제 다 나와심(나왔음), 가라게.

정 준   네!

달 이   (주변 보며) 어, 잠깐만요. 영옥언니 안 왔는데!

정준, 기준   (바다 보면, 아주, 멀리 영옥의 태왁이 떠 있는)

해녀1   (걱정) 무사 태왁이 안 보염시니?

해녀3, 4, 5   (바다 보며) 진짜네..

해녀2   (화난) 또또 태왁에 돌을 덜 넣엉 떠내려갔네!

혜 자   (화나고, 속상한) 돌을 덜 넣긴.. 물건 더 따잰 일부러 먼 데까지 갔져! 구
          역 벗어낭! 이 쌍것이! 아우, 무사 안 나왐시니! 추웡 죽어지켜! 에췌!

달 이   (얼른 일어나, 한쪽에 둔 보온병과 컵을 가져와 물을 따라서, 춘희 주고, 해
          녀들 주는)

해녀1   (걱정) 파도가 심하게 첨서.. 더 심해지기 전에 가야 헐 건디,

정 준   (영옥이 걱정되는, 짐짓 태연한 척, 그러나 진지하게, 배에 있는, 벨을 울리
          고, 스피커로) 물질 종료! 영옥누나! 영옥누나! 물질 종료!

          춘희와 달이, 해녀들, 물 마시며, 바다 보며, 걱정스런,
          영옥, 바다에서 나오지 않는, 춘희 혜자 외 다른 해녀들, 물에 들어가 봐야
          하는 거 아니냐고, 웅성대는,

정 준   영옥누나! 영옥누나!

달이, 기준   (걱정돼, 바다에, 큰소리) 물질 종료! 물질 종료!

정 준   (사이렌을 울리는, 걱정되지만, 흥분하지 않고, 침착하고, 진지하게, 바다
          를 보는)

기 준   해경 전화할까?

정 준   (배 뒤로 가, 바다를 살피는, 맘이 쿵 하는, 배로 들어가, 바다를 관찰하며,
          다급하지만, 또박또박, 진지하게) 여긴 전진호 전진호, 물질 들어간 해녀
          한 명이 안 보인다, 물질 들어간 해녀 한 명이 안 보인다, 지나가는 배는 인
          근에 주홍 태왁 확인 바람, 지나가는 배는 인근에 주홍 태왁 확인 바람!

씬17.   해녀의 집 전경, 낮.

          별이, 커피차 옆에 놓고, 벽에 기대, 눈가 붉어, 속상해, 해녀의 집을 보는,

기준, 자기 트럭에 앉아 있는, 답답한, 춘희와 해녀들 모셔다주려고 기다리는,

혜자   (악을 쓰며, 화내는, 버럭대는 E) 뭐 하는 짓이라! 나이 든 삼춘들은 시간 맞춰 다 나와 이신디!

씬18. 해녀의 집 안, 낮.

한쪽은 온돌, 한쪽은 커다란 목욕탕 구조로 되어 있는,
춘희와 혜자, 다른 여러 해녀들, 목욕을 다 하고, 옷을 갈아입고, 해녀복을 빨아, 한쪽에 걸쳐놓는, 춘희, 새로 입은 안 젖은 러닝 바람에 옷을 갈아입는데, 팔뚝에 一心(일심)이라고 서툴게 새긴 문신이 보이는, 한쪽에, 영옥(쎄한, 십 분 가지고 뭘 이렇게까지 화내나 싶은, 별로 미안하지 않은), 달이(화나고, 속상한), 나시에 반바지 차림으로 씻는,

혜자   (옷 갈아입으며, 영옥에게 화를 내는, 몹시 화난) 지 혼자 전복 더 캐잰, 일 분 이 분도 아니고 십 분이나 처늦고! 물질 종료 오 분 전에 물 밖으로 나왕 배 기다리랜 햄, 안 햄?! 미친년이라! 촘말로! 눈깔이 이심 좀 보라게! 이디(여기) 삼춘들, 다 늙은 거 안 보이맨! 팔순 넘엉 혼자 사는 춘희삼춘, 감기 들민, 어떵할 거! 느가 대신 바당 들어강, 전복 따다 줄 거라?! 아님 병원 모셔가고, 집에 강 병 수발 해줄 거라!

해녀1   (답답한) 그만하라게, 고만!

해녀2   (화난) 뭘 그만해마씸, 맞는 소리 햄신디?!

혜자   (해녀1에게, 버럭) 우리 해녀들은 몬딱(전부) 한 몸추룩(처럼) 움직여야 허는디, 꼭 지년 혼자 움직이고! 느만 전복 땅 돈 많이 벌면 좋으냐! 에췹! 에췹! 보라, 니년 기다리당, 나 감기 든 거?!

달이   (씻으며, 영옥 치며) 언니, 죄송하다 해요.

영옥   (맘에 없는) 죄송해요.

혜자   이거, 보라게, 억지로! 입으로만. 삼춘 저년 가만두면 안 되양! 낭중에 저거이 우리 명을 끊을 거이라, 저거이! 그만두랜 햄써! 언제까지 봐줄 거마

씸? 저거 행패를!

춘 희 (가방 챙기며, 덤덤히) 내불라(냅둬라).

혜 자 (버럭) 뭘 내불어마씸! 삼춘이 암 말도 안 하난, 저거이 삼춘 믿고 저추룩 뻗댐수게!

춘 희 (혜자 보며, 어이없는) 자이가 말을 하민 들을 아이라? 어딜 봐서 말 듣게 생겨시냐, (영옥을 손가락질하며) 자이가.

달 이 (춘희 보는, 춘희삼춘도 화났구나 싶어, 걱정스런) ?

영 옥 (춘희를 보는, 조금 걱정되고, 두려운)

춘 희 (혜자만 보며, 어이없단 듯, 답답한, 무겁지 않게, 툭툭 말하는) 어디서 굴 러먹다 와신지 근본도 모르는 아이를,

영 옥 (그 말에 속상한, 씻기만 하는)

춘 희 느네들이 육지 사람들도 해녀 하게 해줘 산댄(해줘야 한다고), 어촌계장이 랑 꿍짝 맞아 해녀학교니 뭐니 지엉, 저런 것들 받으난 일이 영(이렇게) 되 지게. 나가 뭐랜 핸, 춤부터 육지 것들 받음 안 된댄 안 해샤?!

혜 자 (답답한, 큰소리) 그건 해녀질 명줄 끊기난, 해녀전수자도 이서야 하난, 우 리도 어떵할 수 어서수다게, 제주도청서도 권장허고,

춘 희 (어이없는) 해녀 명줄 끊김 끊기는 거지, 그게 뭐 큰일이라. 사람도 죽어 나 가신다? (영옥을 손으로 가리키며, 혜자만 보며) 자이헌티 이제부텀 열흘 이고 일 년이고 말 곧지 말라. (하고, 나가며) 지도 눈치가 있고 염치가 이 심 알아서 어서(없어)지겠지게.

해녀2, 3, 4, 5 맞네, 맞아.

혜 자 (춘희가 맞다 싶은, 서운해도 참고, 영옥 밉게 보면)

해녀2, 3, 4 (혜자 떠밀며, 나가며) 갑서, 갑서. 왕삼춘 말씀 들읍서. 저런 아이랑 말 섞지 맙서. 입 아퍼마씸.

해녀1 (속상한, 가는 해녀들 보고, 영옥 보며) 왕삼춘한테 빌라게. 안 그럼 쫓겨 나매. (하고, 나가는)

영 옥 (속상하지만, 안 그런 척, 어이없게 해녀들 가는 것 보고, 옷 갈아입으며) 미쳤어, 내가 왜 빌어? 내가 뭘 그렇게 잘못해서 빌어. 예민들 해, 진짜.

달 이 (옷 갈아입다가, 어이없고 화나, 영옥 보는) ?!

영 옥 (옷 입으며) 내가 삼십 분을 늦었어, 한 시간을 늦었어, 고작 십 분 늦었는 데, 그걸 가지고, 죽을 죄 지은 거처럼.

달이	(어이없게 보다, 말꼬리 자르며, 버럭) 언니가 한 시간이나 바다서 안 나왔음, 우린 지금 여기 없지, 언니 장례식장 갔지! (가방 챙기며, 속상하게, 진심인) 육지도 아니고, 바다에 들어간 사람한테 십 분 아니, 일이 분은 죽었다 살았다 하는 시간이야? 별인 항구에서 시간 맞춰 배가 안 오니까, 나 죽었는 줄 알고 울었다고?!
영옥	(답답한) 태완이 떠내려가 주우러 갔잖아!
달이	(속상해, 버럭, 진심) 실수로 구역 벗어난 사람이 망사리에 전복이 가득이냐! 계획적으로 해놓고!
영옥	(찔리지만, 꼬나보고, 무시하고, 옷을 입는)
달이	다들 언니가 어떻게 된 줄 알았다고?! 혜자삼춘 감기야, 약 먹음 낫겠지! 근데, 우리 다 진짜 언니 죽은 줄 알았다고! 해녀삼춘들, 일이 분 지나고 나선, 다들 언니 구하러 바다에 들어가 보자고 난리가 났었다고,
영옥	(옷 입으며, 버럭) 결국은 바다에 안 뛰어들었잖아들. 너도, 아무도!
달이	(버럭버럭) 선장이 인근 배에 무전 쳐서, 다른 배가 언니 먼바다에서 물질하는 거 봤단 소리 들었으니까!
영옥	(할 말 없는, 옷만 입는)
달이	(속상하고, 답답한) 나 언니 진짜 좋아하는데, 이건 아니다. 해녀 일 그만 둬, 그냥. 열 명 스무 명이 한 몸처럼 움직여야 하는, 운명공동체, 목숨공동체, 의리 중심 해녀 일은 언니한테 안 맞아! (하고, 가는)
영옥	(가는 달이 보며, 옷 입으며, 속상한, 구시렁) 운명공동체 좋아하네. 결국은 서로 누가 더 전복 성게 문어 많이 잡나, 그것만 관심 있으면서. 의리? 지들끼리만 똘똘 뭉치면서, 무슨 의리. 그냥 끼리끼리 제주 패거리지.
달이	(문 열고, 툭 말하는) 춘희삼춘한테 빌러 가. 안 그럼 나 언니 안 본다? (하고, 문 닫는)
영옥	(본척만척, 옷만 입는)

씬19. 수협 앞, 낮.

정준, 수협 직원 앞에 놓인 저울에 해녀들이 잡은 물건들을 담은, 플라스틱 상자를 올리는, 여러 개 다 올리는, 대부분 소라, 전복과 성게는 이미,

무게를 잰,

직 원	총 소라 556킬로 5백. 전복 330, 성게 115.
정 준	(저울 확인하고, 고개 끄덕이는)
직 원	(영수증 끊어, 주고, 플라스틱 상자가 담긴 밀대 밀고 가는)
정 준	수고합서. (하고, 영수증을 주머니에 넣고, 돌아서려는데)
배선장	(정준의 어깨를 세게, 제 어깨로 치고, 가는)
정 준	(성질나, 보면) ?
배선장	(가다, 돌아서서, 화나, 정준에게 다가와, 정준을 보는) 니가 꼬나보면?
정 준	(화를 참고, 가만 보다, 가려는데)
배선장	(팔소매 잡아, 돌려세우고) 내가 서해서 여기까지 와서 먹고살라고, 니가 하는 짓 재수 없어도 봐주니까, 이게 사람 만만히 보고.. 야, 니가 서에 나 꼰질렀어? 운전했다고? 나 그것 땜에 면허 정지당했어! 새끼야!
정 준	(담담히) 그러게 음주운전을 왜 해요?
배선장	너 대체 나한테 무슨 앙심이 있어서, 그래?
정 준	앙심은 무슨.. 법 지키시라고.. 음주운전 하지 마시라고.. (하고, 차로 가려는데)
배선장	영옥이 년이 너한테도 꼬리 치대?
정 준	(멈춰 서서, 가만 참다가, 천천히 돌아보는, 화났지만, 참고, 배선장 꼬나보는)
배선장	(정준에게 다가서며) 정신 차려, 야! 내가 그거한테 술값으로 뜯긴 돈이, 수백이야? 영옥이 그거, 원래 그런 애라고, 남자한테 눈웃음 살살 치며, 술 뺏어 처먹는. 너도 당해, 조심해. (하고, 가려는데)

정준, 배선장의 다릴 걸어, 넘어지게 하는,
배선장, 넘어져, 벌떡 일어나, 정준을 잡으려 하면, 정준, 슬쩍 피하고,
배선장, 열받아, 웃옷을 벗어 던지고, '죽었어, 너!' 하고, 달려들려 하면,
정준, 더는 못 참고, 화나, 웃옷 벗어 던지고, 배선장한테 가려는, 그때, 호식, 같은 얼음 실은 리어카 끌고 뛰어오며, '야야야, 뭐 햄시니!' 하고, 정준과 배선장 사일 리어카로 막는,

호식   (정준 보며, 황당한) 너 무사?

정준   (화나, 숨 고르며, 배선장만 꼬나보는)

배선장   형님 놔둬, 저 새끼랑 나랑 한판 붙게, 놔둬!

호식   (돌아서서, 배선장 보며) 배선장 야이(애)랑 붙음 죽으매! 얘가 순하게 배만 운전하난, 졸로 보염서? 이 자식, 주먹을 안 썽 그렇지, 주먹이 함마라! 야이(애) 주먹 잘못 맞음 죽으매, 알안? 돌 깰 때 함마 어심(없음) 우리 동네선 야이(애) 불러. 촘말로! (배선장 밀며) 가가가가. 그냥, 가가! 괜히 타지 왕, 뼈 뿌러지지 말앙, 가, 촘아(참아)!

배선장   (마지못해, 밀려가며, 소리치는) 나도 서해 주름잡는 깡패였어요! 이거 왜 이래!

호식   (가며) 아우, 자랑입니다. 가세요, 갑서!

배선장   (밀려 가며, 자길 맘에 안 들게 보는 정준에게) 정신 차려, 너, 영옥인 너 맘에 없어! 물어봐라, 걔가 진짜 너랑 사귈 맘은 있나?

정준   (화나는, 시비조로 말하는) 그렇잖아도 물어볼 참이우다. 왜?!

호식   (눈 굴리며, 두 사람을 왔다 갔다 보며, 이것들이 삼각이구나 싶은)

배선장   (가며) 행여, 니가 물어볼 용기나 있겠다. 맨날 근처서 얼쩡얼쩡.. 모지리.

호식   (가는 배선장 보고, 정준(배선장 꼬나보는)에게 와서, 훈계조) 너 무사? 자식아, 형이 너 경(그렇게) 가르쳐시냐? 동네서 주먹질하랜? 니가 동석이야? 아직도 철 안 들게! 그리고, 영옥이 얘긴 뭐라? 배선장이랑 니들 삼각인 거? 경하면(그럼) 너가 이기라. 꼭.

정준   (답답한, 화 참고) 갈게요, 형님. (하고, 차로 가는)

호식   동네서 싸우지 말라, 왜 그래, 착한 놈이. 형 속상허다. 너 나쁜 길로 가민.

정준   (답답하지만) 네, 형님, 갑서.

호식   (리어카 끌고 가며, 가곡 '떠나가는 배' 부르는) ....

정준   (차로 가며, 핸드폰에서 영옥누나를 찾아, 전화 걸고, 차에 타, 거치대에 핸드폰 놓고, 운전해 가는, 작심한, 단호한 듯한, 진지한)

씬20. 춘희의 집(오래된) 앞, 낮.

    영옥의 차, 춘희 집 앞에 서 있는,

영옥, 춘희 집을 바라보다, 전화벨이 울리는 핸드폰을 손에 들고 보는, 정준이 전화한, 그러다, 다시 춘희의 집 앞을 보면, 춘희와 옥동, 파를 다듬으며 있는 게 보이는, 춘희, 파 다듬으며 고구마를 먹는, 영옥의 존재를 알지만 아는 척 안 하는, 영옥, 춘희를 보며 들어가 사과할까 말까, 정준의 전화를 받을까 말까 생각하는, 답답한, 그러다, 정준의 전화를 받는,

영옥　(가볍게 하려 해도, 그닥 밝지만은 않은) 헤이, 선장! 나한테 삐져 말 안 거는 줄 알았는데, 웬 일?

씬21.　달리는 정준의 차 안 + 춘희의 집 앞, 낮.

정준　(진지한) 나 좀 봐요. 저녁에.

* 점프컷 – 교차씬 》

영옥　어디서?

정준　(말하겠다 작심한, 진지해, 화난 것처럼 보이는, 딱딱한) 어디가 좋을 거 같아요?

영옥　(눈은 춘희만 보며) 자기 버스 안? 나 거기 구경 한 번도 안 시켜줬잖아.

정준　(시계 보고) 열 시에 오세요. 일 끝나고 들어가면, 그때쯤이니까. (하고, 전화 끊고, 운전해 가는데, 진지한)

영옥　(전화 끊고, 가만 춘희를 보는, 생각 많은)

* 점프컷 – 춘희의 마당 안 》

옥동　(파를 다듬으며, 영옥을 보고, 춘희 보며, 담담히 툭툭) 불렁, 말을 하든가.. 보내든가... 언제까지 저추룩(저렇게) 내불 꺼(냅둘 거)?

춘희　(일만 하다, 덤덤히) 파나 다듬읍써. (하고, 고구마 먹는)

옥동　(춘희 입가의 고구마 부스러길 집어, 제 입에 넣고, 김치 집어 춘희 주는)

춘희　(받아먹으며, 옥동 보며, 고구마 주면)

옥동   (담담히, 고개 젓는) 속이 안 좋아.

춘희   (안된) 그누무 속...

그때, 영옥, 춘희의 집 담 앞에 와서, 옥동과 눈이 마주치면 목인사하고, 춘
희 보는,

영옥   (어색하고, 힘들지만, 짐짓 가볍게, 춘희에게) 죄송해요, 왕삼춘.

옥동   (영옥 보고, 춘희 보고, 파를 다듬는)

춘희   (파 다듬은 걸, 수돗가에 가서, 씻는)

옥동   (덤덤히) 영옥이냐.. 가라. (파 다듬으며) 왕삼춘, 한번 입 다물민, 지가 열
       고정 할 때까진 (손사래 작게 치며) 안 열매.. 가라게, 이서 봐야 느 속만
       탄다이.

영옥   (춘희 보며, 어렵게, 진심) 정말 죄송해요. 다신 안 그럴게요. 물질 종료 시
       간 맞출게요. 구역 절대 안 벗어날게요.

춘희   (영옥 무시하고, 옥동에게) 파 가정옵써. 씻는 거 안 보염수과?

옥동   (파를 가져다 춘희에게 주고, 자리로 오는)

영옥   낼 아침에 모시러 올게요.

춘희   (말꼬리 자르며, 영옥 보며, 답답한 듯한, 단호한) 오지 말라!

영옥   ?

춘희   (답답한, 파 씻다가, 영옥 보며, 왜 그러나 싶어) 삼춘들헌티 무사 거짓말
       햄시니? 너 정체가 뭐라? (안 보고, 파 씻으며, 맘에 안 들어, 구시렁, 영옥
       이 들으라고 하는 말) 이디선 어멍이 없다, 저디선 어멍이 옷 판다, 또 누구
       한틴 그림을 그린댄 허고, 미친 것도 아니고.... 이 사람 저 사람헌티 다른
       말은 무사 하는 거. 딴 데 강(가서) 살지, 무사 물질을 한댄, 이디 와선 남
       피해 주명(피해 줘가며)..

영옥   (속상해, 춘희 보다, 화도 나는, 그냥 가버리는)

옥동   (마루를 걸레질하다, 차 타고 가는, 영옥 보고, 안된, 그러나 마저 걸레질하
       며, 덤덤히) 그냥 봐도 물질 오래 못 할 애라, 곁 주지 말라게. 질령 혼저 가
       불게(가버리게).. (하고, 걸레 한쪽에 단정히 두고, 나가며) 나, 감쪄.

춘희   (파만, 씻으며, 가는 옥동에게) 조심해 갑써! (하고, 파만 씻는)

씬22. 길가, 낮.

옥동, 걸어가다, 덤덤히 꽃을 보고, 툭툭 치고, 가는, 그러다, 강아지가 가는 걸 보면, 덤덤히,

옥 동   어디 감시니? ..집에 가라이. 친구네 감시냐? (강아지 가면, 한참을 보다, 작게 미소 짓고, 가는, 길 가다, 쓰레기 보면, 주워서 들고 가는, 덤덤한)

씬23. 정준의 버스 있는 곳 + 정준 버스 안, 밤.

정준의 트럭 오고, 정준, 앞을 보면, 멀리, 버스만 있는, 멀리 영옥의 가겔 보면, 달이가 일하는 게 보이는, 사람들 여럿 있는, 정준, 영옥이 안 왔나 싶은, 차에서 내려, 버스 문 열려 하면, 버스 뒤쪽에 숨어 있던 영옥이 순간 얼굴을 디밀고, 정준 보며, 살짝 웃으며 윙크하는, 정준, 조금 놀란, 안 웃고, 버스 문 여는,

영 옥   어디 갔다 와?
정 준   정치망 작업. (하며, 버스 들어가 불 켜는)
영 옥   맨날 일만 하네. (하고, 버스에 따라 들어가, 정갈한 차 안을 보며, 놀라는) 와!
정 준   (냉장고에서 음료를 꺼내 주며) 이것밖에 없어요.
영 옥   (음료 받고, 침실이며, 테이블을 구경하며, 놀랍고, 좋은) 뭐야, 이 감각. 완전 센스 있네. (버스 유리창으로 바깥 보며) 야, 차 안에서 보는 바다 황홀하다야..
정 준   (음료 마시고, 무심한 듯, 툭 묻는) 제주 좋아해요?
영 옥   (가볍게, 웃음 띤) 제주 좋지?
정 준   (보고, 가볍게 묻지만, 진지한) 얼만큼?
영 옥   (보고, 바다 보며, 가볍게, 그러나 진심인) 여기서 나고 자란 선장만큼은 아니겠지만... 여기서 남은 내 인생 종치고 싶을 만큼.

정준	(음료 마시고, 안 웃고, 불쑥) 배선장, 좋아해요?
영옥	(보고, 웃긴, 살짝 웃고, 음료 마시며, 정준 눈을 빤히 보며, 재밌는, 차분히) 그런 건 왜 물어? 남 일에 관심 많은 스타일?
정준	(진지하지만, 너무 굳은 건 아니다) 나한테 이 남자 저 남자 만났단 얘기는 왜 해요?
영옥	(가볍게) 왜 했을 거 같애?
정준	(가만 보며, 진지하지만, 담담하게) 날 남자로 안 보니, 떨어져 나가라. 뭐 그런 뜻?
영옥	(어이없단 듯, 빤히 정준의 눈을 보며, 음료를 마시는, 그의 마음도 느껴지는, 가볍게, 툭) 아니, 니가 날... 좋아하는 거 같아서?
정준	(가만 보는, 음료를 마시며, 눈 안 떼고 영옥 보는, 진지한)
영옥	(정준의 눈 보며, 따뜻하고, 편하게) 나는 그런 과거, 아니 추억, 경험이 있는 여자니.. 감당 못 할 거 같으면, 이쯤에서 관둬라. 뭐 그런 의미?
정준	(가만 보며) .....배선장은?
영옥	(정준 눈 보며, 편하게) 배선장은 아무래도 날 좋아하는 쪽.. 같지? 나는 별로. 클럽 좋아한대서 몇 번 같이 간 정도. 좋다 싫다로 정확히 구분하라면, 어제부터 확실히 싫은 쪽.
정준	(고개 끄덕이는데, 맘이 좀 풀리는) ....
영옥	(웃음 띤, 어이없는, 가볍게) 이제 내가 좀 묻자? (턱으로 가림막 가리키며) 저기 나오는 누나는 나?
정준	(가림막 보며, 아차 싶은, 그러나 이왕 작심한 거, 음료 마시며, 딴 데 보고, 솔직히 말하는) 네.
영옥	(가림막 보며, 편하게 또박또박 읽는) 누나가 만난 남자는 대체 몇인가? (정준 보고) 알고 싶어?
정준	(순간적으로 고개 마구 젓는)
영옥	(그런 정준이 귀여운, 작게 웃고, 가볍게) 그럼 이건 패스. 그담은, (또박또박 읽는) 이 남자 저 남자 만난 여잘 나는 진짜 사랑할 수 있나? (정준 보며) 이 질문에 답은 정했어?
정준	(보고) .네.
영옥	(보며, 떠보듯) 사랑할 수,
정준	있다 쪽.

영옥	(가만 보고, 정준이 귀여운, 이쁘단 생각이 드는, 정준이 잘 보이게, 자리 잡고, 다시 가림막을 읽는) 나는 이제 어떻게 할 것인가? 질척대지 말고 결정하자? (하고, 정준 보면)
정준	(말꼬리 자르며, 영옥 보고, 진지하지만, 무겁지 않게) 우리 사귀어요.
영옥	(진심이 느껴지는, 뭔가 슬프기도 한, 정준 보며, 애써 웃음 띠고, 편안하게) ..다칠 ..건데?
정준	(편하게) 날 다치게 안 할라고 하면 되잖아요? 왜, 다치게 할 작정이에요?
영옥	(가만 정준을 보는)
정준	(영옥 앞에 앉아, 영옥 보며, 진지하지만, 무겁지 않게) 시간 줘요?.. 생각해 볼 시간?
영옥	(가만 보다) 아니...

영옥, 정준 눈을 보며, 음료 마시며, 이 아일 사랑하겠구나, 이 아이가 아니라, 내가 다치겠구나 싶은, 자꾸 눈가가 붉어지는, 애써 살짝 웃고, 음료를 내리고, 정준 보다, 몸을 앞으로 해, 정준의 입에 살짝 입맞추려는 데서 엔딩.

5부 ──────────── 영주와 현

사랑은 한때야.
우리 이 감정도 언젠간 시간이 지나면
다 사라질 거야.. 흔적도 없이...

씬1.   프롤로그.

1, 검은 바다에 배가 나가는, 어두운 새벽.

2, 옥동의 집 앞 + 주방, 어두운 새벽.
옥동, 정갈히 옷을 입고 마루에 앉아 누군가를 기다리는지 바깥을 보고
있는,
그때, 인권의 트럭 오고,

옥 동   (보면)
인 권   (자다 일하러 나온 듯 머리가 산발인, 차에서 내려, 옥동에게 목인사하고)
       어머니 팬안히(편안히) 주무셨수꽈? (하며, 트럭에서 자투리 돼지 뼈며, 국
       물을 한 솥 꺼내, 옥동의 부엌으로 가져가는)
옥 동   (인권 보자마자, 서둘러 부엌으로 들어가, 오래된 레인지에서 끓고 있는
       큰솥의 뚜껑을 열면)
인 권   (들고 온 것들을 솥에 넣으며) 사나흘 지난 건디, 맛은 안 변했양. 어머니
       아니믄 이거 몬딱(전부) 쓰레기라.. (하고, 다 넣고, 나가며) 어머니 나 가쿠
       다(갈게요)!
옥 동   (큰솥 안의 것들을 주걱으로 저으며) 복받을 거여.
인 권   (웃으며, 차 타고) 헤헤. 어머니가 정(그렇게) 맬 빌어쥄신디 (하늘 보며) 복
       안 주기만 해보라! 콱! 나 삐지켜!

옥동	현이 잘될 거여.
인권	(호쾌하게, 웃으며) 하하하하. 나추룩(처럼) 깡패질 허고, 순대나 팔면 안 돼마씸. (하고, 웃으며) 어멍, 나 감수다예! (하고, 가는)
옥동	(부엌을 나가, 인권이 가다 혹시 사고 날까 걱정스레 가는 인권의 트럭을 보다, 들어와, 큰솥 안을 주걱으로 휘휘 젓는)

3, 옥동의 집 마당, 아침.
옥동, 마루에서, 손으로 일일이 삶은 고기의 뼈를 바르는,
그때, 동네 개나 고양이들이 오는, 옥동, 먹이를 한쪽에 놓인 개 밥그릇 고양이 밥그릇에 놔주고, 개와 고양이들이 먹는 걸 보는, 웃음이 슬몃 나는,
그중 안 먹는 새끼고양이 한 마리 안고, 손에 고기 살을 작게 발라 빨게 하며, 가만 고양이 하는 양을 보며, 귀여워 웃음 짓는,

4, 정거장, 낮.
옥동, 가만 앉아 버스를 기다리는, 오래된 핸드폰을 만지작거리는, 핸드폰을 보며 전화를 할까 말까 망설이는, 핸드폰을 보다가, 1번을 꾹 누르는, 그리고, 덤덤히, 발신음 소리 듣는,

5, 섬마을, 낮.
동석, 만물상 트럭 서 있고, 그 차 안에서, 녹음된 동석의 목소리가 들리는,
옆좌석에 던져놓은 전화기 울리지만, 동석, 녹음 소리 때문에 못 듣는,

녹음	(동석의 목소리, E) 고등어고등어, 오징어오징어, 계란계란, 두부두부, 순두부순두부, 비지비지, 시금치시금치, 세발나물세발나물, 양배추양배추, 포도포도, 요쿠르트요쿠르트, 뻥이요 뻥튀기, 뻥이요 뻥튀기, 강냉이강냉이, 추억의 과자 센베이, 추억의 과자 센베이, 양은냄비양은냄비, 스텐냄비스텐냄비, 후라이팬후라이팬, 펜치망치도라이바공구일체, 펜치망치도라이바공구일체, 윗도리아랫도리, 윗도리아랫도리...

6, 섬마을 노인의 집 마당, 낮.

동석, 자기가 가져온 전동드라이버로 땀 흘리며, 떨어진 노인의 집 대문을 고쳐주고 있는, 동석의 주머니 속에서 전화가 울리는, 할머니, 할아버지들, 손에 동석에게서 산 물건들을 들고 죽 노인의 집 마루에 앉아, 동석이 일을 마칠 때까지 기다리는 듯한, 동석, 문을 다 고치고, 전화를 꺼내 보면, 핸드폰 화면에 '...'라고 뜬, 동석, 좀 답답해지는, 귀찮아도 전화 받으며, 그때 주인할머니가 가져다준 물을 벌컥벌컥 마시고,

동 석   (무뚝뚝하게, 전화에 대고 말하는) 왜요?

7, 병원 복도, 낮, 동석과 교차씬.
옥동, 뭐라 할 말이 없는, 말 꺼내기가 어려운, 덤덤한,

동 석   (답답한, 나름 참고, 너무 거칠지 않게) 왜요? 무사? (하고, 전동드라이버로 대문을 고치며, 전화기를 어깨와 얼굴에 끼고) 전화를 걸어심 말을 합서?
옥 동   (맘이 좀 짠해, 담담히) ..밥은..
동 석   (어이없는, 왜 이런 걸 묻나 이상한) 밥? 밥? (일하던 거 놓고, 전화를 제대로 받으며, 투박하게) 갑자기 그게 무사 궁금해? 평생 내가 밥을 먹든 말든 아는 척도 안 한 사람이.. 노망난? 설마.. 전화 잘못 걸언?
옥 동   ...

그때, 내과 진료실에서 간호사 나오는,

동 석   어멍.. (고개 젓고, 어멍이라 말하기 싫은) 작은어멍 좋아하는 큰아들 작은아들신디 전화 걸잰 하당 나한테 건 거? 나, 동석이? 종철이 종우 아니고?
간호사   강옥동 할머니!
옥 동   (그냥 전화 끊어버리고, 진료실로 들어가는)

8, 섬마을 노인의 집 마당, 낮.

동 석   (전화기 들고, 뭔가 싶은) 여보세요? 여보세요? (하는데, 끊긴, 화나는) 무

사.. 짜증 나게?! (하고, 전화기 주머니에 넣는)

그때, 할머니1, 오래된 고장 난 밥통 들고 오면,

할머니1	(2부에 나왔던 다른 만물 트럭에서 물건 산 할머니) 동석아, 이거..
동 석	(할머니1이 맘에 안 드는) 물건은 다른 디서 사고, 이런 건 나신디 들고 오고, 촘말로(진짜로) .. (일하며, 말하는) 삼춘은 이땅(나중에, 있다가)! 이디(여기) 다 하고, 이땅 이땅!
할머니1	(그사이, 얼른 밥통 안에서 보시기에 떡 가져온 걸 꺼내, 동석의 말이 끝나자마자, 입에 넣어주고, 어색하게 웃는) 나가 잘못했쩌. 다신 딴 만물상에 물건 안 사켜.
노인들	봐주라게이. 동석아.
동 석	(떡 씹으며, 할머니1을 밉지 않게 눈 흘기며 보고, 노인들에게) 그냥 나만 나쁜 놈이지, 다들. 물!

주인할머니, 빠르게 물잔을 동석의 입에 대주고, 동석, 손도 안 대고 물 마시고, 진지하게 대문을 고치는,

9, 병원 진료실 안, 낮.

옥 동	(의사를 덤덤히 바라보는)
의 사	(모니터의 사진만 보며, 답답한) 왜, 아들내미 모시고 오라니까, 할머니.. 혼자 오세요? 암이 지난번 오실 때보다 많이 번졌어요. 위에서, 폐로, 간으로..
옥 동	(덤덤히, 고개 끄덕이는, 그닥 놀라는 것도 아닌)
의 사	(속상한, 옥동 보며) 수술은 못 해도, 항암이라도 하세요. 오늘 당장이라도 입원하셔서 주사 맞으시고.. 어르신, 이대로 가면 한두 달 사이에 어떻게 될지 몰라요, 네?
옥 동	(담담히, 작게 웃음 띤) 기양 소화제나 줍써.

자막 : 영주와 현

씬2.　　푸릉마을 + 항구 방파제, 어두운 아침.

영주(러닝용 짧은 쇼트에 얇은 바람막이 점퍼를 입은, 머리를 높게 묶은), 이어폰으로 음악 들으며(영주의 표정과 다르게 신나는 음악이 흐르는), 죽어라, 진지하게, 숨을 헉헉대며, 동네 길을 뛰어가는, 이마에 땀이 송골송골 맺힌,

＊ 점프컷 – 방파제 》
영주, 죽어라, 바다에 뛰어들려는 듯 방파제 끝까지 아슬아슬하게 달려가, 멈추는, 영주의 발아래로 출렁이는 바다가 보이는, '헉, 헉' 숨소리 더욱 거칠어지는, 영주의 마음과 다르게, 신나는 노래가 흐르는,

영주　　(N) 가끔 이 섬 제주가, 답답해서 돌아버릴 것 같을 때, 나는 이곳으로 뛰어온다.

발을 조금 더 내밀어보면, 아슬아슬한, 곧 떨어질 것만 같은, 영주, 헉헉대는,

영주　　(N) 여기가 제주의 끝이니까. 제주는 사면이 바다니까, 더 갈 곳이 없다는 걸 알게 되면, 이렇게 멈출 수밖에 없다는 걸 알게 되니까.

영주, 거친 숨 고르며, 눈 감고 팔을 벌려 바다를 만끽하나 싶더니,

영주　　(인상 팍 쓰며) 에이씨, 비린내. (하는데, 갈매기가 끼룩하고 날며 영주 바지에 똥 싸는) 아, 새똥! 저 갈매기 새끼! (하고, 허공에 대고 울 것처럼, 소리치는) 야! (하다가, 멀리 도로를 보면)

시끄런 음악을 틀고, '서울고등학교 수학여행'이란 플래카드를 건 관광버스 몇 대가 달려가는 게 보이는,

영주   (N) 육지 사람들은 맨날 봐도 똑같은 이 바다가 뭐가 좋다고 구경하러들
       오는지, 서울이 재밌지, 이 깡시골이 대체 뭐가 좋다고?! 무공해? 청정? 열
       라 지루해... (하고, 바다를 향해, 침을 작게 퉷 뱉고, 속상한, 씩씩대며, 돌
       아서며) 다 더럽히고 싶다.

       * 점프컷 - 오일장 가는 길 》
       영주, 땀이 잔뜩 난, 속상한 얼굴로 빠르게 걸어가며, 할머니나 어른들에
       게 계속 건성으로 투덜대듯 일일이 '안녕하세요, 안녕하세요, 안녕하세요,
       안녕하세요' 하며, 인사하는, 인사가 바쁜,

       * 점프컷 - 섭섭오일장 입구 》
       일 시작하는 풍경 보이는, 손님보다 장사하는 사람들이 더 많은,
       영주, 섭섭오일장 입구에서부터 계속 건성으로 인사하는, 짜증 나는, 그런
       영주의 그림으로 장사하는 사람들의 말소리 들리는,

할머니1 (장사 물건 정리하는, 가는 영주 보며) 저거 호식이 똘래미 아니?
할머니2 (할망1 옆에서 장사하는, 가는 영주에게) 요즘도 전교 1등 햄시냐? 어멍도
       어시 잘도 요망지게 커부런.
할머니1 (기억이 안 난다는 듯) 어멍이 어서(없어)?
할머니2 (크게 말하는) 영주 물애기 때 도망가수게. 몰란?
영주   (가면서, 그 소리 다 듣는, 짜증 난, 다른 장사꾼들에게 인사하며, N) 나를
       모르는 사람 하나 없는 이 촌동네.. 도망치고 싶다! 하루 종일 인사만 하다
       목 떨어지겠네. 지겨워.

       * 점프컷 - 할망장터 》
       춘희, 잡은 소라, 전복, 물미역, 해삼 등을 컬러풀한 소쿠리에 조금씩 담아
       서 진열하고, 쪼그려 앉아서 멍게 손질하는,
       옥동, 그 옆에서 각종 곡물과 뿌리채소류를 소쿠리에 담아 진열하고 있다
       가, 달이, 커피 들고 뛰어와, '커피 배달이요!' 하고, 춘희 옥동에게 주면, 두
       사람, 커피 받고, 옥동, 달이에게 돈 주려 하면,

달 이	(손사래 치고, 밝게) 나중에 고구마 주세요! (하고, 커피차에서 커피 파는 별이 쪽으로 가서, 소리치는) 뜨건 커피! 냉커피! 냉차, 미숫가루!
옥 동	(커피 마시며, 춘희 보고, 턱으로 달이 별이 가리키며) 잘도 착허다.
춘 희	(고개 끄덕이며) 착허다.

그때, 영주, 오고,

영 주	(이어폰 빼며, 춘희 옥동에게 덤덤히, 툭 말하는) 아빠가 꼭 할머니네한테 가서 물미역이랑 고구마 사 오래요.
춘 희	(물미역 넉넉히, 담는)
옥 동	(따뜻하게, 웃으며) 언제 영 커시니?
영 주	(옥동 보며, 어이없는) 지난번 장에서도 봤잖아요? 오 일 만에 제가 어떻게 커요?
옥 동	(영주가 이쁜, 따뜻한, 고구마를 봉지에 담아 주며) 크면 크지게.
춘 희	(담담히, 봉지에 이것저것 하나씩 담으며) 물미역, 고구마 싹 다 오천 원만 주라.
할머니3	(춘희 옆자리에서 장사하는, 영주 이쁘게 보며) 물애기 땐 울기만 울기만 핸게. 호식이 바쁠 땐 나가 많이 업어줬져이? 느 나헌틴 어멍이랜 부르라!
춘 희	(물미역 봉지에 담으며, 할머니3이 답답한) 업어준 걸로 따지면 이디 온 시장 사람들이 야이(얘) 어멍 아방이라.
영 주	(N) 맞는 말씀. (할머니3을 눈 흘기며 보고, N) 지겨운 레파토리.
춘 희	(봉지 영주 주며, 할머니3에게) 고만 생색내라게.
영 주	(춘희에게 천 원짜리 세서 주는데)
옥 동	(그사이, 영주 주머니에 뭔갈 넣어주는)
영 주	(뭔가 싶어, 주머니 뒤져 꺼내 보면, 천 원짜리 한 장이다, 옥동(그새 물건 정리하는) 보는, 맘을 알겠는, 돈이 좋은 게 아니라, 맘이 좋은)
옥 동	(영주에게 할망들 잔소리 듣지 말고 가라는 뜻으로 손짓으로 가라고 하고, 손님들 오나 다른 곳 보는)
영 주	(N) 이 두 분 할머니만 진짜 내 편이다.

그때, 은희, 마른 생선 바구니를 가지고 와, 춘희 앞에 놓자마자(춘희 옥동은 은희가 가져온 생선 진열하는), 영주 꼬나보며,

은희   똥꼬 보여, 바지 내려.

영주   내림 바로 빤슨데요. (하고, 투덜대고 가며, 구시렁) 시집이나 가지. 맨날 나한테 엄마 짓은.

은희   (가는 영주에게 소리치는) 다 큰 지집년이.. 옷 잘 입엉 댕기라! 콱, 쥐 패기 전에.

그런 은희 얼굴로 동석의 말소리 들리는,

동석   (옥동만 꼬나보며, 투박하게) 저번엔 무사 전화햄마씨?

은희   (뒤돌아보면) ?

동석   (옥동 맘에 안 들게 꼬나보고 있는, 옥동을 보기만 해도 답답하고, 화를 참는 듯한)

춘희   (왜 저러나 싶게, 동석을 속 터지게 보며, 어이없이, 화난 것은 아니다) 어멍 보면 먼저 팬안했냐, 인사를 허고,

은희   (동석 맘에 안 들게 보며, 말꼬리 자르며, 춘희 말을 알아서 이어가는) 무슨 말을 해도 허라, 자식이, 다짜고짜 빚 받으래 온 놈추룩(처럼) 뭐 하맨?

동석   (옥동만 보며, 너무 세지 않게, 툭) 무사 전화했냐고.. 요?

옥동   기양. (하고, 동석을 안 보고, 손님 오나 안 오나 길가를 보는)

동석   (맘에 안 들게 옥동 보다, 자기 자리로 가는, 그러다 다시 옥동 돌아보며, 화가 좀 난, 제 딴엔 참으려 하지만, 툭툭 말이 나오는) 기양? 기양? 우리가 기냥 전화할 만큼 친해요? 어? 강옥동 여사님? 우리가 기냥, 괜히, 아무 때나 전화할 만큼, 친하냐고?

장사하는 할머니들   (속상한, 동석 보며) 야, 야, 너 무사 어멍한테 경하맨?!

은희   (동석을 돌려세워, 화난, 참으려 하지만 속상한) 야, 자식아, 어멍이 너한테 전화한 게 너가 지금 영 따질 일이냐? 어멍한테 눈 부라리멍, 너 뭐 하는 거?!

동석   (은희 아랑곳없이, 옥동에게, 툭툭) 전화하지 맙서! 예?! 무사 ..할 말도 어신디 그냥, 전활 해마씸, 나한테? 우리 그런 사이 아니지 않우꽈! 안 친하

잖아? 작은어멍 돌아가심 ..나가 장례는 치러드리쿠다! 그때나 전화합써, 예?

춘 희 (어이없고, 많이 속상한, 소리치는 건 아닌) 느 어멍이 죽음 너헌티 어떵 전활 하느니, 이 미친놈아!

동 석 (아랑곳없이, 옥동에게 속상하지만, 안 그런 척, 툭툭 말하는) 대답합써, 죽기 전엔 전화 안 한댄, 괜히 전화해서, 내 성질 안 건드린댄, 어? 어?

은 희 (동석을 등 떠밀며 같이, 동석 자리로 가며) 애지간히 진상 피고, 가가가 가, 기양, 가! (하고, 동석 등짝 치며) 가, 가!

춘 희 (속상한, 맘이 아픈, 멍게 까며, 구시렁) 개가 물어갈 놈.

옥 동 (맘 아파도, 아닌 척 커피를 마시며, 담담히) 커피가 달다. (하고, 춘희의 커피를 춘희에게 주면)

춘 희 (커피 마시고, 고개 끄덕이며, 옥동을 보는데, 안된, 따뜻하게) 다네.

＊ 점프컷 – 동석의 트럭 자리 》

은희, 동석을 밀어서, 트럭 앞으로 오면, 동석, '놔, 좀!' 하며, 화가 난 채, 트럭의 옷들을 마구 트럭에서 꺼내, 천 깔아놓은 바닥에 까는,

은 희 (동석 보며, 답답한) 야, 자식아, 너 진짜 영하면 안 돼? 느 어멍 낼모레 팔순이라? 대체 느 어멍이 너한테 뭘 경(그리) 잘못핸? 나는 야, 자식아, 울 어멍이 아방 죽고, 맬 술 먹고 집안 살림 부수고, 결국엔 알콜중독으로 일 하당 일사병으로 돌아가셨어도, 단 한 번을 미워한 적이, (언?)

동 석 (말꼬리 끊으며, 옷을 바닥에 후려치고, 은희 보고, 덤덤히 툭툭) 잘났쩌! 나는 개새끼라 그래? 나는 천하에 에미 애비도 모르는 후레자식이라 그래? 그래서 내가 암것도 잘못 없는 작은어멍,

은 희 기양 어멍!

동 석 (버럭, 강조) 작은어멍을?! (하고, 툭툭 말하는) 일어시(괜히) 쥐 잡듯 잡암서, 내가, 어? 어?

은 희 (답답한) 야, 새끼야, 내 말은,

동 석 (속상하고, 화나는, 옷 정리하며, 은희 안 보고, 구시렁) 남자가 좋아도 그렇지, 여기저기 천지가 다 남잔디, 무사 하필, 내가 싫어하는 친구 놈 아방이랑, 그것도 아방 친구랑 붙어먹냐고?

그때, 손님 와서, 옷을 들어 보이면,

동석 (귀찮은 듯, 무심히, 삼천 원이라는 뜻으로 손가락 세 개를 두 번 흔드는)
손님1 (다른 옷 들며, 동석에게) 이건?
동석 (손가락 다섯 개를 두 번 흔들고, 일하는)
은희 (가만 동석을 보다, 말하기 싫어, 돌아서서 가며, 구시렁) 아이고, 저게 저게 어멍 돌아가셔봐야 정신을 차리지게. 저게.

* 점프컷 - 인권의 순댓국집 앞 》
영주, 인권의 순댓국집 근처에서 계란을 사고 가려는데, 인권, 순대 썰다 영주 보며,

인권 (대뜸, 툭) 너 요즘도 담배 펌시냐?
영주 (돌아서서, 속상해 보면) ?
인권 (옆에 손님에게) 얼음 하는 호식 똘. 영, 싸가지가 언. 중학교 때 집 앞에서 담배 피당 나한테 들켱, 지 아방이 울고불고 난리난리...
영주 (속상해, 빠르게 걸어가는, 그러다, 누군가와 어깨가 부딪히고, 멈춰, 돌아 보면, 현이다)
현 (물건이 잔뜩 든 장바구니 들고 영주를 가만 보는)
영주 (현을 담담히, 보고, 가는, N) 이 촌동네에서 지루하지 않은 건 정현, 쟤 하나다. 스타일 구리고, 개찌질해 보여도, 나랑 있을 땐 다르다. 늘 똑같은 이 섬에서 자극을 주는 유일한 존재! 근데... 그 자극이 너무 지나쳤나 보다.

* 점프컷 - 인권의 순댓국집 》
현, 가는 영주를 보다가, 인권의 순댓국집으로 가서, 순대 써는 인권을 보며,

현 (불편해도, 담담히) 생활비 좀 부족한데 오만 원만 더 주시면 안 돼요?
인권 (무심히, 순대 썰며, 무심히) 너 생활비 삥땅 치맨? 무사 요즘 부쩍 돈을 달랜 햄시니? 돈통에서 뒤져 가라?!

현	(좀 미안하고 찔리지만, 아닌 척, 돈통으로 가서, 돈통을 보면, 돈이 수북한, 잠시 돈을 보며 생각하다, 인권을 등지고, 돈을 들어 세다가, 오만 원짜리 두 장, 만 원짜리 세 장을 섞어, 주머니에 넣고, 가는, 조금 불안하고 긴장했지만, 빠르게 행동하고, 아닌 척 가는)
인권	(손님1에게 국을 담아 주며, 현에게) 야?!
현	(조금 긴장해, 돌아보면) ?
인권	(앞의 손님1 가리키며) 인사해. 여기, 이분은 전직 국회의원 비서실장의 아방의 조카,
손님1	(어색한, 말꼬리 끊으며) 조카가 아니고, 조카사위요... 형님, 그만합써. 민망하게.
현	(인사하는)
인권	(순댓국만 능숙하게 말며) 야이(애)는, 내 아들, 뻑하면 전교 1등!
현	(불편한, 인권이 맘에 안 드는) 뻑하면 전교 1등은 영주고, 전 2등, 3등, 5등인데요.
인권	(현이 보고, 화난 듯) 자랑이다! (손님 보고) 일등도 많이 해. 겸손행 저러지. 예비 서울 의대생.
현	(불편한) 저 가도 돼요?
인권	(아랑곳없이, 손님에게만) 난 법대가 좋은데, 새끼가 말을 안 들어.
손님1	(박수 치며, 감탄하는) 아이고, 형님, 좋으쿠다게(좋겠네요).
인권	좋긴, 대학 공부시킬라민 이무누 순댓국을 앞으로도 십 년은 더 팔아야 할 건디, (현 보며) 순댓국 먹고 가라게?
현	(답답한, 속상한, 아버지가 창피하기도 한) 학교 늦어요.
인권	지금이 몇 신디 이거 먹는다고 학꼴 늦나? 무사, 냄새낭 안 먹잰? 냄새나는 순대 팔앙 키워놨더니, 새끼가.. 애비 하는 일을 우습게 알고..

그때, 깡패 같은 남자손님2, 들어와 인권에게 '안녕하셨수꽈, 형님?' 하고, 자리에 앉는,

인권	(꼬나보며) 느 아직도 깍두기 머리 하고.. 깡패질 햄샤?
현	(남자손님2에게 인사하면)
인권	인사하지 마, 이거한틴. 깡패신디 무슨 인사? (남자손님2에게 욕을 하면서

도 자랑하는) 야인(앤) 전교 1등. 내 아들. (현 보고) 가.

현   (인사하고, 가는, 속상하고, 인권이 맘에 안 드는)

손님2   (가는 현이 뒤에 대고) 아덜내미 잘났네. 잘났어. 형님, 주먹 접고 사실만 하우다.

인권   (으름장 놓듯) 웃지 마. 깡패 새끼가.

씬3.   호식의 집(20평대 소박한 빌라, 물건을 못 버리고 쟁여둬 너저분한, 복잡한), 아침.

호식, 더운지, 이마에 온통 땀 나는, 목이 고장 난 선풍기를 제 쪽으로 하고 집안일하는, 쌀을 씻어 밥을 안치고, 빈 냄비에 물을 담아, 렌지에 올리고, 파며, 호박을 선수처럼 썰어, 기름 두르고 프라이팬에 볶는 모습 빠르게 몽타주 컷으로 보여주는(살림을 선수처럼 잘하는 느낌), 너무 더운지, 창가로 가, 문을 활짝 열고, 먼바다를 보는, 숨을 후후 고르는,

* 점프컷 - 먼바다에 떠 있는 배 》

* 점프컷 》

호식   (가만 바다를 보다가) 바당아, 기다려라. 일 년만, 딱 일 년만. 영주 대학 가면, 자유다. 그럼 난 바당에 배 띄우고 낚시나 하멍.. (하고, 갑자기 가곡 '떠나가는 배'를 우렁차게 부르는, 진지한) 저 푸른 물결 외치는... 거센 바다로 오! 떠나가는 배! 내 영원히 잊지 못할 님 실은 저 배는 야속하리!

그때, 영주, 현관문 열고 들어와서, 그런 호식을 어이없게 속상하게 보다, 주변 보면, 빨래를 개다 만 게 거실 가득 널린, 한쪽에 영주 옷이 수십 벌 개어져 있는, 영주의 양말도 새것으로 이쁜 것만 있는, 그 옆엔 호식의 옷이 칙칙하고 낡은 것만 서너 벌 개어져 있고, 양말도 서너 개가 전부인, 영주와 호식의 개어진 옷이 대조적인, 영주, 호식을 보면, 호식이 신고 있는 양말 뒤꿈치가 빵꾸 난, 영주, 속상한, 호식, 그걸 모르고, 노랠 계속 열창

하는,

영주 　(눈은 호식의 양말 보며, 속상한) 제발 그 빵꾸 난 양말 좀 버려?!
호식 　(노래 부르다, 멈추고, 돌아보며, 아무렇지 않게) 너 대학 가면 버리켜. 미역
　　　춘희 옥동삼춘한터서 사 완? (하고, 영주 손의 비닐봉지 들어 봉지 안의
　　　미역 보는)
영주 　(속상한) 어.
호식 　(웃으며) 아고 잘햌. (하고, 영주 볼 톡톡 치고 가다, 돌아보며) 아빠가 볼
　　　에 뽀뽀해도 될거?
영주 　(속상하게 눈 흘기고, 그냥 화장실로 들어가는)
호식 　(서운한) 귀여운 새끼, 이쁜 새끼, 아까운 새끼... (하고, 물미역을 봉지에서
　　　꺼내 싱크대에서 물에 박박 씻으며, 노래를 부르는)

씬4.　호식의 집 화장실, 아침.

티셔츠를 벗는데, 호식, 노크하고 바로 화장실 문을 여는,

영주 　(옷 벗고, 짜증 확 내며) 또! 노크하자마자 문 연다! 그러지 말래도!
호식 　(대뜸, 생선 두 마리 보여주며) 고등어야? 삼치야? 빨리 말해, 아빠 너 밥
　　　해주고, 시장 가야 돼?
영주 　(짜증 나는) 골라봤자 생선인데 뭘 물어? (하고, 전동칫솔에 치약 바르는
　　　데)
호식 　(답답한, 타박하는) 치약 좀 작작 짜라게.
영주 　(화나, 치약을 더 짜서, 입에 물고, 문을 쾅 닫고, 잠가버리는)

영주, 이를 닦다가, 변기의 뚜껑을 닫고, 그 위에 올라가, 수납장 위에 깊숙
이 손을 넣고, 뭔갈 찾는, 깊숙이 숨겨놨던 임신테스트기가 손에 잡히는,
그걸 내려, 속상한 얼굴로 포장을 까고, 임신테스트기를 손에 들고, 바지
내리고, 변기에 앉아, 소변을 보는, 속상한, 호식의 부채처럼 벌어진 싸구
려 칫솔과 다 떨어진 수건이 영주의 슬픈 눈에 들어오는, 속상해, 이를 닦

다가, 임신테스트기로 테스트하고, 임신테스트기를 확인하며,

영주   (속상한, N) 이 지긋지긋한 제주, 스무 살 되면 뜨려고 했는데..

    ＊ 점프컷 - 인서트 》
임신테스트기에 두 줄이 뜬,

    ＊ 점프컷 》

영주   (울고 싶은, N) 아, 발목 잡힌 거 같다.

씬5.   교실 안 + 복도, 낮.

    쉬는 시간이다, 영주, BTS 노래에 맞춰 춤추는 선미와 여자친구1 보며 깔깔대며 웃는,
    현, 자기 자리에 앉아(영주 자리와 대각선), 그런 영주를 걱정스레 보는,

영주   (아무 일 없는 듯 즐거워 보이는) 아 열라 웃겨, 최선미. (손가락으로 눈물 훔치며) 너무 웃겨서 눈물 나. 야, 그만해! 이것들아! 나 지리겠어! (하고, 웃으며, 사물함으로 가 다음 수업 시간 책 꺼내려는)
현   (일어나, 영주 옆에 가서, 애들 들을까 한 번 주위 살피고, 툭 말하는) 방, 잠깐 얘기 좀 해.
영주   (웃다, 굳은 얼굴로) 꺼져. (하고, 책 꺼내, 자기 자리로 가서, 앉아, 주머니에서 골프공 꺼내 발바닥에 대고, 굴리며, 책 보는, 책에만 집중하는)

    그때, 선미, 영주의 옆자리에 와서, 앉자마자, 영주의 가슴을 훅 만지며,

선미   너 웰캐 가슴 커짐?
영주   (책으로 그냥 선미의 머리통을 치며, 화난) 건들지 마!
선미   너도 내 꺼 만지면 되지게?! 짜증은? 너 살쪘지?

영주   (속상해, 책 펴, 공부만 하는)

선미   오늘 애들이랑 코노 가자?

영주   (책만 보며) 너나 가! 공부해야 돼.

여자친구1 (영주의 앞자리, 뒤돌아, 영주 보며) 의리 없는 년. (선미에게) 이건 지 놀고
          싶을 때만 우리 찾고, 공부할 땐 손절이야? 나쁜 년.

영주   (공부만 하는)

현   (그런 영주를 걱정스레 보는, 그때, 남자친구1, 교실로 들어오면, 팔 잡아,
          끌고 밖으로 나가, 담담히) 야, 너 돈 좀 있어?

남자친구1 (대뜸, 자신 있게) 있어.

현   용돈 타면 갚을게. 좀 꿔줘.

남자친구1 (주머니 뒤져, 천 원을 꺼내 현이 주머니에 꽂아주며, 약 올리듯) 야. (하고,
          들어가는)

현   (주머니에서 천 원 꺼내 보고, 실망한)

          그때, 수업 시작종 울리고, 현, 들어가, 남자친구1에게 천 원을 주고, 자기
          자리로 가며, '조용히들 해, 수업종 쳤어!' 하고, 자리에 앉는데, 발아래 골
          프공이 굴러오는, 집는, 영주, 현을 보고, 이내 다시 책 보며 공부만 하는,
          현, 영주를 보고, 골프공 주머니에 넣으며, 자리에 앉는, 그때, 선생님 들어
          오는,

영주   (일어나며) 차렷, 다들 선생님께 경례!

모두들   (더러 우웩 하며, 머리 위로 크게 손 하트를 어거지로 하며) 사랑합니다.

씬6. 소각장, 낮.

          영주, 쓰레기를 혼자 버리고 있는, 그때, 현, 와서, 주머니에 있던 골프공을
          꺼내, 영주에게 건네는,

현   골프공은 뭐야?

영주   (골프공 받아, 주머니에 넣고, 쓰레기통 마저 비우고) 알 거 없어. (하고, 가

려 하면)

현 　(팔 잡으며) 너 나 피해?

영주 　그래. (하고, 가려 하면)

현 　(팔 잡아 세우며, 속상하고, 답답한) 피하지 말고, 얘기해!

영주 　(대뜸 속상해, 화내며) 무슨 말이 듣고 싶어?! 니가 지난주에 사다 준 임테기 세 번 했는데 싹 다 전부, 두 줄 나왔다는 말? 임신해서 내 인생 조졌다는 말? 이제 병원 가서 지울 거라는 말? (하고, 주머니에서 임신테스트기를 꺼내 쓰레기 태우고 있는 소각용 드럼통 안에 넣는)

현 　(그런 영주 보며 맘 아픈, 속상한)

영주 　(약간 울컥하는) 억울해. (하고, 현 보며) 딱 두 번밖에 안 했는데... 피임도 했는데.

현 　(눈가 붉어, 고개 숙이고) 미안해.

영주 　(속상하지만, 대뜸) 돈은 가져왔어?

현 　(지갑에서 돈(오만 원권에서부터 천 원권까지 있는) 꺼내 영주에게 주며) 오십삼만 원. 그리고, (바지 주머니에서 돌 반지 한 돈짜리 두 개 꺼내 주며) 울 엄마가 이혼하고 갈 때 내 돌 반지라고 준 거야. 아빤 몰라.

영주 　(돌 반지 집어 주머니에 넣고, 돈을 받아 세며, 속상하고, 불안하고, 답답한, 짐짓 아무렇지 않은 척 말하는) 임신 중단 합법화 논의 중이라, 아직 보험 적용 안 돼서 부르는 게 값이래.

현 　(속상하지만, 영주 안쓰럽게 보며) 영주야. 우리 좀만 더 생각해보자.

영주 　(속상해, 눈가 붉지만, 까칠하게) 닥쳐! 결정은 내가 해. 내 몸이야. (하고, 돈을 주머니에 넣고, 가려 하면)

현 　(가로막아 서서, 속상하고, 슬퍼도, 진심으로) 나는 니가 지운다고 하면 가장 안전한 방법을 찾아볼 거고, 니가 낳는다고 하면,

영주 　(속상한, 버럭, 말꼬리 자르며) 어떻게 낳아?! 막말로, 우리가 그렇게 사랑해?

현 　(맘 아픈, 영주를 빤히 보는)

영주 　(조금은 울컥하는) 대학은? 나 인서울은? 니 인생 내 인생 다 걸고 아길 낳을 만큼, 우리 사랑이 대단해? 그래? (하고, 속상하게 가다, 돌아오며, 눈가 붉어) 우리가 지금 애 가진 걸 알면, 전직 깽패 니네 아빠 널 죽일 거고, 우리 아빤 차마 사랑하는 난 못 죽이고, 자기가 죽을걸? 그 꼴 안 볼라면,

입 닥쳐, 너. (하고, 가며, 소매로 눈가 쓱 닦는)

현   (눈가 붉어, 참담한)

씬7. 금은방 안, 낮.

금은방 사장, 돋보기로 돌 반지 확인하고, 중량 재는,

사장   (돈 세며) 근디 부모님한티는 물어봥 파는 거지이? 이디(여기) 부모님 전화
        번호 적으라. 못 적음, 한 돈에 십오만, 두 돈, 삼십.
영주   (어이없는) 아깐 한 돈에 십팔만 원이라고,
사장   (배짱 튕기는) 싫음 가. (하고, 옆에 있는 물 마시면)
영주   (미련 없이 돌 반지 집어, 문 열고 나갔다가, 다시 들어와, 사장 앞에 돌 반
        지 놓고, 화났지만, 조금 눈치 보며) 두 돈에 삼십이만 원. 더는 못 깎아요.

씬8. 공원, 낮.

삼십 대 여자, 현 앞에서 돈을 세고, 주머니에 넣고, 가는, 현, 여자 가면,
주머니에 넣었던 약봉질 꺼내 보는, 그때, 영주, 공원으로 오다, 가는 여자
를 한번 힐끗 보고, 현이 있는 곳으로 가서 벤치에 앉는,

현   (영주 옆에 앉으며) 팔았어? 얼마 줘?
영주   두 돈에 삼십일만 원.
현   (확실히 묻는) 정말 임신 중단할 거야?
영주   (담담히) 어.
현   (종이봉투 건네며, 맘 아파도, 담담히) 12주 미만이면 백 프로래.
영주   (봉투 받아, 가방에 넣는, 이 상황이 답답하고, 짜증 난)
현   (영주가 안쓰런) 오늘 학원 가지 말고, 그냥 나랑 같이 있자.
영주   (별일 아니란 듯, 일어나, 현 보며) 임신 중단하는 거지 인생 중단하냐? (하
        고, 공원 밖으로 가다, 속상해, 울컥해, 다시 돌아와, 가방으로 현을 마구

	때리며) 너 싸구려 콘돔 썼지, 그지? 그지? 그지? 너 내일 가서 임신 확정 이면 진짜 죽어! (하고, 가며, 울다, 뒤돌아 현 보며) 학원 안 가?!
현	(맘 아픈, 담담히) 못 가.. 너 준 돈 내 학원비야.
영주	(어이없고 맘 아프게 빤히 보고, 돌아서서 가는데, 눈물 나는)
현	(속상해, 가는 영주 보다, 벤치에 앉아, 눈물을 닦는, 속상한)

씬9. 학원 가는 길, 낮.

영주, 걸어가며, 전화하는,

| 간호사1 | (E) 저희 병원은 7주까지만 수술 가능해요, 근데, 임신 개월 수 확실해요? 삼 개월인 거? |
| 영주 | (맘 불편한) 솔직히 잘 몰라요. |

* 점프컷 – 시간 경과, 장소 변경, 학원 앞 》
영주, 학원 올려다보며, 전화하는, 인사하는 애들 피해, 몸 돌리는,

영주	(목소리 작게) 한 가지만 더 물어볼게요.. 제가 인터넷으로.. 약을 샀는데,
간호사1	(말 끊으며, E) 인터넷에서 산 약, 백 프로 가짜예요. 그거 먹으면 큰일 나요. (하고, 전화 끊는)
영주	여보세요, 여보세요? (하다, 전화기 내리고, 속상한, 학원으로 걸어 들어가는)

씬10. 학원 교실, 밤.

수학 수업시간, 영주, 집중하려 하지만 집중이 안 되는, 발바닥으론 골프공을 굴리는, 문제지 귀퉁이에 낙서하는,

* 점프컷 – 낙서 》

망함.

    * 점프컷 》

영 주   (얼결에 입 밖으로 튀어나오는) 개쌍.

    선생님과 학생들 모두 놀라서 영주를 보는, 영주, 그들 보는, 그때, 순간 배가 쿡 찌르는 듯, 아파하는, 눈 감는,

씬11. 운동장, 낮.

    학생들 모여서 뜀틀 수업을 하는, 현, 친구에게 귓속말로 '자리 좀 바꿔줘' 하고, 친구, 자리 비켜주면, 영주(땀 나는, 몸이 안 좋아 보이는, 임신 증상) 옆으로 오는,

현   (눈은 앞만 보며, 소곤대며) 약.. 먹었어?
영 주   (앞만 보며, 몸이 힘든, 속상하지만, 작게 툭툭 말하는) 병원에서, 인터넷으로 산 약은 백 프로 다 가짜래. 죽을람 먹으래.

    * 점프컷 》
    영주, 내리쬐는 햇볕에 살짝 어지러운, 뜀틀 순서 기다리는, 앞 순서 친구들 힘차게 구름판 발 구르고 뛰어넘는, 점차 순서가 다가오자, 심장 박동이 빨라지고, 입이 바짝 마르는, 현, 친구들 몰래 영주 손을 꽉 잡자, 그때, 영주의 배가 쿡 찔리는 느낌이 드는, 영주, '아!' 하며 주저앉는, 영주 앞에 있던 친구가 뜀틀을 세게 뛰자 또 한 번 쿡 찔리는 느낌이 드는, 영주, '아' 하고 배를 부여잡는,

현   (걱정, 고개 숙여, 영주 보며, 작게) 왜 그래?
영 주   (일어나, 서며, 힘든, 그러나 참는)
담 임   (삼십 대, 여자, 임신한, 호루라기 불고, 큰 소리로) 방영주, 뛰어!

영주, 힘차게 뛰어가 구름판에 발을 쿵 하고 구르고, 뜀틀을 뛰려는데, 다시 배가 쿡 찔리는 느낌 들고, 영주, 배를 잡고, 주저앉는, 현, 걱정되고, 속상하게, 영주 보는,

담임   (영주에게 다가와, 영주 일으켜 세우며) 야, 방영주 무사?
영주   (배 아파하는) ....
담임   (영주 이마 만지며) 아이구 땀이 쏟아졌져. 어디 아판?
영주   선생님, 저 아무래도 조퇴해야 할 거 같아요. 장탈인 거 같아요.
담임   그래, 가, 가, 땀을 너무 흘린다.
영주   (가는)
친구들   (장난) 반장, 좋겠다, 아파서!

현, 걱정스런 마음으로 가는 영주를 보는데,

담임   (호루라기 불며) 조용히 해! 야, 정현! 뛰어!
현   (걱정스레 영주만 보면)
친구들   (현의 뒤에 서서) 뭐 해, 부반장! 빨리 뛰라고?!
현   (울고 싶은, 참고, 죽어라 뛰어, 멋지게 뜀틀 넘고)
친구들   와!
현   (친구들이 그러든 말든, 다른 친구들 뛰는 사이에, 영주에게 달려가는)

씬12. 교실 + 복도, 낮.

영주, 운동복 위에 교복을 입고는, 급하게 가방을 챙기는, 툭 하고 노트가 하나 떨어지고, 보면, 표지에 'in 서울'이라고 크게 쓰여 있는, 모든 노트에 'in 서울'이라 쓰여 있는, 영주, 책들을 가방에 넣고, 사물함으로 가서, 사복과 모자를 꺼내, 가방에 쑤셔 넣는, 그때, 현, 뛰어 들어와, 영주에게 말하는,

현   (놀라서 묻는) 어디 아퍼?

영주   (이를 앙다물고, 툭툭 말하는) 인터넷 보니까, 애가 배를 발로 차면 이렇게
        아플 수 있대.. 나, 병원 가. 3시 전까지 가면 오늘 수술할 수도 있대.

현   나랑 같이 가. 나도 조퇴하고 올게.

영주   (어이없는, 복도를 나가, 계단 쪽으로 내려가며) 미쳤어? 같이 병원 가다
        소문나면?

현   (걱정, 속상한, 따라가며) 이건 아닌 거 같아. 어, 영주야? 수술 엄청 아프
        대.

영주   (화가 나는, 절박한) 아프다고 안 해? 계속 시간이 간다고, 지금도! 그럴수
        록 배 속에 앤 더 자라고, 임신주수 늘어나면 나도 애도 더 위험해.

현   (막아서며, 맘 아픈, 말리는) 천천히 좋은 병원 알아보자, 그냥 아무 데서
        나 하지 말고, 어?

영주   (속상한, 말꼬리 자르며) 날 위한다면, 비켜.

        그때, 수업 끝난 학생들, 다다다다 뛰어서, 시끄럽게 놀며, 계단 올라오는,

선미   (돌아보며) 니들 사귀어? 왜 백함 같이 있어?

영주   (그냥 가버리는)

현   (따라가는)

선미   야, 부반장, 너 왜 수업시간에 그냥 갔어! 담임이 너 당장 교무실로 오래.

현   (가다, 멈춰 서는)

        그때, 남자친구2, 영주 보고, 올라가며,

남자친구2 야, 방영주, 너 생리통이냐?

영주   (가다, 화나는, 속상한) 지랄하네, 변태 같은 게! (하고, 가는)

남자친구2 (성질난, 영주 따라가며) 저게, 죽을라고,

현   (순간, 남자친구2에게 가, 먹살 잡아, 주먹으로 쳐, 넘어뜨리고, 씩씩대는)

        순간, 학생들 모두 놀라는,

씬13. 달리는 버스 안, 낮.

영주(사복에 모자 쓴), 차 안에서 핸드폰 지도 앱으로 산부인과를 찾는,

씬14. 산부인과 건물, 낮.

엘리베이터 열리고, 영주, 모자 쓰고 나오는데, 누군가 모자를 획 벗기는,

영주   (놀라, 앞 보고, 멍해지는) ?
은희   (보자마자, 대뜸) 너 학교 안 간?
영주   (순간, 긴장하지만, 짐짓 아무렇지 않은 척, 모자 뺏어 쓰고, 거짓말하는, 툭툭 말하는) 오늘 오전 수업만 있는 날인데요? 삼춘은 여기 왜?
은희   근처 거래처 왔다가.. (영주 귀에 대고, 작게) 나 폐경이랜. (귀에서 입 떼고, 영주 보며) 넌?
영주   (툭) 생리불순.
은희   (영주 몸 걱정하며, 투박하게) 그러게, 넌아, 좀 먹어. 다이어트 한다고 안 먹으난, 불순이 오는 거라? (하고 가다, 다시 영주 보며) 병원, 같이 들어가 주카? 너 일부러 병원 오기 챙피행, 이디(여기) 신도시까지 온 거 같은데?
영주   (말꼬리 자르며) 아뇨. (하고, 가는데, 괜히 여길 왔다 싶은, 속상하고, 난감해, 병원 들어가는)
은희   (엘리베이터로 가, 버튼 누르고, 다시 영주를 가만 보는, 걱정스런)

씬15. 산부인과 진료실 안, 낮.

영주, 진료실로 들어와 의사 앞 의자에 앉는, 진료실 분위기(애기 그림이며, 인체도 등을 보고)에 얼어붙은, 차가운 인상의 중년의 남자 의사, 모니터 보고 있는,

의사   (모니터로 차트만 확인하며, 답답해, 반말하는) 마지막 성관계는?

영주   (가만 보며) 그런 것까지 말해야 되나요?

의사   (맘에 안 들게 보며, 보며) 어.

＊ 점프컷 》

침대에 어색하게 누운, 간호사, 영주의 옷을 확 올리는, 보면, 배가 꽤 볼록한, 영주, 이 상황이 어색해서 힘든,

영주   (누운 채로, 속상한, 울고 싶은, 참고) 꼭 초음파를 해야 돼요?

의사   (배에 차가운 겔을 쫙 짜며) 꼭 해야 돼. 3개월 전에 생리한 건 착상혈일
        수도 있어.

영주   (무슨 소린지 모르겠는) ...

의사   (모니터 보며, 짜증스레) 이거 봐, 학생들이 이런다니까? 22주 1... 6개월이
        네, 이거.

영주   (너무 놀라, 슬픈, 이를 앙다물고, 참고, 눈 감는)

의사, 모니터 끄고, 간호사, 수건으로 영주 배의 겔을 닦아주려는데, 영주,
당황해서 주섬주섬 옷을 입고 내려오는, 그 그림 위로, 의사의 말소리 들
리는,

의사   6개월이면 유도분만으로 꺼내야 돼. 근데 부분 전치태반이라 출혈도 꽤
        될 거 같고..

영주   (속상한, 두려운) 전치태반이.. 뭐예요?

의사   (답답한) 인터넷 찾아보고, 부모 동의서 받아서 와.

영주   (속상해도, 또박또박 따지는) 낙태죄 폐지돼서, 법적으로 부모 동의 필요
        없잖아요!

의사   (포스트잇에 전화번호 적어주며, 답답해, 짜증 나는) 동의서 안 받아 올
        거면, 다른 병원 찾고, 급하면 긴급상담전화로 전화해보고, 나 번호고지
        의무까지 다 했다?

영주, 눈에 눈물이 고이고 분한, 포스트잇 주머니에 넣고, 진료실 나가려

다, 의사 보며,

영주   (속상해, 눈가 그렁해) 선생님 왜 나한테 반말해요? 청소년 환자면 반말해
         도 되는 거예요?
의사   (버럭 화내는) 그러게, 피임을 잘했어야지, 학생!
영주   (속상해, 문 열고 나가려다가, 다시 닫고, 부탁조) 선생님.. 그냥 수술해주
         시면 안 돼요?

씬16. 푸릉 항구, 낮.

현, 서 있는, 담담한, 그 얼굴 위로, 영주의 말소리 들리는, 영주는 회상, 현
은 현실인,

영주   (E, 밝게) 정현, 넌 바다가 왜 좋아?
현   (고개 돌려 옆 보면, 영주가 옆에 있는)
영주   (환하게 웃으며) 나는 제주 바다 너무너무너무 싫어. (보고, 웃으며) 난 스
         무 살만 되면, 여기 확 뜰 거야.
현   (가만 영주를 보는)

카메라, 풀 샷으로 잡으면, 영주는 없고, 현만 있는, 현, 다시 바다를 보는,
현의 얼굴 위로, 다시 영주의 목소리 들리는, 영주는 회상, 현은 현실인,

영주   그러니까, 너도 공부 좀 잘해. 야, 오 등이 뭐야? 오 등이? 너 한 번도 이런
         적 없잖아, 왜 그래?
현   (고개 돌려, 다시 영주 보며, 차분히) 공부하려고 앉으면 니 생각밖에 안
         나.
영주   (웃으며, 가볍게) 야, 너 정신 차려. 우리 한때야.
현   (차분한, 진지한) 너 나 사랑 안 해?
영주   (어이없단 듯 가볍게) 너는 그지 같은 롤 모델인 니네 엄마 아빠를 보고도
         사랑을 믿냐? 난 울 엄마 아빠 보고, 배운 게 있어. 사랑은 없다. 울 엄마랑

아빠 진짜 사랑했대, 근데 울 엄만 나도 아빠도 버리고 갔어. 니네 엄마도 널 버리고,

현   (말끄리 자르며) 내가 보내준 거야, 엄만.

영주   어쨌든. (바다 보며) 사랑은 한때야, 다. 우리 이 감정도 언젠간 시간이 지나면 다 사라질 거야.. 흔적도 없이...

현   우린.. 다를 수도 있잖아.

영주   (가만 고개 돌려, 현을 보며, 그런 순수한 현이 좋은) ...난 니가 이렇게 순수해서 좋긴 해.

현   (영주의 얼굴을 두 손으로 잡아 입을 맞추려는 데서)

＊ 점프컷 》
현, 풀 샷으로 보면 혼자인, 전화기 들어, 톡 넣으며, 가는,

씬17. 달리는 버스 안, 낮.

영주, 핸드폰 보며, 눈가 붉은, 속상한,

현   (E) 영주야, 어디야? 왜 답이 없어, 제발 어딘지 말해. 어?

영주   (핸드폰 주머니에 넣고, 그냥 가는)

씬18. 서귀포매일시장 안, 낮.

시끄러운 시장 풍경으로 이어지는, 호식, 리어카에 아이스박스 하나, 얼음 포대 세 개를 얹어서 끌고 가는, '비킵서양' '조심헙서, 할망' 우렁차게 소리치며 지나가는, 그러다 아는 사람 만나면 '성님, 혈색 잘도 좋아져서' 하고 안부를 묻는, 사람 좋은 모습인, 호식, 은희네 가게 앞에 도착해 수레를 멈추면,

은희   (덤덤히, 툭) 야, 나, 영주 봤?

호식   (이상한) 영주, 지금 학교에 이실 시간인디, 어디서?
은희   (무심히) 산부인과서?
호식   (무슨 소린가 깊은, 순간 간이 철렁하는) ?!

씬19. 영주의 방 안, 밤.

영주 방은 거실과 다르게 정리정돈이 잘 되어 있는, 호식보다 넓은 방을
쓰는, 영주, 공부하려고 책을 펴는데, 그때 태동이 느껴져 '아' 하고 배 감
싸는, 그러다 가방에서 사 온 복대를 꺼내는, 티셔츠를 걷고 거울 앞에 서
서 복대를 두르는,

의사   (E) 그러게 피임을 잘하지 그랬어, 학생.
영주   (속상한, 그때 책상에 둔 핸드폰에서 톡 알림 소리 들리는, 핸드폰 들어 보
        면)
현   (E, 맘 아픈) 영주야, 너 진짜 괜찮아? 어? 나 불안해. 너 괜찮은 거지?
영주   (속상한, 핸드폰 들어 톡 하는, E) 수술 못 했어. 6개월이래.

씬20. 아기 옷가게 앞, 밤.

현, 가게 앞에 서서 핸드폰을 보는,

영주   (E) 의사가 부모님 동의서 없인 수술 못 해준대. 이제 나 어떡해?
현   (문자 넣는, 속상한, E) 생각해보자.
영주   (E) 뭘 생각해, 지울 거야.
현   (영주에게 전화하는, 맘 아픈, 영주가 전화 받으면) 그 애.. (하다, 울컥하는,
        어렵게 말하는) 내 애기기도 하잖아.

씬21. 영주의 방 안, 밤.

영주   (속상해, 현과 전화하는) 애기라는 말 쓰지 마. (울컥하는, 큰소리는 아닌,
이 앙다물고, 으름장) 나만 독한 년 만들지 마. 죄책감 갖게 하지 마. (하고,
핸드폰 끄는)

동시에, 노크 소리 나고 바로 문 벌컥 열리는,

영주   (놀라, 문 쪽 보는, 그리고, 제 배를 보는)
호식   뭐야, 너? 배에?

씬22. 아기 옷가게 앞 + 안, 밤.

현, 속상한, 슬픈, 가게 안의 아기 양말이나 신발을 가만 보는,

씬23. 영주의 방 안 + 거실 + 주방, 밤.

호식   (답답한, 버럭) 야, 니가 무신 똥배가 나온댄 복대를 해! 이쁘기만 헌디!
영주   (이미 책상 앞에 앉아, 책 보며, 속상한, 호식 째려보며, 버럭) 제발 쫌!
호식   (걱정) 의사 선생님이 뭐랜?
영주   ?
호식   은희삼춘 말이, 너 생리가 불순이랜 하던데? 생리불순이 무사 된 거랜,
어?
영주   (가슴 두근거리며, 보다가, 책 보며, 속상해, 괜히 버럭) 그만 쫌! 별거 아니
라고, 여자들 흔한 병이라고! (보며) 난 아빠랑 생리불순 얘기까지, 진짜
안 하고 싶다고!
호식   (속상한) 야, 그럼 어떡해, 넌 엄마가 어신디! 임마!
영주   (속상해, 버럭) 고만! 나 공부한다고!
호식   알안, 알안, 공부해, 아빠가 (봉지 들어 보이며) 너 주잰 소고기 사 완, 생
리불순엔 잘 먹는 게 약이랜, 은희삼춘이. 이거 구울 때까지, 공부하고 이

시라. (하고, 영주 방문 닫고, 주방으로 가, 고기 구울 준비 하며, 걱정) 대체 생리불순이 무사 된 거라.. 에고, 매일매일이, 저거 어떵 될까... 조마조마.. (하고, 고기 굽는)..

씬24. 현의 방, 밤.

현, 모니터 앞에 앉아 있는, 포털사이트의 유도분만에 대한 내용의 그림을 보고, 걱정되고, 슬픈, 눈가 붉어지는,

* 점프컷 》
현, 사이트에 글을 올리는, 맘 아픈, 불 꺼진 방 안에서 모니터 불빛이 현의 얼굴 비추는, 슬픈,

현 　(E) 이럴 땐 어떻게 해야 하나요? 저는 고등학생입니다. 여자친구가 임신을 했습니다. 저는 아기를 낳을 자신도 키울 자신도 아직 없습니다. (눈물 닦으며 쓰는) 여자친구는 아기를 지운다고 합니다.

씬25. 호식의 집 화장실 안, 밤.

영주, 입을 틀어막고 들어와, 변기 부여잡고, 고통스레 구토를 하며, 소리가 안 들리게 물을 계속 내리는,

호식 　(E, 졸린) 영주야, 물 내리지 마라게! 물 아까운디!
영주 　(물을 계속 내리며, 토하는)
현 　(E) 제가 제일 걱정되는 건 여자친구의 몸입니다. 수술을 하면 몸이 많이 아픈가요? 지우고 나면 마음은.. 시원해지나요? 지우고 나면 모든 게 없던 일이 되나요? 여자친구도 저도 예전으로 돌아갈 수 있을까요? (하고, 엔터 치고, 속상해, 창가로 가 밖을 보는)

잠시 후, 인터넷에 답이 오는 알림 소리가 나는, 현, 얼른 컴퓨터로 가서, 앉아, 답을 보면,

브로커 (여자, E) 님의 글에 감동받았습니다. 여자친구분을 정말 사랑하고 계시네요. 옆에 함께 있어주세요. 그리고, 수술이 맘이 아프시다면, 먹는 낙태약을 선물하시는 건 어떨까요, 정품 백 프로 보장합니다.

현 (속상한, E) 이 개브로커들 진짜. (하고, 컴 전원을 확 꺼버리는)

씬26. 영주의 방 안 + 현의 방 안(교차씬), 밤

영주, 침대에 누워, 두 발을 벽에 올린 채, 발에 골프공을 굴리며, 현과 전화하는,

현 (침대에 누워, 걱정스럽지만, 따뜻하게, 전화하는) 뭐 해?

영주 (힘든, 천장 보며, 막막한) 토하고, 붓기 빠지라고, 벽에 다리 올리고 있어. 그리고 골프공으로 발바닥 마사지 중. (막막한) 인터넷에서 봤는데.. 발바닥을 자극하면 자궁이 수축돼서 유산될 수도 있대서. 애기.. 아무도 모르게 그냥 사라지라고...

현 (너무 맘 아파, 눈을 감는)

영주 (맘 아픈 것 참고, 담담히) 내가 아는 선배한테 물어봤는데 제주 우성병원은 20주 이상도 수술해준대.

현 (맘 아픈, 차분히) 영주야, 힘들지?

영주 (눈가 붉어, 담담하게) 응. 힘들어.

현 (울컥하는) 속상해?

영주 (눈물 그렁그렁한, 차분한) 응. 속상해. (애써 버티는) 그래도, 내일 일찍 병원 갈 거야. 거긴 토요일도 한대. 혼자 갈 거야. 너 오면 나 못 해. 자. (하고, 전화 끊는, 눈 감는)

씬27. 현의 방 + 거실, 밤에서 아침 되는.

현, 침대에 누워, 영주처럼 다릴 벽에 올린, 맘 아프게 상상하는,

* 점프컷 – 상상 》

영주, 수술복 입고, 수술대에 올라, 두렵게 누워 다리를 올리고,
간호사, 수술 도구를 집어, 의사의 손에 쥐어 주는,

의사   시작합니다. 준비됐죠?
영주   (눈물을 흘리며, 눈을 감는)
의사   금방 끝나요, 그럼 모든 게 없었던 일이 될 거고, 지금 이 고통도 다 사라
        질 거예요. 흔적도 없이..
영주   (눈물을 흘리며, 이를 앙다무는)

* 점프컷 – 현실 》

현, 영주 생각하며, 이를 앙다물고, 눈물을 흘리는,

인권   (양치하며, 문 벌컥 열고, 현 보며) 가랑이 벌리고 처누웡, 뭐 해, 넌? 밥 안
        할 거?!
현   (눈물 흘리며, 눈 번쩍 뜨고, 작심한 듯, 일어나, 옷을 입는)
인권   밥하라는데 무사 옷을 입으맨?
현   (그냥 주방을 지나쳐, 현관 밖으로 나가는)
인권   (가는 현이 보며) 야, 임마! 너 아방이 말하는데, 대꾸도 어시, 어딜 가! (하
        고, 거실로 가, 창문 밖으로 고개 내밀며) 현아! 현아!

씬28. 집밖 동네, 아침.

현, 눈가 붉어 뛰어가며, 영주에게 전화하는,

현   (전화 받으면, 힘 있게) 영주야, 너 어디야?

씬29. 한적한 버스정류장 + 버스 안, 아침(위의 씬과 교차).

영주 버스정류장.
현 (뛰어가다, 정류장 찾아 두리번거리며) 어느 버스정류장?
영주 (담담한) 정치사거리. (하고, 버스 오는 것 보며) 이제 끝이야. 이 버스 타고
    다시 여기로 돌아올 땐 모든 게 끝나 있을 거야. (하고, 버스 오면 타면서,
    전화 끊는)
현 영주야! 가지 마! 나랑 같이 가!
영주 (버스에 올라타, 단말기에 카드를 찍으면 '청소년입니다' 하는 음성 나오는,
    창가에 앉아, 밖을 보는, 맘 아픈, 그러나 담담한)
현 (눈물 그렁해선, 전화 걸지만 받지 않는, 계속 전화하며, 큰길로 마구 뛰
    는)

    ＊ 점프컷 - 교차씬, 뛰는 현과 과거 플래시백 》
    1, 길거리, 현과 영주 얘길 하며, 즐겁게 웃던,
    2, 코인노래방에서 둘이 신나게 노랠 부르던,
    3, 바닷가, 16씬,

영주 (바다 보며) 사랑은 한때야. 다, 우리 이 감정도 언젠간 시간이 지나면 다
    사라질 거야.. 흔적도 없이... (뒤에 뛰는 현의 모습에 반복해서 들리는)

    ＊ 점프컷 - 현재〉
    현, 버스정류장에 도착한, 그러나 영주는 없는, 그때, 지나가는 택시 보고,
    죽어라 뛰며, '택시!' 하고 부르는,

씬30. 한적한 들판이 있는 도로변 + 달리는 택시 안, 낮.

    현, 택시 미터기를 보면, 26,700원이 넘어가고 있는, 지갑을 열어보면 들어
    있는 돈은 27,000원뿐인,

현   (속상한, 그러나 힘 있게) 기사님.. 죄송한데, 여기서 좀 세워주세요.

기사   (이상한, 차 멈추며, 룸미러로 보며) 여기서?

현   네. (하고, 내려서, 영주에게 전화를 걸며, 죽어라 달리는, 오기 어린, 다부
        진)

씬31.   우성병원, 엘리베이터 밖 + 안, 낮.

        영주, 엘리베이터에 타는, 막막하고 슬프지만, 이를 앙다문,

씬32.   제주 시내, 낮.

        현, 죽어라, 뛰어서, 횡단보도를 건너는,

씬33.   병원 대기실, 낮.

        영주, 두려워 땀이 나고, 입술이 바짝바짝 타는, 호흡 작게 고르는, 그때,
        간호사, '방영주님 진료실로 들어오세요' 하는 소리 들리고, 영주, 일어나,
        진료실로 들어가는데, 현의 목소리 들리는,

현   같이 들어가!

영주   (돌아보는, 눈가 붉은, 울컥하는) ?

간호사 (보면) ?

현   (땀범벅, 간호사 보며, 차분히) 제가 보호자예요.

씬34.   진료실 안, 낮.

영주, 진료실 침대에 누워, 티셔츠를 위로 올려 배를 내놓고, 눈을 질끈 감고 있는, 현, 그 옆에서 땀범벅이 된 채, 서 있는, 영주가 걱정되지만, 이 앙다물고, 진지한, 모니터만 보는, 젊은 여의사, 영주 배에 겔 바르며,

의사   (다정한, 푸근한, 현에게) 아빠도 여기 옆으로 와서 모니터 보세요.
현   (영주 곁으로 가 영주의 손을 잡는, 눈은 모니터에 고정된, 진지한)
의사   (모니터 보며, 설명해주는, 따뜻한) 여기가 애기 머리고, 팔, 다리. 장기들은 다 잘 만들어졌네요. 어머, 태동도 활발하네. (안쓰런) 아이구, 아기가 너무 건강해요.
영주   (여전히 눈 감은 채로 현의 손을 세게 잡는)
의사   심장 소리 한번 들어볼래요?

하고, 의사, 아기 심장 부위에 초음파를 대고 버튼을 누르자 심장 소리가 들리는,

영주   (눈 감고, 울며, 발악하는) 선생님, 하지 마세요! 애기 심장 소리 안 들을래요! 무서워요!
의사   (초음파 떼고, 안쓰런)
현   (영주를 맘 아파, 안는, 눈물 나는)
영주   (누워 눈 감은 채, 울며) 현아, 나 무서워! 애기 심장 소리 안 듣고 싶어요! 선생님 제발 안 듣고 싶어요! 애기 심장 소리 안 듣고 싶어요!
현   (영주 꼭 안아주며, 맘 아픈, 이를 앙다무는, 어른스런)

그런 둘의 모습에서 엔딩.

6부 ——————— 동석과 선아 1

너도 솔직히 내가 싫지 않으니까, 좋으니까,
... 이 먼 바다까지 나 따라온 거 아냐?

씬1.　　프롤로그(5부 엔딩 이후).

1, 병원 뒷문 쪽, 낮.
영주, 하수구 앞에 쪼그려 앉아, 욱욱 하며 구토하고, 현, 그런 영주를 안쓰
럽게 보며, 등 두드리는, 어른스런, 영주, 두어 번 구토하고, 일어나, 슬프고
속상하지만 입가 소매로 쓱 닦고 오기 부리듯 가는, 현, 서서 가는 영주를
보며 말하는,

현　　　(맘을 정한 듯, 따뜻한) 영주야, 우리 낳자.

영주　　(가다, 돌아서서, 어이없는) 낳을 자신 있어?

현　　　(진지하고, 담백하게) 없어. 근데 지울 자신이.. 더 없어. 자꾸 귀에서 애기
　　　　심장 소리가 들려.

영주　　(속상하지만, 단호한) 잊어. (하고, 가는)

현　　　 (뛰어와, 영주 옆에서 걸으며, 짐짓 어른스레, 단호히) 낳자. 어쩌면 우리가
　　　　애기를 잘 키울 수 있을지도 모르잖아?

영주　　(멈춰 서서 보며, 속상한) 잘 키우긴 뭘 잘 키워! 미친.. 너 땜에 내 인생 망
　　　　쳤어! (하다, 말을 못 마치고, 한가한 길 쪽으로 뛰어가, 욱, 구토하는)

현　　　(빠르게 와서, 등을 두드리는)

2, 버스정류장 + 버스 안, 낮.
영주, 현 벤치에 앉아 있는, 둘 다 눈가 붉은, 현, 영주에게 아기 사진을 주

는, 영주, 안 보고 그냥 주머니에 넣는,

영주　　200번 버스 타고 여기 다시 올 거야. 지울 거야. 그리고 서울 가면, 너 다
　　　　신 안 봐.

　　　　그때, 버스가 오고, 영주와 현, 올라타는, 선미, 한쪽 좌석에 앉아 놀러 갔
　　　　다 왔는지, 사복 차림으로 졸고 있는, 영주, 현, 선미를 못 보고, 앞쪽에 앉
　　　　는,
　　　　버스 움직이고, 영주, 창가를 보다가, 맘이 불편한, 주머니에서 아기 사진을
　　　　꺼내 가만 보는데, 속상하고, 어쩔 줄을 모르겠는,
　　　　그때, '아' 하고 배 감싸는, 태동이 느껴지는, 그리고 아기 심장 소리가 이펙
　　　　트로 들리는, 영주, 아픈지 이를 앙다물고 사진을 주머니에 넣는데, 또다시
　　　　태동이 느껴져 '아' 하며 움찔하는, 아기 심장 소리 더 크게 빠르게 들리는,
　　　　영주, 힘들고 혼란스런 그 얼굴 위로,

현　　　(걱정, 영주 보며) 영주야, 괜찮아?

　　　　그때, 갑자기 버스가 크게 덜컹하며 흔들리는, 이내 어디선가 쿵 소리가
　　　　나며, 시끄러운 소리(소화기가 뿜어져 나올 때 나는 소리)와 연기가 차오
　　　　르며 금세 버스 안이 뿌옇게 되는, 승객들, 웅성이며, '뭐야, 뭐야? 기사님
　　　　왜 그래요, 버스가?' 하며, 더러 기침하는, 현, 놀라, 영주를 보호하려 안는,
　　　　그런 영주와 현의 그림 위로, 기사 말소리 들리는,

기사　　(계기판 보면서 가며, 당황한) 아무 이상 어신디, 무사 영 햄시니?
영주　　(구토가 나는, 숨이 막히는, 콜록대는데, 귓가에서 아까 들었던 심장 소리
　　　　가 연속적으로 들리고, 힘든)
현　　　(안쓰레 영주 보며) 영주야, 영주야? (다급하게) 기사님 차 좀 세워주세요!
승객들　(놀라) 기사님 차 세워요!
기사　　(도로 상황 보며, 차 세우려 바깥 보면, 뒤의 차들이 경적을 울리고, 차를
　　　　세우기가 힘든 상태, 다급하게) 차가 많잖아요! 기다립서!
영주　　(점점 더 숨 쉬기가 어려워지고, 헉헉대는 숨이 가빠지며 애기 심장 소리

가 점점 더 크게 들리는, 힘든) 차 좀 세워주세요.. 저 임산부예요.

현　　(속상해, 큰소리로) 차 좀 세워주세요!

영주　(너무 힘든, 버럭) 저 임산부예요! (하고, 구토하고)

선미　(자다 일어나, 영주 보고) ?

현　　(울 것 같은, 힘든) 여기 임신부 있어요! 전 애기 아빠예요! 세워주세요!

승객들　(현과 영주 보고)

기사　(현에게, 버럭대며, 당황) 알았쪄! 기다려! 소화기가 충격 땜에 터진 거난, 당황하지 말고, 별일 아니여이!

현　　(구토하는 영주 때문에, 그 소리가 안 들리는, 속상해, 버럭) 차 세워주세요!

기사, 차를 휙 몰아, 갓길에 세우는,

* 점프컷 》

버스 문 열리고, 현, 영주, 뛰어내리고, 영주, 한쪽에서 토하는, 현, 영주의 등을 두드리는,

기사　(둘을 보며) 아이고, 참내... (하고, 가고)

선미　(차 안에서, 둘을 보며, 멍한) 헐!

3, 해안도로, 낮.

영주와 현, 해안도로를 터덜터덜 걷는, 비가 내릴 듯 말 듯한 날씨다,

영주　(가다, 하늘 보고, 한숨 쉬고) ...아빠들한테 어떻게 말하냐? (가며, 현 보고) 니네 아빠 주먹 세지?

현　　셀걸.

영주　개맞다 죽지 마라.

현　　(담담히) 어.

영주　(앞 보며, 담담한) 우리 선배 언니는 임신 중단하고도 잘 살던데.

현　　(멈춰 서며, 편하게 웃으며) 애 낳고도 잘 살 수 있어. 그 선배한텐 아마 나 같은 남자가 없었을걸?

영주	(보는, 조금 감동한)
현	(수줍지만, 짐짓 밝게 웃으며) 너한텐 내가 있잖아.
영주	(눈 흘기면서, 믿지 않게 작게 웃으며) 변하지 말기. 나 진짜 너만 믿고 직진한다.

그때, 비가 한 방울씩 떨어지기 시작하고, 문득 발아래를 보면, 현, 신발을 거꾸로 신고 있는,

영주	(픕, 하고 어이없어 웃음이 터지는) 야, 너 신발 거꾸로 신었어?
현	(신발 보고, 웃고, 제대로 신는데)

비가 점점 거세지는, 영주, 하늘을 한번 바라보다가 배를 보면, 배가 젖어 있는, 그제야 편하게 웃음이 나오는, 손으로 작은 우산을 만들어 배 위에 씌워주는, 그 모습을 보고, 현, 영주 머리에 손을 얹어 우산을 만들어주고, 볼에 입맞추는데, 그때, 옆 도로에 은희 트럭을 몰고 가다가, 둘을 보고, '뭐야?' 싶은, 룸미러로 자세히 보며, 운전해 가며,

은희	(어이없는, 놀란) 어머머머, 저것들이, 길거리에서 뽀뽈 해대고.. 무슨 짓이라! 아이고... 지 아빠들 알면 난리 나겠.. (순간, 생각나는) ..산, 부, 인.... 과.. ... (임신까지 생각이 뻗치는, 입을 벌리고, 고개 젓다, 백미러로 영주, 현 보며, 심각하게 걱정) 설마? 저 애기들이.. 설마...

＊ 점프컷 - 룸미러 》
현, 웃옷 벗어 영주의 머리에 씌워주고, 영주, 현, 둘이 손잡고, 웃으며, 걸어가는, F. I.

자막 : 동석과 선아 1

씬2.   거리 + 달리는 선아의 차 안 + 유치원 앞, 낮.

선아(깨끗하고, 이쁘게, 차려입고, 편한 얼굴로, 운전해 가는), 차를 몰고, 유치원 앞에 차를 세우고, 백에서 립글로스 꺼내 이쁘게 바르고, 차에서 나가는, 아이들 유치원에서 나와 유치원 버스에 오르는, 더러는 엄마들이 기다렸다, 아이들 데려가고, 선아, 차에서 나와, 벽 쪽에 숨어 있다, 열이가 나오면, 환한 얼굴로 가서, 열이 몰래 뒤에서 덥석 안는,

열   (보고, 밝게, 큰소리) 엄마다!

        ＊ 점프컷 – 달리는 선아의 차 안, 낮 》
        열이(뒷좌석, 베이비시트에 안전하게 탄)와 선아, 즐겁고 신나게 율동까지 하며 동요 '바나나차차'를 블루투스로 틀어놓고 부르는, 가사 중, '사랑해요, 사랑해요' 할 땐 열과 선아, 룸미러로 서롤 보며 서로에게 손가락 하트를 만들어 보이는, 선아, 운전하면서도, 열이의 흥을 깨지 않으려 최선을 다하지만, 목에 땀이 맺힌 게 몸이 불편한 듯한(정신적인 공황 같은), 열이 웃고 선아 보고, 선아, 앞 보는데, 갑자기, 옆에서 차가 확 끼어들고, 선아, 놀라, 그 와중에도 열일 보고, 차를 돌리는데 뒤에 차가 와서 쾅 하고 박는, 선아, 핸들에 머릴 세게 부딪히는,

씬3.   선아의 집 안, 다른 날, 낮.

        선아(이마에 상처가 난 게 보이는), 평상복 차림으로 조급하게 설거지를 하는, 어두운 것은 아닌, 뭔가 다부진, 손은 빠르게, 설거지를 거품이 있는 수세미로 문지르면서, 맘을 다스리려, 가끔 심호흡을 하며, 눈은 싱크대 쪽의 시계를 보는,

        ＊ 점프컷 – 시간 경과 》
        선아, 창문을 열고, 청소기로 집 안을 열심히 청소하는,

        ＊ 점프컷 – 시간 경과 》
        집의 물건들을 걸레로 깨끗하게 닦다가, 잘 정돈된 열이 방으로 가서 커다

란 장난감 바구니를 끌고 와, 거실 한쪽에 놓는,

씬4.　화장대 앞, 낮.

선아, 샤워한 모습으로 옷을 단아한 평상복으로 갈아입은, 입에 립글로스를 바르는, 그때, 초인종 소리가 나고, 선아, 문 쪽 보고, 일어나, 옆의 손수건으로 땀이 안 보이게 닦고는, 짐짓 편하게,

선　아　네, 나가요! (하고, 옷차림 한 번 더 보고, 나가는)

씬5.　열의 방 안, 낮.

선아, 불안함이 있지만, 짐짓 편하려 하며, 문 열며,

선　아　이 방이 열이 방이에요.
가사조사관　(여, 50대, 차분하고, 따뜻한 느낌, 차분한 양장 차림, 이후 조사관, 편하지만, 예리하게, 둘러보며) 아이고 너무 이쁘다... 아이 방을 아주 이쁘게 잘 꾸며 놓으셨네요. (하면서, 한쪽에 태훈과 열이의 사진이 있는 것을 보는)
선　아　아이가 아빨 잊지 않게 하려고 아빠 사진은 그냥 뒀어요.
조사관　(편하게) 협의이혼은 순조로웠나 봐요.
선　아　네.
조사관　(침대며, 책상(책이 퍼져 있는)이며를 보고) 이혼하신 게,
선　아　이혼한 진 육 개월 됐어요. 차 사고가 나서, 애기가 아빠한테 간 진 2개월 됐구요.
조사관　아.. 근데도 좀 전까지 애기가 이 방에 있었던 것처럼 따뜻하고 정갈하네요. (핸드폰 꺼내며) 사진 좀... (하며, 방 안 사진을 찍는)
선　아　(조금 어색하게 웃으며, 짐짓 편하게) 열이가 언제든지 집으로 올 수 있으니까.

조사관   (사진을 찍으며) 민선아님이 퇴원하면 당연히 애가 집으로 올 줄 아셨을
        건데.. 이렇게 양육권 분쟁이 일어나, 당황하셨겠어요?

선 아   (조사관 안 볼 때, 초조해 손톱을 살짝 물어뜯다, 아차 싶어, 손을 뒤로 하
        고, 방 구경하는 조사관에게, 짐짓 밝게) 조사관님, 차 드릴까요?

씬6.   선아의 주방, 탁자, 낮.

    선아, 차를 타고, 조사관, 식탁에 앉아, 차분하고 예리하게 주변을 둘러보
    며, 말하는, 꽃에 눈이 가는,

선 아   (차를 타며, 짐짓 편하게, 조사관 안 보고) 열이랑 열이 아빠는 만나고 오
        셨어요?

조사관   (꽃 보며, 선아 보고) 네.

    ＊ 점프컷 - 회상, 플래시백, 태훈의 본가, 마당이 있는 따뜻한 느낌의 큰 집 》
    태훈과 조사관이 거실 창에서 마당 한쪽을 보고 있는, 열, 마당의 모래상
    자에서 장난감 트랙터에 삽으로 모래를 담으며 놀고 있는, 따뜻한 느낌의
    할아버지 할머니가 옆에서 같이 노는, 열, 재밌는 듯, 깔깔대고 웃다가, 태
    훈 보고, 웃고, 태훈, 웃으며, 열이에게 손을 흔드는,

    ＊ 점프컷 - 선아의 거실 》

선 아   (차를 가져와, 꽃을 보는 조사관 앞과 제 앞에 두고, 앉으며, 차분히) 열이
        가 꽃을 좋아해요.

조사관   (꽃 보던 시선 거두어 선아 보고, 따뜻하게 웃으며, 가방에서 노트를 꺼내,
        차를 마시고) 저는 가사조사관으로서 판사님이 양육권 소송을 맡아 판결
        하시기 전에 두 분의 원만한 합의가 이뤄질 수 있도록 조정하는 역할을 맡
        고 있어요.

선 아   (얼굴은 애써 편하게 하려 하지만, 식탁 밑 무릎 위에 올려놓은 손은, 긴장
        해, 깍지를 낀, 땀이 나는지, 가끔 손을 풀어, 무릎에 닦으며, 말꼬리 자르

조사관	며) 판사님이 판결하실 때, 조사관님의 의견이 중요한 거 알고 있어요.
조사관	민선아님, 가사조사관으로서, 몇 가지 민감한 질문을 좀 드릴 수밖에 없는 거, 양해 바래요. 남편이 양육권을 되찾고 싶어 하시는 건 아실 거고.. 이혼 당시, 주된 이혼 사유가?
선아	성격 차이요.
조사관	(따뜻한, 걱정) 아이 아빠는 말씀이 다르던데..

* 점프컷 - 태훈의 본가, 선아와 교차씬 》
태훈, 조사관 주방 쪽 테이블에 앉아 말하는,

태훈	(맘이 불편한, 그러나 담담히 말하는) 전 아내의 우울증보다 아내가 우울증을 극복할 의지가 없는 게 더 힘들었어요. 결혼 후, 칠 년간, 줄곧, 우울증으로 아일 방치했구요.
선아	(가만 보며, 맘 아파도, 차분하려 하며) 제가 우울증을 극복할 의지가 있는지, 없는진, 남편이.. 알 수 없죠. 전 모든 우울증 환자가 그렇듯, 이 병을 극복하고 싶은 의지가 있어요. 이혼 담당 판사님도 그래서, 제게 양육권을 주신 거고. 이젠 제가 되묻고 싶네요. 아일 방치했다고 느꼈다면 이혼 당시 양육권 소송은 왜 안 했는지...
조사관	(노트에 적는, 다시 고개 들어 태훈을 보는)
태훈	제 실숩니다. 아인 엄마랑 있는 게 나을 거라고 생각한.. 차 사고 같은 게 날 거란 생각 못 했어요. 아낸 자신이 병을 나을 의지가 있다고 말하지만, 아니요. 차 사고가 난 날도 아낸 약을 안 먹었을걸요.
선아	(서운해, 눈가가 살짝 붉어지는, 애써 담담히) 그날은 약을 먹어서, 그렇게 된 거예요. 병원에서 새 약을 받았는데, 적응이 안 돼서. 증명할 수 있어요. 병원 서류가 있을 테니까.
태훈	만약 새 약을 먹었다면, 운전해선 안 됐어요.
선아	(맘 아픈, 할 말이 없는, 눈가 붉은, 입술 안쪽을 살짝 무는) ...
조사관	(자신의 가방에서 태블릿 피시를 꺼내, 동영상 하날 틀어 선아에게 주며) 애기 아빠가 주신 예전 집 안의 씨씨티브이 영상이에요. 이 동영상에서 열이가 왜 혼자 있는지, 설명해주시겠어요?
선아	(맘 아프지만, 참고, 영상을 보는)

* **점프컷, 인서트 – 시시티브이 영상 》**

열, 텔레비전의 어린이 프로를 보고, 노래 부르며, 놀다, 방에 가서 '엄마, 엄마'를 부르다(선아가 방에서 자고 있었던 것), 다시 방에서 나와, 냉장고 문을 열고, 우유를 먹다, 시간 경과해 밤이 되면, 불 켜진, 어질러진 거실에서 아무렇게나 자고 있는,

조사관	전남편분의 말은 이때, 민선아씬 방에서 자고 있었다고… 이런 날이, 종종,
선 아	(맘 아픈, 피시를 테이블에 놓으며, 맘 아파도 자신이 있는) 한 달에 한두 번.. 증상이 심해질 때.. 다른 날은, 같이 놀고 같이 밥 먹고 같이 잤어요. 녹화된 거, 증거로 제출할게요.
조사관	(선아 보며) 아이가 유난히 애착하는 물건이 있나요?
선 아	(팔짱 끼고(팔뚝을 만지는 손이 불안한), 조사관만 보며, 담백하게 말하려 하는) 네.
조사관	뭐죠?
태 훈	(대뜸 말하는) 장난감 트랙터요.
선 아	(생각하는) …트랙터도 좋아하지만.. 제가 애기 때 사 준 포니 노란 컵(말이 그려진 노란 컵)을 더 좋아하는 거 같아요. 열이가 유치원에도 가지고 다녀서, 사고 당일 날도 열이 가방에… 열이가 병원에서 바로 아빠 집에 갔으니까, 컵도 아빠 집에 있을 거예요.
조사관	(편하게) 아까 열이한테 물으니까.. 열인 자기가 젤 좋아하는 물건이.. (주방 쪽 컵을 보며) 저 노란 컵이라든데..
태 훈	(고개 돌려, 아이의 낡은 노란 컵을 보는)
조사관	애가 제일 싫어하는 건,
선 아	밤에 어두운데, 불 끄고 자는 거요.
태 훈	불 끄고 자는 거요.
조사관	(따뜻하게) 본론으로 들어가죠. 왜 아빠가 꼭 아일 키워야 하나요?
태 훈	엄마가 불안정한 상태에서 아이가 늘 위험에 노출되어 있으니까, 제가 밖에서 편하게 일을 할 수가,
조사관	(말꼬리 자르며, 차분히 그러나 정확히 말하는) 아이의 안전보다, 아빠의 일이, 우선시되는 것처럼 들리는데.. 그냥 지금 말씀하신 대로 적어놓을까

요? 재판에 영향을 주는 내용이라...

태훈   (난감하지만, 이내 말하는) 아낸 경제력이 없어요.

선아   일자릴 구할 생각이에요.

태훈   칠 년간 경력 단절된 아내가 일자릴 구하긴 쉽지 않을 거예요.

조사관   (노트에 적으며, 선아에게) 엄마가 아일 데려오고, 일자릴 구하시면, 아이
       는 누가 돌보나요?

선아   (맘 아픈, 불안해지는, 참고) 낮엔 놀이방에 보내야 하지만, (집을 둘러보
       며) 이 집을 좀 작게 줄이고.. 제가 일을 파트타임으로 하면... 아이랑 있을
       시간이 더 많아질 거예요.

태훈   아낸 어머니가 계시지만, 재혼하셨고, 재혼하신 분이 아픈 상태라 도움을
       청할 수가 없는 상태예요. 근데 여긴 건강하신 할머니 할아버지가 늘 계시
       고,

조사관   그럼 아이 양육의 대부분은 아빠가 아니라, 조부모님이 주로 담당하시겠
       네요?

태훈   (물을 마시는, 맘 아파도 단호한) 열일 위해 이보다 더 좋은 환경은 없습니
       다.

조사관   (안쓰럽게, 선아를 보며) 마지막으로 물을게요. 왜 엄마가 꼭 아일 키워야
       하나요?

선아   (눈가 붉어, 이를 앙다물고, 애써 힘든 걸 참으며, 담백하게 말하려는) 전
       열이 없인.. 못 살아요. 전 열이가 ...있어야, 살 수 있어요.

조사관   (걱정되고, 안쓰럽게 보며, 차분히, 진지하게) 다시 질문드릴게요. 엄마에게
       아이가 중요한 건 제가 충분히 알겠는데.. (강조) 아이는.... 엄마 아빠 중,
       누구랑 사는 게 가장 좋을까요?

태훈   (담담히, 확신에 찬) 저요.

선아   (말하기 힘든, 눈물 나는, 조사관을 보기만 하다, 어렵게 말하는) ...저요.

조사관   (태블릿 피시를 다시 켜며, 진지하고, 차분히) 제가 아이한테 한번 물어봤
       어요. 열이가 엄마, 아빠를 어떻게 생각하는지... 들어보실래요? (하고, 태
       블릿 피시를 선아에게 주는, 선아를 공감해 맘이 좀 아픈, 애써 담담히)

선아   (태블릿 피시 받아, 동영상을 켜고, 보는, 화면 속 열이 보고, 눈물이 나려
       하지만, 애써 이를 앙다물고 참고, 동영상 주시해 보는)

* 점프컷 - 동영상 화면 》

열이와 조사관이 모래상자 앞에서 놀며 말하는,

조사관	(부드럽게, 열이에게 묻는) 열인 아빠를 생각하면, 기분이 어때?
열	(웃으며) 좋아!
조사관	아빠 열이한테..
열	(대뜸, 밝게) 친구!
조사관	아.. 그렇구나.. 아빠 친구구나. 그럼 엄만?
열	(환하게 웃으며, 보며) 엄만, (하는데, 화면 정지되는) ..

씬7.   고속도로, 같은 날, 밤.

    선아, 자동차를 몰고, 맘 아프게 울며, 빠르게 운전해 가는,
    '바나나차차' 동요를 틀어놓고 가는,

씬8.   목포시장 일각, 어두운 새벽.

    장이 막 시작하는 느낌이다, 손님이 없는,
    동석, 선 채로 리어카 순두부 장수에게서 펄펄 끓는 순두부를 한 그릇 받아, 간장 넣고, 후루룩 마시는, 뜨거워하면서도 허겁지겁 잘 먹는, 더러 상인들, 순두부를 먹는,

    * 점프컷 - 대장간 》
    동석, 대장간에서 이런저런 물건들을 들어보고, 주문하는, 주인, 물건 정리하는,

주인	장도 다 안 섰는데.. 부지런도 하다..
동석	(진지한, 머리가 산발인) 호미 20개, 낫 20개, 도끼는.. 5개. (하며, 망치도 들어보고, 손에 잡아보며) 이건 안 보던 거네..

주 인 그건 비싸. 섬에 사는 할머니 할아버지들한텐 (다른 걸 주며) 이게 싸.

동 석 (어이없게 보며) 섬에 사는 할망 하루방은 ..뭐 좋은 망치 쓰면 안 돼요? 얼만데?

씬9. 목포 여객 터미널 + 배 안 자동차 선박장, 새벽.

동석, 트럭을 배에 실으려 하며, 선원과 인사하는,

선 원 (반갑게) 물건 하러 왔구나?

동 석 뭐든 값이 너무 비싸요! 이 짓도 못 해먹겠어. (하고, 차를 배에 주차하는, 그리고 나와서, 뒤에 오르는 선아의 차를 못 보고, 뱃머리로 가는)

＊ 점프컷 》
선아(앞에 뱃머리로 가는, 동석일 못 본)가 차를 움직여 배에 차를 싣는,

씬10. 배 안 자동차 선박장 + 선아의 차 안 + 뱃머리 난간 + 선실 매점, 새벽.

선아, 차 안에서, 차를 잘 주차해놓고, 앞으로 어떻게 해야 하나 막막하게 생각 많게 앉아 있는, 너무 처지진 않은,

＊ 점프컷 – 인서트, 피시 화면, 열이 밝은 얼굴에서 정지되어 있는, 회상 》

＊ 점프컷 – 회상 》

선 아 (피시를 보며, 울음이 나는, 손수건으로 눈물 닦고, 피시를 조사관에게 주며, 애써 담담한 척) 아이가 지금 이렇게... 말한 게.. 판결에 영향을 줄까요?

조사관 (피시를 받고, 가방에 피시를 넣으며, 선아를 차분히 보며) 아마도.. 판결의

가장 우선순원, 아이와 부모의 애착 관계니까요.

선 아   .. (눈을 조사관에게서 안 떼고, 눈가 붉어, 짐짓 불안해도 깔끔하게) 제
가.. 불리한 거죠?

조사관   (안쓰레, 그러나 담백하게) 재판일 정해지면, 연락드릴게요. (하고, 가방을
챙기는)

그 그림 위로, 선원이 선아의 차 문을 두드리는 쾅쾅 하는 소리 들리는,

∗ 점프컷 – 선아의 차 안, 현재 》
선아, 운전석에 앉아 있는,

선 원   손님, 나오세요! 차에 계시면 안 돼요?!

선 아   (그제야 선원 보고, 가방을 챙겨, 나와, 배의 뱃머리로 가서, 서는, 동석과
조금 멀리 떨어져 있는)

동 석   (바다를 등지고 난간에 기대서서, 핸드폰에 문자 찍는, 물건 산 걸 정리하
는 듯한, 혼자 구시렁) 망치, 이십 개, 도라이버 열 개, 시멘트용 못 두 상자,
나무용 못 세 상자.. 건전지는 크기별로 각 열 상자씩... (하고, 뭘 더 샀나
싶어, 주머니의 영수증을 꺼내다, 무심히 느낌이 이상해, 옆을 보면)

선 아   (막막한 얼굴로, 배 난간에 서서, 바다를 보고 있는)

동 석   (순간, 정지되는, 피곤해 잘못 봤나 싶어, 눈을 껌벅이고, 다시, 선아를 관
찰하듯 보는)

선 아   (동석을 못 보고, 그냥 바다만 보는, 앞으로 어떻게 해야 하나 싶은)

동 석   (이건 뭐지 싶은, 저게 여길 왜 왔나 싶다, 스멀스멀 화가 나는, 깊게 한숨
을 쉬고, 모른 척하자 싶어, 영수증과 핸드폰을 주머니에 넣고, 배 안으로
들어가, 선실 매점 직원에게, 돈 주며) 두유.

직 원   (두유 주면)

동 석   (선실 온돌방에 누워, 천장 보며, 두유를 빨대로 쪽쪽 빨아 먹고, 다시 핸
드폰을 꺼내 주문 내용을 적는) 몸빼 바지는 총 백 벌.. 그리고, (하고, 다
시 영수증을 꺼내 보는, 집중하려 하지만, 선아 때문에 맘이 불편한)

씬11. 배 안, 낮.

선장 (E) 이 배는 최종 목적지인 제주항에 도착했습니다. 이 배는 최종 목적지 인 제주항에 도착했습니다. 승객분들께서는 잃어버리신 물건 없이 하선해 주십시오. 즐거운 여행 되시기 바랍니다. 감사합니다.

선아, 제 차 운전석에 앉아, 차를 빼려 하는,
그때, 동석, 신실에서 나와 선아의 차를 (선아의 차인지 모르는) 지나쳐, 제 차로 가, 운전석에 앉아, 시동 걸다가, 백미러로 보면, 선아가 차를 운전하 며, 좌우를 살피며, 동석의 차를 앞질러 가는 게 보이는,
동석, 답답한, 모른 척하자 맘먹고 차를 빼는,

씬12. 제주항, 낮.

동석, 차를 빼서, 제 갈 길을 가는, 길에 선아의 차가 이미 가고 없는,

씬13. 한적한 도로, 낮.

동석, 한참을 그냥 차를 운전해 가는데, 멀리 선아의 차가 고장 났는지, 갓 길에 서 있고, 선아, 잠시 후, 답답하고 난감한 얼굴로 차에서 나와, 도움을 청하려는지 차가 오나 싶어 주변을 보는,

* 점프컷 - 동석의 차 안 》
동석, 무표정하게, 선아를 봤지만, 아랑곳없이 길에서 비키라는 뜻으로 경 적을 빵빵 울리는, 선아, 동석의 차인 줄 모르고, 동석의 차에 대고, 소리 치는,

선아 도와주세요!

＊ 점프컷 》

동석의 차, 그냥 빠르게 지나쳐 선아의 시야에게 멀어지는,

＊ 점프컷 》

선아, 가는 동석의 차(동석인 줄 모르는)를 보고, 난감한, 길가를 보는데, 차가 없는, 차에 기대, 핸드폰에서 자동차보험사를 찾아, 전화를 거는,

자동음성　(E) 감사합니다, 영원자동차보험입니다. 지금은 통화량이 많아서 연결이 지연되고 있습니다. 잠시 후, 다시 걸어주시기,

그때, 핸드폰 배터리가 끊기는, 선아, 다시, 핸드폰 전원을 켜지만, 안 되는, 선아, 난감한, 어떻게 해야 할지를 모르겠는, 머리카락을 쓸어 올리고, 어떻게 하지 싶은, 그때, 차 소리가 요란하게 들리고, 동석의 차가 빠르게 반대편차선으로 와서, 서는, 동석, 차 문을 열지도, 내리지도 않는, 그냥 선아를 지켜보는, 화난 듯도 하고, 무표정하기도 한(차마 고장 난 차 앞에 있는 선아를 두고 갈 수 없어 온 것),

＊ 점프컷 》

선아, 동석의 차를 발견한, 도로에 차가 오나 확인하고, 반대편 동석의 트럭 쪽으로 걸어가는,

＊ 점프컷 》

동석, 앞만 보고 있다가, 잠시 생각하다가, 차 문 열고 나가는,
선아, 차도 중간쯤 오다가, 차에서 내려 서 있는 동석을 보고 순간 멈춰 멍한,

동　석　(선아를 가만 꼬나보듯 보는, 별 표정이 없는)
선　아　(가만 동석을 보는, 맘이 쿵 하면서도, 난감하고, 짠해지는)

그때, 차가 빠르게 오고,
동석, 재빠르게, 뛰어가, 선아의 팔을 잡아, 자기 쪽으로 당기고, 선아를 안

전하게, 그러나 거친 듯도 하게 길가 쪽으로 잡아끌고 팔 놓고, 꼬나보며,

동석   (툭 말하는) 정신이 없어. 차도에 서서. (하고, 선아의 감정 아랑곳없이, 선아의 차로 가서, 문 열고, 차 안을 살피면, 차의 배터리가 없어, 계기판이 꺼진, 차에 키가 꽂혀 있는, 시동을 걸어보지만, 안 되는)

선아   (그사이, 동석에게 와서, 어색하지만, 담담하게) 밧데리가 나간 것 같아..요.

동석   (선아의 차 문 닫고, 선아를 보는, 얘는 인사도 못 하나, 뭐 이런 애가 있나 싶은, 맘에 안 드는, 그러다 그냥 차로 가는) ....

선아   (가는 동석의 등에 대고) ..도와.. 주세요.

동석   (가다, 돌아보며, 불편하지만, 무심한 듯, 툭) 싫은데. (하고, 제 차에 타는)

선아   (그런 동석을 보며, 어렵게 부탁하는) 전화라도 좀.. 밧데리가 없어서.

동석   (차에 타, 차 창문 열고 선아 보며, 무뚝뚝하게) 너 나 몰라?

선아   (맘 불편한, 가만 보다) ... (툭) 알아.

동석   (어이없게 보며, 툭) 아... 알아?.. 아는데... 안녕하세요? 잘 지냈어? 인사도 안 하냐, 싸가지야? (하고, 차를 몰아 가는)

선아   (가는 동석의 차를 불편하지만, 덤덤하게 보는, 이내 사라진 동석의 차 쪽을 보다, 다시 자기 차로 가서, 차에 기대, 주변에 차가 오나 보는, 맘이 답답한)

그때, 동석의 차가 다시 선아의 앞을 지나가고, 선아, 동석의 차를 눈으로 쫓는, 그러나 동석의 차, 다시 시야에서 사라지더니, 몇 초 후, 동석, 차를 돌려 와, 선아의 차 앞에 제 차를 마주 보게 세우고, 동석, 차에서 나와 제 차와 선아의 차 보닛을 열고는, 제 차에서 배터리 연결선을 꺼내 배터릴 충전하면서, 주머니에서 물병을 꺼내 물을 마시는, 선아, 불편하지만, 되도록 담담하려(?) 차분히, 동석 안 보고 배터리만 보는, 동석, 물을 다 마신 후, 물병을 트럭 안에 던지고,

동석   (덤덤히, 툭) 차에 들어가 시동 걸어.

선아   (차에 들어가 시동을 걸면, 걸리는)

동석   (배터리 연결선을 뽑아, 정리하며, 운전석의 선아에게로 가서, 답답한 듯)

이렇게 밧데리 충전하고 나선 차 중간에 절대 멈추지 않아야 되는 거 알지?

선아   (미안하고, 어색한) ..어.

동석   (툭툭, 무덤덤히) 직진해 이삼 킬로 가면, 주유소 있어. 거기서, 다시 충전해. (하고, 제 차로 가는)

선아   고마워.

동석   (아랑곳없이, 그냥 차에 타 운전해, 가버리는)

선아   (가는 동석 보다가, 운전해 가는, 동석을 만난 게 맘이 좀 어색하고, 불편한, 그러나 싫은 느낌은 아니다)

* **점프컷** 》

동석, 운전해 가는, 화가 난 듯한, 입을 굳게 다문,

동석   (E) 손님... 술을 많이 드셨나 봐요?

씬14. 7년 전 회상, 서울 한강 다리 위, 밤.

동석, 룸미러로 선아를 가만 보며, 짐짓 담담히 운전하는, 대리운전 하는 느낌, 선아의 차를 몰고 가고 있고, 선아는 술에 취해, 창밖 보며, 뒷좌석에 앉아 가는,

동석   (이미 선아를 알지만, 모르는 척, 담담하고, 복잡한 듯) 나중에도 대리 쓸 일 있으면 전화 주세요. (주머니에서 명함을 꺼내(이동석이라 쓰여진) 운전대 앞에 두고) 회사에 전화하셔서, 저 찾으시면 나중에 대리비 깎아드릴게요.... (룸미러로 선아를 보며, 짐짓 담담히) 전.. 이동석이에요.

선아   (룸미러 보며, 술이 좀 취한 듯, 담담한, 별 표정 없이) 네. (하고, 창가 보는데, 전화가 오는, 핸드폰을 꺼내 보면, 태훈이라고 적힌, 그냥 주머니에 넣는)

동석   (룸미러로 선아를 보며, 모르는구나 싶어, 조금 실망한, 앞만 보며, 짐짓 편하게) 직장이.. 강남역 근처신가 봐요? ..실례지만 ...뭐 하세요?

선 아   (고개 돌려 다시 룸미러로 동석 보는) ...

동 석   (운전만 하며) 지금 가는.. 합정동이 집이세요? ..결혼은... 하셨어요? 나이
         가 결혼하실 나이긴 한데.. (룸미러로 조금은 술 취해, 자신을 담담히 보는
         선아를 보며, 기억나게 해주려는) 나는... 고향이 제주예요. 고삼 때...

         ＊ 점프컷 – 폐가 전경 + 안, 회상 속 회상 》
         선아(중3), 교복의 앞 단추를 여미고 있는(옷을 벗었다(?) 입는 듯), 슬픈,
         막막한, 무표정한 것도 같은,

동 석   (E) 일이 있어서 서울로 올라왔어요.

         ＊ 점프컷 – 선아의 차 안, 7년 전 회상 》

동 석   ..제주... 가봤어요?

선 아   (룸미러로 동석을 가만 보기만 하는) ....

동 석   제주 ..안 가봤어요?

선 아   (가만 보다(이미 알고 있었지만, 내색 안 했던 것), 따뜻하게 피식 웃으며)
         .... 오빠.. 오랜만이야.

동 석   (가만 그런 선아를 보다가, 피식피식 웃음 나는) ...기억... 하네, 날.

씬15. 도로, 다른 길, 낮, 현재.

         동석, 운전하며, 백미러 보면, 뒤에 선아의 차가 주유소로 들어가는 게 보
         이는,
         동석, 운전해 가며, 화를 참으려 해도 화가 나는, 그런 동석의 얼굴 위로,
         칠 년 전 동석의 회상이 이어지는(2부 프롤로그 부분 이전과 이후),

씬16. 7년 전 회상, 노래방 안, 앞에 과거와 다른 날, 밤.

동석, 선아, 즐겁게 노랠 부르며(거북이의 비행기 같은), 춤을 추며, 의자 위에서, 신난, 동석, 탬버린을 치며, 신난,

씬17. 7년 전 회상, 거리(씬16과 다른 날), 밤.

선아(치마 입은)와 동석, 웃으며 영화 얘기 하며 걸어가는, 동석, '야, 홍콩 배운 무조건 주성치야. 블루스 리 담에 주성치! 너 소림축구 봤어?! 거기서, 주성치가 볼 넣고, (표정 흉내 내며) 이러는 거?!' 하며, 선아에게 말하는, 선아, 그런 동석이 너무 웃겨, 깔깔대다가, 주저앉아, '아우, 배야, 어우, 배야!' 하며 웃는,
동석, 웃으며 선아를 '야야, 왜 그래? 추접하게 길거리에 앉아서..' 하며 일으켜 세우려 하면, 지나가던 건달 같은 남자들, 선아를 향해 휘파람을 휙 하고 불고 가면서, '아가씨, 빤스 보여!' 하는,
동석, 선아를 일으켜 세우다, 화가 나 다짜고짜 남자들에게 가서, 주먹을 휘두르고, 선아, 놀라, 가서, 동석을 말리는, 동석, 아랑곳없이, 남자 둘을 무차별하게, 패는,

씬18. 7년 전 회상, 선아의 결혼 전 집 안 + 복도, 밤.

동석, 턱이 터진 채 선아의 집 안을 구경하는, 아담하고, 이쁘고 정갈한, 주방으로 가서, 이쁜 식기들을 들어보는, 그러다 식탁 한쪽 보면, 선아와 태훈이 다정하게 찍은 사진이 있는, 이건 뭐지 싶은, 그걸 들어서 보는데, 선아, 평상복 차림으로 방에서 나와, 냉장고 열며,

선아   (편하게) 맥주?
동석   (사진을 자리에 놓고) 소주.
선아   안 돼, 맥주 각 일 병. (하고, 냉장고에서, 맥주를 두 개 꺼내 하난 동석에게 주고, 하난 식탁에 놓고, 약상자를 가져와, 식탁에 앉으며) 여기 앉아.
동석   (맥주를 따고, 앉으면)

선 아	(자기 턱을 내밀며) 턱을 이렇게.
동 석	(턱을 내밀면)
선 아	(턱에 약을 발라주는)
동 석	(무심히, 툭) 남자 있어?
선 아	(무심히) 없어.
동 석	(무심히, 식탁의 사진 보며) 근데 사진은 뭐야?
선 아	(반창고를 발라주며, 무심히) 헤어진 전 남친.
동 석	헤어진 놈 사진을 왜 둬. 버리지?
선 아	(가볍게) 또 만날 수도 있으니까?
동 석	헤어졌음 그만이지. (하고, 사진을 손으로 엎어버리는)
선 아	(웃고, 맥주 캔 따며, 편한)
동 석	(불쑥 아무렇지 않게) 나, 오늘 여기서 자고 갈까?
선 아	(맥주 한 모금 마시며) 안 돼. 방 없어.
동 석	거실에서 자면?
선 아	(맥주 먹고, 창가 보며) 제주 바다 보고 싶다.
동 석	(술 마시려다, 안 마시고 놓고, 담백하게) 가자.
선 아	(어이없는 웃음) 어떻게 가나? 지금 제줄. 나 낼 출근인데.
동 석	바다가 뭐, 제주만 있냐? 강릉 가자?
선 아	(동석 보고, 다시, 창가 보며, 술 마시고) 차 정비소 들어갔다니까. 오빠 차도 없잖아.
동 석	(가볍게, 떠보듯) 내가 차 구해 오면, 갈래?
선 아	(가만 보다, 시계 보고, 고개 흔들며, 다시 단호히) 안 돼. 그러다 올라오는 길에 차 막혀서 출근 못 하면.. (하고, 맥주 마시다, 다시 동석 보며, 생각하는) 되나? 평일이니까?
동 석	(선아 보며) 차도 안 막히고, 될걸?
선 아	(긴가민가 싶은, 생각하는) 진짜 될까?
동 석	(말 떨어지기 무섭게, 핸드폰 들어, 친구에게 전화하고, 신호음 들리면, 옆에 뒀던 옷 들고 현관으로 가, 서둘러 신발 신고 나가며) 어, 규태야, 잠시만.. (하고, 선아에게) 준비해! (하고, 현관문 쾅 닫고 나가는)
선 아	(걱정스런, 현관으로 가서, 문 열고, 급히 가는 동석 보며) 오빠, 진짜 갈라구?

썬19. 7년 전 회상, 선아의 동네, 길거리, 밤.

　　　동석, 죽어라 뛰며, 전화하며, 소리치는,

동 석 이 새끼는.. 니 차가 무슨 똥차야?! 빌려주기 싫으니까.. 괜히... (사이) 됐어, 됐어, 굴러만 가면 돼, 알았어, 나중에 술 살게. 어어, 나, 곧 가, 알았어, 곧 가. (하며, 도로 쪽 보며, 뛰어가며) 택시!

썬20. 푸릉마을 은희의 창고 앞 + 창고 안, 낮, 현재.

　　　동석의 트럭, 은희의 창고 앞에 서는,
　　　창고 옆에서 염장 생선 만들던 은희, 옥동, 춘희, 혜자, 동석 보는, 옥동은 이내 다시 생선만 다듬고, 춘희와 혜자, 옥동과 동석 눈치 보는,

은 희 (옥동 눈치 보고, 동석에게) 와시냐?
동 석 (아랑곳없이, 트럭의 짐을 꺼내, 창고로 나르는, 선아 생각에 화가 나, 아무 소리도 안 들리는)
은 희 (동석 맘에 안 들게 보고, 옥동 안쓰레 보며, 일하는)
혜 자 에구.. 개가 물어갈 인간, 어멍 보고도...
춘 희 (답답한, 일만 하며, 혜자 팔로 툭 치고, 그냥 일하는)
옥 동 (덤덤히, 일만 하는)
동 석 (트럭에서 창고로 짐 나르는)

썬21. 7년 전 회상, 달리는 동해안 해변가, 밤.

　　　선아, 시원한 듯, 즐거운 듯, 오픈카에 몸을 내밀고 서서, 음악을 몸으로 느끼며, 시원하고, 밝은, 가끔 '바다다, 바다!' 소리치고, 바람과 음악을 느끼

는, 동석(턱에 반창고 붙인), 운전을 기가 막히게 부드럽고 강하게 하며, 차로 바닷가를 빙글빙글 도는,

＊ 점프컷, 교차씬 – 회상 속 회상(새로운 회상) 》

동석의 집 안(옥동이 재가했던 집, 좁은 방), 밤.
선아(중3), 비에 쫄딱 젖은 머리에 온몸을 이불로 감싸고 떨며 모로 누워 있고, 동석(고3, 얼굴은 여기저기 상처 난), 추리닝 바지에 반소매 러닝을 입은 채, 선아를 등 뒤에서 꼭 안고, 눈 감고 있는,

＊ 점프컷 – 7년 전 회상 》

동 석   (차를 멈추고, 자리에서 일어나 운전석의 등받이 머리맡에 걸터앉는)
선 아   (숨을 고르며, 흥분된, '우후~!' 하며, 조수석 머리 받침에 걸터앉아, 동석 보며, 고마운, 좋은) 너무 좋다.
동 석   (과거를 생각하다, 그런 선아를 가만 보다 선아의 입을 살짝 맞추고, 가만 있는)
선 아   ?! (황당하고, 어이없는, 뭐지 싶은, 3초 정도 생각하다, 몸을 뒤로 빼는)
동 석   …
선 아   (보다, 핸드폰 꺼내 전화하는) ..

씬22. 7년 전 회상, 한적한 국도 + 달리는 동석의 차 안, 밤.

동석의 차, 한적한 시내에서 국도를 타는,

동 석   (답답한, 애써 참으려 해도, 잘 안 되는) 오빠 오빠, 오빠 하지 마! 너랑 나랑 부모가 같아? 피가 섞였어? 살이 섞였어? 왜 내가 니 오빠야? 야, 나 남자야! 넌 여자고! 야, 너도 솔직히 내가 싫지 않으니까, 좋으니까, 맨 나 만나고 클럽 가 놀고, 이 먼 바다까지 나 따라온 거 아냐? 그래, 안 그래?
선 아   (어이없게, 빤히 룸미러로 동석을 보며) 내가?
동 석   (룸미러로 선아 보는, 어, 이거 봐라 싶은) ?

선아 ..오빠를?

동석 ?

선아 좋아해.. 서?

동석 (순간, 그 말이, 내가 너까짓 걸 좋아하겠냔 투로 들리는, 차 멈추고, 깊게 한숨 쉬고, 참담한, 웃음 지으려다 말고, 룸미러로 선아 보며, 참담함을 참고, 살짝 눈가 붉어, 툭툭 말하는) ..왜.. 너 같은 건, 나까짓 거 ...좋아하면 ...안 되냐? 그래?.. (새로 삽입된 부분, 차분하지만, 화난) 그런 거야? 왜.. 내가 못 배워서? 돈 없고, 가진 거 없어서? ..대학 안 나와, 고급진 너랑 말이 안 통해? ..어? ..어?

선아 (말하지 말자 싶어, 고개 돌려, 근처 살피면, 국도 번호 보이는, 핸드폰으로 전화하는, 신호음 떨어지면) 콜이죠, 여기, 서울 방면 국도 78번 입군데, 차 좀.. (하면서, 차에서 내려, 길가 한쪽 이정표 밑을 걸어가, 서며) 네, 교차로주유소 지나 일 킬로 정도 왔어요. 네네..

동석 (괜히 민망해 웃음 나는) 아, 진짜.. (하다가, 답답해도, 차 창가로 고개 내밀고, 이정표 앞에 서 있는, 선아에게 툭툭 말 거는, 답답해도 달래는, 큰소리 아니다) 야, 알았어, 알았어, 차 타.. 타. 안 건드릴게!

선아 (안 보고, 택시 기다리는, 길만 보며, 담담히) 안 타. 가.

동석 (속상한, 그만하자 싶은) 아, 그래, 그래, 말어, 그럼! (하고, 그냥 가는데, 좀 가다가, 차가 멈추고, 보닛에서 연기가 나는, 속상해, 나와서, 보닛을 열어보면, 연기가 나고, 그걸 만지려다가, 뜨거운, 손을 잡고, 손을 터는, 속상하고, 참담한, 차에 있는 생수통을 들어, 보닛에 붓는, 속상한)

    그사이, 택시가 와서 선아 쪽에 서고, 선아, 택시를 타고, 동석을 지나쳐 가는, 동석, 보닛 닫고, 차에 타 가려는데, 시동이 안 걸리는, 동석, 열받는, 화가 나, 주먹으로, 발로, 운전대를 마구 치는, 소리도 못 지르는, 그러다, 차에서 나와, 담배를 피워 무는데, 거꾸로 물고 불을 붙여, 담배에 불이 나는, 놀라, 담배를 버리고 발로 밟아 끄고, 차에 기대, 선아 간 쪽 보며,

동석 (울고 싶은, 간신히, 참고, 참담한) 아, 나쁜.. 년.. 또.. 당했네...

씬23. 은희의 창고 안, 현재, 낮.

동석, 화난 얼굴로 창고의 짐을 쌓는데, 한쪽의 짐이 와르르 무너지는, 동석, 화가 나, 짐을 바닥에 여러 개 내팽개치고, 나가는,

씬24. 푸릉마을 일각, 낮.

동석, 화를 삭이려는 듯 큰길을 걸어가는,

은희　(가는 동석 보고, 일하는)

동석, 걸어가는데, 그 옆을 선아의 차가 스쳐 지나가, 푸릉리로 들어와, 은희 창고 근처에 차를 세우고, 차에서 내려 주변을 보다, 건물 이층의 민박집을 발견하고, 간촐한 가방을 트렁크에서 빼, 민박집으로 가는, 옥동 춘희 은희 혜자, 선아를 보는, 동석과 선아, 둘 다 제 생각에 빠져 서로를 못본,

혜자　여자 혼자 여행을 와신가..
옥동, 춘희, 은희　(선아 무심히 보고 일하는)

그때, 그 모습 위로 소리 들리는,

인권　(E, 답답한, 화난) 차 빼, 쨔샤?

옥동, 춘희, 은희, 혜자 그 소리에 소리 난 쪽 보면, 길가에, 인권, 호식의 차가 마주 보고 서로 비키라고 시비하고 있는,

호식　(답답한, 화난) 너 차 빼기가 쉽지, 내 차 빼기가 쉽냐, 쨔샤?!
인권　(열받는, 참으려 하지만, 안 되는) ..분질러진 엿만 한 게 이게..
춘희　(답답한, 둘을 보며) 아무나 빼라게!

인권	(가볍게, 대답) 네, 어머니! (호식에게) 빼라, 존 말 할 때?!
춘희	(속상한) 어멍들 이신디, 뭐 햄시니?
옥동	(춘희를 툭 치며 말리고, 은희에게 가보라고 손짓하는)
은희	(답답한, 생선 다듬던 손 씻고, 둘에게 빠르게 가는)
인권	맞을래, 너?!
호식	(깐족) 때림 맞어야지 뭐, 때리라?
은희	(답답한) 그만! 쌍!
인권	(은희 보며) 아무나 쌍이야, 무사 너는?
은희	(호식 보며, 길 가리키며) 넌, 저디로 빼고, (인권에게) 넌 이디로 가!
호식, 인권	(동시에) 야이(얘)가 빼면 되지, 무사 내가 빼?!
은희	(버럭) 어멍들 계신디.. 둘 다 같이 동시에 빼! 경 안 할 거면 둘 다 돈 갚고, 콱!
인권, 호식	아우, 진짜... (둘 다 동시에 차를 빼 가는)
은희	(가는 둘을 보고, 속상해) 저것들은 저런데.. 영주 현인... 어떵허냐.. 나는 모르는 일이네.. 나는 모르는 일이야.. (하며, 생선 다듬는 데로 가서, 앉는)
혜자	(은희에게) 아니, 둘은 어려선 죽고 못 살앙, 결혼하고, 집도 아래위로 얻엉 살더니, 무사들 저추룩 앙숙이 된?
은희	(일하며) 나도 몰라마씸. 호식이 말로는 말 못 할 이유가 있댄 하는디.. 말을 해야 알지..
춘희, 옥동	(은희 보는, 호식 인권, 걱정되는) ?

씬25. 영주 현의 학교, 구석진 복도 일각 + 복도, 낮.

선미, 별 감정 없이, 영주 얼굴 빤히 보는, 영주, 선미 마주 보고 있는,

영주	(어이없단 듯 웃으며, 가볍게) 미친... 무슨 내가 임신이야. 그날은 그냥.. 토 나오는데 기사 아저씨가 차 안 세워주니까, 공부나 해, 남의 일 관심 갖지 말고. (하고, 가는)
선미	(영주 꼬나보다, 영주에게 가서, 허리를 슥 만지며) 복대 했네. (하고, 손 떼고, 가며, 아무렇지 않게, 영주 귀에 대고) 이거 해도 티 나.

영주	(멈춰 서서, 가는 선미 보며, 들켰다 싶은, 난감한, 울고 싶은)

그때, 현, 선미 무심히 지나치며 영주 보고,

현	(영주 앞에 와서, 걱정스레) 왜 그래?
영주	(가는 선미만 보며, 난감하지만, 기운 안 빠진) 선미가 감 잡았어. 이제 곧 애들도 다 알 거야?
현	(두려워도, 의지가 있는) ..아빠한테 말할게. 수업 가자.

그때, 남학생2와 다른 남학생들 여러 명, 지나가다,

남학생2	(현과 영주 보며) 니들 요즘 왜 자꾸 붙어 있어? 사귀냐?
현	(가는 남학생2 보며) 그렇다, 왜?
남학생들	(낄낄대고 웃으며, 장난) 어머머머, 쟤들 사귄대, 낄낄낄.. (하고, 교실로 뛰어 들어가며) 야, 영주 현이 사귄대! 허걱!

교실에서 학생들, 남학생2의 말을 듣고, '뭐야? 진짜? 헐?' 하며 난리가 난, 책상을 치며, '어우! 안 어울려!' 하며, 오버하고 장난치는 학생들의 웃는 소리가 들리는, 그 소리 위로,

영주	(현 보며, 어이없는) 뭐야?
현	(영주 손 잡고, 가며) 어차피 알게 될 거잖아.
영주	(이를 앙다물고 가며, 두려워도 의지가 있는, 손 꽉 잡고, 가며, 혼잣말) 그래, 직진이다.

씬26. 민박집 안 방 안(아주 간출한 침대가 놓인), 낮.

선아, 창문을 연 채, 바다를 보고 있는, 그러다, 가방에서, 옷을 꺼내, 방 한 쪽에 정리하는데,

＊ 점프컷, 플래시백 - 태블릿 피시 영상 》

열　아빠, 친구.. 엄만..

＊ 점프컷 - 현재 》
선아, 맘 아파, 눈을 감는, 정리하던 옷 놔두고, 옷을 들고 나가는,

씬27. 제주 한적한 길, 저녁 무렵.

선아, 맘 아픈, 어떻게 해야 할지 모르겠는, 그 맘을 잊으려는 듯, 힘 있게 걸어가는,

씬28. 제주 한적한 길(선아와 다른 길), 저녁 무렵.

동석, 화를 잊으려는 듯, 길을 성큼성큼 걷는,

씬29. 영옥의 가게 안, 밤.

영옥, 주방에서 안줏거리를 정리하는, 정준, 한쪽 테이블에 앉아, 마른 멸치 내장을 다듬는, 영옥, 정준이가 귀엽고 좋은 듯, 자꾸 웃음이 나는,

영옥　말해봐? 연애한 얘기? 몇 번? 누구랑? 왜 헤어졌어?
정준　(웃음 띤, 영옥 보며) 난 지난 얘기 하기 싫은데..
영옥　(일하며, 눈은 정준을 보며, 웃으며) 난 듣고 싶은데...
정준　(생각하는) 그냥 뭐.. 서울 가서.. 헤어졌어요. 그 여자앤,
영옥　(정준에게서 눈 안 떼고, 보고, 웃음 짓고) 그 여자앤 착했어요, 그래서 그 착한 여자한테 나 같은 인간은 안 어울리는 거 같아서, 눈물을 머금고, 보내줬어요, 서울로. 그런 웃기지도 않은 쌩구라는 치지도 마.

정준	(영옥이 웃기고 귀여운, 작게) 흐흐.. (하며, 웃는)
영옥	(옛 생각에 좀 흥분하는) 남자들 그렇게 말하는 건 어디서 돈 주고 배워? 아주 그런 말도 안 되는 얘기 하는 인간 딱 밥맛이야. 착한 애랑 왜 헤어져? 그녈 위해? 그럼 첨부터 그녈 위해 만나질 말지? 사귀다 질리니까, 헤어져놓고.. 그럼 그녀 담에 만난 난 뭐 안 착해서 만나나? 뭐야?! 미친놈.
정준	(영옥을 보며, 좀 어이없는) ?!
영옥	(보고) 선장 말고, 내가 예전에 만났던 철웅이란 인간.
정준	(웃으며) 깜짝 놀랐네.
영옥	(다시, 웃음 띤, 편하게) 그래서, 선장은 첫사랑은 언제? 왜 헤어졌어? 참고로 내가 첫사랑인 건 싫다. 연하도 별론데, 첫사랑까지 되고 싶지 않아.
정준	(웃으며, 멸치 다듬으며) 고일 때부터 고삼 때까지 만난 애가 있어요. 제주에서 난 공대 가고, 지는 교육대 가고 그러기로 했는데, 나는 성적 안 나와 대학 포기했고, 그 앤 입시 성적이 잘 나오니까 서울에 있는 대학으로 가더니, 어느 날 문자가 왔어요. 난 제주가 싫어. 미안. 안녕. 그리고 연락 두절. (어색하게 웃으며) 아팠어요. 많이... 근데 잊었어요. 제주 싫단 앤 나도 싫어서.
영옥	(정준의 앞자리로 와서, 정준을 보며, 멸치 다듬으며, 웃음 띤, 정준이 이쁜) 난 제주 좋아.
정준	(영옥이 좋은, 설레는, 안 웃으려 해도, 자꾸 웃음이 나는)
영옥	그담은?
정준	첫사랑하고 헤어지고 맘 못 잡을 때 한 일 년 이상 날 쫓아다니던 여자랑..
영옥	(장난) 오.. 잘난 척?
정준	(웃으며) 진실. 암튼 그 여잘 그냥 홧김에 만났는데, 성격이 진짜 안 맞았어요. 맨날 자기하고만 있자는데, 난 친구도 있고, 일도 해야 하고.. 그래서 헤어지자고 했는데, 여자가 그만.. (멸치로 손목을 긋는 시늉 하는)
영옥	(놀란) 헐!
정준	(편하게 툭툭 말하는) 동네가 난리가 나고, 근데 지금은 제주시에서 옷가게 하면서, 결혼해 쌍둥이 낳고 잘 살아요. 그래서 그때 내가 배운 건, 홧김에 연애 말자. 그리고, 나 좋다는 여자 말고, 내가 좋은 여자 만나자.
영옥	(웃으며) 그래서 나구나?
정준	(작게 웃는)

그때, 은희, 들어오며,

은희 야, 너 정준이 꼬션? 왜 겅(그렇게) 달달하게 봐, 우리 정준일?

영옥 (아무렇지 않게, 웃으며, 은희 보며) 라면?

은희 (멸치 다듬는) 밥 한 덩이랑 같이.

영옥 (일어나, 주방으로 가면)

정준 (일어나, 마른 멸치 들고 주방으로 가서, 봉지에 넣는)

영옥 (냄비에 물 끓이며, 정준에게 작게) 나 언제부터 맘에 들었어?

정준 (은희 눈치 보고, 영옥 귀에 작게) 첨 볼 때부터.

영옥 (놀란) 오호..

정준 (웃는) ...

그때, 선아, 들어오는,

선아 장사해요?

영옥 네, 어서 오세요?

은희, 정준, 누군가 싶어 보는,

선아 맥주 한 병만..

은희 내가 줄게. (하고, 냉장고에서 술을 꺼내, 따서, 선아에게 잔과 같이 주며)
저기 민박집에 왔어요?

선아 (어색한) 네..

영옥 안준 뭘로?

선아 아무거나.

그때, 동석, 무심히 들어오다, 선아를 보고, 화도 나고, 답답한,

동석 뭐야.. (하고, 그냥 화가 나, 나가는)

선아 (그런 동석을 보는)

은희   (동석 보며, 어이없는) 쟨 뭐야?

영옥, 정준 (동석 보고, 선아 보는)

그때, 동석, 다시 와서, 냉장고에서 소줄 꺼내는, 굳이 자신이 피할 필욘 없다 생각하는,

선아   (가만 동석을 보고 있다가, 맥주값을 내고, 동석에게) 편히 마셔, 내가 나갈게. (하고, 나가는)

은희, 영옥, 정준   (뭔가 싶어, 선아를 보고)

동석   (선아를 안 보고, 술병 따, 주방에서, 잔 들고 창가 쪽으로 가서, 혼자 술을 마시는, 밖을 보면, 선아가 방파제로 걸어가는 게 보이는, 외면하고, 술 마시는)

그때, 손님들 들어오는 소리 들리는,

씬30. 방파제로 가는 길, 밤.

선아, 걸어가는데, '바나나차차'가 들리는, 빠르게 걸어가는,

씬31. 도로 일각 + 영옥의 차 안 + 달이의 차 안, 어두운 새벽.

영옥, 차를 운전해 오는데, 맞은편에서 달이, 춘희 혜자 외 해녀들을 차에 태우고 가는, 영옥, 황당한, 달이, 영옥 보며, 속상한,

혜자   (영옥의 차를 보며) 우리가 뭐 지 년 차 어심 타고 다닐 차가 어신가?

영옥   (이것 봐라 싶은, 그래 봤자다 싶은, 차를 유턴해 빠르게 가는)

혜자   (맘에 안 드는) 저년 저 성질 보라게.. 성질..

춘희   (덤덤히, 창가만 보고)

씬32. 항구 + 동석의 차 안 + 정준의 배 안, 아침.

동석의 차, 서 있는, 동석, 차 안에서 자는, 자다 깬 얼굴로 콘솔박스에서 치약 칫솔 꺼내고, 옆에 물통 들고, 이를 닦다가, 무심히 바다 쪽을 보고, 내리려다, 다시 보면, 방파제 위에 멀리 사람이 보이고, 느낌이 이상해 보면, 선아가 보이는, 답답한, 무시하고, 그냥 차에서 나와, 길거리 하수도 쪽으로 가서 이를 닦는,

* **점프컷** 》
정준, 배에 해녀들을 태우는,
별이, 달이에게 수어로 말하는,

별 이 (수어, 자막 처리) 조심하고, 전복 욕심내지 말고, 안전하게 와.

달 이 (장난스레) 알았어! 잔소리 그만해! (하고, 배에 올라, 영옥 옆에 가, 영옥 귀에 대고) 혜자삼춘이 오라고, 새벽같이 전화해서.. 미안.

영 옥 (달이 귀에 대고) 니가 왜 미안. (태왁에서 멀미약 꺼내 따서, 춘희 주려 하면)

혜 자 (어느새 멀미약을 춘희 주는)

춘 희 (무심히 마시고)

영 옥 (다른 해녀들 보면)

해 녀 (각자, 멀미약을 따서 마시는)

영 옥 (멀미약 그냥 자기가 마시며, 작게 구시렁) 맘대로들 하세요, 내가 여길 떠나나...

혜 자 (태왁에서 다른 음료를 꺼내, 기준에게 가서, 한 병 주고, 정준에게 한 병 주며) 마시라.

정 준 네. (하고, 받아, 마시는)

혜 자 선장, 너 영옥이 거짓말하고 다니는 거 알고 인?

정 준 ?

혜 자 몰라심 알아두라, 우리가 저거이 내쫓을 거. 자이, 남자 있쩌. 맬 누게헌티 전화가 온다. (하고, 다른 해녀 오는 걸 보고) 무사, 늦엄시니!

정준	(음료 마시며, 무슨 소린가 싶은, 맘 정리하고) 배 가요! (하고, 키 잡다가, 방파제에 서 있는 선아를 보고, 뭔가 싶은, 그 얼굴 위로)
혜자	아직 금자 안 완!
정준	(혜자 쪽 보고)
혜자, 해녀들	(멀리 뛰어오는 금자 해녀 보며) 혼저 오라게! 무사 늦엄서?!

씬33. 방파제, 아침.

선아, 서서, 밤을 지새운 듯한, 골똘히 생각 많은, 귀에선 계속 '바나나차차' 가 들리는, 정신을 차리려 할수록 미간에 힘이 들어가는, 몸에선, 비가 오 는 듯, 물이 뚝뚝 떨어지는(환상),

* 점프컷 – 회상 》
선아와 열, 침대에서, 목욕탕에서 장난치며, 놀고, 사진 찍고, 같이 밥 먹었 던 즐거운 시간들이 스냅 사진처럼 장면 장면 빠르게 돌아가는,

* 점프컷 – 현재 》
선아, 추운 듯한, 팔로 제 몸을 감싸 안고 있는, 몸에서 옷에서 물이 떨어 지는, 그럴수록 정신을 차리려 이를 앙다무는,

조사관	(영상 찍으며, 부드럽게, 열이에게 묻는, E) 열인 아빠를 생각하면, 기분이 어때?

* 점프컷 – 회상 》

열	(웃으며) 친구!
조사관	(E, 부드럽게) 아.. 그렇구나.. 아빤 친구구나. 그럼 엄만?
열	(환하게 웃으며, 보며) 엄만... (편하게) 아파. 그래서 나랑 못 놀아. (하고, 모 래놀이 하는)

＊ 점프컷 - 현재 》
선아, 서 있기도 힘든, '엄만 아파'가 계속 들리는, 바다 보다, 뒤돌아보는데,
모든 게 암전인, 까만, 선아, 이게 뭔가 싶은데,

영옥 외 해녀들　(선아가 바다로 떨어진 것을 보며, 배에서 소리치는, E) 어어어어!

씬34. 달리는 정준의 배 안, 아침.

정준, 해녀들 소리에 놀라, 해녀들 보면,
해녀들, 악을 쓰며, 큰소리, '사람 빠졌! 선장, 배 멈추라! 사람 빠졌!'

＊ 점프컷 - 동석의 차 쪽 》
동석, 이를 다 닦고, 물을 마시다, 바다를 보는, 사람들, 웅성이는,

＊ 점프컷 - 정준의 배 안 》
정준, 방파제 보고, 선아를 봤던 게 생각나, 놀라, 배를 멈추는, 기준, 사이
렌을 울리고, 해양경찰에 무전 하는, '해양경찰, 인근 배는 들어라! 위도
10, 경도 20, 푸릉앞바다, 방파제에서 사람이 떨어졌다!(반복)', 정준의 배,
급하게 선아가 빠진 곳에서 빙글 돌고 멈추는,

＊ 점프컷 》
영옥, 달이, 해녀들, 모두 급하지만, 차분히, 바다에 뛰어드는, 기준, 들어가
려는 춘희에게 '들어가지 맙서!' 하고, 잡아 말리는,

춘희　(해녀들 보며, 걱정) 조심허라!
기준　(바다에 대고) 다들 조심합서! 달이야, 조심해!

＊ 점프컷 》
별이, 항구에 있던 선원들, 웅성이며 바다를 보고, 이 닦던 동석, 사이렌 소
리에 방파제 쪽을 뭔 일인가 싶어, 보는 데서 엔딩.

7부 ——————— 인권과 호식 1

오늘 부는 이 태풍은.. 지나가는 태풍이래..
아니, 모든 태풍은 다 지나가는 태풍이래..
이 태풍처럼 모든 게 다 지나갈 거야.

씬1.   프롤로그.

1, 바닷속, 아침.
선아, 물에 떨어져, 바닷속으로 내려가는, 눈을 멍하게 뜨고 있지만, 몸에
힘이 다 풀린, 바다로 내려가는, 6부 초입 대사(편집)가 그림 위로 흐르는.

태 훈   (E) 전 아내의 우울증보다 아내가 우울증을 극복할 의지가 없는 게 더 힘
         들었어요. 결혼 후, 칠 년간, 줄곧, 우울증으로 아일 방치했구요.
선 아   (E) 전 모든 우울증 환자가 그렇듯, 이 병을 극복하고 싶은 의지가 있어요.

＊ 점프컷, 인서트 – 동영상(컷컷 편집 요) 》
열, 텔레비전의 어린이 프로를 보고, 노래 부르며, 놀다, 방에 가서 '엄마,
엄마'를 부르다(선아가 방에서 자고 있는 장면 보여주는), 다시 방에서 나
와, 냉장고 문을 열고, 시간 경과, 밤이 되면, 어질러진 거실에서 아무렇게
나 자고 있는,

＊ 점프컷 – 바닷속, 현재 》
선아, 바닷속으로 떨어지는,

조사관   (E) 아이가 유난히 애착하는 물건이 있나요?
선 아   (E) 제가 애기 때 사준 노란 컵.

＊ 점프컷 – 회상 》

선아, 웃으며, 선반의 노란 컵을 들어, 우유를 따라, 열이에게 주면, 열이, 우유 마시고, 좋아서, 춤을 추고, 선아, 그런 열이가 귀여워, 입에 입을 맞추는,

＊ 점프컷 – 바닷속, 현재 》

선아, 바닷속으로 깊게깊게 떨어지는,

조사관 (E) 마지막으로 물을게요. 왜 엄마가 꼭 아일 키워야 하나요?

선 아 (E) 전 열이 없인.. 못 살아요. 전 열이가... 있어야, 살 수 있어요.

조사관 (E) 제가 아이한테 한 번 물어봤어요. 열이가 엄마, 아빠를 어떻게 생각하는지... 들어보실래요?

＊ 점프컷 – 회상(태훈의 본가, 집 마당에서 노는 열이) 》

조사관 (영상 찍으며, 부드럽게, 열이에게 묻는, E) 열인 아빠를 생각하면, 기분이 어때?

열 (웃으며) 친구!

조사관 (E, 부드럽게) 아.. 그렇구나.. 아빤 친구구나. 그럼 엄만?

열 (환하게 웃으며, 보며) 엄만... (편하게) 아파. 그래서 나랑 못 놀아. (하고, 모래놀이 하는)

＊ 점프컷 – 바닷속, 현재 》

선아, 기운 없고, 슬픈 눈빛으로 깊게 자꾸 바닷속으로 내려가는, 열이의 목소리, '엄마는 아파'가 계속 들리는,

사이렌 소리 E (기준이 배에서 울린 소리)

2, 항구, 아침.

사람들, 놀라서, 모두들 항구 앞에 놓인 돌턱에 모여 바다 쪽을 보며 웅성이는, '뭐라, 뭐라, 사람이 빠져? 무사? 아침부터..' 하며, 걱정스레 웅성이는, 별이, 달이가 다칠까 놀라고 슬픈 눈으로 돌턱에 올라가, 걱정스레, 바다를 보는데, 동석, 무슨 일인가 싶어, 칫솔 든 채, 돌턱에 올라, 바다의 방파제를 보면, 선아가 없는, 물에 빠진 사람이 선아구나 확신이 드는, 가슴이 철렁하고, 싸늘해지며 무표정해지는, 화도 나는, 이를 앙다물고, 주머니에서 핸드폰 꺼내, 119에 전화하는,

안내원 (E) 네, 119입니다.

동 석 (차가운 듯, 이를 앙다문, 자꾸 자신도 모르게 화가 나는, 화 참고 무뚝뚝하게 툭툭 말하며, 차로 가는) 푸릉 앞바다에 사람이 빠졌어요. 방파제 있는 데서. (사이) 삼십 대.. 여자. (하고, 전화를 끊고, 차 문 열고, 라디오를 틀어, 노래가 나오면, 홧김에 더 크게 볼륨을 올리고, 화난 듯, 자기 자던 자릴, 걸레 들어, 청소하는)

노래가 너무 커, 바다를 보던 사람들 동석을 보지만, 아랑곳없는, 작은 모포며, 방석 등을 힘 있게 꽉꽉 차에 쳐, 터는, 걱정과 화로 눈가가 붉은, 화난 듯도 보이는,

기 준 (E) 해양경찰, 인근 배는 들어라! 위도 10, 경도 20, 푸릉 앞바다, 방파제에서 사람이 떨어졌다! (반복하는),

3, 배 위, 아침.
영옥, 달이, 해녀들, 바다에 뛰어드는,
춘희, 배 위에서 해녀들에게 소리치며,

춘 희 (해녀들 보며, 걱정, E) 조심허라! 수초들, 조심허라!

＊ 점프컷 - 정준의 배 안 》
춘희, 속상한 얼굴로, 앉아 있고,

춘희   뭔 일이라..

정준   (배에 서서, 걱정하며, 한숨 쉬는)

기준   (걱정, 정준에게) 들어갈까?

정준   (바다 보며, 걱정돼도, 담담히) 우리가 다 뛰어 들어가면 나올 때 누가 잡을 거야? 기다려.

4, 바닷속 아침.
영옥, 잠수해, 주변을 보면, 아무도 없는, 영옥, 불안한, 더 깊이깊이 물에 빠진 사람(선아)을 찾아 들어가는

＊ 점프컷 》
혜자와 해녀들, 선아를 찾아 부지런히 주변을 보지만, 없는,
달이, 혼자서, 깊이깊이, 더 바다로 들어가 보는,

＊ 점프컷 - 수면 위 》
영옥, 수면 위로 나와, 후! 하고 심호흡하고, '찾았다! 찾았다!' 하고, 이내 다시 비장하게 바다로 들어가는, 달이와 몇몇 해녀들, 물로 나와, 숨을 토해내고, 다시, 들어가는,

＊ 점프컷 》
정준, 기준, 춘희, 그런 영옥 보고,
정준, 기준, 물속을 보며, 해녀들 들으라고, 소리치는, '찾았다! 찾았다! 찾았다!' 계속 반복하는,

춘희   (기준에게, 걱정스러워도 담담히) 덮을 거 찾으라.

기준   찾았다!(를 반복하며, 선장실에 들어가 덮을 거리들을 찾는)

정준   (걱정돼도, 긴장감 있게) 찾았다! (반복하는)

＊ 점프컷 》
119 구급차, 사이렌 울리며 푸릉리로 들어오는,

* **점프컷** 》

동석, 운전석에 앉아 바다만 보는, 굳어, 긴장한, 무표정하게도, 화난 것도 같은,

* **점프컷** 》

영옥, 깊이깊이 바다로 들어가는, 선아가 죽은 듯, 눈 감고, 바위 사이에 박혀 있는, 영옥, 주변 보면, 달이와 해녀들 오는, 영옥, 달이 선아의 양팔을 둘이 하나씩 잡고, 해녀들, 선아의 다릴 안고, 올라가는, 해녀들, 수면 위로 올라가는,

* **점프컷 - 정준의 배 안, 플래시컷** 》

영옥, 선아에게 심폐소생술을 하는, 선아, 깨어나지 않는,
춘희, 걱정스레 안쓰레 선아를 보는,

* **점프컷** 》

정준, 굳은 얼굴로 사이렌 켜고 배를 항구로 모는,

5, 제주도로, 낮.
119 차, 사이렌 울리며 가는,
그 뒤에 동석, 무표정한 듯한 얼굴로 트럭을 운전해 가는,

자막 : 인권과 호식 1

씬2.   학교 복도, 점심시간.

영주 현, 학교 복도를 손잡고 가고, 학생들 지나가며 '니들 뭐야? 너무 대놓고 그런다! 야, 여긴 학교야! 개부럽!' 등등 말하며 가는, 영주와 현 아랑곳없이 가며, 말하는.

영주   (담담히) 일단 울 아빠 엄청 울 것 같아. 차마 날 때리진 못하고, 어쩜 자길

막 때릴지도. 너네 아빠?

현　　(담백하게) 일단 주먹, 그담에 욕.

영주　(잠깐 현 보고, 다시 앞 보고, 가며, 담백하게) 그래, 몇 댄 맞아라. 나 같아
　　　도 쥐 팰 듯. (하고, 가는)

* 점프컷 – 운동장 》
선미, 여학생들과 남학생들 함께 어우러져 축구를 하는 모습이 보이는,
영주 현, 손잡고 운동장을 가로질러, 학교 건물 뒷담으로 가며,

영주　내가 앞으로 우리들의 플랜을 세워봤어. 플랜 에이, 이번 주에 우리 아빠
　　　들한테 지금 우리 상태를 자세히 말한다. 그리고 우리가 살 집과 애길 키
　　　워달라고 부탁하고, 나는 학교를 계속 다닌다. 애긴 겨울방학 때 날 거니
　　　까. 출석 내신, 문제없고. (현 보며) 넌,

현　　(진지한, 앞만 보고 가며) 학교 그만둔다. (하고, 영주 보면)

영주　(놀라고, 멍한) …

현　　(작게 웃고, 영주의 손을 담담히 잡아끌고, 뒷담으로 가는)

영주　(조금 속상한 표정으로, 현의 손 뿌리치고, 먼저 뒷담 쪽으로 성큼성큼 걸
　　　어가는)

* 점프컷 – 뒷담 》
영주, 뒷담 쪽으로 걸어와 한쪽에 있는 벤치에 앉는, 현, 걸어와, 벤치에 앉
아, 말하는,

영주　(현 보며, 답답해 조금 화난) 넌 왜 자꾸 학굘 그만둔대? 그냥 나랑 같이
　　　학교 (다니면서),

현　　(말꼬리 자르며, 진지하고 편하게) 아빠들한테 우리 살 집에 ..애기 분유값,
　　　기저귀값까지 달라고 말하기 싫어. 내 존심이 허락 안 해. 어차피 난 의대
　　　별로. (하고, 작게 서글프게 웃으며) 진짜.

영주　나중에 맘 변하면? 공부하고 싶음?

현　　(편하게) 니가 의대 나오고 내가 그때 가서 공불 다시 시작해도 난 기껏
　　　스물다섯. (웃으며) 엄청 영해.

영주   (속상해도, 인정이 가는, 현이 고마운, 귀엽고, 듬직한, 가만 보다, 현의 볼에 입을 맞추고, 환하게 웃고, 깔끔하게) 듬직해. 장해. 좋아, 넌 영하니까, 그렇게 하자. 그리고, 만약 두 아빠들이 허락 안 할 경우를 대비 플랜 비도 세웠어. 아빠들이 뭐라든 우린 애긴 날 거니까, 난 제주시에 있는 미혼모의 집으로 가서, 숙식을 해결. 근데, 문젠 거기선 우리가 같이 못 살고,

현   니가 학교가 멀어서, 전학 가야 돼. 그럼, 지균 혜택(자막)도 못 받고. 서울대도 어렵고.

영주   (답답한) 거기까진 생각하지 말자. 머리 아퍼. 그리고 난 우리 아빨 알아, 첨엔 길길이 뛰겠지만, 결국엔 늘 그랬듯, 나한테 져줄걸. 우리 아빤 언제나 내 편이니까.

현   최악의 경우, 아빠들이 임신 중단시킬라고 하고, 너랑 나랑 헤어지라 그러면,

영주   서울로 튀자. 대학은 서울대 아니고 점수 좀 낮은 데 가면 돼. 난 서울대보다 의대가 더 중요하니까. 내가 알아보니까, 어떤 데는, 공부만 잘하면, 장학금, 기숙사비, 생활비까지 지원한대.

현   나도 알아봤는데, 서울에 있는 고시원 가면, 보증금이 없어도 삼사십만 원이면 방 구할 수 있대. 내가 시급 팔천칠백오십 원 받고, 하루 열 시간, 일 년 삼백일 일한다고 했을 때 벌 수 있는 돈은 일 년에 이천육백만 원, (자랑스레) 어머어마하지?

영주   (놀라는) 익!

현   난 너랑 애기만 옆에 있으면, 뭐든 할 수 있어.

영주   맞아, 우린 할 수 있어. 나라에서 양육 수당도 주니까.

현   (영주를 이쁘게 보고, 주먹 불끈 쥐며, 장난스럽고, 호기롭게) 어떤 일이 있어도, 긍정적으로!

그때, 선미, 빨대사탕 먹으며, 둘 앞에 와서 서며,

선미   (아무렇지 않게) 뭘 그렇게 꽁냥꽁냥대냐?

현   (담담히 보며) 연애한다.

선미   (영주 배 보고, 영주(선미를 꼬나보듯 보는)를 보며) 애들이 니 배 보고 말이 많아. 이상하다고? (강조) 왜, 배만, 자꾸, 빵빵하게, 살찌냐고? 참고로,

난 암 말 안 했다.

영주, 현 (순간 철렁하는, 그러나 당황하기보단, 이를 앙다무는, 긴장해 보는) ?!

선미 (영주 보며, 담담히) 내가 말했지? 티 난다고? 어쩔? (하고, 그냥 가는)

영주 (가는 선미를 불안하고, 속상하게 보는)

현 넌 수업 들어가. (하고, 일어나는)

영주 넌?

현 선미가 눈치 깠단 건, 애들도 선생님들도 곧 알게 된단 거야... 당장 아빠들한테 말하는 게 좋을 거 같애. 선생님이 나 어디 갔냐 물으면, 니가 대충 둘러대. (하고, 가는)

영주 (속상하지만, 작심한, 소리치는) 현아, 니네 아빠가 아무리 화내도, 잘못했단 얘기, 실수였단 얘긴 하지 마!

현 (돌아보고, 눈가 붉어, 단호하게) 안 해. 그렇게 말하면, 우리 사랑이 죄가 되고, 우리 애기가 실수가 돼. 절대 안 해. 맞아 죽어도 안 해. 너도,

영주 안 해. 살아서 만나!

현 (듬직하게, 작게 웃으며) 어. (하고, 다시 뒤돌아 가는데, 비장한, 두려운)

영주 (가는데, 전화 오고, 화면 보면, 은희삼촌이라고 뜨는, 답답한, 받으며, 조금 퉁명스레 말하는) 왜요?

씬3. 은희의 매일시장 가게 안, 낮.

직원1, 2, 손님한테 물건을 팔고, 다듬는,
은희, 밥 먹다가 영주가 자꾸 생각나 전화한 듯한, 답답한,

은희 ....

* 점프컷 - 교차씬 》

영주 (가며, 전화하는, 답답한) 왜 전화하셨어요?

은희 (답답한 머리를 벅벅 긁으며, 진지한, 걱정, 그러나 작심하고 물어야겠다 싶은) 영주, 너 이 삼촌이 무식하고 괜히 남 일에 오지랖 넓고 주책맞은

거, 너 알지이?

영주　...

은희　경하난(그래서), 삼춘이 단도직입적으로 그냥 물으켜, 너, 설마.. 임신핸?

영주　(멈춰 서서, 갑자기 눈가가 붉어지는, 참고, 말해야겠다 싶은, 더는 피할 수 없단 생각이 드는) ...

은희　무사 뜸 들이맨? 대답 안 허고? (두렵지만, 힘 있게 묻는) 내 감이.. 맞안?

영주　(작심한, 간결한, 맘도 아픈) 네. 했어요. 임신. 현이랑.

은희　(멍한) ?!

영주　우리 아빠한텐 오늘 제가 말씀드릴 거니까 삼춘은 암 말 하지 말아주세요. (하고, 전화 끊고, 가는데, 눈가 붉어지는, 두렵지만, 작심한)

＊ 점프컷 》
호식, 리어카 끌고 '얼음 완!' 하고, 민군 양군과 큰 얼음짝을 내리고, 은희, 전화 들고 어이없고 넋 나가 빤히 호식을 보다, 전화 끊는,

호식　(큰 얼음에 뽀뽀하고, 직원에게) 오늘 얼음 잘도, 곱지이? 반질반질?

민군　(웃으며) 얼음이 이뻐봤자지?

호식　(허세) 자식이.. 야, 이런 얼음은 어디 가서 만나보지도 못하매! 뭘 알지도 못하멍.. (하고, 은희가 밥 먹는 데로 가) 밥 좀 주라게. 일이 많앙, 아침도 못 먹언.

은희　(모르는 척, 덤덤히 옆에 밥통에서 밥을 퍼 주는)

호식　(밥을 받아, 아구지게 먹다가, 뭔가 이상해, 은희를 보면) ?

은희　(가만 호식을 빤히 보는, 영주 생각에, 넋이 나간 듯한)

호식　내 얼굴에 똥 묻언? 뭘 경 빤히 봄시니? 설레게?

은희　(가만 보는, 호식이 안됐기도 한)

호식　어? 무사?

은희　(보다, 답답한) 넌 인권이가 무사 싫어?

호식　(일어나며) 야씨, 밥맛 떨어지게, (하고, 가는)

은희　알았쪄, 인권이 얘기 안 해! 앉아!

호식　(다시 와, 밥을 먹는데)

은희　(밥을 입에 가득 넣고, 먹으며, 속상한)

호식	(보며, 밥 먹으며 웃고) 히히. 복스럽게도 먹는다. 나가 너랑 살았어야 해신디, 그럼 너 복도 내 복인디. 크크크. 너, 우리 영주 서울대 가민, (농담 반, 진담 반) 나랑 한번 다시.. 연애하젠?
은희	(속상해, 버럭, 밥알 튀기며) 뭘 연앨 해! 지금 니 처지에!
호식	(어이없는) 새끼야, 내 처지가 무사? 똘내미 잘 키우고, (진지하게) 야, 나 예전에 호식이가 아니라, 이제 돈도 제법 하영 이서! (윙크하며 얼굴 디밀고, 진지한) 경하게(그러자), 은희야. 우리 영주 서울대 보내고, 둘이 바당에 배 띄웡 낚시나 하면서, 알콩달콩,
은희	(숟가락으로 콩자반을 퍼 호식의 입에 쑤셔 넣으며) 알콩달콩은 콩이나 처먹어라. (속상해, 보며, 버럭, 밥알 튀기며) 뭘 쳐다봐, 밥이나 처먹지!
호식	(얼굴에 튀긴 밥알 먹으며) 아.. 드러.. 촘말로..

씬4. 병원 접수대 앞, 낮.

동석, 카드를 내고, 직원, 계산을 하는,
그때, 경찰1, 2, 와서 직원에게,

경찰1	푸릉 앞바다에서 물에 빠진 사람,
직원	(카드를 동석에게 주며) 이분이 보호자예요.
경찰1	(동석을 보고, 인사하고)
동석	(무표정하게, 인사하고)
경찰1	관계가?
동석	몰라요.
직원, 경찰1, 2	?
동석	(덤덤히, 툭툭) 모르는 사람이라고. 그냥.. 아무도 없는 거 같아서.. 응급실비 내라니까, 안 그럼 환자 치료 못 받는다니까.. 내준 거. 인정상.
경찰2	물엔 왜 빠진 거래요?
동석	(투박하게) 모른다고. 직접 물으시라고. (하고, 덤덤히, 그냥 주차장으로 가는)
경찰1, 2	(직원에게) 환자분, 어딨어요?

씬5.   응급실 앞, 주차장, 전경, 낮.

동석, 트럭에 타 있는,
그때, 정준의 트럭 오며, 동석 보고, 주차장에 차 세우는,
동석, 경적을 울리는,
경찰1, 2 응급실에서 나오다, 동석 보면,
정준, 트럭에서 내리며, 대화를 듣게 되는,

동 석   (경찰1에게) 물어봤어요? 왜 물에 빠졌는지?
경찰1   그냥 실족이래요.
경찰2   자살 시돈 아니래요.
동 석   … (덤덤히, 고개 끄덕이고) 그럼 경찰들은 여기서 빠지는 건가?..
경찰1   네, 뭐, 실족이니까. 사건 종료죠. (작게 목인사하고 가는)
동 석   (가는 경찰 보다, 소리치는) 언제 퇴원한대요?

그사이, 정준, 동석의 차에 타는,

경찰1   의식은 있는데, 몸이 많이 안 좋은지... 간호사가 링거 다시 갈던데.. 몇 시
        간 있어야 할 거 같죠? (하고, 가는)
동 석   (응급실 쪽을 보며, 정준에게) 뭐 하러 와? 일 안 해?
정 준   (응급실 보며) 일했죠. 끝나서 물건 수협 넘기고 온 거지. 해녀들이 바다에
        서 건진 여자가 살았나 죽었나 너무들 궁금해서. (동석 보며) 형님, 아는
        여자 맞아요? 영옥누나 가게서 둘이 만났을 때 보니까 둘이 아는 거 같던
        데..
동 석   (응급실만 보며, 무덤덤히) ..쫌.
정 준   누구?
동 석   (응급실만 보는) ….
정 준   (보다, 나가서, 제 차에서 선아의 가방을 가져와, 조수석에 놓고) 그 여자
        분이 묵던, 민박집 아줌마가 가져가라고.. 자살 시도한 사람 손님으로 받

기 싫다고.. 화가 엄청 나서 가방을 길바닥에 내팽개쳐서. 전해줘요. 또 봐요, 형님.

동 석 (답답한) 어.

정 준 (가는)

동 석 (가는 정준 보고, 가방 보고, 음악을 틀고, 가방을 열어보면, 옷가지들 몇 개와, 선아와 열이가 함께 찍은 사진 액자가 몇 개 든, 열이를 가만 보는, 결혼을 했나 싶은)

씬6. 섭섭장이 아닌 다른 장터 전경(바람이 심하게 부는) + 장터 안, 인권의 순댓국집, 낮.

오일장은 파장 분위기, 과일, 옛날과자, 호떡집이 떨이 장사를 하고 있는, 대부분 상인들이 트럭 들여놓고 물건 정리해 싣고 있는,
인권, 못마땅하게 파장하는 모습 바라보는, 현, 핸드폰 보고 있는,

영 주 (E) 나 아빠한테 얘기하러 집으로 가는 중, 은희삼춘이 나 임신한 거 알았어. 시간 끌면 안 될 듯. 니네 아빠한테, 말했어?

현 (문자 넣는, 답답한, E) 지금 할라고. 나중에 전화할게. (하고, 핸드폰 주머니에 넣고, 물 마시는)

인 권 (순대가 반이나 남아 있는 찜통의 비닐을 덮어버리며) 국이 한 솥이나 남았네. 낮엔 덥다고 안 처먹고.. (젊은 장사치들에게) 여기 하영장은 무사 장을 빨리 접고, 지랄이니? 우리 섭섭장, 딴 오일장은, 지금 시간이면 한창 장사할 시간인디?

장사꾼1 (정리하며) 낼 태풍 온댄햄수게(온다잖아요)!

인 권 지나가는 태풍에 호갑들을 떨고.. (구시렁, 속상한) 에으, 담엔 이 장엔 안 와야겠다. 장사도 안 되고, (설거지하는 아줌마들에게, 답답한) 아주망들은 기냥 갑서. 나머진 내가 하쿠다.

인권의 철수 결정에, 일당아줌마들 '설거지, 좀만 하면 된' 하며 설거지와 정리들 하는, 현, 먹던 물잔을 싱크대에 갖다 놓는, 인권, 호로천을 덮기 시

작하는, 현, 얼른 인권을 따라 호로천을 같이 덮는,

아줌마2 (정리를 돕고 있는 현에게) 언제 봐도 지 아방이랑 딴판이라? 아꼽다(곱
다).

아줌마1 (일하며) 아방 도울 줄도 알고, 착하고 공부도 잘하고. 서울대 갈 거랜이?
너네 아방이 얼마나 자랑하는지 알맨?

인권 (일부러 호통치며) 아따.. 아주망들, 말 많네. 빨빨 정리하고 들어갑서.

아줌마들, '가요. 고생했수다!', '낼 섭섭장서, 또 보자이' 아줌마들, 인사하
며 나가는,

인권 (투박하게) 학교 벌써 끝나서?

현 (식탁 위에 의자 올리며, 담담히, 거짓말하는) 네.

인권 (주방을 정리하며, 일하며, 현 안 보고) 누가 너보고 이런 일 하랜? 무사
완? 돈 줘?

현 (의자 정리하고, 주변을 보면, 아무도 없는, 작심하고) 아뇨.

인권 (냉장고에서 사이다 꺼내며, 수저로 사이다병 두 갤 따서, 현이 하나 주고,
자신이 하날 벌컥벌컥 마시고) 돈도 아님 뭐라?

현 (의자 하나를 다시 내려, 앉아서, 술 마시듯, 인권에게 받은 사이다를 벌컥
벌컥 다 마시는)

인권 (서서 그런 현 보며, 왜 저러나 싶은) ?

현 (다 마시고, 보며, 긴장했지만, 단호하게) 영주가요..

인권 (무뚝뚝하게, 툭툭) 영주? 방가 똘래미? 가이(개)가 왜?

현 (말 떼기가 어렵지만, 눈은 인권을 바로 보고, 툭 말하는) 영주가.. 임신했
어요.

인권 (순간 뭔가 싶은, 멍한, 뭔 소리야 싶은, 가만 보다, 사이다를 벌컥벌컥 마시
고, 보며, 허탈하고, 어이없어, 헛웃음이 나는, 구시렁) 참나... (현 보며) 좀
말로?

현 (인권만 보며, 담담하고, 진지하게) 네.

인권 (어이없는, 답답한) 남 일에... 초상났댄 말은 못 하겠고.. 아이고 (어이없어,
작게 실소가 나는) ...난 년은 난 년이네. (답답한, 구시렁) 공불 일등 하면

	뭐 할 거? 지 애비가 어떵 키워신디... 몸 함부로 굴리고. 자식이. 쯧! (하고, 현 보고, 무심히) 그럼 이번 시험은 니가 일등이네?
현	(긴장하고, 두렵지만, 보는) ..
인권	(담담히) 남 집은 초상, 울 집은 경사네. 그리고, 말해? (덤덤히, 툭툭 말하는) 영준 애 뱄고, 그담에? 그담엔 뭐야? 너가 할 얘긴?
현	(긴장해, 마른침 삼키고, 두렵지만, 강단 있게 말하는) 제가..
인권	너가?
현	(눈치 안 보고, 두려워도 강단 있게) 영주,
인권	(뭔 소린가 싶어, 무심히) 영주?
현	(두렵지만, 정확하게) 애기... 아빠예요.

강한 바람에, 솥 냄비들 쌓아뒀던 게 무너지며, 큰소리가 나는,

인권	(멍, 가만 진지하게, 현을 보는, 뭔 소린가 싶은, 낮게) ...뭐?
현	도와주세요. 영주랑 제가 애기 낳을 수 있게.
인권	(가만 보기만 하다, 일어나, 사이다를 다시 하나 꺼내, 따서, 단숨에 다 마셔버리고) ...너... (담담하게, 믿기지 않는) 일어낭, 내 앞에 서.
현	(두렵지만, 아빠 앞에 서는, 이를 앙다물고, 애써 담담하려 하는, 손에 사이다병을 뒤로, 열중쉬어 자세를 하는)
인권	(화가 나고, 정신이 멍하지만, 애써 침착하려 하지만, 안 되는, 이를 앙다물고, 애써 화를 억누르며, 현을 뚫어지게 보고, 한숨 크게 쉬고, 다시 현 보고, 목소리 애써 가라앉혀) 뭐랜 한 거? 너? 영주가 앨 뱄고.. 그 애 아빠가 누구라고?
현	(고개 숙이고, 담백하게) 저요.
인권	(정신이 나가는 듯한, 멍하게, 현을 꼬나보다) 사이다병 내려놔.
현	(사이다병을 한쪽에 내려놓고, 다시 인권 앞에 열중쉬어 자세로 서서, 두려워도, 차분히 할 말 하는) 죄송해요. 아빠. 하지만, 저 영주 많이 사랑해요. 도와주세요.
인권	(뒤통수를 치며, 단어 끝날 때마다, 치며, 말하는) 사랑? 시발놈아, 사랑?! 너가 지금, 공부하랬더니, 여자 애를 배게 해?! 이 개.. 쌍. 진짜!
현	(맞다, 밀려서, 그릇 쌓아둔 데로 쓰러져, 더 크게 소리가 나는)

인권	(씩씩대고, 멈추고, 화나, 참고, 이 앙다물고, 가라앉은) 너 따라와! 집에 가서, 너 마저 맞아, 죽었어! 너! (하고, 씩씩대고 가는)
현	(침착하게, 쓰러진 냄비들을 정리하는데)
인권	(다시 와, 현이 먹살 끌고 가며) 지금 냄비 정리할 때야?! 너 와, 와!
현	(두려움 참고, 이 앙다물고, 끌려가는)

씬7.　호식의 화장실 안, 저녁.

영주, 세수하고, 수건으로 얼굴 닦고, 거울 보며, 비장한 얼굴로, 서 있는,

씬8.　호식의 집, 거실, 저녁.

호식, 눈은 연속극 보며, 라면 먹으며, 구시렁대는,

호식	(연속극에 심취한) 저 봐, 내 저럴 줄 알았져! 완전 막장이네. 아따, 무선 년. 재산 상속받잰, 임신한 척 연기를 허고? 저거 속에 뭐가 들어신가? 저 거?

그때, 화장실에서 영주가 나와, 호식 보며,

영주	아빠, 나랑 얘기 좀 해.
호식	(못 듣고, 티브이만 보며) 아, 무선 거... 천벌을 받을 거... 꼬리가 아홉 개는 달린 구미호 같은 거.

그때, 영주, 호식을 보고, 리모컨 들어 티브이 끄는,
호식, 그제야 영주를 보며,

호식	(당황한, 아쉬운 듯) 무사 꺼? 중요한 장면인디?
영주	(호식 앞에 앉으며, 두렵지만, 차분히, 결심한 듯 말하는) 임신했어.

호식	(이해가 안 되는, 고개 숙인 선풍기를 들어 올리며) 뭔 소리라? 연속극 주인공? 임신 안 핸? 저년이(티브이 턱으로 가리키며) 시아버지 속영 돈 타내잰 일부러 거짓말핸, 아, 무선 년이라 무선 년. (몸서리치며) 소름 끼치는 년.
영주	(두렵지만, 용기 내는, 담담하게) 연속극 주인공 말고, 나.. 임신했다고.
호식	(라면 먹다, 라면 물고, 영주 보는, 뭔 소린가 싶은) ?!
영주	(미안하지만, 눈가 붉어도, 강단 있게) 아빠 딸. 방영주... (강조) 임, 신, 했, 다, 고.

호식, 정지 상태로, 그제야 영주의 눈(눈물이 그렁한)을 제대로 보는, 진짠가 싶어 심장 쿵 하는,

영주	(마음 아프지만, 차분히, 말하는) 애기 아빤.. 인권삼춘네 현이.
호식	(멍한, 괜히 맘을 못 잡겠어서, 무심하게, 라면을 냄비에 뱉고, 괜히 선풍기 대가릴 들어 올리고, 다시 영주 보는, 두렵고, 슬픈, 뭔 소린가 싶은) ..
영주	(눈을 차마 못 보고, 방바닥 보며, 차분히) 현이랑, 나랑은 낳기로 했어.

그때, '끼익!' 소리 내며 선풍기 대가리가 툭 꺾이는,

호식	(순간 화가 나고, 가슴이 아픈, 열받아, 괜히 선풍기의 대가릴 손바닥으로 몇 번 내려치고) 이건 무사 자꾸, 고갤 숙이고, 지랄이라! (화풀이하듯, 발로 선풍기를 걷어차며, 울 것 같은, 속상한) 버려야켜, 쌍!
영주	(눈가 붉어도, 가만있는) ...
호식	(다시, 영주 보며, 맘 아프고, 두려운 걸 참고, 애써 침착하려 하며) 가서 외출복 입고 나오라. (고개 젓고, 믿고 싶지 않은) 다른 말 필요 없고, 병원 가게!
영주	(보며, 맘 아픈)
호식	(두렵고, 맘 아프지만, 일단 확인해보려는, 애써 화 참으려 하지만, 자꾸 슬퍼지는, 소리치는) 임신이 아닐 수도 있잖아?! 머리에 피도 안 마른 니들이.. 남녀가 자는 법이나 제대로 알암서? .. (안 믿기는) 난 못 믿으켜. (놀라, 버벅대는) 이, 이이, 임신이 쉬운 줄 알맨? 아빠랑 병원 가게! 옷 입고

나오라!

영 주   (담담히) 임신 맞아, 병원도 갔었어.

호 식   (속상해, 울 것처럼 화내는) 그러니까, 좋은 병원 가보자고! 돌팔이 의사 이신디 말고, 좋은 병원! 인나라게! (하고, 일어나려는데)

영 주   (바지 주머니에서 초음파사진을 꺼내 앞에 놓는, 보여주는)

호 식   (보고, 안 믿고 싶은, 한쪽에 던지고) 이딴 거 필요 언(없어), 병원 가. 가서, 내가 직접 의사 만나보고, (하며, 일어나려는데)

영 주   (맘 아파도, 단호히, 옷을 들어, 복대를 풀고, 부른 배를 보여주는)

＊ **점프컷 – 인서트** 》
영주의 부른 배,

＊ **점프컷** 》

영 주   (옷으로 배 가리고, 고개 숙인 채, 맘 아파도 담담히) 다이어트.. 거짓말이 야.

호 식   (배 보고, 순간 다리가 꺾여, 주저앉는, 순간 자기도 모르게 눈물이 후두두 둑 떨어지는, 힘든, 가슴이, 몸이 살짝 떨리는)

영 주   (눈물 나는, 소매로 닦고, 안 울겠다 의지를 보이고) 임신 육 개월 넘어서 병원 가도 안 돼. 낳을 거야. 도와줘.

호 식   (눈물을 닦고, 맘 아파도, 정신 차리려, 이를 앙다물고, 영주 보며, 분노가 이는, 참고, 힘주어 낮게 말하는) 현이 그 새끼가.. 순진하고 이쁜 널.. 덮 쳤?

＊ **점프컷 – 인권의 빌라 앞** 》
인권, 차 세우고, 조수석의 현 보며,

인 권   (O. L) 영주 그게 너 꼬신 거? 그게 순진해빠진 널 홀린 거?!

현   (앞만 보며, 담담히) 제가 먼저 좋아하고, 제가 먼저 다가섰어요.

인 권   (화가 나는, 버럭) 장하다, 쨔샤, 잘했다 골통아!! (그러다, 생각난 듯) 참, 내가 너 전에 생일 때 콘돔 사줬잖아? 혹시 모르니까, 가지고 다니라고?

	그거 안 썬? 너 바보냐?
현	(보고, 담담히) 썼는데.. 잘못했는지.. 그렇게 됐어요.
인권	(화나 주먹으로 팰 듯) 이걸 콱! (하다, 차에서 내려, 조수석 열어, 현의 멱살을 잡아, 집으로 끌고 가며, 구시렁대는) 내려, 너! 죽었어, 너, 죽었어, 너..
호식	(E, 악쓰는) 현이 그놈이 개새끼라고 무사 말을 못 하맨?!

＊ 점프컷 – 호식의 집, 거실 》

호식	(제 가슴 치며, 악을 쓰는) 너가, 현이 그놈한테 당하지 않고서야, 너가, 모범생이, 반장이, 전교 회장이, 너 몸을, 함부로! 그럴 리가 없네! 그럴 리가!
영주	(속상해 눈가 붉지만, 담담히, 호식 보고) 나 내 몸 함부로 한 적 없어. 우리 서로 사랑해. 현이도 나도. 그래서, 그런 거야.
호식	(버럭) 애 떼! (숨 고르고) 호기심에 어쩌당 한 번 실수한 걸로 너 인생 망칠 순 언, 병원 가게!
영주	(정확하게 말하는, 그래야 받아들이지 싶은) 한 번 아니고 두 번이고, 실수도 강제도 아니고 사랑이야.
호식	(울고 싶은, 화가 솟구쳐 자리에서 벌떡 일어나, 베란다로 가, 큰 담금주를 찾아, 뚜껑 열고, 벌컥벌컥 마시는)

＊ 점프컷 – 인권의 집 》

인권	(현관 열고 들어와, 거실 바닥에 현을 내팽개치고, 웃옷 벗어던지고, 냉장고에서 소주를 꺼내, 따서, 벌컥벌컥 마시며, 눈은 현을 분하게 꼬나보는)
현	(신발 벗어, 옆에 두고, 무릎 꿇고 앉는, 비장한)
인권	(술 한 병을 다 비우고, 다시 술병 꺼내 따르며, 현 앞에, 병 들고 앉아, 애써 화를 삭이며) 두말 세말 긴말 필요 없고, 영주는 애 떼랜 허고, 너넨 고만 만나.
현	(핸드폰에서 초음파사진 찍은 걸 찾아, 바닥에 핸드폰 놓고, 보여주며) 영주 배 속에 있는 내 애기예요. 한 번만 봐주세요.
인권	(화나는, 핸드폰을 집어, 한쪽에 던지며) 이걸 봥, 뭘 어떵하라고?! 이 소

돼지 말 새끼야!

현	(던진 핸드폰 집어와, 주머니에 넣고, 인권 앞에 앉는, 애기 사진 던진 게 화나는, 속상한, 강하게) 말끝마다 새끼. 그놈에 새끼 소리 안 하면 말이 안 나와요?!

인권	(멱살 잡고, 주먹을 들었다 놨다 하는, 차마 못 때리는) 이걸 콱, 그냥! 아우, 콱 그냥! (하면서도 못 때리는, 멱살 놓고, 눈 부라리며, 현을 빤히 보며) 너가 내 새끼지 그럼 뭔데 너가? 어? 너 아직 내 꺼야, 내 새끼야! 내가 너 하나 잘 키워보자고 하루 진종일 돼지 피 냄새 맡아가멍 일하는데! 비리비리, 비위도 약해서 순대도 못 먹는 사내자식이 무사 애를 낳아? 애 낳아서 어떵할 건디? 누가 무슨 돈으로 키워? 용돈으로 키우잰! (버럭, 비아냥) 어, 애기야?!

현	(단호한, 지지 않고, 보며) 영주랑 살 집만 아빠가 해주시면, 나머진 제가 학교 그만두고, 벌어서,

인권	(속상해, 냅다, 뺨 치는)

✻ 점프컷 – 호식의 집, 거실 ≫

호식	(술병 놓고, 영주 앞에 앉아, 낮고, 강하게) 애 떼.

영주	(눈가 붉지만, 미안해도, 할 말 하는, 호식 보며) 싫어. 애기 낳고 서울대 갈 거야. 나 독한 거 몰라? 그냥 몸만 좀 힘들어지는 것뿐이야.. 현이랑 살게 해줘, 애 낳고 키우는 거 도와줘.

호식	(울화가 치미는, 버럭대며, 제 뺨을 치며) 못해! 못해! 못해!

영주	(맘 아픈, 호식 손 잡고, 울고 싶지만 참으며) 그러지 마.

호식	(영주 손을 마주 잡고, 무릎을 꿇고, 눈가 그렁해, 영주 보며, 맘 아파도, 단호한) 이 아방이.. 빌켜. 이 아방은, 너 몸 힘든 것도 싫고, 애 낳는 것도 싫어!

영주	(슬퍼도, 단호한, 무릎 꿇고) 내 몸이야. 아파도 내가 아파. 애 날 거야.

호식	(속상해, 울며, 무릎 풀고, 맘 아픈) 무사 그랜?! 무사?! 일 년만! 일 년만 참으면 다 끝인디.. 넌 서울대 가고, 난 배 띄웡 낚시하고, 너나 나나 다 (참다못해, 소리치는) 자윤데! 무사 그랜, 무사!

영주	(속상한, 울며, 서서히 격앙되는) 변하는 거 없어! 애 낳고, 난 계획대로 서

울대 가고, 아빠 배 띄워 낚시하고, 그럼 되잖아! 변하는 거 없잖아! (소매로 눈물 닦고)

* 점프컷 - 인권의 집, 식탁 》

인권 (씩씩대고 보며) 너, 미천? 지집애 하나 땜에 아방한테 눈 부라리고? 학꼴 그만둔댄 허고, 너 돌안? (버럭대는) 그리고 뭘 잘해서 넌 안 빌어? 빌어, 잘못했다고, 빌어?!

현 (맘 아파도, 담담히) 잘못 안 했어요. 실수한 것도 아니고요. 영주도 애기도.. 다 제 선택이에요. (하고, 방으로 들어가는)

인권 (현의 방 보며, 어이없는, 화가 나, 열이 치받는, 웃옷 벗고, 일어나다, 그 웃옷으로 티브이와 집안 살림을 내리치고, 물건 가득한 식탁을 엎어버리고, 화나, 내뱉는) 열심히 살면 뭐 할 거니, 애새끼를 저따위로 키워신디, 내가 주먹 씻고, 맘 잡앙, 열나리 순대 썰면 뭐 할 거, 쌍! 다 필요 없쪄(없어), 다 필요 어서!

* 점프컷 - 인권의 집 전경 + 빌라 계단 + 인권 집 안 + 화장실, 교차 》
사람들, '뭐야, 뭐야?' 하며, 웅성이는 소리 나고, 불 켜지고, 여자주민1, 문 열고 나와, 인권의 집에 대고, 소리치는,

주민1 현이아방, 무사 시끄러우니?

인권 (물건 부수다, 멈추고) 별일 아니우다. (하고, 화장실로 들어가, 샤워기 틀어 옷 입은 채, 몸에 물을 뿌리며, 분노를 삭이는)

* 점프컷 - 호식의 거실, 불 꺼진, 어두운, 선풍기가 나뒹구는 》
호식, 눈가 붉어, 멍한, 거실 앞에 쪼그려 앉아, 문 열고, 검은 바다를 보는, 핸드폰에서 '떠나가는 배' 노래가 들리는, 태풍 때문에 거실에 쳐둔 커튼이 크게 펄럭이는,

* 점프컷 - 영주와 현이 방, 두 방 창문 열린, 바람이 부는, 커튼이 나부끼고, 바람 소리가 들리는, 교차 》

영주, 호식의 핸드폰에서 나오는 노랫소리를 들으며, 침대 위에 누워 웅크린 채 문자 하는, 방 창문으로 카메라 빠지면, 아랫집 현의 방에 현, 침대에 누워 있는,

영주 (문자 하며, 속상해도, 차분한 E) 니네 아빠 어때? 우리 아빠, 지금 절망 중.
현 (E) 울 아빠.. 분노 중.
영주 (눈가 붉어, E) 아빠 때문에, 너무 맘이 아파. 그래도 나.. 잘못했다, 실수였단 말 안 했다, 못되게 그냥 내 할 말만 했어. 나쁜 년처럼. 안 그럼 맘 약해져, 아빠가 하잔 대로 할까 봐. 울 아빠.. 나한테 배신감 들 거야. 아주 많이.
현 (맘 아픈, 문자하는, E) 오늘 부는 이 태풍은.. 지나가는 태풍이래.. 아니, 모든 태풍은 다 지나가는 태풍이래.. 이 태풍처럼 모든 게 다 지나갈 거야. 자, 영주야, 사랑해.
영주 (문자로) 나도 이제 널 엄청 사랑하는 듯. (하고, 핸드폰 끄고, 눈 감는데, 눈물이 흐르는)
현 (핸드폰 보며, 알바 사이트에 자기 나이를 치고, 알바거릴 찾는, 슬프지만, 담담한) ..

씬9. 응급실 앞, 바람이 심하게 부는, 밤.

동석, 차 안에서 음악을 틀고 있다가, 뭔가 이상해, 응급실 문 앞을 보면, 선아(이마에 상처(2개월 전 사고로 생긴), 낯빛은 안 좋은), 응급실 문 열고 제 두 팔로 몸을 감싼 채, 추운 듯, 나와 걸어가는 게 보이는, 동석이 있는 줄 모르는, 동석, 경적 작게 울리는, 선아, 고개 돌려 차를 보면, 동석, 조수석의 가방을 들어 보이고, 얘기하는,

동석 민박집에서 자살 시도한 여자 손님으로 못 받는대.. 갈 데 있냐?
선아 (몸도 맘도 힘든, 담담하게 동석을 보고) ..찾아봐야지.
동석 (내려서, 조수석의 선아 짐을 트럭 뒤에 싣고, 조수석 문 열고, 선아 보며) 없음 타. 내가 잘 만한 데 알아봐줄게.
선아 (막막하게 보는) ...

동석   차 타라고, 바람 불어, 감기 든다고! 안 잡아먹는다고!

선아   (가만 보다, 조수석에 타는)

동석   (조수석 문 닫아주고, 운전석에 타, 한쪽에 둔 모포를 선아에게 주고, 목까지 잘 덮어주는, 투박한 손길이지만, 마음은 느껴지는, 이내 운전해 가는)

씬10.   모텔 앞, 밤.

선아, 차에 앉아 있는, 동석, 선아의 차(민박집에서 가져온 것)를 끌고 와, 한쪽에 세우고, 다시, 트럭으로 와, 트럭에 있는 가방을 들고, '나와' 하고, 안으로 들어가는, 선아, 내려 들어가는,

씬11.   모텔 복도 + 모텔방 안(이층 정도), 밤.

동석, 선아 복도를 걸어오고, 동석, 문 열고, 턱으로 선아보고 들어가라고 하는,
선아, 모텔방 안으로 들어가는,
동석, 방에 들어와, 커튼 치면, 보안철창이 쳐진,

동석   (투박하게) 너 혹시 뛰어내릴까 봐, 보안창 있는 데로 달랬어. 답답해도, 여깄어.

선아   (담담히) 실족이야, 그냥. 순간 어지러워서..

동석   (화나는) 위험한 곳에 올라간 자체가 새끼야, 이상해. (하고, 문 열고, 나가려다가, 다시 선아 보며, 속상해, 살짝 눈가가 붉어지는, 화도 난) 너.. 몰골이.. 그게 뭐냐? 어?

선아   (동석 안 보고, 창가로 가, 창문을 열고, 바람을 맞는)

동석   (화나 참으려 해도, 안 되는) 대체 어디서 뭘 하고 살았길래, 니 몰골이 그러냐고? 어? ..어? ..어?

선아   (창가만 보며, 맘 아파도, 애써 담담히, 툭툭) 그냥 ..살았어. 결혼하고, 아이 낳고, 이혼하고, 아이는.. (눈가 붉어지지만, 담백하게) 아빠한테.. 가고. 그

리고 지금 여기.

동석   (가만 보다, 속상한, 문 쾅 닫고, 가는)

선아   (문 쪽 보고, 창가 너머 바다를 보는, 담담한)

씬12. 도로, 동석의 차 안, 밤.

동석, 속상하지만, 참고, 운전해, 가다, 핸드폰으로 선아를 찾아, 전화를 거는,

씬13. 모텔방 안, 밤.

선아, 침대맡에서 울리는 전화를 보는, 화면에 '동석오빠'라고 뜬, 전화를 받는,

선아   ...오빠 아직도 이 번호 쓰네..

씬14. 달리는 동석의 차 안, 밤.

동석   아직도 그 번호 쓰나, 그냥 걸어봤어. 죽을 생각 마, 신경 쓰게 말라고. (끊고, 운전해 가는)

씬15. 인권의 집 거실, 새벽.

현, 교복 입고 어질러진 집을 치우는, 그 모습 컷컷으로 보이는,
그때, 인권, 피곤해, 세수도 안 한 얼굴로, 자기 방에서 옷 입고 나오며,

인권   (비아냥, 화난) 학교 안 간댄 허더니, 교복 입어시냐?

현   (집 치우며, 담담히) 오늘 선생님께 학교 관둔다고 말할 (거예요).

인권   (말꼬리 자르며) 죽고 싶음 경 해라? 죽고 싶음 꼭 그렇게 해. (하고, 나가는)

현   (담담히, 집을 마저 치우려다, 창가로 가 바다 보다, 문자 오면, 보는)

영주   (E) 현아, 니 말이 맞었어.

씬16. 영주의 방 안, 새벽.

영주, 창가 보며 교복 입으며, 바다를 보고 서 있는,

영주   (E) 바다에 태풍이 지나갔어. 우리 오늘도 힘내자. (하고, 교복 입고, 복대를 두르고, 나가는)

씬17. 호식의 주방, 새벽.

식탁에 밥이며, 국이며, 잘 차려져 있는, 그 앞에 쪽지 보이는,

호식   (E) 오늘 장날이라, 아빠, 일 간다. 학교 끝나면 아빠한테 전화해. 같이 병원 가게.

영주   (쪽지 상 위에 놓고, 속상한, 작심하고, 복대 풀어, 식탁 위에 놓고 나가는)

씬18. 호식의 얼음가게 안 + 인권의 순대 작업장 앞 + 달리는 인권 호식의 차 + 도로, 아침.

호식, 고글 쓰고, 전기톱으로 시장에 가져갈 얼음을 자르는,

＊ 점프컷 – 회상, 옛날 학교 뒷담 같은 》
모두 고등학교 교복 차림, 이름표를 단,

인권, 애들과 1대 5로 죽어라 싸우는, 자신도 엄청 맞는,

그때, 호식, 죽어라, 양동이에 김이 펄펄 나는 뜨거운 물을 받아서 들고 뛰어오며,

호 식	인권이형! 엎드려!
인 권	(애들을 때리다, 놀라, 바닥에 뒹구는, 가방을 뒤집어쓰고)
호 식	(뛰어와, 물을 뿌리고)
학생들	엇 뜨거! (하며, 난리가 난)
인 권	호식아, 튀어! (하고, 죽어라, 달리는)
호 식	(두려워, 양동이 들고, 죽어라 인권 따라가는)
인 권	(뛰며) 호식아, 양동이 버려!
호 식	(놀라, 양동이 버리고 죽어라 뛰는)
학생들	(죽어라, 쫓아가는)
인권, 호식	(죽어라, 달리다, 웃는, 느린 그림)

＊ 점프컷 - 현재, 인권의 순대 작업장 안 》

인권, 땀을 뻴뻴 흘리며, 솥 안에서 순대와 돼지머리 삶은 걸, 큰 비닐봉지에 담는,

＊ 점프컷 - 회상, 시내 골목, 밤 》

인권(삼십 대, 검은 양복, 얼굴이 엄청 다친), 동네 골목길을 죽어라, 뛰다, 슬쩍 뒤를 돌아보면, 아무도 없는,

인 권	(힘든, 주변 보며, 헉헉대며, 호식이가 당했나 두려운) 호식아.. (하고, 다시 왔던 길을 마구 뛰어가며) 호식아! (하며, 골목 어귀를 돌아서다, 멈추는)

＊ 점프컷 》

앞을 보면, 어깨1, 팔로 호식(그냥 청바지에 티 정도 입은, 깡패처럼 안 보이는, 얼굴이 많이 다친)의 목을 조르고, 서 있고, 다른 어깨들은 그 둘레를 지키고 서 있는, 인권, 그 광경을 보고, 놀라, 뒤돌면, 뒤에서도 어깨들이 나오는,

인권, 숨을 헉헉 고르고, 포기하고, 담담히, 가만 손 들고, 무릎 꿇는,

인권	호식인 노름꾼이지, 어깨 아니라. 괜히 나한테 놀라 왔당 당한 거.
어깨1	(호식의 목 풀고, 인권의 얼굴을 걷어차는)
어깨들	(호식 놓고, 인권 패는)
호식	(얼른 일어나, 죽어라, 도망가며, 깡패들에게서 벗어나, 주머니에서 호루라기 꺼내 부는) 불이야! 불이야! (그러다, 순찰하던 경찰차 보면, 앞에 가로막고) 불이야!
경찰들	(놀라, 차에서 나오면)
호식	(다시, 인권 쪽으로 가며, 호루라기 불며) 불이야, 불이야! (손으로 경찰들 오라고 신호하는)

동네 인가에 불 켜지고, 사람들 '뭐라!' 하며, 나오는,
경찰들, 호식을 쫓아 뛰어가는,

＊ 점프컷 – 현재, 호식의 얼음가게 앞 》
호식, 진지하게 굳은 얼굴로 얼음트럭 타고, 장으로 가는,

＊ 점프컷 – 현재, 호식의 순대 작업장 앞 》
인권, 트럭에 짐을 다 싣고, 호로천 덮고, 트럭을 출발시키는, 땀이 많이 난,
일에만 집중한,

＊ 점프컷 – 회상, 시내 골목 》
어깨들, 인권을 죽어라 패다가, 호식, 호루라기 불며, '불이야!' 하고 오고,
경찰들, 오는 걸 보고, 놀라, 도망가고, 경찰들, 어깨들을 쫓아가면,
호식, 맞아서 축 처진 인권일 업고, 죽어라, 달리는,

＊ 점프컷 – 회상, 다른 길 》
호식, 인권을 업고 달리는,

호식	(힘든) ...

인권	(힘들어도, 웃으며) 나중에... 영주 크면.. 우리 사둔 하자..
호식	(뛰며, 울컥해) 가이(개)가 이제 돌인디, 언제 커?!
인권	(힘든) 언젠간 크겠지게.. 자식아..
호식	(뛰며, 울며) 그러자! 형, 사둔 하자! 죽지 마, 쌍!

* 점프컷 − 현재, 도로 》

호식, 옛 생각에 굳은 얼굴로 운전하다, 신호등에 멈춰 서고, 옆 보면,

인권, 트럭 몰고, 호식을 무섭게 꼬나보고 있는,

둘이 그렇게 한참을 긴장되게 꼬나보고 있는,

그러다, 신호등 바뀌고, 차들 경적을 울리는,

인권, 무겁게 호식을 쏘아보고, 침 뱉고, 그냥 가는,

호식, 경적 울리며, 인권의 차를 앞질러 가며,

| 호식 | (이 앙다물고, 분노에 찬) 자식 새끼나 아방이나 내 인생에 태클만 거는... 똑같은 놈의 새끼들.. |
| 인권 | (이 앙다물고, 분노에 찬, 구시렁) 똘이나, 아방이나 똑같이 싸가지 어신(없는) 것들... |

씬19. 학교 교무실 복도, 낮.

영주, 현, 서 있는, 둘이 모두 담담한, 차분한,

지나가는 남학생1, 둘을 보며,

남학생1	(웃긴) 야, 둘 다, 아주 멋져, 애 낳고 학교 다닐 거라며? (현을 툭 치며) 아빠네, 이제. 낄낄낄. (가는)
현	(꼬나보는)
여학생1	(둘을 스쳐 지나가다, 돌아와서, 영주 현에게, 따뜻하게) 난 니들 편. 힘내. (하고, 가는)
영주, 현	(보고, 담담한, 진심, 작게) 땡큐.
남학생2, 3, 여학생2, 3	(장난스레, 손을 흔들며, 구호하듯) 방영주! 방영주! 방영주!

정현! 정현! 정현!

선미   (손에 종이 한 장 들고, 오다가, 그런 애들 보며, 버럭) 죽을라고, 구경났어?
뭐가 신나, 니들은?! 조용히, 안 해!

학생들   (가며) 방영주, 정현! 방영주, 정현! (하며, 가는)

선미   (학생들 꼬나보고, 영주, 현 보고, 담담히, 툭툭) 내가 반 애들한테 물었어,
반장이 애 낳고, 학교 다니는 거 찬성이냐, 반대냐? 90프로 찬성. 나도 찬
성. 알고 있어. (영주 보며, 툭) 마이 베프. (하고, 가는)

영주   (가는 선미 보며 고마운)

그때, 선생님1, 2, 수업 끝나고, 교무실로 가며, 영주와 현에게 한 마디씩
하는,

선생님1   (남자, 사십 대, 말도 안 된다는 듯, 어이없게, 영주 보고) 학교 다니면서 출
산? 참내.. (하고, 가면)

선생님2   (여자, 오십 대) 꼭 이런 모범생들이 뒤통수를 치지. (하고, 가다, 영주 보
며) 부끄러운 줄도 모르고.. (하고, 가는)

현   (모멸감 드는, 째려보는)

영주   (눈물 참고) 사랑이 뭐, 죄예요!

선생님2   (돌아보며, 어이없는) 임마, 애들이 니들 보고 뭘 배우겠어! 전교 회장, 부
회장이 돼가지고! 챙피한 줄도 모르고! 부끄러움은 내 몫이니? (하고, 가
며) 내 자식이 저럴까 무섭네.

그때, 교장실에서 나오던 담임, 선생님2를 맘에 안 들게 보고, 영주, 현에게,
'따라와' 하고 가는, 영주, 현 따라가는,

씬20.   학교 상담실 안, 낮.

담임선생님과 영주, 현 상담실에 앉아 있는, 담임, 속상하고, 답답한, 영주
가 안쓰럽기도 한, 동의서를 보며, 더 답답해지는,

영주	(O. L, 울컥하는, 억울하기도 한) 지리쌤도 임신 중이시고, 저번에 국사쌤도 출산 전날까지 나왔다가 애 낳고 바로 출근하고, 지금 담임쌤도 임신 중에 학교 나오시는데... 저는 왜 안 돼요?
담임	(동의서를 놓고, 맘 아프게, 속상하게, 영주를 보는) 아버님은 허락하셨어?
영주	(맘 아픈) 아직,
현	(맘 아파도, 담담히) 허락 안 하셔도 저흰 애기 낳기로 결정했어요. 죄송해요, 쌤.
영주	(맘 아파도, 또박또박 말하는) 저 애기 낳아도 성적 안 떨어져요. 학교 계속 다니게 해주세요. 지균 혜택 저 주시면 저 무조건 서울대 붙을게요.
담임	교장 교감선생님들과 상의해봤는데, 두 분 선생님들은 너희 둘 다 전학을,
현	전 오늘부로 학교 그만둘게요. 쌤. 근데, 영주가 학폭 전학할, 그만둘 이유 없어요. (담임 가만 보고) 학생은 임신, 출산 등의 이유로 차별받지 않을 권리를 가진다. 학생인권조례 내용이에요.
영주	(울컥하며, 따박따박 따지는) 도와주세요, 쌤. 저 공부 진짜 열심히 했어요. 쌤도 아시잖아요?
담임	(답답한, 영주 현이 안된, 속상한) 후... (하고, 손으로 이맘 짚는) 일단.. 둘 다 아버지 모셔와. (하고, 나가려다, 영주 보며, 속상한) 몸은 안 힘들어?
영주	(눈가 붉어) 힘들어요.
담임	(현에게) 영주한테, 잘해, 너.
현	네.
담임	(가는)

그때, 전화가 오는,

영주	(핸드폰 보면, 아빠다, 전화 받는)
현	(핸드폰 안 든 영주의 손을 꽉 잡아주는)

씬21. 섭섭오일장 + 학교 복도 교차씬, 일각, 낮.

호식, 땀 흘리며, 블루투스로 전화하는, 트럭의 큰 얼음을 등에 지고, 전화

하며, 가는,

호 식   수업 언제 끝남시니?

* **점프컷 – 학교 복도** 》
영주와 현, 손잡고, 상담실에서 나와, 걸어가는,

영 주   끝났어.
호 식   (얼음이 힘든) 근데 무사 전화 안 해시니? 병원 가자니까?
영 주   병원 안 가. 과외 하는 날이야. 그리고, 샘이 학교에 오래.
호 식   (은희의 가게에 얼음을 부리고, 화난, 참고) 선생님은 무사?
영 주   내가 말했거든, 애 낳고 학교 다니겠다고. 아빠 편한 시간 말하면, 내가 샘
         하고 약속 잡을게. (하고, 전화 끊는, 현과 손잡고, 가는, 속상하지만, 참는)
호 식   (속상한, 화난, 버럭) 야, 방영주, 너 미쳐서! (블루투스에 대고, 고래고래
         소리치는) 영주야, 영주야! 방영주! (열불나, 방방 뛰며) 악! 썅!

         그 소리에, 은희 가게에 있던, 은희, 영옥, 정준, 기준, 달이, 커피 팔던 별이,
         춘희, 옥동, 주변 상인들까지, 모두 호식을 보는, 뭔 일인가 싶은, 인권, 순댓
         국을 두 그릇 들고, 옥동 춘희에게 가다, 그 모습 보고, '미친놈' 하고, 구시
         렁대고 가고,

은 희   (속상해, 호식에게) 야야야야, 너 무사 욕을! 어멍들 계신디!
호 식   (다시, 전화를 걸어보지만, 영주 안 받는, 전화 끊고, 몸서리치며, 악쓰는)
         악! (하고, 호식을 보는 옥동 춘희 지나쳐, 공중화장실로 가는)
은 희   (가는 호식 보며, 걱정) 호식아, 호식아! (그때 손님 오고) 뭐마씸? 갈치?
         (갈치 들어 대가리를 치며) 난리 났네, 난리 났어. 영주 일을 알았네, 저게.
정준, 영옥 (은희 보는, 뭔 소린가 싶으면서도, 손님들 생선 주문받는) ?
달 이   (일하며, 은희에게, 걱정) 영주가 무슨 일 있어요?
기 준   (달이 일을 가져가며, 작게) 좀 천천히 일해, 힘들어.
달 이   (기준을 어이없게 보는)
별 이   (먼 데서, 차 팔다, 달이가 기준 보는 걸 보고, 맘 불편한)

＊ **점프컷** 》

인 권 (춘희 옥동에게 순댓국을 주는) 순댓국에 국수 말안예? 드십서. 점심도 거르시고.

춘 희 (걱정, 인권 보며) 무슨 일이시냐.. 호식이.. 저 순한 아이가. 욕을 허고..

인 권 나도 몰라마씸. (하고, 공중화장실로 가는)

옥 동 (가는, 인권에게, 담담히, 걱정) 호식이가 영주랑 싸워신가?

춘 희 (담담히, 걱정) 똘이라면 죽고 못 사는 아이디? 설마..

옥 동 (답답한) 죽고 못 사니 싸우지게. 싫음 무사 싸워.

춘 희 (동석 자리 보며) 오늘 동석이는 어신게(없네)..

옥 동 (못 들은 척, 가는 손님 보는) ..

춘 희 (덤덤히, 무심히, 옥동 보며) 동석이가 어제 물에 빠진 여잘.. 아는지, 쫓아갔댄 하던디(쫓아갔다고 하던데).

옥 동 (손님만 보며) .. 나물 삽서.

씬22. 공중화장실 입구 + 공중화장실 안, 낮.

인권, 화장실로 가는데, 문자 오는, 보는,

선 생 (E, 난감한) 현이아버님, 현이가 아무런 말도 없이, 계속 학원을 안 나오고, 전활 안 받네요. 혹시 무슨 일이 있는지.. 걱정이 돼서요..

인 권 (화나는, 전화 끄고, 화장실 들어가, 바지 지퍼 내리고, 소변보며, 어이없는) 무사 학원을 안 가.. 야, 간땡이 분 새끼, 이거....

그때, 호식, 화장실 칸에서 나와, 속상하고, 굳은 채, 인권, 지나쳐, 세면대에서 손을 닦는,

인 권 (소변만 보며, 화를 삭이며, 무덤덤히 말하는) 어떵할 거? 영주? 설마, 날 거?

호 식	(세면대에서 손만 닦으며, 거울로 뒤에 인권을 꼬나보며) 내가 돌아? 니 씨를 낳게?
인 권	(화나는, 지퍼 올리고, 호식 앞에 서, 낮게) 니 씨?
호 식	(손 닦으며, 인권 꼬나보며) 그래, 니 씨?
인 권	(가만 꼬나보다, 참고, 주머니에서 돈다발을 꺼내, 돈을 세서, 세면대 옆에 놓으며) 영주, 좋은 병원 데려강 애 떼라이. 시간 끌지 말라. (하고, 가는)
호 식	(손을 씻다 멈추고, 나간 인권을 보고, 돈 보며, 잠시, 멍, 그러다 분노에 눈가 붉어지는, 가만 참담하고, 차분히 손을 씻는) ...

＊ 점프컷 ‒ 회상(인권, 호식 서른 살 즈음), 허름한 컨테이너 밖 》

남자들	(E) 도도도도! (하는 소리 들리는)

＊ 점프컷 ‒ 회상, 컨테이너 안 》
담배 연기 자욱한, 호식과 남자들 일곱 서 있고, 내기 윷놀이를 하는, 한쪽에 판돈으로 보이는 수백만 원 정도 되는 만 원짜리가 수북하게 쌓여 있는,
호식, 작은 그릇에 작은 윷(제주식 윷)을 넣고 흔드는, 땀이 흥건한, 긴장해, 마른침을 삼키는, 옆에 한편인, 남자 셋, 땀이 많이 난, 긴장한, 상대편 네 명의 남자, 긴장해, 계속 '도도도도'를 외치는, 호식, 땀 나, 윷을 치는 (O. L)데, 도다,

호 식	(속상해, 울고 싶은)
호식편 남자들	(실망, 화난, 큰소리로) 아 쌍!
상대편 남자들	(신난) 도다! 도!
상대편 남자1	자, 나 차례! (하고, 윷을 바로 치면, 윷 나오는) 와! 숯(윷)이다! (하며, 자기편과 잽싸게 돈을 가방에 챙기는)
호식편 남자들	(화나, 돈 싸는 거 말리며) 돈 싸지 마, 혼 번만 더 쳐, 혼 번만!
호 식	(넋이 나가, 참담하게, 보다, 컨테이너를 나가, 어둔 길을 걸어가는, 울고 싶은)

＊ 점프컷 - 현재 》

호식, 참담해, 세면대의 돈을 들고, 나가는,

옥동 춘희, 장사 물건 팔다, 넋이 나간, 호식을 보며,

춘희	(국밥 들고 보여주듯, 걱정) 호식아, 밥 먹으라.
옥동	(달래는) 호식아.. 어멍 좀 보라..
호식	(멍하니, 손에 돈 쥐고 가는)

＊ 점프컷 - 회상, 호식의 옛날 집 》

호식, 문 열고, 들어와 보면, 어린영주(5살), 꼬질꼬질한 얼굴로, 앉아, 넋
나간 듯, 텔레비전을 보고 있는, 옆에 빈 밥솥과 김치만 있는, 이상한, 안방
으로 가보면, 옷장에 아내의 옷이 없는, 집 안이 어질러진, 이상한, 거실로
가서, 어린영주 보고, 밥솥 보면, 텅 빈,

어린영주	(호식 보며, 멍하게) 배고파... (하고, 다시 텔레비전 보는)
호식	(멍하게, 한쪽에 사진 보면, 아내의 웃는 얼굴이 보이는)

＊ 점프컷 - 현재 》

호식, 은희의 가게 앞을 지나가는,

정준	(생선 토막 내며, 호식 보며, 걱정) 호식이형..
기준	(가는 호식 보며, 일하며) 눈이 완전 돌았네, 저 삼춘.

호식, 그냥 지나치는,

은희, '호식아! 나랑 얘기 좀 하자이! 야, 야, 야!'

호식, 그냥 지나쳐 가는,

＊ 점프컷 - 인권의 순대가게 》

인권, 열심히 순대를 써는, 호식, 그 앞에 와서, 인권을 보는, 넋이 나간, 차
갑고, 무서운, 멍한, 눈빛이다. 인권, 그런 호식을 꼬나보며, 순대만 써는,

* 점프컷 – 회상, 클럽 계단 》

인권, 어깨들과 클럽에서 나오다, 클럽 앞에 서 있는 호식 보고, 말하는,

인 권   이 미친 .. 너 또 와서? (하고, 지나쳐, 검은 승용차로 가며)

호 식   (인권의 팔 잡으며, 모멸감 들어, 눈가도 붉은) 형, 마지막이야, 한 번만 도와줘.

인 권   (순간, 너무 화나, 멱살 잡고, 팰 듯) 콱! 이게, 지난번도, 마지막이라더니, 또, 내가 도박하지 말랬 했지? 죽을라고? (하고, 어깨들과 차 타러 가는)

호 식   (미안하고, 초라하지만, 담백하게 말하는) 영주엄마가 도망간.

인 권   (사납게 보면)

호 식   (턱으로 한쪽 가리키면)

어린영주   (빵집 앞에서 멍하니, 빵을 보고 서 있는)

호 식   영주가 밥을.. 못 먹언..

인 권   (호식 꼬나보고, 더 독하게 하려는 맘이다, 어린영주에게 가서) 영주야, 삼춘 돈 주세요, 해봐. (하며, 동냥하듯, 손을 내밀어 보이는)

어린영주   (인권 보고, 인권 따라서, 인권 앞에 손을 내밀며) 삼춘, 돈 주세요.

인 권   (지갑에서 돈 만 원권 수북이 꺼내, 어린영주 손에 주고, 호식에게 와서, 차 갑게) 니 똘 앞세웡, 앵벌이 시키난 좋으냐? 이 개그지야? (하고, 어깨가 열어주는 차 타고, 가는)

호 식   (멍한)

그때, 어린영주, 돈 들고 와, 호식에게 손을 내밀며, 웃으며,

어린영주   아빠 돈.

호 식   (그런 어린영주를 보는데, 눈물 나는, 어린영주 손의 돈을 집어, 바닥에 버리고, 어린영주 안고, 가는데, 눈물이 흐르는, 막막하고, 참담한)

* 점프컷 – 현재, 인권의 순댓국집 앞 》

호 식   (인권의 얼굴에 돈을 뿌리는)

인 권   (얼굴에 돈 맞고, 어이없는) ?!

주변 사람들   무사니, 둘이?

호 식   너 나와, 이 개 쌍여르 새끼야.

인 권   (열받아, 칼 돼지머리에 꽂고, 웃옷 벗어, 던지고, 호식 앞에 서며, 화나, 으름장) ..나왔쩌, 이제 니가 어쩔 거!

호 식   (말 끝나기 전에 먹살 잡고, 인권 턱을 치고)

인 권   (동시에 호식의 먹살 잡고, 턱을 치는)

그런 두 사람에서 엔딩.

8부 ──────────── 인권과 호식 2

살면서, 다 뭐든 너 뜻대로, 되는 건 아니라.
그게 인생이라.

씬1.   인권의 순댓국집 앞, 낮(7부 엔딩 연결).

인권, 칼을 돼지머리에 꽂고, '나왔쩌, 이제 니가 어쩔 거' 할 때,
호식, 멱살 잡아, 인권의 턱을, 인권도 거의 동시에 호식의 멱살 잡아, 턱
을 치는, 인권은 맞아도 멀쩡하고, 호식은 코에 피가 터지는, 인권, 화가 잔
뜩 나, 재빠르게 휘청이는 호식을 발을 걸어, 넘어지게 하고, 호식, 국밥 먹
는 사람들에게로 넘어지고, 그 바람에 국밥 먹던 손님들, 국그릇 쏟고, 놀
라, '악!' 하며, 일어나다 넘어지고, 호식, 그 틈에 일어나, 돼지머리에 박힌
칼을 잡으려 하는, 아줌마들, 놀라, 버럭 '뭐 하는 거!' 하고, 바가지로 호
식, 손을 치는, 인권, 호식이 칼을 잡은 것에 대해, 어이없고, 더 화나, '이 미
친!' 하며 열받아, 호식을 주먹으로 치고, 호식이 넘어지면, 그 틈에 호식의
배 위에 올라가, 호식의 멱살 잡고, 호식의 얼굴을 주먹으로 죽어라, 패는,
아줌마들, 장사꾼, 손님들, '아이고, 무사니! 무사! 누게가 좀 말리라!', '사람
죽는다, 사람 죽어!', '어머머, 어떵해!' 하며, 난리가 난,

* 점프컷 》
은희, 칼질하다, 긴장한, 멀리 들리는 소란한 소리에 느낌 이상해, '무신(무
슨) 큰소리라!' 하고 가고, 정준, 창고 쪽 생선 정리하다, 재빠르게, 은희보
다 먼저 앞으로 뛰어가는,
영옥, 칼질하고, 기준 달이, 생선 포장하느라, 가지도 못하고, 속 타는, 걱정
스런,

영옥 (걱정, 큰소리로) 선장, 조심해!

기준 (영옥 맘에 안 들게 보고) ..

* 점프컷 – 시장 일각 》
춘희, 일어나, 걱정스레, 인권의 국밥집 쪽 보며,

춘희 무사.... 소란스러우니?

옥동 (힘들게 일어나, 걱정스레, 보며) 다행히, 정준이가 감쪄(가네).....

* 점프컷 – 인권의 국밥집 》
인권, 호식을 패는, 늙은 남자 두 명, 인권의 팔을 잡고, '호식이 죽으켜, 영
하지 말라!' 하며, 말리지만, 뿌리치는 인권의 힘을 못 당하고, 말리다, 넘어
지는,

인권 (주먹으로 치며) 너, 죽어서, 오늘!

* 점프컷 – 인권, 호식 교차 》
정준, 사람들 사이로 뛰어가며, '비킵서! 비켜!' 하고 와, 인권의 등 뒤에서,
인권의 양팔에 제 팔을 껴서, 있는 힘껏 들어 올리는,

정준 (걱정) 형님, 형님, 참아요!

인권 (정준의 힘에 밀려, 일어나며, 악에 받친) 놔, 놔! (정준에게) 죽어, 너! 놔!
놔!

정준 (인권 끌고, 사람 없는 곳으로 가며) 형님, 형님, 참아...

인권 (끌려가며, 소리치는) 내가 오늘 저거 아주 죽여불고, 빵 가켜(갈 거야),
놔! (정준에게) 자식아! 딸년이 몸 간수 못 행, 내 자식 인생 망치게 해놓
고! 지 자식 내 자식 위행 애 떼랜 허는 게 뭐 어때서! 그럼 앨 날 거라? 날
거라!

은희 (가는 인권 보며, 속상해, 버럭) 고만해, 너! (하고, 호식이 코피며, 입가에
피난 걸 보고, 또 화가 나는, 맘 아픈, 호식 일으켜 세우며) 오지게 처맞았

네. 너도 일어나라게! 지랄들 말고!

호식   (맞아, 힘든데도, 앉아, 가는 인권 보며, 더 소리치는) 더 치라, 이 깡패 새끼
       야!

인권   (정준에게, 끌려가며, 버럭) 내가 순대장사지, 무신 깡패냐, 새끼야!

호식   (아랑곳없이, 말만 하는) 자식 간순 너가 못 했쩌! 우리 영주 얼마나 잘 커
       신다! 보란 듯이 내가 키우신다! (억울한, 속상한) 귀한 내 똘.. 너네 못난
       아들내미 땜에 인생 망치게 생겨신다! 이 깡패 새끼!

인권   (정준에게 끌려가며, 속상해, 맘 아파, 악에 받쳐, 제 말만 하는) 내가 그렇
       게 깡패 소리 하지 말랜 해도, 기어이, 저게.. 너가 칼을 들어?! 그래, 칼 들
       엉 찔러봐, 너 사람 찔러봔? 너가 사람 칼로 찌르는 게 뭔진 알암서?

호식   (인권 보며, 맘 아픈, 속상해, 버럭) 모른다 새끼야! 뭐, 좋은 데 가서 애
       떼?! 그걸 말이라고 햄서! 내가 돈이 어서, 느 돈으로 내 딸 데리고 병원을
       가카!

인권   (끌려가며, 버럭대는) 너가 진짜 제대로 된 아방이면, 남자면! 손에 피를
       묻히는 한이 이서도 해야 할 일을 하는 거라. 어? 너 무조건 애 떼?! 아님
       나 손으로 직접 떼켜이!

은희   (인권 쪽에 대고, 속상해, 버럭) 고만해! 미친! (호식에게) 일어나, 너도 고
       만해, 사람들 다 들엄쩌!

호식   (일어나, 가며, 맘 아픈, 큰소리) 다 들으랜 해! 이 방호식이 인생 어차피 이
       제 개시궁창이야! (속상해, 울며, 가는)

은희   (호식 부축해, 인권과 반대 방향으로 사람들 없는 데로 데리고 가며, 속상
       한) 가라, 가, 남의 장사 피해 그만 주고, 좀 그만, 가라!

호식   (인권 들으라고, 소리치며, 가는) 너 우리 영주한티 손끝만 대라이, 내가
       아주 죽여분다!

       가는 호식의 모습 위로, 사람들 말소리 들리는,

상인1   (소곤대며, E) 뭐라, 영주가 임신했다는 거라?

상인2   (흥분한, E) 그럼 현이가 임신시켰다는 거?

상인3   (E) 근디, 자이네는 무사 이추룩(이렇게) 틀어진 거? 예전엔 죽고 못 살
       았네.

아줌마1   (속상한, E) 무사.. 이런 일이.. 이시니..

씬2.   시장 뒤켠, 낮.

정준, 인권을 끌고 오면,
인권, 몸부림쳐, 정준의 팔에서 벗어나며,

인 권   놔! (하고, 속상해, 한숨 쉬는)
정 준   (답답하게 보며) 형님.. 집에 모셔다드릴게요, 제 차로 갑서?
인 권   (바닥에 속상해, 침 뱉고) 됐다게. 장사 물건이나, 아주망들이랑 니가 좀
          접어주라. (시장과 반대편 길가로 가는, 속상하고, 화나고, 참담한)

씬3.   길거리, 낮.

호식, 온통 피떡이 돼선, 터덜터덜 걸어가는,
은희, 가는 호식을 뒤에서 보며, 슬프고, 속상하고, 안된,

은 희   나중에 술 한잔하자이! 나는 너 맘 아는 거, 알지이! (하고, 보다, 돌아서
          고)
호 식   (그냥 가는)

        * 점프컷 》
        인권, 호식 걸어가는 모습 교차, F. I.

                자막 : 인권과 호식 2

씬4.   시내, 식당 전경 + 안, 밤.

현, 설거지를 열심히 땀 흘리며 하는,
식당 직원, 식사 포장을 하다, 현 보며,

직원1 배달.
현 (설거지하던 손 닦고) 네. (하고, 나와, 배달통에 포장된 음식을 담는)

씬5. 거리, 밤.

현, 오토바이 타고, 배달 가는, 얼굴에 땀이 난,

씬6. 호식의 불 꺼진 거실, 밤

호식, 벽에 기대 가만 앉아 다리를 안고, 가만 뭔가 작심한 듯, 생각 많게 앉아 있는, 그 앞에 통장 두 개가 놓인,
그때, 영주 학원 갔다 들어오며,

영주 (무심히) 불도 안 켜고 뭐 해? (하고, 불 켜고, 호식 보고, 조금 놀라) ..얼굴은?
호식 (작심한, 담담히, 툭툭) 그냥.... 술 먹고 넘어전. 앉아.
영주 (양반다리로 호식 앞에 앉으면)
호식 (제 앞의 통장 두 개를 영주 앞에 던지고) 통장 하난, 너 서울 가민, 학비랑 자취방 얻잰 니 이름으로 적금 분 거, 7천만 원. 완납. 나머진 하난, 아방이 너 서울 감, 얼음장사 때려치고, 낚싯배 사잰 적금 분 거. 7천만 원짜린데 아직은 반만 뷘.
영주 (통장을 열어보고, 영문 모르겠는, 뭔가 슬픈, 호식 보는) ?
호식 (영주 보며, 막막한 맘으로, 툭툭 말하는) 아방이, 그동안 지지리 궁상떨멍 모은 전 재산. 은희삼춘한티 진 빚도 담 달이면 다 갚을 거. 이 집도, (영주 손에 든, 통장 보며) 그것도, 너 가지라.
영주 (뭔가 예감이 안 좋아, 낮게) ..이거 갖고?

호식 (슬프지만, 단호한) 병원 가. 그리고 서울 가서 살아. (툭툭) 너가 몰라서 경
      하는데(그러는데), 애 떼도 다들 잘 살아.

영주 (속상해, 보며) 애기 낳아도 잘 살어.

호식 (화난(부탁조가 아닌), 이 앙다물고, 참으며, 툭툭 말하는) 애만 어시면 훨
      훨 날아서 너 하고 싶은 교수, 병원장, 뭐든 할 수 이신디, 무사, 애 낳앙 이
      디서 주저앉을라고 하맨, 넌!

영주 (말꼬리 자르며, 속상해, 큰소리) 뭘, 주저앉아? 애 낳고 서울대 갈 거라니
      까!

호식 (눈가 붉어, 소리치는) 애 키우기가 쉬운 줄 알암서?! 내가 너 키우멍 먹은
      두통약이 한 트럭이고, 너 몰래 훔친 눈물이 저 바당이라, 자식아?! 긴말
      필요 언. 그 혹 떼라.

영주 (맘 아픈, 울음 참고, 속상해) 뭐.. 혹?

호식 (이를 앙다물고, 맘 아프게 영주 쏘아보며, 버럭) 그래, 혹! 혹!

영주 (너무 속상하고, 맘 아픈, 울먹이며) ..내 애기가 혹이면, 나도 그럼 아빠, 혹
      이겠네?

호식 (맘 아픈, 안 그런 척, 더 강하게) 당연히, 혹이지? 너 키우는 내내 골 아팠
      져! 그래서 너한테 부모 되랜 나는 못 하켜. 아방이 영하는(이러는) 건, 다
      널 위해서,

영주 (말꼬리 자르며, 눈물 닦고, 또박또박) 날 위해서? 아니! 아빨 위해서지. 나
      만 없으면, 이 혹 덩어리만 없으면! 아빠 편하게 배낚시나 하면서 인생 즐
      거웠을 텐데, 그치?

호식 (말꼬리 자르며, 울컥하지만, 참고, 냉정하게, 툭툭 말하는) 그래! 무사 느
      아방은 좀 편히 살면 안 되크냐? 꼭 너가 이 아방, 등골을 끝까지, 똥창 끝
      까지, 빨아먹고, 말아먹어야 직성이 풀림시냐? 어? (화나, 이 앙다물고) 각
      설허고, 정해, 이 아방이야, 니 혹이야? 니 혹이면, 꼴 보기 싫으니까, 내 집
      에서 나가!

영주 (가만 보다, 슬프지만, 작심하고) 알았어.. 나갈게. (일어나, 제 방으로 가는)

호식 (화나고 맘 아파, 눈물 차올라 영줄 쏘아보는, 맘이 아픈, 영주에게 지지
      않으려 하는) ..

씬7.　영주의 방 안 + 거실, 밤.

영주, 눈물 참으며, 큰 배낭 두 개에 옷가지들 몇 개와 책들을 챙기고, 서랍 열어, 몇만 원의 돈과 저금통도 가방에 넣고, 나가는,
호식, 거실에 그대로 앉아, 가는 영주 보며,

호식　(울음 참고, 안 지고, 버럭) 그래, 나가 자식아, 나가! 근디, 너 지금 나가믄 이 아방이랑 영원히 끝이라. 그건 알고 나가이.
영주　(호식 돌아보며, 눈물 차오른, 또박또박) 좋겠다, 아빠가 떼버리고 싶은 혹이 제 발로 나가서. 잘 살아. (하고, 현관문을 쾅 닫고, 나가는)
호식　(영주가 나가는 소리 들으며, 눈물 나는, 참고, 주방으로 가, 담금주를 통째로 벌컥벌컥 마시는, 눈물은 흐르는)

씬8.　편의점 안, 밤.

현, 서둘러, 뛰어 들어와, 매대로 가, 서둘러, 컵과일이며, 삼각김밥, 우유를 꺼내는,

씬9.　길가, 밤.

선아, 산책하는데, 문자가 오는, 보면, 동석이다, 문자 내용 보면,

* 점프컷 - 인서트, 문자 내용 》
살아 있냐?

동석　(E) 살아 있냐?
선아　(그 문자를 보고, 문자 하는, E) 어.

동석의 문자 다시 오는,

동석 (E) 됐어, 그럼.

선아 (그 문자를 보고, 핸드폰을 주머니에 넣고, 걸어가는)

씬10. 길가 + 횡단보도 앞, 밤.

선아, 걸어가 횡단보도 앞에 서는, 신호등 바뀌고, 건너는데, 현, 봉지 들고
뛰어와 선아가 묵는 모텔로 뛰어가는, 선아, 가는 현을 무심히 보는,

주인 (E, 답답한) 야, 임마, 아방하고 싸웠댄 짐 들고 집을 나오고... 그게 말이
됨시냐?

씬11. 모텔방 안 + 복도, 밤.

영주(목에 땀이 흥건한, 힘든), 방 안에 앉아, 문 앞에 서 있는 주인을 보며,

영주 (주인 보며, 속상한, 툭) 아빠가 안 잡아서....

주인 (답답한) 쯔쯧! 오늘은 늦어시난 자고 낼은 가라. 미성년자 출입시킴 삼춘
일 나. (하고, 나가려는데, 복도에 현이 서 있는) 현이라? .넌 무사?

현 (땀 난, 봉지 든, 인사하고) 영주 십 분만 잠깐 보고 갈게요.

주인 (현 보고, 영주 보고, 답답한) .춤말로.... 딱, 딱, 십 분이라. (하고, 가는)

현 (영주 걱정돼도, 애써 담담히, 가는 주인 보고, 들어와 문 닫고, 봉지에서
컵과일, 삼각김밥, 우유 꺼내 보여주고) 뭐, 줘?

영주 컵과일.

현 (컵과일을 따서, 영주에게 주고, 주머니에서 삼만오천 원을 꺼내 주며) 가
지고 있어, 오늘 번 돈.

영주 (맘 짠해지는, 돈을 받아, 제 지갑에 넣으며) 아껴 쓸게.

현 (영주 안쓰레 보고, 목과 이마의 땀 보고, 걱정) 아파? 땀 나, 너?

영주 (과일 먹으며, 담담하게) 감기.. 인터넷 봤더니, 애기 있음 약 먹음 안 된대.

현	임산부들 먹는 약 있을 건데..
영주	(과일 먹다, 순간, 울컥하는, 현 보는) ..
현	(걱정) 왜?
영주	너 우리가 아빠들 진짜 실망시키고, 못되게 상처 주고 있는 거 알지?
현	(눈가 붉어, 보는) ...
영주	(눈물 나는, 소매로 닦고, 야무지게, 말하려는) 그러니까, 이제부터 우린 지금보다 더 많이, 서로 더 많이 사랑하고 더 믿고 더 잘해주고,
현	(말꼬리 자르며) 무조건 행복해야 돼. 근데, 영주야, 집에 들어가자. 여긴, 니가 있을 데가 아닌 거 같애.
영주	(눈물 닦고, 먹으며) 여기 삼촌이 지금이라도 전화하면, 아빠가 밤에라도 나 데리러 올 거야. 난 아빨 알아. (다부지게, 보며) 지금은 화가 나, 날 안 잡았지만, 결국은 나한테 져줄걸. 아빠가, 여기 와서 너 보면, 화날 수 있으니까, 넌 가. 빨리.
현	(안쓰런, 답답한) 같이 가자?
영주	가면, 내가 지는 거야. 그럼 병원 가야 되고. 아빠 올 때까지 있을 거야. (책 펴며) 공부할 거야, 가.
현	(답답한)
(E)	(우당탕탕 하는 소리)

씬12. 호식의 집 앞, 밤.

호식을 만나러 집에 들어온 현을 내쫓은 상황, 호식(O. L), 비닐봉지에 얼음 담아서, 한 손으론 제 얼굴에 대고, 한 손으론, 현의 멱살을 잡고, 맨발로 집 밖으로 내모는, 호식, 복도 벽에 현일, 몰아세우고, 화나, 눈가 붉어 부르르 떨며,

호식	(버벅대며) 너가.. 너가 주, 죽잰 날 찾아완?
현	(멱살 잡은 호식의 손을 제 손으로 잡고, 목도 맘도 아프지만, 진심으로 미안한) 저 때리시고, 영주 집에 오게 해주세요, 삼춘, 아니 아, 아버님. 저 장난 아니고, 진짜 영주 아끼고 사랑해요. 아버님.

호식	(화나, 먹살 잡은 채, 부르르 떨며) 사랑하는데, 아끼는데, 앨 배게 해서? 어? 이... 죽일 놈의 이 개새끼야?

호식　(화나, 먹살 잡은 채, 부르르 떨며) 사랑하는데, 아끼는데, 앨 배게 해서? 어? 이... 죽일 놈의 이 개새끼야?

현　(얼굴 붉어져, 아프지만, 할 말은 하는, 맘 아픈, 진심) 죄송해요. 영주 시내 **모텔에 있어요, 근데 영주가 감기도 걸리고.. 아저씨, 삼춘, 아버님, 제발 영주 집에,

인권　(E, 담담한) 뭔 소린가 했더니, 내 자식 잡는 소리네.

현, 호식　(보면)

인권　(현이 꼬나보고, 호식 꼬나보며, 낮게, 으름장) 손 놔라이, 개 내 거야, 패도 내가 패. 놓라게. 안 죽을람.

호식　(냅다, 얼음주머니로, 현일 패는, 그 바람에 물이 현에게 쏟아지고, 먹살 잡은 채, 현에게) 너, 영주한티 전하라이. (맘 아프지만, 참고, 모질게) 이번 일은 지 뜻대로 안 된다고. 이 아방.. 절대 이번엔 안 진다고. 이 잡놈의 자식아. (하고, 문 닫고, 가는)

현　(참담한)

인권　(가는 호식 꼬나보다, 내려가는)

현　(참담한, 내려가는)

씬13.　인권의 집 안, 밤.

인권, 들어와 주방 의자에 앉고, 현, 들어와, 의자에 앉으려 하면,

인권　(화나는, 참고) 바닥.

현　(의자 넣고, 바닥에 무릎 꿇고 앉는, 화나는, 오기 부리는)

인권　(화 참으며, 현을 꼬나보듯 내려다보며, 차분히, 툭툭 말하는) 학교 샘도 학원 샘도 오늘 너.. 학교도 학원도 안 왔댄 하는디, 넌 무사, 열두 시에 집에 완?

현　(작심하고, 툭툭) 알바했어요. 학교 샘 전화 받지 마세요, 놔두면, 자동 자퇴 처리되니까.

인권　(기가 찬) 학원빈, 뼁땅 쳐, 영주 줜?

현　그냥 제가 썼어요.

인권	(어이없어, 허허, 헛웃음이 나는, 가만 현만 내려다보며, 기도 안 차는) 학교 학원 다 작파허고.. 돈 훔치고. (현의 머리를 손으로 툭툭 밀며) 야, 여자 믿지 마, 느 어멍 봐, 봐? (격앙되는) 결국은, 너 버렸 갔잖아. 지 살자고!
현	(올려다보며, 화난, 낮게) 말씀은 제대로 하세요, 엄마가 언제 절 버렸어요? 아빠를 버린 거지.
인권	(순간 속상해, 뺨 치는, 눈가 붉어지는, 참고, 쏘아보는) 뭐.. 라?
현	(지지 않고, 눈가 붉어 보며) 엄만 저 버린 적 없어요, 제가 보내준 거지. (하고, 방으로 들어가며, 쾅 소리 나게 문 닫는)
인권	(속상해, 큰소리, 방문에 대고) 지랄하고 있네! 야, 자식아, 남자면, 인정할 건 인정하라게!? 너도 나도 느 어멍한테 버려진 거! 알크냐?

씬14. 현의 방 안, 밤.

현, 침대 위에 앉아, 방문 쪽을 맘 아프게 쏘아보는,

인권	(E) 여자 믿지 마, 영주도 결국은 너 버릴 거여. 이제 학교도 그만둔 널, 뭐가 좋앙, 평생 같이, 살 거?

씬15. 인권의 거실, 밤.

인권	지금이야, 눈 뒤집혀, 지랄해도, 결국은 헌신짝처럼 널 버릴 거여. 두고 보라게! 너, 낼 학교 가라이, 안 감 죽어, 진짜.. (하고, 거실 창문 열고, 바람 맞는, 현의 엄마 얘기에, 맘이 너무 아프고, 속상한)

씬16. 도로가 + 봉고차 안, 어두운 새벽.

춘희, 옥동, 걸어가는,
혜자와 아줌마1, '삼춘들, 혼저 옵서!' 하고,

춘희, 옥동, 앞을 보면, 봉고차 서 있고, 혜자와 아줌마들, 차에 타고 있는, 옥동, 춘희도 차에 타는,

＊ 점프컷 - 차 안》

옥동, 춘희 차 타다, 현이 보고, 뭔가 싫은, 현(조금 눈치 보고, 어색한), 아줌마들 사이에서 인사하는, 옥동, 현의 빈 옆자리에 앉는,

혜 자 출발합서.

기 사 (차 출발하고)

춘 희 (현을 보며, 이상한) 너는 무사 여기시니? 귤 창고 감신디? 학교 안 간?

혜 자 (웃으며) 현이, 학교 그만뒀댄마씸. 이디 반장이 인터넷에 알바 구한댄 광고 내신디, 글쎄 야이(얘)가 일당바리 하러 왔댄... 현이가 이제 일해서, 영주 까까 사준다고, 크크.

아줌마들 (웃는)

아줌마1 아이고 기도 안 찬다.

혜 자 (웃으며, 장난) 현아, 너 영주랑 진짜 잔? 너 여자랑 자는 게 뭔 줄은 알암서?

현 (속상하지만, 버티는)

아줌마1 (어이없는, 웃음) 아이고, 니 아방 영주 아방 속이 어떵할지..

춘 희 (답답한, 어른들에게) 고만들 허라! 남 일에 무사 쓸데어시 할 말 안 할 말 다 허고... 그저 주둥이들을.. 나불나불.. (하고, 창가 보며, 답답한)

혜 자 (입을 삐죽하며, 다물고)

옥 동 (현 보고, 할 말 없는, 안됐기도 한, 현의 손을 잡아주고, 낮게) ..영준? 영주도 학교 그만.. 뒨?

현 (울컥하는, 참고) 아니요...

옥 동 그 몸으로.. 학교 다니기 힘들 건디.. (하고, 손을 꽉 잡고, 창가만 보는, 안쓰런)

씬17. 매일시장, 낮.

인권, 땀 흘리며, 순대 리어카를 끌며, 블루투스로 전화 받으며, 가는,

모텔 주인   (E, 답답한) 형님, 다름이 아니라, 우리 모텔에 어제부터 호식형님, 똘내미 영주가 와 이신디예, 아이(애)는 집엘 안 간댄 허고, 호식형님은 전화도 문자도 안 받고, 그래, 내가 답답행, 형님한테 전화했수다. 형님이, 시장서 호식형님 보면,

인권   (리어카 끌고 가며) 그 모텔 우리 현이도 간?

모텔 주인   (E, 난감한) 그게.. 잠깐..

인권   (전화 끊고, 리어카 끌고 가며, 구시렁) 막 가는구나, 그럼 나도 막 가지 뭐..

* 점프컷 – 은희의 가게 근처 》
다른 얼음장사, 은희네 가게에 얼음 주고 가는 듯, 얼음 리어카를 끌고, 가는, 다른 생선장사1, '오가야, 이디도 얼음 주라!', 생선장사2, '우리도 얼음 얼른 주라!' 하고, 다른 얼음장사, '네네네네' 하고, 신나서 가는,

* 점프컷 – 은희의 가게 안 》
은희, 호식에게 전화를 걸고 있는,
민군 양군, 얼음을 생선에 뿌리며,

양군   (투덜대는) 아, 오씨 아저씬, 얼음을 이렇게 다 녹여 오면 어떡해. 호식이삼춘 얼음이 짱인데.

은희   (전화 끄고, 호식 찾아, 다시 전화하는데, 안 받는, 웃옷 들고, 나가며, 답답한) 인간이 아무리 속이 상해도... 일은 해야지게... 굶어 죽을 거라. (하다, 앞을 지나가는 인권을 보며, 답답해, 큰소리로) 야, 너는, 아무리 성질이 나도 호식일 패면, 되냐?

인권   (멈춰, 화나, 무섭게, 꼬나보면)

은희   (아차 싶은, 깔끔하게) 유구무언이다. 배달허라. (하고, 가는)

인권   (화나 보고, 가는)

씬18. 얼음가게 앞 + 바다, 낮.

호식(주머니에서 핸드폰이 계속 울리는), 방죽에 앉아, 먼바다를 보고 있는, 그 모습 위로 은희의 말소리 들리는,

은희   (답답한, 호식 쪽에서 전화벨 울리는 소리 듣고, 호식에게 걸어와 옆에 앉으며) 전화 받으라게! 영주 따문에, 주문 전화도 안 받고, 굶어 죽을 거라?

호식   (바다만 보는, 주머니의 핸드폰 벨소리가 끊기는)

은희   (답답한, 옆에 앉아) 영준, 학교 간?

호식   (바다만 보는) 집 나간.

은희   (답답한, 바다 보다, 호식 보며) .....야, 내가 너 속상한 줄은 알암신디... 너가 지라게.

호식   (고개 돌려, 싸늘히, 꼬나보면)?

은희   (냉큼, 바다를 보며) 유구무언입니다.

호식   (다시, 바다를 보며, 툭) 동네 사람들 말 많지이, 영주 두고.

은희   (답답한) 신났지게.

호식   나가 영주 업엉, 시장일 헐 때 받은 손가락질, 이젠 영주가 대물림행 받을 거.

은희   (바다 보다, 호식 보며) 그래도, 영주, 찾으러 가야지게?

호식   (바다 보며, 담담히) 무사? 일주일만 나가 살면, 아이고, 사는 게 무섭네 하멍, 지 발로 백기 들고 걸어 들어올걸. 이번엔, 죽어도, 안 질 거여.

은희   (답답해, 달래는) 애를 배기 전이면, 너가 맞는디이, 이미 밴 애를 어떵할 거니?

호식   (말꼬리 자르고, 싸늘하게 보면)

은희   (냉큼 다시 바다 보며, 답답하지만, 깔끔하게) 유구무언입니다.

호식   (보고, 이내, 주머니에서 핸드폰 꺼내 '떠나가는 배' 노랠 트는)

은희   (그런 호식 보며, 기운 빠지는) 유구무언. 유구무언. 유구무언. (하고, 일어나 가다, 돌아보며) 야, 그래도 얼음장사가, 얼음은 팔아야지게!

호식   ..

은희   (답답한, 가며, 구시렁) 그래 괴로워해라, 괴로워해서 답이 나오민.. (하고 가는)

호식   (노래 들으며, 바다만 보는) ...

씬19. 모텔 가는 길, 하천 돌다리, 낮.

영주(체육복 차림에 가방을 멘, 땀 나는, 복대를 안 해, 배가 나온), 몸이 힘든지, 이마에 땀이 난, 영주, 가면서, 문자 하는,

영주   (E) 현아, 나 감기가 너무 심한 것 같애. 그래서 학교만 갔다가, 학원 빠지고 지금 모텔로 가는 중.

씬20. 창고 안, 낮.

춘희 옥동 혜자 등등 귤을 상자에 담는 일을 하는, 현(땀범벅, O. L), 포장된 상자들이 가득한 이동 트레이에 상자를 담아 끌고 가다, 트레이를 넘어뜨리고, 아줌마들 그걸 보고, 답답해, '이런 이런 이런.' 하고, 현, 속상해, 서둘러 상자를 이동 트레이에 옮기는데, 기사, 차에서 내려와, 도와주는, 그때, 핸드폰 톡 오는 소리 나고, 현, 영주인 걸 직감하는, 기사에게 '저, 화장실 좀 다녀올게요..' 하고, 뛰어가며, 문자 보고, 톡 하는,

현   (E, 아픈 영주가 걱정스런) 영주야, 많이 아프면 병원 가야지?

씬21. 하천 건너는 돌다리(개천 위에 듬성듬성 돌이 놓인) + 현의 창고 일각, 낮.

영주, 길 가다, 순간 배가 아픈지, 주저앉아, 배를 만지며, 아픈 거, 참고, 다시, 일어나, 문자 하는, 그때, 맞은편 길에서 오던, 선아, 배 만지는 영주에게 눈이 가는, 어디가 불편한가 싶은,

영주   (E) 병원 갈 정도 아냐. 근데 아프니까, 보고 싶어, 알바 끝나고, 나한테

와?

현   (E) 영주야, 나 걱정돼, 집에 가, 어? 아님, 병원이라도 가? 감기가 아닐 수도 있잖아!

영주   (자길 보는 선아를 보고, 좀 이상한, 문자 하는, E) 내가 알아, 감기야. 집에 가라, 병원 가라는 말 할 거면, 나 문자 안 한다.

현   (E) 알았어, 알바 곧 끝나, 쫌만 기다려.

선아   (그냥, 영주를 지나쳐, 돌다리 걸어가는)

영주   (E) 빨리 와. (하고, 전화 끄고, 앞서가는 선아의 뒤에서 돌다리 건너다, 배가 뭉치는지, 다시 배를 잡고 주저앉는) 아...

그 모습 위로, 담담한 선아의 목소리 들리는,

선아   도와줄까요?

영주   (앞에 있는 선아를 보며, 힘들지만) 아뇨. (하고, 일어나려는데, 가방이 툭 다리 밑으로 떨어지는, 어쩌지 싶은데)

선아   (다가와, 물에 빠진 가방을 집어 들고, 영주에게) 와요. (하고, 가방을 들고, 다릴 건너는)

영주   (선아를 보고, 그 뒤를 따라서, 돌다릴 다 건너는)

선아, 돌다릴 다 건너서, 영주 오는 걸 보다, 영주가 다릴 건너면, 가방을 어깨에 메어주며,

선아   (따뜻하고, 편하게) 임신.. 했어요?

영주   (보는, 긴장하고, 조금 두려운, 그러다 작게 고개 끄덕이는) ?

선아   (따뜻하게 작게 웃으며, 조심스런) 내가 배 좀.. 만져봐도 돼요?

영주   ...

선아   실례했나 보다, 내가. (하고, 가려는데)

영주   (가는 선아 보다, 조심스런) 만져.. 보세요.

선아   (영주 돌아보고, 다시 와, 조심스레 배에 손을 얹어, 아기를 느끼듯 하고, 영주 보며, 담담히, 작게 웃으며, 진심) 축하해요. (하고, 가는)

영주   (가는 선아를 보며, 눈가 붉어지는, 그러다, 제 배를 가만 보다, 차분히, 툭)

애기야.. 나한테 온 거... 축하해.

씬22. 창고 앞, 낮.

작업반장, 현에게 만 원권으로 돈을 세, 칠만 원 주는,
현, 부지런히 인사하고 가는, 그때, 현의 등 뒤로, 옥동 춘희 혜자 등 아줌
마들, 나오며 말하는,

혜 자 (가는 현에게, 장난) 현아, 그 돈 영주 줄 거?

아줌마들 (깔깔대고)

춘 희 (웃는 아줌마들 보고) 무사 웃엄시니?! 우리 때 같음 벌써 애 날 나이라..
(혜자 담담히 보며) 느 서방 간수나 잘 하라게. (하고, 세워진 봉고차에 타
는)

혜 자 (속상한, 차 타며) 내 서방 이제 정신 차렸수다, 제주시 년하고, 헤어전마
씸.

옥 동 (가는 현이 보며) 현아, 차 타라!

현 (가다, 돌아보고) 집에 안 가요. (하고, 인사하고, 시계 보고, 전화하며, 뛰
어가는)

옥 동 (가는 현을 보다, 봉고차 타는)

씬23. 얼음가게 앞, 바닷가 + 길, 교차씬, 낮.

호식, 바다를 보고 있고, 핸드폰에서 노래가 나오다, 노래 끊기고 전화벨
소리가 나는, 전화 끊기면, 다시 노래가 나오고, 다시, 전화가 오면 노래 끊
기는, 호식, 짜증 나, 다시 벨이 울리는 핸드폰 들고, 일어나, 집 쪽으로 걸
어가며, 전화를 받는,

호 식 (현인 줄 모르는, 짜증 나, 무심히) 네, 방가 얼음입니다,

현 (말꼬리 자르며, 뛰며, 두렵지만, 용기 내는) 삼촌.. 영주가 아파요. 근데, 병

원도 안 간대요. 도와주세요. 제 말은 안 들어서... 제발, 도와주세요!

호식   (전화 끊고, 걱정돼, 울 것 같은, 빠른 걸음으로 가는)

씬24. 모텔 데스크, 낮.

모텔 주인, 안내 데스크 창구로, 걱정스럽게, 보는,
인권, 담담히, 일상적으로, 차분한,

주인   무사 형님이?
인권   (답답한) 영주, 몇 호?
주인   203호요.
인권   (계단으로 올라가는)
주인   (걱정스레 보다, 안내 데스크 문 닫고, 티브이 보는)

＊ 점프컷 – 복도 》
인권, 방들을 지나쳐, 203호로 가 서는, 답답한, 노크하는,
영주, 안에서, '현이니?' 하고, 무심히, 문 열고, 인권 보고, 놀라는, 굳은,

인권   (담담히, 보며) ...나오라.
영주   (고개 젓는, 두려운, 문 닫으려 하면)
인권   (무표정하게, 문 잡아 열고, 영주의 손목 잡고, 맘 아프고, 답답하지만, 안
          그런 척 참고, 짐짓 담담히) 삼춘이, 너도 현이도 둘 다.. 인생 안 망치게..
          도와주켜. (끌고 가며) 병원 가자.
영주   (힘없이 끌려가는, 안 끌려가고 싶은, 버티려 하지만, 안 되는) 삼춘, 이러지
          마세요. 저 병원 안 가요.
인권   (속상하지만, 참고, 계단으로 영주 끌고 가며, 앞만 보고) 버티면 다친다게,
          삼춘도 속상헌디, 이건 아니지게. 현이도 너도 앞길이 창창헌디.. 그냥 따라
          오라.. 나는 호락호락한 느 아방하고, 다르게, 그냥 오라.
영주   (울며, 따라가며) 손목 아파요, 삼춘, 이러지 마세요.

✻ 점프컷 - 모텔 로비 》

인권, 속상한 얼굴로, 영주를 끌고 가는,

영주   (울며, 끌려가는, 작게, 너무 큰소리로 소리치는 건 아닌) 삼춘.. 삼춘..
주인   (티브이만 보는)

✻ 점프컷 - 모텔 밖, 인도 》

인권, '삼춘, 무서워요, 이러지 마세요!' 하고, 우는 영주의 손목 끌고 나오는데, 현, 땀범벅이 되어서, 뛰어오다가, 멈춰 서서, 그 광경을 보고,

현   (화나는, 참고, 그러나 약하지 않게) 영주 손 놓으세요.
인권   (보며, 화난) 너나 비키라?!
현   (울음 나지만, 참고, 주먹 쥐고) 무식하게 그러지 마시고, (화, 버럭) 영주 팔 놔요!
인권   (기가 막히는, 속상해, 눈가 붉어지지만, 참고, 영주 손 잡은 채, 현을 꼬나보며) 무식하게? 그래, 느 아방 무식한 깡패다, 그래서, 어떵할 건디, 너가? 기어이 애 낳앙 인생 조질래, 이 새끼야? (지나가는 사람들이 힐끔거리는 걸 보다, 현이 보며) 꺼지라, 아방 쪽팔리게 하지 말앙! (하고, 영주 손 끌고 가는)
영주   (울며, 현이를 스쳐, 끌려가며) 현아, 현아..

✻ 점프컷 - 차도 》

그때, 인도 옆 차도로 호식, 트럭 몰고 오다, 서 있는 현과 인권이 영주를 끌고 가는 게 보이는, 뭔가 싶은, 사태 파악이 안 되는, 불안한, 호식, 그냥 차에서 내려, 찻길을 건너려 하는데, 오는 차들 때문에 쉽지 않은,

✻ 점프컷 》

현   (화가 더 나는, 가는 인권을 천천히 뒤돌아서, 쳐다보다, 분노에 차, 낮게) 영주 손 놔요..
인권   (그냥 영주 손 끌고 가는)

| 현 | 손 놓라고, 쫌! (하며, 뛰어가, 인권의 등을 몸으로 쳐서, 넘어뜨리는) |
| 인권 | (그 바람에 영주 손 놓치고, 길바닥에 쓰러져, 나뒹굴다, 음식물쓰레기통이 넘어져, 뒤집어쓰고, 길바닥에 얼굴이 긁히고, 무릎을 다친 듯, 무릎 잡고, 뒹굴며, 아파하는) 악! |

현, 화나 씩씩대지만, 차분한, 주저앉은 영주 손을 잡아, 일으켜 세우고, 길가를 턱으로 가리키며, '가 있어' 하고, 영주, 울며, 소매로 눈물 닦으며 가는, 호식, 차도 중간에서, 그 광경을 보고, 건너려 하지만, 차가 또 오는, 속 타는,

현	(인권에게, 맘 아픈, 모질게) 나 땜에 쪽팔려요? (강조하며, 격앙되는) 난 아빠가, 평생.. 쪽팔렸어요! 엄마 떠날 때 같이 갈걸. 아빠 불쌍해서 안 갔는데.. 이제, 아빠 아들 안 해요, 더는 못해! (하고, 영주 쪽으로 가, 영주 데려가는)
인권	(너무 아파, 못 일어나며, 버럭대는) 이 자식.. 영주 데령, 너 이리 안 와! 병원 가게, 이리 오라이!
호식	(그사이, 뛰어와, 멀리 가는 현 보고, 인권 보면)
인권	(일어나려 하며) 현이야, 야!
호식	(씩씩대며, 눈가 붉어, 눈 뒤집혀) 너 우리 똘한티 뭔 짓 했쪄?
인권	(일어나려 하지만, 무릎이 아픈, 힘든, 호식 보며) 무사? 병원 가잰 했다.
호식	(말 끝내기 전에, 인권의 턱을 발로 차고, 배에 올라가, 주먹으로 치는)

인권, 호식을 엎어쳐, 호식의 배 위로 올라가는데, 호식, 시장 때와 다르게 안 지는, 눈 뒤집혀, 인권의 귀를 물고, 인권, '악!' 하고, 아파하면, 인권의 배 위로 올라가, 마구, 주먹질을 하는,

| (E) | (경찰차 사이렌 소리) |

씬25. 경찰서 유치장 안, 밤.

호식과 인권, 경찰에 의해, 끌려 들어오고, 인권(엄청 다친), 호식(어제의 상처만 있는), 들어와, 벽 끝과 끝에 멀리 떨어져 앉는, 둘 다, 분이 안 풀려, 숨을 고르는,

경찰　　(답답한) 진짜.. 한동네서 이게 뭐짜.. 챙피하게.. 다 큰 어른들이... 두 분 다, 조서 쓰고 나갑서. (하고, 철창 닫는)

　　　　잠시, 정적 흐르는,

인권　　(화도 나고, 참담한, 가만있다, 호식 보며) 경하면(그러면), 넌 니 똘 애 낳게 할 거라?
호식　　(무섭게, 꼬나보며) 내 똘 일은 나가 알아서, 헌다고? 경하난(그러니까), 물주먹 가정 까불지 말라고, 새끼야?
인권　　(눈을 부라리며, 화난) 이게 진짜..
호식　　내 똘 건드림 나도 장사야, 또 맞을래?
인권　　치사하게, 귀만 안 물어뜯었어도, 넌 지금 송장이라? 아호, 진짜 저걸! (하며, 한숨 쉬며, 천장 보면)
호식　　(혼잣말처럼) 자식한티도 쪽팔린댄 소리 듣는, 저질 깡패 새끼.
인권　　(순간, 진짜 화나 보면)
호식　　(보며, 안 지고) 내가 너한티 당한 거에 비함, 이건 아무것도 아니라?
인권　　(화를 참고, 가만 호식 보면) 좋다, 짜샤, 한번 들어나, 보게? 너 대체 무사 날 못 잡아먹엉, 난리라? 내가 너, 중딩부터 고딩까지, 죽어라 챙겨서, 안 챙겨서? 너 애들한티 뺙하고 맞으민 내가 대신 애들 패주고, 어쩔 땐 대신 맞아주고, 야, 너, 말 난 김에 말해보라? 너 커서도 나한티 뺙함 돈 가져강, 도박해서, 안 해서? 내가 그렇게 도박질 말랜 신신당부를 해신디, 번번이, 번번이! 말해보라, 이 새끼 대체 너, 내가 뭘 그렇게 너한티 잘못을 해시니? 내가 너네 마누라랑 바람을 펴시냐? 뭘 해신디? 어?!
호식　　(인권 꼬나보며, 담담하지만, 정확한, 비아냥) 딸년 앞세웡.. 앵벌이 시키난 좋으냐? 이... 개그지 새끼야?
인권　　(무슨 소린가 싶은, 호식 보는) ?
호식　　(가만 눈을 보며, 툭툭) 마누라 도망간 날.. 어린 영주 데령 너한티 쌀값 빌

리잰 갔을 때, (눈물이 차오르는, 너무 맘 아픈, 애써 내색 않고, 인권 보기만 하며) 어린 내 똘 영주 앞에서, 너가 나한티 한 말, 잊언?

인권　(호식을 보는데, 생각이 나는, 답답하게만 보는) ...

호식　(인권을 정확히 보며, 이를 앙다물고, 눈물이 흐르는, 아랑곳없이, 말하는) 난 못 잊언? 그때 난 진짜.. 믿을 데가 너밖에 어서신디, 너가 날 딸 앞에서, 개그지라고... 똘 앞세웡 앵벌이 시킨다고?..

인권　(미안하기도 하지만, 화도 나는, 나름 변명하는데, 더 화가 나는, 억울한) 그, 그거야. 나가이 너 정신 차리라고... 맨날 이기지도 못하는 도박허고, 나 따라 깡패 되고 싶어 하니까.. 그리고, 그지새끼가 무사 큰 욕이라? 그때 너허고 난, 이 욕 저 욕 온갖 욕 다 했던 사인디? 그지새끼라고 한 게 무사?

호식　(눈물 차올라, 보며, 툭툭) 그때 나는 진짜 거지였거든..

인권　?!

호식　진짜 그지... (인권 안 보고, 앞 보며, 툭툭) 너가 준 돈 길바닥에 뿌리고, 내가 가난해서 싫댄 떠난 은희한테 돈 빌리러, 가는 내 맘이, 어땠는 줄 알암서?

인권　(자신도 속상해, 뒤통술 벽에 치며) 내가 어떵 아나, 그걸!

호식　(보며) 자식한테 처맞은 기분이 어떵허냐?

인권　(눈가 붉어, 맘 아파 보면)

호식　딱.. 죽고 싶지? 그때 내 맘이 지금 너 맘... (하고, 인권 보고, 앞을 보는, 멍한)

인권　(눈가 붉어져, 맘 아파, 이를 앙다물고, 가만 호식을 보다, 앞을 보는데, 울고 싶은, 참는데, 안 되는)

씬26.　정준의 버스 있는 곳 전경 + 버스 안, 밤.

정준, 커피 마시며, 바다를 보며, 생각 많은, 어둡기보단 담담한,

* 점프컷 - 플래시컷, 회상, 항구 앞, 편의점(없었던 씬, 촬영 요)》
정준, 차를 타고 가는데, 편의점 주인의 말소리 들리는,

주 인	정준아!
정 준	(차 세우고, 보면)
주 인	나가이(내가) 하나만 묻자. 네네 해녀 영옥이 어멍 진짜 화가 맞으냐?
정 준	?

❋ 점프컷 - 플래시컷, 회상, 수협 앞, 낮 》

배선장	정신 차려, 야! 내가 그거한테 술값으로 뜯긴 돈이, 수백이야? 영옥이 그 거, 원래 그런 애라고, 남자한테 눈웃음 살살 치며, 술 뺏어 처먹는. 너도 당해. 조심해.

❋ 점프컷 - 현재, 정준의 버스 안, 밤 》
정준, 담담히, 커피잔 한쪽에 두고 늘 쓰던 버스 안의 아크릴 칸막이로 가 서, 수성펜을 들어, 칸막이 판에 글을 쓰려는,

❋ 점프컷 - 플래시컷, 회상, 배 안, 낮(6부) 》

혜 자	선장, 너 영옥이 거짓말하고 다니는 거 알고 이서?
정 준	?
혜 자	몰라심 알아두라. 우리가 저거 내쫓을 거. 저거이, 남자 있쪄. 맬 누게헌티 전화가 온다.

❋ 점프컷 - 회상, 바다, 낮(없었던 씬) 》
바다 위의 영옥의 태왁에서 전화가 울리는,
정준, 배 위에서 깃발 올리고 있는,
기준, 배 위의 호로천들을 치우다, 영옥의 태왁 보며, '영옥누난, 맨날 무슨 전화가 저렇게 와'

❋ 점프컷 - 회상, 영옥의 가게 앞, 밤 》

정 준   (영옥 따라 나가, 밤길이 무서울 것도 같아서 멀찍이 영옥 뒤에서 걸어가
        는, 말을 시킬까 싶은)

영 옥   (답답한, 귀찮은 듯 전화하며 대답하다, 정준 보고, 방향 틀어, 다시 가게
        쪽으로 가는)

        * 점프컷 – 현재, 정준의 버스 안, 밤 》
        정준, 수성펜으로 담담히 글을 쓰는,

        * 점프컷 – 인서트, 글 내용 》
        〈나는 거짓말을 하는 사람을 사랑할 수 있나?〉

        * 점프컷 》
        정준, 쓴 글을 한참 보고, 잠시 후, 그 옆에 답 쓰듯 쓰는,

        * 점프컷 – 인서트, 글 내용 》
        〈없다〉

        * 점프컷 》
        정준, 〈없다〉를 가만 보다가 다시, 글을 쓰는,

        * 점프컷 – 인서트, 글 내용 》
        〈그럼 나는 이제 어떻게 해야 하나?〉

        * 점프컷 》
        정준, 가만 글을 보는데, 전화 오고, 핸드폰 보면, 영옥이다, 정준, 담담히
        받는,

씬27. 영옥의 방 안 + 정준의 버스 안, 교차씬, 밤.

        영옥, 잠옷 차림으로 침대에 누워서, 정말 정준이 보고 싶은 듯, 담담하게,

전화하고 있는,

영옥   보고.. 싶어.

정준   .. (칸막이에 쓴 글을 보는) ...

영옥   선장은, 안 보고 싶어?

정준   (글을 보다, 고개 돌려 바다 보며, 자기도 모르게 작게 수줍은 웃음이 나는) ...보고 싶어요.

영옥   우리 둘이... 여행 갈래?

정준   ... (다시, 칸막이의 글을 보는, 어떻게 해야 하나 싶은)

씬28. 옥동의 주방, 밤.

옥동, 차를 끓인 걸, 컵에 두 잔 따라, 쟁반에 받쳐 나가다가, 문 앞을 보고, 놀라, 다리가 살짝 꺾이는,

옥동   아이고야...

그때, 춘희, 방문 열고,

춘희   무사? (하며, 옥동을 보고, 문 쪽을 보며, 깜짝 놀라) 아이고야..

     * 점프컷 》
     현과 영주, 손잡고 서 있는,

현   (미안한) 갈 데가 없어서..

영주   (눈가 붉어) 할머니, 재워주세요...

씬29. 몽타주.

1, 빌라 앞, 밤.
호식, 트럭 몰고 와, 서는, 트럭에서 내려, 빌라로 들어가는,
뒤이어, 인권, 트럭 몰고 와, 서는, 트럭에서 내려, 빌라로 들어가는,

2, 호식의 불 꺼진 집 안 + 영주의 방 안, 밤.
호식, 들어와, 영주의 방을 열어보고, 텅 빈 방 안 보고, 침대맡에 앉아, 슬픈, 이제 어떻게 하나 싶은, 참담한, 슬픈,

3, 인권의 집 안, 밤.
인권, 참담하게, 냉장고 문을 열고, 선 채, 대접에 소주를 콸콸 따라, 단숨에 마시고, 김치 그릇 열어, 김치 한 점 손으로 집어 먹는,

＊ 점프컷 – 회상, 서귀포, 시내 차도 옆 인도, 낮 》
인권(얼굴이 터진), 싸움을 했는지, 깡패들에게 쫓겨, 죽어라 뛰어가는,
사람들, 쳐다보고, 인권, 아랑곳없이, '비키라게!' 하며, 뛰어가는데,
그때, '인권아!' 하는 소리가 앞에서 나고, 인권, 소리난 쪽 보면, 차도 건너편에 인권모, 쟁반(순대국밥을 이고, 배달 가던 중)을 머리에 이고, 인권을 보고, 달려오는 깡패들을 보며, 놀라고 황당해, 서 있는,
인권, 인권모 보고, 속상하지만, 그냥 뛰어가는데,
인권모, '인권아!' 하고, 쟁반을 이고, 인권을 쫓아 차도를 건너다, 오는 차에 치이는, 뛰어가던, 인권, '쾅!' 하는 소리에 뒤돌아보면(느린 그림), 인권모, 길바닥에 넘어져, 피를 흘리는,

＊ 점프컷 – 현재 》
인권, 김치 먹고, 담담히, 대충 김치 그릇을 다시 냉장고에 넣고, 다시, 술을 따라, 술 먹는,

＊ 점프컷 – 회상, 인권의 집 안, 밤 》

현   (올려다보며, 화난, 낮게) 말씀은 제대로 하세요, 엄마가 언제 절 버렸어요? 아빠를 버린 거지.

인 권	(순간 속상해, 뺨 치는)

＊ 점프컷 – 현재 》

인권, 창가로 가, 창문 열고, 바다를 보는,

＊ 점프컷 – 회상, 병원 복도, 낮 》

인권(앞의 회상의 복장, 얼굴 다친), 멍하니, 복도 의자에 앉아 있는데, 인권의 아내(육지 사람, 제주 사투리 안 쓰는), 눈물범벅이 돼, 멍하니, 옆에 앉으며,

인권 부인	(인권모 때문에 맘 아파도, 인권에겐 냉정한 느낌) 어머니 돌아가셨어.
인 권	(안 보고, 고개 떨구고, 가만있는, 맘 아픈, 멍한)
인권 부인	이제 나도 당신이랑 끝이야.
인 권	(가만있는)
인권 부인	어머니가 당신한테 유언 남겼어.
인 권	...
인권 부인	자식한테 부끄럽게, 챙피하게 살지 말래. (하고, 가는)
인 권	(먹먹한)

＊ 점프컷 – 회상, 모텔 앞, 낮 》

현, 달려들어, 인권의 등을 치던, 넘어져 아프던,

＊ 점프컷 – 회상, 모텔 앞, 낮 》

현	(인권에게, 맘 아픈, 모질게) 나 땜에 쪽팔려요? (강조하며, 격앙되는) 난 아빠가, 평생.. 쪽팔렸어요! 엄마 떠날 때 같이 갈걸. 아빠 불쌍해서 안 갔는데.. 이제, 아빠 아들 안 해요, 더는 못해! (하고, 영주 쪽으로 가, 영주 데리고, 길가로 가는)

＊ 점프컷 – 현재 》

인권, 바다를 보며, 눈가 그렁해, 맘 아파, 어쩔 줄을 모르겠는, 참는,

* 점프컷 》
카메라, 인권 보여주고, 위로 올라가면, 호식, 인권과 똑같이 거실 창문 열고, 바다를 보는, 눈물 그렁한, 막막한,

씬30. 옥동의 방 안, 밤.

영주, 밥을 먹으면, 현, 반찬을 숟가락에 놔주다, 옆 보면, 춘희 옥동, 그 모습을 멍하니, 어쩌냐 싶게 보고 있는, 현, 좀 민망해, 영주 숟가락에 놨던 반찬을 다시 집어, 제 입으로 가져가려는데,

춘희   (귀엽고, 안쓰런, 덤덤히) 그냥 주라게, 치사하게.. 무사 줬당 뺏엄시니?
현   (웃고, 밥 먹는 영주의 숟가락에 반찬을 다시 놔주는)
영주   (민망하게 웃고, 밥 먹는)
옥동   (귀엽고, 안쓰런, 가만 웃음 짓고 보다, 춘희 보며) 아꼽다(예쁘다). 어린것들이 애를 난댄 하고... 기특허다.
춘희   (고개 끄덕이는) 기특허다. (영주에게, 담담히) 느 아방헌티, 너 이디 있댄 말했쩌. 아방 오민 따라가라이.
영주   (눈치 보며, 밥을 먹는)
현   (반찬을 놔주고, 영주 보고, 응원하듯, 작은 웃음 짓는)
영주   (먹으며, 반찬을 현의 숟가락에 놔주고, 애써 웃는)
옥동   (춘희 보고, 작게) 인권이헌티도 현이 이디 있댄 말했시냐?
춘희   (끄덕이고, 옥동 귀에 대고 작게, 답답한) 기양 미안허우다 허고 전화 끊언.
옥동, 춘희 (둘이 영주 현을 보는데, 안쓰럽고, 이쁜)

씬31. 현이의 방 안, 어두운 새벽.

인권, 문 열어보고, 참담한, 문 닫고, 나가는, 너무 피곤한,

씬32. 인권의 집 앞 복도 + 호식의 집 앞 복도, 어두운 새벽.

인권, 빌라를 나와, 계단을 내려가는, 카메라, 뒷모습을 보여주다, 계단 꺾어지는데(카메라 인권 안 따라가는), 갑자기 인권이 계단을 구르는 소리가 우당탕탕 나는, 그때, 호식, 현관에서 나와, 무심히, '뭔 소리라.' 하며, 현관문 닫고, 빠르게 계단을 내려가면, 인권, 계단에 굴러서, 죽은 듯 널브러져 있는, 호식, 놀라, 인권에게 다가가, 얼굴 치며, 걱정되고, 놀라,

호식   어어어, 저, 정신 차려, 야야야, (얼결에) 형, 인권이형! 누가 차 좀 부르라게!

씬33. 병원 전경 + 응급실 안, 낮.

인권, 링거 달고 있는, 응급실 침대 위에서 깨어나는, 주변을 둘러보니 은희가 의자에 앉아, 자신을 보고 있는,

인권   (이게 뭔가 싶은, 사태 파악이 안 되는) ?
은희   (무덤덤히, 지나가는 의사에게) 여기 깨어났어요!
인권   (은희 보다, 오는 의사(이십 대 레지던트) 멍하니 보는) ..
의사   (피곤한 듯, 툭툭) 쓰러지셨어요.
은희   죽을병이랜.
인권   ?
의사   (은희 맘에 안 들게 보고, 인권 보며) 급성 당뇨세요. (차트 보다 딱하다는 듯) 건강검진 안 하세요?
인권   (당황한) 그게 내가 아직.. 젊어서.
은희   (어이없는, 비아냥) 젊긴...
의사   당뇨 방치하심 큰일 나요. 합병증 생기면, 족부전증 알죠? 손끝 발끝 잘라내는 거? 그렇게 돼요. 일단 링거 맞으시고, 오늘 치 약은 드리겠지만, 오늘이든 낼이든 외래진료 꼭 받으세요. 귀에 상처도 있고... 안 받으심 큰 나

인권	물.
은희	(옆에 물병 들어 따서 주며) 상전 났쪄.
인권	(일어나 앉아, 물 마시며) 나 어떵 여기 완? 내가 집 계단 내려오던 건 기억이 남신디,
은희	(담담히 보며) 호식이가 업고 완.
인권	(물병으로 물을 껄떡껄떡 마시고) 구라 까지 말라, 그 자식이 날 뭐 한다고,
은희	그러게, 그 자식이 무사 너 같은 거를.. 콱 그냥 죽게 내불지(냅두지)... 뭐한다고.
인권	(믿기지 않아, 보는) ?
은희	(속상한, 보며) 나헌티 친구라곤 너랑 호식이 둘밖에 어신디, 맨날 싸우고 지랄허고,
인권	너가 무사 친구가 호식이랑 나밖에 어시니? 미란이도 이신디,
은희	미란이 얘긴 하지 말라게. 몸 살평 돈 갚고 죽으라, 죽더라도. 생선 대가리치러 감쪄. (하고, 일어나는데)
인권	(링거 뽑는)
은희	뭐 하는 거라?
인권	순대 삶는 날이라. (하고, 나가며, 답답한) 고맙다. (하고, 가버리는)
은희	(가는 인권의 등에 대고) 호식이헌타 허라, 고맙단 말은... (현에게 전화하며, 답답한) 현아, 느 아방 무사 그리 말을 안 들엄시니?

씬34. 학교 상담실 안 + 밖, 낮.

영주, 상담실 밖에서, 벽에 기대, 상담실 안에 있는 담임과 호식을 보는,
담임과 호식(풀죽은, 눈가 붉어, 듣기만 하는), 무언가 얘길 하는,
담임이 호식일 설득하는 상황, '학교에선 학생인권조례에 맞게, 영주 현일,
받아주기로 했어요. 임신해도 학교 다닐 수 있거든요. 그러니, 아버님도 영
주 받아주세요. 저도 아버님 맘 이해해요, 근데, 애 장래를 생각해, 참으셔
요.. 등등',

영주, 창 너머로 담임은 안 보고, 호식만 보고 있는, 미안하고, 속상한,

씬35. 학교 운동장, 낮

호식, 넋 나간 듯, 막막한 모습으로 교무실에서 나와, 운동장을 걸어가는,
영주, 그런 호식을 따라가는, 눈가 붉은,
호식, 운동장을 가로질러 교문 밖까지 나가는,

영주   (그냥 가는 호식 보며, 속상해, 눈물 나는) 진짜 그냥 이렇게 갈 거야, 나한
        테 아무 말도 안 하고, 진짜, 나 안 보고 이렇게 갈 거냐고?!
호식   (가만 돌아서서, 영주 보는데, 배만 보이는, 가만 눈 들어, 영주를 보는, 맘
        이 너무 아픈, 처지지 않으려 애쓰며, 담담히 말하는) 너 살 집 얻어줄 거
        라. 그디서(거기서), 현이랑, 살든, 니 애랑 살든 알앙 허라. (하고, 가는)
영주   (울며) 선생님도 친구들도 다 이해해주는데, 왜 아빠 날 이해 못 해, 왜?
        왜?
호식   (멈춰 서서, 그 소리 듣다가, 돌아보며) 좋냐, 넌?
영주   (울며, 보는)
호식   (울음 참으며) 선생님도 친구들도 현이도, 느 애도 다 너 편이라. 좋냐, 넌?
영주   (맘 아픈, 울음 왈칵 나는) 아빠, 져줘.
호식   살면서, 다 뭐든 너 뜻대로, 되는 건 아니라. 그게 인생이라. (하고, 가는)
영주   (가는 호식에게 소리치는) 죽어도 잘못했다고 안 할 거야! 내 애기가 실수
        라고, 난 죽어도 말 못 해. 그래도,
호식   (그냥 가는)
영주   너무 미안해.
호식   (맘 아파도 가는)
영주   아빠, 외롭게 해서.
호식   (가다, 멈추는, 눈물이 왈칵 나는)
영주   아빠.. 이 세상에 나밖에 없는데.. 외롭게 해서, 너무 미안해. 근데, 아빠, 나
        도 너무 외로워, 현이도 애기도 있지만, 아빠가 없어서, 너무 외로워. (하고,
        가는)

호식   (눈물 나는, 그냥 가는)

씬36.   동네 빌라 앞, 낮.

현, 오토바일 타고, 커브 길을 급히 돌다, 넘어져, 배달통이 다 엎어지고, 그 릇이 나뒹굴고, 오토바이가 다 깨진, 현, 놀라, 그것들을 보는,

씬37.   식당 안 + 밖, 저녁.

주인, 화를 내고, 현, 그 화를 다 듣고, 죄송하다 고개 숙이는,

주인   배달하랜허난, 오토바일 다 깨 처먹고! 뭐 하는 거라! 변상허라, 오토바이!
현   (주머니에서, 십여만 원 꺼내주며) 이것밖에 없어요, 죄송합니다.
주인   (돈 받고, 돈 세며) 가라게, 가! 에이, 재수 없어.
현   죄송합니다, 죄송합니다. (하고, 식당 나와 부동산 앞을 지나가는)

그때, 호식, 부동산에서 나오며, 주인과 인사하는,

주인   오늘 보신 집 생각 있음 빨리 전화 주세요.
호식   네, 네. (하고, 가다, 앞에 애기를 안고, 손에 짐을 들고, 힘들게 가는 애기 엄마를 보고, 영주 생각이 나는, 맘 아픈, 그냥 그 애기 엄마 스쳐 가는데, 속상한, 울고 싶은)

그때, 우르릉 쾅 소리가 나고, 비가 오는,

씬38.   순대 작업장 앞(한적한 곳에, 낡은 컨테이너 같은 가건물) + 안, 비 오는 밤.

현, 일회용 우산을 쓰고 서 있는, 그때, 인권이 차 와 서는, 인권, 차에서 내려, 비를 맞으며, 트럭의 들통을 안으로 옮기는, 현, 그런 인권을 보고, 우산을 버리고, 들통을 옮기는, 인권, 현의 손을 탁 치고 눈을 부라리며,

인권　건드리지 말라.

인권, 들통을 들고, 작업장 안으로 들어가는,
현, 아랑곳없이, 들통을 옮기는,
인권, 현을 마땅찮게 보고, 덤덤히, 그냥 겉옷을 벗고, 비닐로 된 멜빵바지 작업복으로 갈아입고 비닐장갑을 끼는, 본격적으로 작업을 시작하기 전에 현을 한번 지긋이 바라보며,

인권　(나직하게) 나가라게.
현　은희삼촌이 아빠가 당뇨라고... 외래진료 받아야 하는데, 안 받으신다고..

인권, 말없이, 들통 하나를 들어 작업대 위에 내장을 쏟아붓고, 현 보며,

인권　(가위로 내장 비계만 자르며) 너가 뭔 상관이라.
현　(속상한) 당뇨 그냥 두면, 위험한 병이에요. 상처도 많은데.. 상처 덧나면 어쩔라고 그러세요.
인권　(가위를 탁 놓고, 현 보며, 툭툭 말하는) 디지게 내불라게, 기양.
현　(맘 아프게, 속상해, 좀 큰소리) 아빠!
인권　(눈가 그렁해, 맘 아프게 보며) 느 아방이 평생 쪽팔련?
현　(맘 아프게 보면)
인권　(울컥하고, 화도 나지만, 참으려 하며) 들어나 보자, 대체 뭐가 느 아방이 쪽팔려서? 느 아방 쌍판이, 쪽팔려서? 그건 내 잘못 아니고, 이런 창고에서 돼지머리 삶고, 내장 삶는 게 쪽팔려서?
현　(맘 아픈, 그러나, 정확히 말하는) 아뇨.
인권　(눈가 붉어져, 화가 나는, 맘 아픈, 가슴 치며) 난 짜샤, 너한티 안 쪽팔릴라고, 너 하나 잘 길러보자고, (옆에 내장 들통을 엎으며, 우는) 삼백육십오일, 이십사 시간, 이디서, 이 피비린낼 맡아가멍, 돼지똥창 씻어가멍, 죽

어라 산 죄밖에 언! 나가이 내 어멍헌틴, 깡패질 하는 것밖엔 보여준 게 어서, 지금 당장 벼락 맞앙 죽어도 할 말이 없지만, 그래서 느 어멍 갈 때도 암 말 못 하고 보냈지만, 나가이 너헌틴, 너헌틴 새끼야! 하늘을 우러러 잘못한 게 없쪄! (하고, 눈물 나, 나가려다, 돌아보며) 너는 암것도 없는, 나헌틴, 세상, 그 어떤 것보다 자랑이었쪄?! 근디 넌 이 아방이 쪽팔련, 새끼야?! 이제 이 아방 자식이 아니라? 그래, 우리, 다신 보지 말게, 이 개... (하고, 가려는데)

현   (가는, 인권을 등 뒤에서, 꼭 안고, 울며) 잘못했어요, 아빠, 잘못했어요, 아빠..

인권   (눈물이 나, 아이처럼 손바닥으로 눈을 가리고, 엉엉 우는)

카메라, 창밖을 보면, 호식, 우산 쓰고, 그런 두 사람을 눈가 붉어 먹먹하게 보고 있는, 세 사람의 모습에서 엔딩.

9부 ──────────── 동석과 선아 2

오빤 그때도 지금도 엄청 거친 거 같지만,

따뜻한 거, 알아?

씬1.   인권의 빌라 앞 + 계단 + 인권의 집 안, 밤.

비가 그친, 거리는 젖은,
인권(8부에서처럼 다친 얼굴), 착잡하고 조금은 답답한 얼굴로 트럭을 몰고 와 세우고, 빌라로 들어가, 계단을 오르는, 그러다 집 앞을 보면, 호식, 비를 쫄딱 맞고, 계단에 앉아 있는,

인 권   뭐라?
호 식   (가만 보기만, 하는)
인 권   (답답한, 화도 나는, 간신히 참고) 나 건들지 말라이, 안 그래도 현이랑 졸라리 한바탕 붙고 와신디, 너랑 또 개싸움 할 힘 없쪄. 가라게. (하고, 현관문 열면)
호 식   (일어나, 다짜고짜 인권을 밀치고, 담담히 인권의 집으로 들어가고)
인 권   (순간 휘청하며, 열받아, 버럭) 이게 진짜.. 야, 너 안 나와! (하고, 집으로 들어가면)

카메라, 인권의 동선 따라, 현관 지나쳐, 집으로 들어가며,

인 권   이게 촘말로 진짜 죽잰 빽을 쓰나, 지금?! (하고, 거실의 호식을 보면)
호 식   (착잡한, 서 있다가, 그냥 무릎을 꿇고, 바닥을 보며, 눈가 붉어, 참담하게 있는)

인권   (그런 호식을 보고, 순간 어이없고, 속이 상하기도 한, 가만 보다가, 냉장고로 가, 냉장고 문 열고, 소주병 하나 들고, 싱크대에서, 컵 두 개를 꺼내 와, 잔에 술을 따르고, 잔 하날 호식에게 주며, 담담히, 툭) 제대로 앉으라, 쨔샤....

호식   (맘 아픈, 쪽팔림을 참는 듯, 제대로 양반다리하고 앉는)

인권   마시라.

호식, 인권 (말없이 술을 마시는)

호식   (술만 마시고, 인권 안 보고, 바닥만 보며, 눈가 붉은) 애들 ..애 낳고 살게 하자.

인권   (막막하게, 창가를 보는데, 눈가 붉은, 티 내지 않으려 하지만, 맘 아픈, 잠시 참고) ....일어나, 가라.

호식   (담담히, 애원조는 아닌, 담담하고, 차분한) 너랑 나랑은.. 이번 생, 이따위로, 하질로, 종칠 거 같지만, 우리 애들은, 남들한티 손가락질받지 않게,

인권   (순간, 화나는, 호식 보며) 감히, 누가 우리 애들을 손가락질하는디? 너랑 나랑은 애비니까, 그것들 멕이고 재우고, 키우고, 한 게 이시난(있어서), 욕도 하고, 쥐 팰 수도 있지만, 지들이, 남들이 뭘 해준 게 있댄, 우리 애들을 손가락질허는디? 누가 그래, 내가 그놈을 당장이라도 찾아강 귓방맹일 날려불 테니까, 누구라, 욕하는 것들이!?

호식   (속상한, 인권 보며, 울지 않으려 참고, 맘 아픈) 오일장 대장장이 김씨 놈..

인권   (열받는) 그리고?

호식   (눈물 나는) 해녀 혜자아주망이랑, 얼음장사 장씨, 그리고,

인권   (열받는) 그리고, 또?

호식   너.

인권   (멍한) ?!

호식   (맘 아픈, 울음 나는 걸 참으려 하지만, 안 되는, 울며) 너가 우리 영주 몸간수 못 했댄 하고 욕했네! 사과허라. 사과허라! (소매로 눈물 닦는)

인권   (술 마시고, 잠시 창가 보다, 차마 호식 못 보고, 바닥 보고, 맘 아픈, 진심) ...사과 .한다.

호식   (감동해, 울컥하는) ...고맙다.

인권   (차분하게) ..가라게, 이제.

호식   난 영주 들어오란 했쪄. 그러니까, 너도, 아니 형도, 현이 받아주라.

인권	... (답답한) 가라고?! (하고, 잔 두 개 싱크대로 들고 가, 닦는, 속상한)
호식	(일어서서, 주방 쪽 인권 보며) 그리고, 나도 받아주고. 이제부터 내가 형이랜 부를게.
인권	(설거지하다 탁 놓고, 호식 꼬나보며) 족보에도 어신(없는) 형은 무슨,
호식	(보면) ..
인권	사돈이랜 불러.
호식	(울컥) ?!
인권	(담담히) 가라, 사돈. 너도 피곤하다. (하고, 설거지하는, 맘이 짠한)
호식	(감동한 듯, 울컥하는 맘 삼키고, 낮게, 진심) 고맙다, 사돈. (하고, 가는)
인권	(설거지하다, 전화하는, 현에게, 퉁명스레) 당장 집에 오라, 옥동삼춘한틴, 그동안 고맙수다, 인사 꼭 허고. (하고, 전화 끊고, 설거지를 하고, 밥을 하는)

그런 인권의 뒷모습에서, F. O, F. I.

자막 : 동석과 선아 2

씬2. 몽타주.

1, 섬 일각, 낮.
동석의 트럭에서 물건을 읊는 동석의 목소리가 들리는, '오징어, 오징어..',
동석, 트럭 뒤에서, 물건을 봉지에 담는, 할머니들 아줌마들, 물건을 사려고 줄 선,

동석	(열심히, 야채를 담아, 아줌마에게 주며) 지지난주 꺼까지, 오만.
아줌마	(돈 주며, 퉁명스레) 오천 원은 깎아주라게.
동석	(어이없게 보며, 열받는) 뭘 맨날 깎아, 아주망은?
아줌마	나, 돈 언.
동석	돈이 어심, 먹질 맙서! (봉지에서, 시금치를 두 단 덜어내며) 사만 오천.
아줌마	(눈 흘기고, 오만 원 내고, 시금치 두 단을 가져가며) 다신 니 물건 안 사켜

(안 살 거야)!

동 석   (옆에 있는 강냉이 들어 불쑥 주며) 이래도!

아줌마   (웃고, 냉큼 강냉이 받아 가는) 히히.

동 석   (웃으며) 아들내미 요즘 사고 안 치고 농사 잘 지맨?

아줌마   (가며, 밝게) 오냐!

동 석   (웃다, 바로 정색하며, 할머니에게) 할망은 갑오징어랑, 갈치?

할머니   배 따 주라게. 나 힘이 언?

동 석   (귀찮지만, 칼 잡아, 배 따며) 배 따 주면, 삼천 원은 더 받아야 하는디.. 할
         망이난 봐주는 줄 압서. (옆에 할머니2에게, 답답한) 할아방은, 아직도 병
         원에 이서마씸(있어요)? 운신 못 허고? (다른 물건 뒤지는 할아버지에게)
         에에에에, 엔간히 뒤적거립서양?

         2, 제주 해안길, 낮.
         동석, 즐거운 것보다 일상적으로 편하게 노래를 틀고 흥얼거리며 트럭을
         운전해 가는,

         3, 시내 빨래방 밖, 낮.
         동석, 빨래방 밖에 세워둔 트럭 안과 뒤에서 빨래를 한가득 꺼내는,

         4, 빨래방 안, 낮.
         동석, 세탁기에 묵은 빨래들을 욱여넣고, 세탁기 문 닫는,

         5, 빨래방 밖, 낮.
         동석, 빨래방 앞 의자에 앉아, 컵라면을 후후 불어 한 젓가락에 다 먹고,
         먹은 컵은 옆에 두고, 다시 그 옆에 컵라면 들어, 두어 젓가락에 다 먹어
         치우고, 국물을 마시려 고개 들다, 앞에 건물 하나를 올려다보면, 어릴 때
         다니던 피시방이 보이는, 국물 마시다, 거길 가만 꼬나보듯 보고, 별일 없
         는 듯 침을 뱉고, 먹는 데만 집중하는, 국물을 마시는,

재 구   (E) 야, 너 이름이 뭐야?

씬3.   오락실 안, 낮, 회상.

선아(중2, 교복 입은, 이름표 없는, 혼자서, 게임을 하는) 옆에서 남학생들 게임 하며, 선아에게 말 걸지만 아는 척도 안 하고, 게임만 하는,

재 구   (고2, 사복, 게임 하며, 다른 테이블의 선아 보며) 야, 묻잖아? 너 이름이 뭐냐고?

선 아   (게임만 하는)

남학생1   (사복, 게임만 하며) 기집애가 왜 말을 안 해, 어른이 묻는데.. 야, 너 어디 산? 너 중딩이지게?

재 구   (게임만 하며, 어이없단 듯 웃으며) 쪼그만 게, 맨날 오락실이나 다니고.. 너 전학 왔지? 서울? 부산? 대구? 목포? (게임 하며) 야, 야, 야, (조금 큰소리) 너 어디서 전학 왔냐고?!

그때, 재구에게 종이컵이 날아와, 재구의 얼굴에 맞는,

재 구   뭐야, 콱! (하고, 종이컵 던진 쪽 보면)

동 석   (고2, 얼굴에 오래된 상처, 묵은 상처가 보이는, 테트리스 게임만 하며, 담담히) 시끄러. (하면서, 손은 게임 하고, 재구를 덤덤히 보는)

재 구   (덤덤한 표정에도 기죽는) 그냥 난 쪼그만 기집애가 집에도 안 가고 맬 오락실에 와서, 죽때리는 게 걱정돼서..

동 석   (담담히) 왜 얘 걱정을 니가 하냐고?

재 구   (기죽은, 고개 돌려, 게임 하는)

동 석   (고개 돌려, 게임을 하는)

그때, 종철, 와서, 동석의 의자를 발로 툭툭 차며,

종 철   (담담히, 낮게) 야, 야, 이똥썩, 그만하고, 일어나.

선 아   (그때, 가방이며, 게임 하던 것도 그냥 둔 채, 일어나 나가는)

종 철   (낮게, 동석 맘에 안 드는, 발로 툭툭 의자 차며) 일어나라고, 새끼야, 우리

형 기다린다고,

동 석   (그러든 말든, 열심히, 게임만 하는) …

종 철   (어이없게 보며) 이게 버티네, 셋 센다. (빠르게) 하나둘셋!

동 석   (셋과 동시에, 테트리스 완성이 돼, 음악이 나오고, 벌떡 일어나, 문 쪽으로
        성큼성큼 나가는)

종 철   (동석을 따라가는)

재 구   (동석이 나가는 게 불편한 맘으로 게임만 하고)

씬4.   오락실 계단, 낮, 회상.

동석, 아무렇지 않게 피시방에서 나와 계단을 내려가는데, 그 앞에 종우
(고3, 사복, 덩치 큰 느낌) 내려오는 동석을 꼬나보고 서 있는,
동석, 별 감정 없이 그냥 계단을 내려가면, 종우, 동석의 발 걸고, 동석, 그
바람에 계단을 구르면, 종철, 종우, 달려들어, 동석을 이 앙다물고, 발로 짓
밟는, 동석, 아파도, 내색 않고, 그저 맞기만 하는, 그때, 선아, 편의점에서
뭔갈 산 듯 봉지를 들고, 주변 신경 안 쓰고 그냥 계단을 올라, 피시방으로
올라가는, 종철 종우, 선아 아랑곳없이, 동석을 바로 짓밟다,

종 우   오늘은 내가 바빠서, 이만하고, 낼 또 맞자. (하고, 가는)

종 철   (다시 동석을 몇 번 짓밟고, 종우를 따라가는)

동석, 힘들지도 않은지, 무덤덤히 일어나, 피시방으로 가는,

씬5.   오락실 안, 낮, 회상.

동석, 피가 떡진 얼굴로 와서, 자리에 앉아, 게임을 하는데, 옆좌석의 선아
가, 불쑥 우유 하날 동석의 테이블에 놓는, 동석, 게임 하며, 안 보고도 선
아가 뭔갈 준 줄 아는 듯, 무심히, 제 테이블 앞에 있는 초코바 하날 선아
의 테이블에 놓는, 선아, 동석을 안 보고 초코바를 뜯어 먹는, 동석, 선아

안 보고, 우유를 따서, 마시는데, 선아가 불쑥 손수건을 테이블에 놓는, 동석, 그 손수건 들어, 무심히, 입가를 닦고, 손수건을 제 주머니에 넣고, 다시 게임을 하는, 편안한, 어둡지 않은, 그때, 우르릉 쾅 하며, 비가 오는,

씬6. 제주 흙길 + 동석의 차 안, 어스름한 저녁 무렵, 현재.

동석, 트럭을 몰고 가다, 갑자기 차가 꿀렁하더니, 차가 흙길에 빠지고, 차가 가지 않는, 동석, 답답해, 몇 번 시동을 걸어보지만, 안 되는, 차 안에 있던 우비 입고, 차 밖으로 나가서 바퀴를 확인하면, 길에 바퀴가 빠진, 동석, 주변을 보면, 돌이 있는, 그걸 가져다 차 바퀴에 놓고, 다시 차로 들어가, 시동을 걸어보지만, 안 되는, 동석, 다시 차에서 나와, 트럭 뒷칸을 열어, 빈 생선 박스를 보고, 그걸 꺼내 던지고, 제 발로 밟아, 박살을 내고, 그 중 나뭇조각 하나를 골라, 차 바퀴 밑에 놓고, 다시, 차로 들어가, 시동을 걸어, 차를 빼보려, 용을 쓰는,

씬7. 오락실 앞, 비 오는 밤, 회상.

선아, 건물 처마에 들어가 비를 보며 아빠에게 전화하지만, 안 받는, 신호음을 듣고 서 있고, 잠시 후, 사람들, 피시방에서 나와, 차를 타고 가거나, 뛰어가는,
재구와 동석도 나오는,

재구   동석아, 잘 가. (하고, 뛰어가는)

동석   (한쪽으로 가서, 낡은 오토바이에 걸린, 낡은 헬멧을 하고 오토바이를 타고, 주변의 친구들 눈을 피해, 선아 안 본 것처럼 그냥 가는)

선아   (혼자 남아 있는, 신호음 가는 핸드폰 주머니에 넣고, 버스정류장 쪽을 향해 그냥 가는)

그때, 동석, 오토바일 몰고, 선아 앞을 가로막고,

동석	(담담히, 오토바이 뒷좌석을 가리키며) 탈 거야?
선아	(가만 보고, 고개 끄덕이는)
동석	(오토바이에서 내려, 좌석을 열어, 낡은 헬멧을 꺼내, 선아 주고, 웃옷 벗어, 선아의 몸에 걸쳐주고, 오토바일 다시 타는)
선아	(가만 동석을 보다, 뒤에 타서, 동석의 허릴 잡는)
동석	미끄러져. 꽉 잡아.
선아	(넘어지지 않기 위해, 허릴 안고, 머릴 동석 등에 기대는)
동석	(앞만 보며, 담담히) 오늘도 니네 집 가는 버스정류장까지만 가, 아니면... 비 오니까, 니네 집까지 가?
선아	.. (어색한) 집까지. 오늘은 해안가로 가.
동석	(안 보고, 담담히) 그럼 많이 늦을 건데...
선아	괜찮아.
동석	(돌아보며) 넌 나 안 무서?
선아	안 무서.
동석	(환하게, 웃음이 나는)
선아	(수줍게 웃는)
동석	(오토바일 운전해, 빗속을 달리는)

＊ 점프컷 》
해안도로를 비 맞고 달리는, 동석과 선아,

씬8.　모텔 전경(선아, 영주가 있던), 비 오는 밤, 현재.

주인	(E) 아이고, 이 비를 다 맞고, 어디 갔다 왔쩌?

씬9.　모텔방 안 + 욕실 안, 밤.

동석, 젖은 옷을 벗고, 갈아입는, 주인, 물병을 가져다주며, 동석을 보며 말

하는,

동 석   (옷을 갈아입으며, 무심히) 어디 갔다 오긴, 이 섬 저 섬 물건 팔았지.

주 인   (답답한) 너는 돈 벌엉 다 뭐 하맨? 집이나 사지! 맨날 길에서, 차에서, 어
          쩌다 이디 모텔서.

동 석   (옷가지들을 욕실로 가져가, 욕조에 담그며, 슬몃 웃으며) 가요, 무사 이렇
          게 말이 많아.

주 인   (답답한) 204호 여자 뭐 하는 여자라?

동 석   (욕조에 들어가, 발로 빨래하며, 어이없단 듯 웃으며) 손님이 뭐 하는 여잔
          지 모텔 주인이 꼭 알아야 돼?

주 인   (답답한) 그게 아니라, 너가 죽을라고 물에 빠진 여잘 데려왔댄 허던데?
          그런 여잘 새끼야, 뭐 하러 이디 데령오냐고 내 말은?!

동 석   (발로 빨래를 밟으며, 뭔가 싶은) ?

주 인   (답답한, 진지한 걱정) 뭘 봐, 푸릉리가 다 알다 못해, 서귀포시 전체가 다
          아는 얘긴디? 서울 여자가 물에 빠정, 해녀들이 구한 거. 야, 내가 너가 데
          려다논 (바깥 방 쪽 가리키며) 저 여자 땜에 아주 잠을 못 잠쪄!

동 석   (어이없단 듯 웃으며, 발로 빨래 밟으며) 와이프도 이신디, 딴 여자 땜에 무
          사 형님이 잠을 못 자? 불면증이라?

주 인   (답답한) 야, 204호 여자 엄청 이상해. 이디(여기) 이신 동안 매일 뭐가 그
          리 바쁜지, 새벽이면 나갔당 오밤중에 오고, 내가 안녕하세요? 잘 잤어요?
          볼 때마다 말을 걸어도 아무 대답도 언, 그냥 씩씩 웃기만 허고, 그리고 엊
          그젠가 차 끌고 나강,

동 석   (주인 말을 주의 깊게 들으며, 발로는 빨래를 밟는) ?

주 인   지금 사흘을 안 들어완! 물에 빠져 죽을라고 한 여자가, 이번엔 지 차에서
          연탄불을 피워신가, 아님 우리 모텔방 안에서 목을 매신가 ..내가 신경쇠약
          걸릴 지경이라, 지금! 대체 204호 여자 뭐 하는 여자? 너랑 관계가 뭐라?

동 석   (빨래만 하다, 무심한 듯, 툭 말하는) 204호, 방 키 가져옵서.

주 인   (혹하지만) 주인도 어신 방에 들어가잰? 너가 책임질 거? (하고, 나가는)

동 석   (발로 빨래만 밟는, 무심한 듯 보이는)

씬10. 304호 앞 + 204호 앞 + 204호 안, 비 오는 밤.

동석, 거침없이 제 방(304호)에서 나와 계단을 내려가 선아의 방으로 가서, 담담히 키로 문을 여는,
주인, 뒤따라와 옆에서, '나중에 일 생김 너가 책임지라이! 확실히, 너가?'
동석, 그러든 말든 무심히, 그냥 문을 열어보고, 불을 켜면,

＊점프컷 – 선아의 방 안 》
정갈하게 이불들이 개어져 있고, 정갈하게 옷가지들이 옷걸이에 걸려 있고, 침대밑에 열이와 선아의 웃는 사진이 있는, 그때, 천둥 번개가 치는,

주 인 (천둥 번개 때문에 놀라, 몸서리치며) 아우, 놀래라...
동 석 (담담히, 방을 둘러보는)
주 인 야, 야, 동석아, 화, 화장실 가보라게..
동 석 (말 끝나기 전에, 신발 벗고, 들어가, 화장실 문 벌컥 열어보면)
주 인 (무서워, 문 쪽에 서서, 안 들어가는) 동석아.. 여자 이시냐?

＊점프컷 – 화장실 안 》
화장실 안도 정갈한, 자기가 쓰던 비누며, 샴푸들이 잘 정돈되어 있는,

＊점프컷 》
동석, 그걸 보고, 선아에게 전화를 하는, 안 받는, 전화기 *끄고*,

주 인 (E) 동석아, 안에 여자 언(없어)?
동 석 (답답한, 나가는)
주 인 (E) 야, 너 어디 가?

씬11. 모텔 밖, 비 오는 밤.

동석, 대충 옷을 입고, 트럭에 오르는, 주인, 우산 쓰고 따라 나와 말하는,

주 인   야, 너, 그 여자 찾으래 가맨? 야, 이 비 오는데, 어디서 그 여잘 찾는댄 감시니? 낼 가라게? 비 그치고, 낼? 저렇게 깨끗이 방 치우고 죽는 여잔 지금까지 하나도 언? 그러니까, 낼 찾으러 가라! 어?

동 석   (그러든 말든, 그냥 시동 걸고, 핸드폰 꺼내, 선아를 찾아 누르고, 핸드폰을 거치대에 놓고, 운전해 가는)

주 인   (가는 동석 보며, 걱정) 동석아! 조심하라이!

씬12. 제주 바다 앞(선아가 물에 빠진 곳), 비 오는 밤.

동석, 차로 운전해 와, 멈춰, 선아가 서 있던 방죽을 보는, 아무도 없는, 점점 선아가 걱정이 되는, 답답한, 조금은 화난 듯한, 거치대의 전화기에서 연결음이 계속 울리는, 그러다, 음성메시지로 넘어가면, 동석, 전화기 끄는, 선아가 어딨나 생각이 많은, 그러다 생각난 게 있는지, 다시, 차를 몰아, 가는,

씬13. 예전 선아의 집(선아 큰아버지네 집, 제법 잘사는 중산층 이상) 앞, 비 오는 밤, 회상(앞 씬 회상과 다른 날).

선아(학원 다녀왔는지, 일상복에 가방을 멘), 마당에서, 거실 쪽 창으로 보면, 선아부가 밥상을 엎고, 늙은 삼춘이, 선아부의 멱살을 잡고, 뺨을 치고, 선아부, 화가 나, 집 안의 물건들을 깨부수며, 소리치는, 숙모가 '삼춘, 선아아빠, 형님한테 이러지 마세요!' 하며 싸움을 말리는,

선아부   (물건 부수며) 니가 무슨 형이야, 울 아버지 재산 내놔, 울 엄마 재산 내놔!

큰아버지 (선아부 잡아, 머리며, 몸이며, 마구 치며) 이 자식이 미쳤나, 아버지 재산 니가 다 사업으로 탕진해놓고, 내 집에서 딸년이랑 얹혀살면서, 어디서 행패야, 이 자식아!

선아부   (큰아버지, 밀치고)

숙모	(큰아버지에게 다가가, 일으키며, 속상한, 울상) 왜, 그래요, 진짜! 번번이 술만 자시면!
선아부	(울분에 차, 다급한) 형, 니가 아버지 큰 재산은 다 이리저리 다 빼돌렸잖아! (집 안 여기저기 뒤지며) 이 집이랑 밭 못 주겠음, 통장 내놔! 돈 내놔!

* 점프컷 》
선아, 마당에서 가만 창으로 거실을 보다, 집을 나가, 길을 걸어가는, 담담한, 별 표정 없는,

씬14. 동석의 양부 집(좋은 전통 제주집) 안 + 밖, 비 오는 밤, 회상.

선아, 손으로 동석의 불 꺼진 방 창문을 노크하는, 동석(얼굴이 앞에서보다, 더 다친, 여기저기, 반창고가 붙은), 자다 깬 얼굴로 문을 열고, 밖을 내다보면,

선아	(비 맞은 채, 추워 덜덜 떨며, 동석 보며) 아빠가 큰아버지랑 또 싸워…. 재워줘.

동석, 창문 닫고, 잠시 후, 우산 쓰고, 대문 열고, 선아를 제 방으로 들어가라고 턱짓하고, 선아가 제 방으로 들어가면, 동석, 담담히 불 꺼진 다른 방들을 보고, 불 켜진 안채의 닫힌 문을 보고는, 대문 닫으려는데, 종철 종우가 우산 쓰고, 대문을 벌컥 여는, 그 바람에 동석의 몸이 문에 부딪히는, 종철 종우, 동석의 얼굴에 침을 뱉고, '첩의 새끼' 하고, 자기들 방으로 가는, 동석, 감정 없이 무덤덤히 종철 종우 보다, 안채 쪽 보면, 어느새, 안채에서 나온 옥동(40대 후반), 대야를 들고, 덤덤히 서서 동석을 보는(종철 종우 하는 양을 다 본, 선아는 못 본), 열린 방 안으로 아픈 본처가 누워있는 게 보이는(링거대가 방 안에 놓인), 동석, 옥동을 가만 꼬나보듯 보며, 손으로 제 옷을 들어 시커먼 멍 자국을 옥동에게 확실히 보여주는(문 앞전등에, 상처가 분명히 보이는), 옥동, 별 감정 없이 담담히, 넋이 나간 듯 동석을 보고, 본처 있는 방문 닫고, 대야를 옆에 놓는데, 마주 보는 다른

큰 방에서 양부, 문 열고, 옥동에게 '들어와라' 하고, 옥동, 동석 아랑곳없이 담담히, 양부 방으로 들어가는, 동석, 그 모습 덤덤히 보고, 웃옷 내리고, 제 방으로 가는,

씬15. 동석의 방 안, 비 오는 밤, 회상.

동석, 큰 이불을 넓게 펴서, 가림막처럼 들고 있는, 눈은 바닥만 보는, 그 이불 가림막 안에서, 선아, 추위 덜덜 떨며, 젖은 옷을 벗고, 동석의 옷으로 갈아입는,

선 아 옷 갈아입었어.

동 석 (그제야, 눈을 들어, 가림막 했던 이불로 덤덤히 선아의 몸을 돌돌돌 말아주는)

선 아 (가만 동석의 상처를 보다) 오빠.. 힘이 없어서.. 맞아?

동 석 누워.

선 아 (동석 보고, 모로, 눕는)

동 석 (팔짱 끼고, 선아의 옆에 눕는, 이불 안 덮은) 나 힘쎄.

선 아 (담담히) 근데.. 왜 맞아?

동 석 (별 감정 없이, 툭툭) ..첩질 하는 울 엄마가 나 줘 터진 거 보고, 상처받으라고.....

선 아 ... (추운, 몸을 좀 떨며) 그래도 아프잖아..

동 석 (뒤에서, 선아를 보다, 꼭 안는, 눈 감으며) 너 추워하니까... 이러고만 있을게.

선 아 (추운, 눈 감는) ...누가 들어오면.. 어떡해?

동 석 (선아가 안 춥게, 꼭 안고, 눈뜬 채) 이 집 사람들, 나한텐 아무도 관심 없어.. 자..

선 아 (눈 감고) ..

동 석 (꼭 안고, 눈 감는)

두 사람의 모습 부감으로 보여주는, 비가 그치는,

씬16.   올레길, 비가 그치는 밤, 현재.

동석의 트럭이 와서 서는, 동석, 차 안에서, 주변을 걱정스레 둘러보면, 껌껌한 길뿐이다, 답답한, 그때, 전화가 오는, 거치대의 핸드폰 보면, 선아다, 걱정이 지나쳐, 화가 나는, 가만 전화기를 보다, 전화 받는,

동 석   (답답한, 너무 무겁지 않게, 내뱉듯) 너, 뭐 하는 애야?
선 아   (E, 답답한, 가라앉지 않은) ...전화했었네. 이제야 전화 온 걸 알았어.
동 석   .. (답답한, 화를 참고, 무심한 듯, 툭) 어디야?
선 아   (E) 옛날.. 아빠랑 살던 집터.
동 석   (밖을 보는데, 선아가 안 보이는, 화를 참으며, 주변을 살피며, 무겁지 않게, 툭) 나도 거기. 근데 여기, 집들 다 철거되고, 말 목장 됐는데.. 대체 넌 어디에 있다는 거야.. (하다가, 멀리, 불빛이 보이는, 불빛 쪽으로 차를 몰아 가는)

      ✳ 점프컷 - 올레길 가의 폐가 앞 》
      선아의 차가 있는, 선아, 서너 개의 랜턴을 켜서, 불을 밝히고, 작업복 차림으로 집 앞 계단에 앉아, 전화를 하는, 폐가 안은 대부분의 문이며, 창문짝이 몇 개 뜯겨져, 바닥에 있고, 곳곳을 철거하던 느낌, 한쪽엔 페인트들이 놓인, 폐가 지붕으로 가는 사다리(선아가 산 것)가 연결된,

선 아   (전화하다, 왜 말이 없나 싶은) 오빠.. 오빠? (하다가, 차 소리에 고개 들어 길가를 보면(거리가 제법 있는), 헤드라이트 때문에 미간이 찌푸려지는)
동 석   (헤드라이트 켠 채, 차 안에서, 선아를 어이없고, 화나 보는, 왜 여긴가, 왜 걱정을 시키나 싶은, 답답하기도 하고, 화나 보는)
선 아   (전화기에 대고, 차 안을 보려 하며, 동석인가 확인하는) 오빠?
동 석   (걱정시켜놓고, 아무 일 없는 듯, 저렇게 있는 것도 맘에 안 드는) ...
선 아   (전화기를 내리고, 일어나, 트럭이 동석의 것인 줄 알겠는, 동석의 차로 걸어가는)

씬17. 한적한 해안가, 낮, 회상.

한쪽에 교복 웃옷이 벗겨져 있고, 가방이 널브러져 있는, 한쪽에 불이 피워져 있는, 잠시 후, 바다에서 동석, 바지만 입고, 문어를 잡아 나오는데, 뭔가 이상해, 한쪽 폐가 쪽을 보면, 그 폐가 안에서, 재구가 가방을 옆에 끼고, 바지의 벨트를 채우며, 마구 뛰어가는 게 보이는, 동석, 그런 재구를 보다, 이상한, 왜 저놈이 뛰어가지, 바지춤은 왜 여미지 싶은, 동석, 대체 무슨 일인가 싶어, 문어를 바닥에 놓고, 재구가 나온 폐가(선아가 있는 폐가와 다른 곳에 위치)로 조금 바쁜 걸음으로 걸어가는, 무슨 일인지 확인해 보자 싶은,

씬18. 제주의 올레길, 비가 그친 밤, 현재.

동석, 트럭 안에서 멀리 걸어오는 선아를 보는데, 화가 나는, 그냥 여기서 인연을 끝내자 싶어, 운전해 가버리는,

＊ 점프컷 》
선아, 그 자리에서 동석의 가는 트럭을 보는, 무슨 일인가 싶은,

씬19. 폐가 밖 + 안, 낮, 회상.

동석, 걸어와, 폐가의 창가로 안을 보면,

＊ 점프컷 – 폐가 안 》
선아, 주저앉은 채, 풀어진 웃옷 교복의 단추를 천천히 여미는,

＊ 점프컷 – 폐가의 창가 》

동석, 가슴이 쿵 한, 멍한, 사태 파악이 됐는지, 뒤돌아, 눈가 붉어져, 해안 가를 가로질러 뛰어가는, 뛰는 소리에 선아, 폐가 밖을 무심히 보는,

씬20. 달리는 동석의 차 안, 밤, 현재.

동석, 화가 나는, 거치대의 핸드폰이 울리는, 선아가 전화한, 동석, 아랑곳 없이 운전해 가는,

씬21. 오락실 근처, 낮, 회상.

재구, 가게에서 아이스크림을 물고 나오는데, 동석, 달려와, 재구를 덮쳐, 쓰레기 놓인 데로 재구가 넘어지는, 재구, 놀라고, 동석, 아랑곳없이, 재구 를 패는, 그때, 동네 애들 두엇, 와서, 쌈질을 부추기며, 박수 치며, '쥐 패라, 이기는 게 우리 편, 쥐 패라!' 하는, 그때, 종철, 와서, 동석을 보며,

종철   (웃으며, 비아냥) 저 찐따가 주먹 쓸 줄도 아네..

동석, 그 말이 끝나기도 전에, 광기에 차, 재구를 일으켜, 종철에게로 밀고 가, 둘 다, 넘어지게 하고, 종철을 주먹으로 치고, 발로 밟는, 종우가 와, '이 새끼가 내 동생을..' 하며, 동석을 치면, 동석, 피하고, 종우도 반 죽게 패고, 그사이, 도망가는 재구를 잡아, 벽에 얼굴을 짓이기고, 구경하던 남학생들 잡으려 하면, 남학생들 놀라 도망가고, 동석, 다시, 종철, 종우를 마구 짓밟 는,

선아   (E) 여기, 오성오락실 앞이에요.
동석   (패다, 그 소리에 선아 쪽으로 고개를 돌리면)
선아   (싸움하는 데서 이삼 미터 떨어진 곳에서, 눈가 붉어, 맘 아프게, 동석을 보며) 경찰관님, 빨리 와주세요. 깡패가 사람 죽여요.... (하고, 전화를 끊 는)

동 석   (그 소리 듣고, 눈가 붉어, 더 오기가 나서, 다시 재구를 잡아, 줘 패는)

그때, 경적 소리 나고,
선아, 눈물 나는, 참고, 그런 동석을 보다, 선아부(동석의 사태를 모르는)가
운전하는 차로 가서, 타는, 차 가고,
동석, 울며, 다시, 종철, 종우, 재구를 마구 짓밟는, 그때, 지나가던 동네 사
람들, '무사, 무사!' 하며 동석을 말리고, 동석, 동네 사람들이 팔을 끌어도
죽어라, 종철 종우 재구를 밟는,

씬22. 제주 올레길, 밤, 현재.

동석, 어린 시절 때문에 맘 아픈, 그때처럼 화도 나는, 거치대의 핸드폰이
계속 울리는, 화면에 선아라고 뜬, 동석, 속상해, 운전해 가다, 트럭을 길가
에 끽 하고, 세우는, 그리고, 전화기를 냅다 켜고,

동 석   (화 참고, 애써 별일 아닌 듯, 말하는, 너무 무겁지는 않은, 소리치지 않고)
          너.. 그때, 우리 어릴 때, 여기 제주에서, 나한테 왜 그랬냐?

          ＊ 점프컷 – 교차씬 ≫

선 아   (폐가로 걸어가는, 무슨 일인지 알겠는) ?..
동 석   (차분하려 하며, 애써 별일 아닌 양, 툭툭, 그러나 감정이 묻어나는, 큰소리
          아닌) 내가 만만해서, 장난쳤냐?
선 아   (걸어가, 폐가의 계단에 앉아, 동석의 얘길 듣는, 동석의 맘이 이해돼, 미안
          하기도, 맘이 아프기도 한, 그러나 나름 사정이 있기에 너무 처지지는 않
          는, 동석의 얘길 잘 들어보고 싶은, 미간을 좁히고, 집중하는) ..
동 석   (담담하려 애쓰지만 안 되는, 버럭) 대답해. 임마!, 너 그때 나한테, 왜 그랬
          냐고?!
선 아   .... (맘 아파도, 차분하려 하는) 오빠,

동석 (말꼬리 끊으며, 아무렇지 않게 말하고 싶지만, 안 되는, 화가 나는, 툭툭 내뱉는) 고작, 열여덟 살 어린 남자 놈한테 ...세상에 재밌는 건 암것도 없는 놈한테.. 너랑 있는 게 철딱서니 없게 좋기만 했던 놈한테... (격앙되며, 버럭) 너, 대체 왜 그랬어, 새끼야?! (하고, 스스로가 예전 일로 뭐 하는 짓인가 싶어, 한숨 길게 쉬는, 답답한)

선아 (맘 아픈, 그러나 차분히 가만있는) ....

동석 (애써 담담하려 하지만 잘 안 되는, 답답한, 그래도 애써 감정을 억누르고) 모텔 주인도 너 안 온다 걱정하고.. (말해 뭐 하나 싶다) 야, 야, 죽을람 딴 데 가서 조용히 죽어, 어? 왜 제주에 와서, 내 앞에서.. 그때나 지금이나, 신경 쓰이게, 알랑알랑 깔짝깔짝! (격앙되려는 맘, 진정하려 애쓰며) ..부탁한다, 어? 내가 진심으로 부탁해, 어? 제발 내 앞에서 그만 깔짝거려, 썅! (하고, 전화를 끊고 이내 운전해, 가는데, 속상하고, 답답한, 화도 나는)

선아 (전화기를 내리고, 일어나, 폐가로 들어가, 바닥에 떨어진 드라이버를 들어, 방 안의 문짝을 떼어내려다가, 맘을 정했는지, 다시 전화 들어, 전화를 하는, 작심한, 그러나, 무겁거나, 어둡지 않은)

동석 (운전하며, 가다, 거치대의 핸드폰 울리는 것 보고, 다시 켜고, 답답한) 왜, 또?!

선아 (담담하게) 그때 내가 왜 그랬는지, 질문을 했으면 대답을 듣고 가야지, 왜 그냥 가? .돌아와. 대답해줄게. 그때 내가 왜 그랬는지.. (하고, 전화 끊고, 문짝의 못을 빼는, 담담한)

동석 (화나는, 그래 대답을 들어보자 싶은, 길을 내처 달려, 유턴할 수 있는 곳에서 유턴해, 선아가 있는 폐가를 향해 달려가는, 거의 폐가를 박을 듯한)

선아 (일하다, 차 소리에 멈추고, 폐가 현관(문틀만 있는, 문은 없는)으로 나가, 달려오는 동석의 차를 보며, 계단 앞에 앉는, 담담한)

동석 (차를 질주해 달려와 선아와 좀 떨어진 곳에 세우고, 차에서 내려, 성큼성큼 걸어와, 선아 앞에 서서, 웃옷 주머니에 손을 꽂고, 선아 보며, 답답하지만, 격앙되지 않고, 툭 내뱉듯) 그때 재구 놈이랑 왜 잤어?

선아 (담담히, 앉아, 동석의 눈을 안쓰럽게 보는) ..

동석 (선아의 눈만 보며, 맘 아프지만, 격앙되지 않고) 니가 꼬리 쳤어? 재구가 강제로 그랬어?

선아 (동석의 눈만 안쓰럽게 보는, 차분하고, 담담한 듯도 보이는) ...

동석	(스스로에게 화가 나는, 참고) 그때, 내가.. 널 좋아하고 사랑(하다, 이 단어가 어색한 느낌이지만, 말하는) 한 건 알아, 몰라?
선아	(동석의 눈을 가만 보는) ...
동석	(가만 보며, 맘 아픈, 낮게) 대답한다며, 아니 대답해준다며?
선아	(동석의 마음을 아는) 알아..
동석	(맘 아픈 비아냥, 애써 별일 아니듯, 말하는) 아.. 알아? 아는데, 내 친구 놈이랑, 그따위 짓을 해? 너 대체 뭐냐?
선아	.. (동석의 눈을 보며, 담담히) 내가 사랑하는 사람한테, 날 망가트려달라고 할 순 없잖아.
동석	(사랑이란 말에, 이건 뭐지 싶은, 미간을 찌푸리고 선아의 눈을 보기만 하는) ?....
선아	(조금 눈가 붉어, 맘 아픈, 그러나 미동 않고, 동석을 보며, 담담히, 답답하기도 한) 날.. 사랑하는 사람한테.. 날 망가트려줘. 그렇게, 부탁할 순 없잖아. 안 해줄 게 뻔한데..
동석	(무슨 말인가 가만 미간을 찡그리고, 보기만 하는)
선아	(머릴 쓸어 올리며, 고개 틀고, 시선을 피하는, 맘이 복잡한, 어색하기도 해, 못 보고, 작게 말하는, 감정을 최대한 안 묻히고, 담담히) 이젠 엉망진창이 된 기억이지만. 그땐 나한테도 ...오빠밖에 없었어. 사랑도 했고...

동석, 선아의 진심이 느껴지는, 가만 맘 아프게 보는, 뭔가 지금 이 상태가 어색하기도 한, 잠시 바닥이나 주변을 보는, 뭔지 모르게, 화가 나고, 울고 싶기도 한, 이런 분위기가 답답한, 이내 주변에 있는 양철통을 주워 선아 앞에 놓고, 주변의 장작을 주워다 놓고, 트럭에서, 휘발유를 꺼내 양철통에 붓고, 주머니에서, 라이터 꺼내, 담배를 두어 모금 피우고, 담배를 양철통에 넣으면, 불이 확 피어오르는, 동석, 선아, 그 모닥불을 가만 보는,

씬23. 정준의 버스 안, 밤.

정준(차분하게 웃음 짓고), 영옥(편안하게 웃음 띤), 나란히 앉아, 차를 마시며, 바다를 보며, 얘기하는,

영옥	여행 가자, 물었는데, 왜 대답을 안 해? 튕기냐?
정준	(어색하게, 작게 웃으며 바다 보다, 따뜻하고 차분한 느낌으로 고개 돌려 영옥을 보는) ?
영옥	(살짝 웃고, 정준을 보며, 눈빛을 읽듯, 조금은 장난스레) 그 눈빛은 뭐지? 나는 아직.. 당신과 진도를 나갈 준비가 안 됐어요..? 그렇게 말하는 건가? (하고, 정준의 눈을 보며, 차 마시고, 바다 보며, 농담처럼) 재미없다, 관두자. (하고, 바다 보는)
정준	(그런 영옥을 가만 따뜻하게 보는)

* **점프컷** 》
정준의 시선에서, 영옥이 바다를 보는 모습, 느린 그림,

정준	(영옥의 모습을 가만 편하게 관찰하고, 편안하게, 고개 돌려, 바다 보며) 이 사람 저 사람한테 거짓말하는 사람을 어떻게 생각해요?
영옥	(바다만 보며, 편안하게 바로, 생각하지도 않고, 당연하단 듯) 세상에서 젤 싫어. 딱 싫어, 정말 싫어.
정준	(바다만 보며, 무심한 듯, 편안하게 말하는) 영옥누난, 살면서, 거짓말한 적 없어요?
영옥	(정준 보며, 편안하게) 있지? 어렸을 때. 엄마 아빠한테, 만 원짜리 참고서 값, 이만 원으로 삥땅 쳤을 때?
정준	(영옥 보며, 담담히) 커서는?
영옥	(바다 보며, 생각하며, 편하지만, 진지하게) 글쎄.. (하다, 생각난 듯, 가볍게, 미간 찌푸리며) 아, 지금 이 순간, 거짓말이다.
정준	(담담하게 보는) ?
영옥	(정준 보며, 편안하지만, 진심, 툭툭) 내가 여행 가잔 말에 며칠째 대답 안 하는 선장 니가, 엄청 꼴 보기 싫고, 속으론 상처받았으면서도, 별거 아닌 척하면서, 말하는, 지금 이게 거짓말이네.
정준	(영옥 보다, 순간 헛웃음이 나는, 차를 마시며, 아, 이 여잔 절대 거짓말 안 할 여자다 싶은, 바다를 보는, 맘이 편해지는) ..
영옥	(그런 정준 보고, 어이없는) 뭐야? (하고, 차 마시고, 친구에게 하듯, 바다

	보며, 서운한 맘 감추고, 툭툭) 야, 너 내가 별로면 여기서 그냥 끝내?
정 준	(영옥을 보는데, 영옥이 이쁘단 생각이 드는) ...
영 옥	(정준 보며, 심플하게 묻는) 너 나, 간 보지?
정 준	(가만 보는, 편안하게) 네.
영 옥	(순간 어이없단 듯 웃고, 차 마시고, 다시, 정준의 눈을 보며, 편하게, 농담
	처럼) 네?
정 준	(편하게) 누나도 나 간 봐도 돼요. 무작정 그냥 생각 없이, 믿을 짓도 안 했
	는데, 마구 믿는 것도 이상하잖아요, 철없는 애들도 아니고.
영 옥	(어이없지만, 인정되는, 웃고) ..그러네, 그것도. (차 마시며, 바다 보는데)
정 준	(바다 보며, 편하게) 여행 가요.
영 옥	(정준 보며, 가볍게) 내가 믿을 짓도 안 했는데?
정 준	(보며) 했어요.
영 옥	(보며) 언제?
정 준	지금. 거짓말 안 한다며요. 됐어요. 그럼.
영 옥	(어이없고, 정준이 순수한 게 웃기는) 은근 독특해, 진짜.
정 준	(편안하게) 자전거 타러, 가파도 가요.
영 옥	(웃으며, 편하게, 보며) 좋네, 가파도.

그때, 음악 소리와 노랫소리 들리고,

정준, 영옥 (둘이 고개 돌려, 소리 난 창가를 보는) ?

＊ 점프컷 - 버스 밖 》
은희, 달이(핸드폰으로 음악 틀어놓은), 별이(춤추며, 수어로), 박수를 치
며, '달빛창가'를 부르는,

영 옥	(은희 달이 별이 보고, 버스 창문 열고) 뭐야? 떼거지로 와서!
달 이	(춤추며, 노래 부르다) 둘이 잘 어울린다!
영 옥	(웃으며) 우리, 안 사겨!
은 희	(춤추다, 버럭) 지랄하네, 미친... (하고, 노래 부르며, 길가로 가버리는)
달이, 별이	(노래, 부르고, 춤추며, 은희 따라가며, '오오오, 내 사랑'의 가사가 나오면,

정준, 영옥에게 하트를 날리는)

영 옥   (버스 안에서 나와, 은희 일행들 따라가며) 안 사귄다고요. 그냥 선장과 해
        녀의 업무 대화. (정준 쪽 보며) 그지? (하고, 정준 보고, 윙크하는)

은 희   (춤추며) 독립운동도 아니고, 선장과 해녀 사이의 업무 대활 미쳤댄, 야밤
        까지.. 누굴 속이잰. (하고, 웃고, 정준 보며, 농담) 야, 야이(애) 만나지 말라
        게. 야이(애), 드세고, 완전 발랑 까젼?

정 준   (따뜻하게 웃으며) 괜찮아요, 다 커버 돼요!

은희, 달이 오호!!!

은 희   (놀랍단 듯) 역시, 우리 정준이, 남자네! (하고, 춤추며, 영옥 보며, 진심) 이
        쁘게 만나. 기집애야. (하고, 노래 부르며, 가는)

영 옥   (따라가며, 웃음 띤 채) 심각한 거 아냐.

달 이   (춤추며, 가며) 구라 그만 까고!

영 옥   (달이에게) 가게 정리 잘 했지?

달 이   저녁 매상 삼십만 원.

영 옥   (좋아서) 악!

은 희   (노래 부르며 가는)

그때, 정준, 버스 안에서 잘 가란 뜻으로, 경적을 빵빵 울려주고, 버스 창의
커튼을 치는,

별 이   (그런 정준 보고, 달이를 툭툭 치고, 수어)

달 이   (영옥에게) 별이가, 세상에 저런 남자 없대!

영 옥   (정준의 버스 보다, 별이에게, 수어 하며, 웃으며, 가며) 나도 그런 듯. (하고,
        달이와 어깨동물 하며, 노랠 부르며, 가는)

씬24.   폐가, 밤.

한쪽에 모닥불이 피워져 있고,
동석, 선아, 모닥불을 보며, 앉아 있는,

선아	(담담히, 편안한, 모닥불만 보며, O. L) 진짜 별일 없었어... 재구오빠가, 옷을 벗다가.. 갑자기 동석이 알면 죽어, 못하겠어, 하고 가버렸거든.
동석	(모닥불만 보다, 선아 보며, 맘에 안 든단 듯, 그러나 너무 굳거나 따지는 느낌이 아닌, 묻는) 깡패가 사람 죽여요? 그때 니가 그랬지? 내가 깡패냐?
선아	(서글프게 작게 웃고, 차분히, 동석을 보는) 그때 오빠 눈빛이, 가만두면 누구 하나 죽일 거 같아서.. 오빠 주먹 멈추라고.. 경찰한테 전화 안 했어. 그냥.. 공갈로 전화하는 척.
동석	(선아 보다, 장작을 하나, 모닥불에 던지며, 선아 안 보고) 그때.. 고작 열네 살짜리 어린 기집애가 대체 뭘 안다고 망가지고 싶었냐?
선아	(고개 들어, 하늘 보고, 별을 보며, 서글프지만, 오래된 일이라 담담해진, 처지지 않게) 내가 망가지면... 우리 아빠가 정신 차리고, 술을 끊고, 다시 날 위해 일을 하고, 싸움을 멈추고, 화도 안 내고, 나를 엄마 있을 때처럼 알뜰살뜰하게 보살펴줄지도 모르단 착각을.. 했지.
동석	(안쓰런, 답답하기도 한, 보는) ...
선아	(시선 거둬, 동석 보고, 작게 웃으며) 근데, 그 얘기가 궁금했으면, 왜 칠 년 전에 다시 만났을 때 묻지 안 물었어?
동석	(대수롭지 않게, 모닥불만 보는, 툭툭) 그땐 안 묻고 싶었고, 지금은 묻고 싶었어. 그럼 안 돼?
선아	(따뜻하게 웃으며, 고개 젓는)
동석	(다시 불을 보며, 답답한, 구시렁) 아! 술 땡겨.
선아	(편안하게) 마셔. 차에 없어?
동석	(불만 보며) 여자랑 단둘이 있을 땐 술 안 마셔. (주변의 나뭇가질 하나 불 속에 넣으며, 선아 안 보고, 불만 보며, 대수롭지 않단 듯, 툭툭) 넌 내가 예전 한동네 같이 살던 ..그냥 동네 오빠겠지만. 그때나 다시 만난 지금이나.. 난 니가 여자로 보여.
선아	(따뜻하게 웃는, 동석이 여전히 솔직하고, 순수하단 생각이 드는, 닮고 싶단 생각도 드는, 가만 보다, 어색해져) .....물 있어?
동석	(일어나, 트럭에서 물병 꺼내와, 뚜껑을 따, 선아에게 건네는)
선아	(받아서, 물을 마시고, 다시 모닥불에 장작을 넣는 동석을 가만 보는)
동석	(느낌 이상해, 선아 보고, 투박하게) 왜?
선아	(담담히, 주머니에서 약을 꺼내, 물과 먹고, 동석 보며) 그냥... 지금 오빠랑

이렇게 있는게.. 좀.. 낯설기도 하고.. 어색하기도 하고.. (모닥불 보며) 익숙하기도 하고.. 좀 그러네. (동석 보며) 오빠 그때도 지금도 엄청 거친 거 같지만, 따뜻한 거, 알아?

동석 (어이없단 듯 보며) 내가 뭘 따뜻해? 물 준 게 따뜻해? 대체 세상을 어떻게 산 거야? 넌?

선아 (자기에겐 아무도 없단 생각에, 서글픈, 모닥불에 괜히 장작을 던지고 보는) …

동석 결혼하고 애까지 낳고 살았다면서, 이까짓 게 따뜻하고?

선아 (제 처지가 맘이 아픈, 그 맘 숨기려, 무심히, 주변을 보고, 짐짓 편하게) 날이 밝아지나 보다… (동석 보며, 조금 웃음 띠고) 우리 해 보러 갈래?

씬25.   해 뜨는 바닷가, 새벽.

동석의 차, 와서, 서고, 선아와 동석, 차에서 내리면, 선아, 편안한 얼굴로 바다 쪽으로 걸어 들어가고, 동석, 그런 선아를 보고, 따라 걸어가며,

선아 (E) 예전 양아버지랑 살던 오빠 집은 이제 다 길이 됐나 봐.

동석 (무심히, E) 잘됐지. 꼴 보기 싫은 집인데.. 아까, 먹은 약은 뭐야? 어디 아파?

선아 (가볍게, E) 우울증 약.

동석 (이상한, E) 왜? 우울해?

선아 (E) 어.

동석 (무심히, E) 매일?

선아 (E, 편하게) 아니, 어쩌다.

동석 (E) 왜? 언제부터?

선아 (담담히, E) 아마, 아빠가 죽은 날부터?

동석 …

선아 (담담히, 어쩌면 남 일처럼 말하는, E) 오빠가 재구오빠 패던 날, 그날 아빠가 바람 쐬자고, 날 데리고 먼 바닷가 가선… 갑자기 배고프다고 빵 사 오라고… 그래서, 빵 사러 갔다 왔더니..

동 석   (가며, 담담히, 듣는) ..
선 아   (E) 이미 아빠가 차를 바다로 몰아서 들어가고 있더라고...

* 점프컷 - 해가 떠오르는 광경 》

* 점프컷 》
동석, 선아, 모래사장에 서서 떠오르는 해를 보고 있는,

동 석   (선아가 짠하지만, 아닌 척, 해만 보는) ...
선 아   (해만 보며, 남 일처럼, 담담히) 내가 생각했던 것보다 아빠 훨씬 더 많이
         힘들었나 봐. 사업 실패하고, 이혼하고, 엄마 재혼하고... 감당이 안 됐나
         봐... (덤덤히) 그날, 서울 갔어, 엄마가 데리러 와서. (다시, 해변을 걸으며,
         어색하게 웃으며) 참 웃기다, 산다는 게, 이런 얘길 이렇게 편하게 말할 날
         도 오네.. 오빠라서 그런가..
동 석   (옆에서 걸어가는, 편안한) 이십 년 다 지난 일을 그럼 뭐 맨 울면서.. 아님
         울 엄마처럼(옥동 생각에 답답한) 늘 웃지도 않고 세상 걱정 다 짊어진 사
         람처럼 심각하게.. 그래야 하는 거냐?.. 난 그게 더 이상하다..
선 아   (동석이 그렇게 편하게 말하는 게, 고마운, 맘이 짠한, 걸어가며, 동석 보
         며) 오빤, 언제 제주 떠났어?
동 석   (걸어가며, 짐짓 아무렇지 않게) 나도 그날. 엄마 보는 앞에서, 양아버지
         집에 있는 금붙이며 현찰이며 다 탈탈 털어서.. 좋은 기억 없는 제주, 다신
         안 와야지 하고 떴지. 근데.. 젠장 여기저기 굴러먹다, 다시 제주네. 이렇게.
         (걸어가며, 선아 보며) 이혼은 왜?
선 아   (짐짓 가볍게, 작게 웃고, 걸어가며) 난 애가 있으니까, 안 하고 싶었는데,
         남편이 내 우울증이 버겁고, 질리고, 싫대. 그래서.
동 석   (어이없는) 니 우울증, 연애할 때는 몰랐대?
선 아   (걸어가며, 편안하게) 알았지.
동 석   (열받는, 멈춰 서서, 가는 선아 보며) 미친 새끼, 지랄하고, 처자빠졌네, 새
         끼가 와이프가 아프면, 안쓰러워해야지, 아픈 여잘 차고, 연애할 땐 어떻게
         든 너 꼬셔서 처잘라고, 사랑한다 그랬겠지, 그러다, 살다 질리니까.. 나쁜
         새끼... 애도 있는데, 이혼을 하자고... 만나면 대갈통을 밟아 조질까 보다,

새끼,

선 아   (앞에서, 걸어가다, 동석의 욕에, 어이없으면서도 웃음이 나는)

동 석   (답답한, 어느새, 선아 옆에 와, 어이없이 선아 보고) 웃기냐? (하고, 가며) 너도, 우울증 걸릴 만하다. 젠장.

선 아   (멈춰 서며, 편하게, 작게 웃음 띤) 나도 오빠처럼 욕 좀 배워놀걸. 그렇게 욕함 엄청, 시원할 거 같다.

동 석   (가다, 멈춰 서서, 어이없는) 욕을 하면 되지, 뭘 배워서까지 해? 야, 이 미친 새끼야가, 넌 왜 안 돼? 해봐? 안 되는 게 어딨어, 하면 되지.

선 아   (동석 보며, 작심하듯) 개.. 새끼.

동 석   그게 욕이냐, 칭찬이지? (크게, 바다를 보며, 진짜 화나 소리치는) 야, 썅, 분질러진 엿 같은 새끼야! 좋을 땐 발라먹고, 왜 선알 버려! 왜?! 이, 대가 릴 씹어 뱉어버릴라! 이 개쌍누무 새끼! (하고, 걸어가는, 속상하고, 답답한)

그런 동석의 모습 뒤로, 선아의 말소리가 들리는,

선 아   (바다 보다, 속상한, 눈가 붉어, 악을 쓰듯) 야, 이 미친놈아! 이 새끼야!

동 석   (걸어가며, 선아가 안쓰런, 그렇지만, 그냥 가는)

선 아   (바다 보며, 울며, 소리치는) 우리 열이 내놔! 내 아들 내놔! 내 아들 내놔! 내 꺼야! * 발! 미친놈아!

동 석   (속상해, 그냥 가며, 담담히 툭) 밥 먹자! 배고파!

선 아   (이를 앙다물고, 머리 쓸어 올리고, 해 보는, 눈물을 참으려 해도, 눈물이 나는)

씬26. 옥동의 집 마당, 새벽.

옥동, 끓인 밥을 들고, 주방에서 나와, 개 밥그릇에 놓는, 고양이며, 개들 와서, 먹는, 옥동, 그중, 새끼를 들어서, 밥을 먹이는,

* 점프컷 - 주방 》

옥동, 외출복 차림(장날)으로 장에 팔 짐보따리들을 챙기고, 속이 이상한
지, 개수대로 가서, 헛구역질을 하다, 피를 켁! 토하는, 그러나, 아무렇지 않
은 듯, 수돗물 틀어, 피를 흘려보내는, 그때, 차 오는 소리 나는,
잠시, 개수대에 손을 짚고, 힘든, 숨을 고르는, 이마에 땀이 송골송골 맺힌,
괴로워하지는 않는,

씬27. 옥동의 집 앞, 새벽.

정준의 트럭 와서 서는, 춘희와 타고 있는, 트럭엔 생선들이 있는,

춘 희   (무슨 그런 걸 나한테 묻냐는 듯, 이상하단 듯, 정준 보며, 덤덤히, E) 해녀
       들이 영옥일 내쫓든 말든,

씬28. 정준의 차 안, 새벽.

춘 희   그건 해녀들이 알앙 할 거여. 선장 느가 뭔 상관이라?
정 준   (따뜻하게 웃으며, 편한 느낌으로) 제가 영옥누날 좋아해요, 왕삼춘.
춘 희   (덤덤히, 가만 보는) …?
정 준   (춘희 보며, 담담히, 부탁조는 아니다, 이미, 내쫓아도 만날 생각이다) 영옥
       누난 해녀 일이 좋대요. 여기 섬도 너무 좋고. 혜자삼춘이 영옥누나가 거
       짓말을 한다고, 근데 그건 혜자삼춘이 잘 모르시고,
춘 희   (왜 이런 질문을 하나 싶다, 말꼬리 자르며) 나가 영옥이 가이(걔를) 내쫓
       으민, 둘은 안 만날 거라?
정 준   아뇨.
춘 희   그럼 됐지게 뭐가 문제라? 나는, 영옥이, 가이가 거짓말을 하든 말든 상관
       없쩌게? 멀쩡한 사람이, 미치지 않고서야, 무사 거짓말을 허냐? 가이가(걔
       가) 거짓말을 하믄, 가이도 나름 이유가 이시난 하겠지게. 근데, 가이.. 그렇
       게 바당 일 하믄 종국엔.. 이디서.. 죽엉 나갈 거여.
정 준   ?

춘희	(담담히, 영옥도 안쓰런) 영옥이, 가인, 욕심이 너무 커. 그저 전복만 봄 바당 무선 줄 몰랑(모르고) 달려들고.
정준	나름 열심히 사는 거예요. 그리고 삼춘 옆에 있음.. 그 누구도 안 죽어요. 무슨 일 있으면 삼춘이 살려주심 되잖아요. 예전에 바다에 빠진 저 살려주신 것처럼.
춘희	(답답한, 안 보고, 손바닥으로 운전대의 경적을 치고, 옥동, 집에서 나오는 걸 보고, 정준 보며, 머리를 쓰다듬고, 담담히, 따뜻하게) 나도이 늙었쩌.
정준	(제 머리 쓰다듬던, 춘희의 손 잡고, 춘희 눈 보고, 따뜻하게, 진심) 바다에 선, 그 누구보다, 왕삼춘이, 젤 젊어요. 빠르고. 도와주세요, 영옥누나. (하고, 나가, 차 문 열고, 옥동의 나물 짐을 받아, 싣고, 옥동을 차에 태우고, 옥동에게 안전벨트 해주고, 운전해 가는)
옥동	(정준 보며, 따뜻하게 웃고, 춘희에게) 착허다.
춘희	(고개 끄덕이다, 무심히, 옥동 옷섶에 묻은, 피를 보고, 이미 옥동의 상태를 다 아는 듯, 손수건 꺼내, 침을 발라, 옥동의 앞섶의 피를 닦아주며, 작게) 또 토핸?
옥동	(담담히, 아무렇지 않게) 신경 쓰지 말라게...
춘희	(창가 보며, 작게, 눈가 붉어, 구시렁) 곧 가겠네..
옥동	(길가에 혼자 핀 꽃을 보고, 반가운) 아고, 꽃이 어떵 저렇게 펴시니.
춘희	(그 소리에 꽃을 보는) ...
옥동, 춘희	(차가 가도, 창으로 목을 빼고, 뒤에 있는 꽃을 보는, 꽃이 대견한)
정준	(모르고, 운전만 하는)

씬29. 호식의 집 앞, 새벽.

현(사복), 집에서 올라와, 호식의 집 앞에서 벽에 기대 영주 기다리는, 잠시 후, 영주 나와, 환하게 웃고, 현의 볼에 입맞추고,

현	(영주 손 잡고, 영주 이쁘게 보며) 잘 잤어?
영주	(손잡고, 계단 내려가며) 엄청 꿀잠.
현	둘이 같이 살고 싶다.

| 영주 | 그런 말 꺼내지도 마. 울 아빠, 니네 아빠 또 난리 나. 우리 애기 낳게 해준 것만도 난 너무 좋아. |

＊ 점프컷 - 빌라 밖 》
현과 영주, 손잡고 나오며,

영주	진짜 학교 그만둔 거 후회 안 해?
현	그럼, 참, 나, 식당에 정직원 됐다? 어제? (영주 배에 대고, 밝고 크게) 니 기 저귀, 우유값은 이 아빠가 책임진다! 똘똘아!
영주	(너무 좋은, 감격한, 현의 턱을 잡아, 자길 보게 돌려세워, 볼에 입맞추는)

그때, 경적 소리 나고, 돌아보면, 차 운전해 가던 명보와 인정, 둘을 보고, 차 창문 내리고, 기가 막혀 말하는,

명보	(혼내는, 화난) 이누무 자식들, 니들 뭐 하는 짓거리라!
인정	(어이없어, 혼내는) 머리에 피도 안 마른 것들이, 동네에서, 아침 댓바람부 터 뽀뽀를 해대고! 미쳤쩌?!
인권	(E, 덤덤한) 명보야, 인정아, 고만, 스탑!

명보, 인정, 빌라를 올려다보면, 인권, 자기 거실 창문으로 내다보며 있는, 카메라, 올라가면, 호식, 인권처럼 자기 거실 창문으로 내다보며,

호식	(스스로도 어이가 없지만, 편드는) 가이들(개들) 엄연한 부부라. 양가 부모 가 허락한 관계.
명보, 인정	(영주, 현 보면) ?
영주, 현	(명보 인정에게 조심스레 인사하고, 돌아서자마자, 부모가 편들어주는 게, 기분 좋은)
인권	(명보, 인정 보며) 기가 막히지이? 어린것들이, 벌써 서방이 있고, 마누라 가 있고, 애가 있고, 시아방이 있고, 장인이 있고? 너들도 기가 막히겠지 만, 나도이 기가 막히고 코가 막힌다. 안 그러냐, 사돈?
호식	말해서 뭐 하크냐, 사돈. (명보에게) 출근해라!

두 사람 동시에, 편하게, 거실 창문을 닫는,

명보, 인정 서로 보며 '헐!' 하며, 이해 못 하겠단 듯 고개 저으며 가는,

씬30. 폐가 밖, 낮.

동석, 트럭에서, 전동드라이버, 장도리, 연결잭을 들고, 나와, 차에 전동드라이버를 연결하는, 작동해보면, 시원하게 되는, 동석, 폐가 안으로 들어가는,

선아, 땀 흘리며, 드라이버로 문짝을 떼내고 있는, 동석, 장도릴 옆에 두고, 전동드라이버를 선아에게 주며,

동 석   이거 사용할 줄 알아?
선 아   나, 인테리어 하면서 현장 경험 많이 했다니까? (하고, 전동드라이버를 받아서, 작동해보고) 구세주네. (하고, 웃고, 전동드라이버를 작동해 문짝을 떼는)
동 석   (기특한) 제법이네. 비리비리해 보이는데.. (장도리로, 벽에 붙은 나무판자며, 못 등을 빼는)

   ＊ 점프컷 – 시간 경과 》
   동석, 땀 흘리며, 먼지 하얗게, 뒤집어쓰고, 긴 장도리로, 벽들에 박힌 못들이며, 나무들을 거칠게, 뽑아내고, 선아가 뜯은 문짝들을 들어, 한쪽에 차곡차곡 쌓아주는, 선아도, 열심히, 전동드라이버를 사용해, 일하는, 그렇게 열심히 일하는 모습 컷컷 보여주는,

   ＊ 점프컷 》

동 석   (썩은 문짝을 들어, 폐가 밖으로, 던지며, 아무렇지 않게) 궁금한 게 있는데.. 너 아깐 분명히 내가 첫사랑이래 놓고, 칠 년 전에 우리가 다시 만났을 땐.. 내가 입맞추니까, 왜 싫어했어? 사람 쪽팔리게?

선아 (전동드라이버로 잘 안 뽑히는 못을 빼려 애쓰며, 편하게 말하는) 그땐 첫 사랑 감정 잊었을 때지? 어려선 오빠 사랑했고, 칠 년 전엔 잠시 헤어져 있던 애기 아빠, 태훈씰 사랑했고, 오빠 그게 그렇게 이해가 안 돼? 설마, 오빠 평생 나만 사랑했단 거짓말을 할 건 아니지? (못을 못 뽑겠는) 오빠, 이것만 해줘.

동석 (와서, 전동드라이버를 뺏어, 대신 해주고, 다시 전동드라이버 주고, 어이없단 듯, 바닥에 둔 물병 들어 마시며) 참 편하다, 넌? 어려선 내가 첫사랑이었다, 칠 년 전엔, 내가 그냥 동네 오빠였다, 지금은 막일하는 일꾼 취급, 아주 니 멋대로, 참 편해 좋겠다, 넌? (그때, 한쪽에 선아의 전화가 오는, 박형섭이란 이름이 뜨는, 전화길 보면)

선아 (일하다, 전화기로 가서, 전화기를 화면이 안 보게 엎어놓는)

동석 (이상한, 궁금하지만, 아닌 척하며 묻는) 왜 전활 안 받아?

선아 전에 직장동료 전화.. 서울에서 일자리 났다고... 안 갈 거니까, 안 받을라고. (하고, 바닥에 둔 물을 들어 마시는, 편하게) 근데, 정말.. 오빠 내가 그럼 죽 계속 좋았다고?

동석 (물 마시고, 바깥 보며, 대수롭지 않게) 딴 여자도 만났지, 근데, (선아 보며, 농반진반) 첫 단추가 잘못 끼워져, 재수 옴 붙어 그런가, 만나는 족족, 깨졌지.

선아 (편하게, 작게 웃고) 깨질 때마다, 내가 엄청 미웠겠다?

동석 (문짝을 들어, 페인트칠할 수 있게, 벽에 세우며) 근데, 정말 여기서 살 거야? 이걸 연세로 얻고.

선아 (물을 마시려는데, 물이 없는) 그러려고.

동석 혼자? (하고, 다시 옆에 있는 새 물병 주면)

선아 (물 마시고, 물병 들고 나가며) 아니, 아이랑.

동석 (그 말이 대체 뭔가 싶어, 가는 선아를 보다, 나가는)

씬31. 폐가 밖, 지붕 위, 낮.

선아, 사다리를 올라, 지붕으로 올라가, 앉아, 멀리 경치를 보는, 말들이 달리는, 평온하지만, 긴장(재판에 대한 생각으로)되기도, 비장하기도 한,

동석, 올라와, 서서, 주변 경치만 보는, 바람이 불어오는,

선 아   (경치만 보며) 담 주에, 서울에서, 양육권 재판 있어. 재판에서 이기면 바로 열이 이곳에 데리고 올 거야. 당분간은 모텔에서 지내야겠지만, 결국은 이 집에서 살게 되겠지. 여기서 살면 행복할 거야, 우리 열이도 나도.

동 석   (달리는 말만 보며, 물 마시며, 조금 답답한 생각이 드는) ...그러다, 재판 지면?

선 아   (경치만 보며, 바람을 맞으며, 다부진) 그럴 리 없어.

동 석   (단정적으로 말하는 게 살짝 답답해지는, 어이없어, 선아를 내려다보며) 재판이 니 맘대로 되냐? 판사 맘이지? (하고, 답답해, 다시 말 보며) 니가 재판에 질 수 있단 생각은 안 해?

선 아   (말만 보며, 불안한 맘에 더 차분히, 단정적으로) 안 해.

동 석   (선아 보고, 화나, 조금 큰소리) 그런 생각도 해보지, 좀!

선 아   (듣기 싫어, 일어나 가려 하면)

동 석   (팔 잡아, 돌려세우고, 팔 잡은 채, 걱정되다 못해 화나는 맘에 선아의 눈을 똑바로 보며, 묻는) 말해봐? 재판에서 이겨서 니 애를 여기 데려오면 넌 행복해지고.. 재판에서 져서, 니가 여기 애를 못 데리고 오면.. 너는.. 다시 불행해지고? 그런 거야? 그래?

선 아   (동석 보며, 눈가 붉어, 다짐하듯, 조금 강하게) 질 리 없어. 난, 이거, 재판에서. (하고, 돌아서서, 내려가는)

동 석   (어이없고, 걱정되다 못해, 화가 나고, 답답한) 돌아버리겠네..

하고, 물을 벌컥벌컥 마시며, 가는 선아를 안쓰럽고 답답하게 보는 데서 엔딩.

10부 ——————— 동석과 선아 3

나중에도 뭔가 사는 게 답답하면. 뒤를 봐.
이렇게 등만 돌리면 다른 세상이 있잖아..

씬1.   프롤로그.

　　　　1, 서귀포매일시장, 은희의 가게 앞, 밤.
　　　　상인들, 모두 장사를 접었거나, 접는,
　　　　은희, 가게 앞 수돗가에서 열심히 진지하게 숫돌에 칼을 가는,
　　　　그때, 가게 안에서 민군, 양군, 퇴근 차림으로 나오며,

민 군　　사장님, 우리 퇴근해요.
은 희　　(칼만 갈며) 어, 가.
양 군　　(편안하게, 웃으며) 사장님 두고 우리만 가기가 그러네.
은 희　　(안 믿는) 그래? 그럼, (칼 주며) 이거 갈아주고 가라게.
민군, 양군　(얼른 인사하며) 낼 뵙겠습니다. (하고, 돌아서서, 웃으며, 술 한잔하고 갈
　　　　까 등등 말하며 가는)
은 희　　(가는 직원들 어이없게 보며, 칼 갈며) 야, 곧장 일찍 들어강 자라이! 술 마
　　　　시지 말고! (하다가, 칼에 손 베는) 아, 아퍼! (하고, 손을 보면, 피가 흥건
　　　　한, 대충 물에 상처를 씻고) 에우 빽하면, 손을 썰고.. 늙어신가. 헛손질이
　　　　자꾸 나감쪄(나가네). (하고, 칼 가는)

　　　　＊ 점프컷 – 은희 가게 안, 밤 》
　　　　은희, 답답한, 널브러진 스티로폼 박스들을 정리하고, 주변의 쓰레기들을
　　　　손으로 집어 봉지에 넣어 정리하며,

은희 이것들이 남의 일이랜 그저 영혼 어시(없이) 대충대충.. 이게 다 뭐라... 지들 장사면 이추룩 하진 않겠지게. 의리 어신 것들. (하며, 정리하고, 불 끄고, 셔터를 닫고, 어두운 시장통을 젤 마지막으로 나가는)

2, 은희의 욕실 안(너저분한 곰팡이도 보이는), 밤.
은희, 전투적으로, 이를 닦다가, 초인종 소리 나면, '네네, 나감수다!' 하고, 이 마저 닦고, 물 한 모금을 오물거리는, 조급한,

3, 은희의 거실, 밤.
온통 어질러진,
은희(속옷 차림), 방 안에서, 펼쳐서 자던 이불을 질질 끌고 나와, 텔레비전 앞에 깔고, 텔레비전을 켜서, 영화를 틀어놓고, 냉장고에서 맥주를 꺼내고, 냉동실에서 얼음컵을 꺼내, 따라, 한 모금 마시며,

은희 (크게 몸서리치며, 큰소리로) 아, 씨, 골 아퍼, 얼어 죽으켜. 너무 시원해! 고생했다, 정은희! 이제부터 니 시간이다! 즐기라! (하고, 맥주 마시고, 영화 보며, 배달 온 치킨 닭다리를 뜯어, 기분 좋고 맛있게 먹는데, 전화가 오는, 보면, 큰동생이다. 전화를 무심히 받으며) 설마, 이 야밤에 돈 얘기는 아니겠지게?

큰동생 (E, 미안한) 누나 이천만 원만... 내 차가 똥차라.. 담 달에 수금하면 줄게.

은희 (영화만 보며, 덤덤히) 담 달은 무신... 다음 생에나 주겠지게. 낼 얘기허라, 밝은 날. (하고, 전화 끊고, 영화 보며) 아따, 남자주인공 잘생겼쩌. 눈 호강하네. (하는데, 그때, 미란에게서 영상통화가 오는, 핸드폰 보고) 이건 내가 좀 쉬잰 하면 귀신같이 알앙.. (하고, 핸드폰을 바닥에 놓고, 켜고, 눈은 텔레비전 보고, 닭다리 뜯으며, 편하게) 의리!

＊ 점프컷 – 핸드폰, 영상통화 》

미란 (노래방에서, 마사지숍 직원들과 술 마신, 술 취한, 기분 좋은, 큰소리) 의리! 깔깔깔. 은희야! 나, 오늘 술 엄청 마셨어!

은희	(웃으며, 편하게) 딱 봐도 그러네.
미란	술 마시니까, 니 생각이 너무너무 나! 이런 내 맘 알어, 너?! (함께 있는 동료들에게, 화면을 보이며) 야, 야, 인사해, 내 친구, 정은희. 의리 빼면 시체! 마이 베프! 은희야, 여긴 우리 맛사지샵 직원들.
은희	(미란이 화면을 직원들에게 들이대자) 야야야야야, 나 속옷 바람이라게! 옷 입고, 옷 입고! (하고, 얼른 옆에 둔 티 입는데, 거꾸로 들어가고, 다시 벗어, 바로 입으려는데, 팔에 모가질 넣고, 다시, 벗어 입는, 난리가 난)
미란	(은희가 옷을 입는 사이) 야, 괜찮아, 니 몸매 볼 게 뭐 있다고, 괜찮아, 야, 전화 받아, 야, 은희야! (애교스레, 장난) 야, 새끼야! 전화 받아!
은희	(옷을 입으며, 편하게, 구시렁) 새끼는.. 새끼가.. 진짜. (하고, 전화 받으며, 언제 그랬냐는 듯 웃으며, 동료들에게) 안녕하세요?
동료들	(남자, 여자 섞인) 안녕하세요!
미란	(술 취한, 그러나 애교스레) 이제 됐어, 인사 그만! 야, 너 나 이번 달에 파리에 있는 우리 딸, 지윤이랑 세계일주 가는 거 알지?
은희	(닭다리 아구지게 먹으며, 편하게) 너가 문자로 말했네.
미란	너 못 보고 가, 나 너무 서운한 거 알지?
은희	(진심, 편하고, 밝게) 야, 나도 서운해. 그러지 말고, 한번 오라게. 파리는 가면서, 제주는 무사 못 오는디! 아무리 못 봐도 일 년에 한 번씩은 봐야지게, 쨔샤!
미란	(밝게) 알았어, 파리 다녀와서 갈게!
은희	(투덜대는) 맨날 오캔 오캔 하고선 안 오고, 번번이 나만 그립지! 나쁜 놈!
미란	그래도 내가 너 사랑하는 거 알지? 그런 의미로, 마이 베프, 너한테 이 노랠 받친다. (직원에게) 야, 야, 그 노래 끄고, 내 노래, 내 십팔번 틀어, 내 십팔번! (하며, 노랠 부르는, 직원들이 미란이 탁자 위에 올라가 춤추고 노래 부르는 걸 미란의 핸드폰으로 보여주는)
은희	(신나는 음악에 미란이 웃긴) 크크크크.. 우! 잘한다, 우리 미란이! 잘한다! 야, 아직도 싱싱하네, 팔딱팔딱! 깔깔깔!
미란	(핸드폰 화면에서, 밝게, 열심히, 신나게 춤추며 노랠 부르는)

자막 : 동석과 선아 3

씬2.　폐가 안 + 밖, 밤(9부와 다른 날).

선아, 뜯어놓은 문짝에 사포질을 하는, 이마에 땀이 송골송골 나고, 진지하다,
주변에, 랜턴을 여러 개 켜놓은,

* 점프컷 》
선아, 자기 차에서 김밥을 먹는, 눈은 예민하게, 집을 보는, 언제 다 지을까, 생각하면서, 처지지 않게, 맘이 조금 급한 듯, 김밥도 조금 급하게 먹는, 차에서 생활하는지, 주변에 덮고 잔 담요가 여러 개 보이는, 그때, 트럭 소리가 나서, 돌아보면, 동석, 트럭을 몰고 와 세우고, 내려, 며칠 계속 그렇게 한 느낌으로, 선아를 안 보고, 마당에 불 꺼진 양철통을 보고, 장작을 넣고, 차에서 휘발유 꺼내 양철통의 장작에 뿌리고, 라이터로 바닥에 떨어진 종이에 불을 붙여, 장작 속에 넣어, 불을 지피는,

선 아　(차 창문 열고, 동석 내다보며, 걱정) 오지 말라니까, 장사 다녀왔을 텐데, 좀 자? 몇 날 며칠.. 잠도 안 자고.. 어?
동 석　밥이나 먹어. (하고, 트럭에서 전기사포기를 꺼내, 차에 연결잭을 연결해서, 폐가 안으로 들어가는)
선 아　(김밥 먹으며, 뭔가 싶어 보는)

* 점프컷 》
동석, 전동사포기로 문짝들을 사포질하는,
그때, 박수 소리 나고, 동석, 돌아보면,
선아, 김밥 먹으며, 엄지를 척 들어 보여주는, 그리곤, 김밥을 동석에게 주고,
동석, 김밥을 먹으면,
선아, 사포기를 들어, 작동하는, 진지한,
동석, 김밥 먹으며, 박수 치고,
선아, 보면, 동석, 엄지 척 해주는.

선아, 웃고, 사포질을 하는, 진지한,

씬3.　　페가 안, 다른 날, 아침.

선아, 사포질된 문짝들에 페인트를 바르는, 진지하고, 열심히, 일하는, 이마에 땀이 송골송골 맺힌, 재판 생각 때문인지, 조금은 예민해 보이는,

＊ 점프컷 - 페가 밖 》
동석, 땀과 목재 먼지로 범벅이 된, 전기톱으로 목재들을 자르고, 그 목재들을 들고, 사다리를 타고, 페가 지붕으로 옮겨, 허술한 곳에 대고, 공구벨트 지갑에서 못을 여러 개 꺼내 입에 줄지어 나란히 물고, 전동드라이버로 목재들을 붙이는, 많이 해본 듯, 능수능란한,
그때, 경적 소리가 나고, 동석, 페가 지붕 위에서, 길가를 보면,
멀리, 은희의 차가 보이는,

은희　　(차에서 목을 빼고, 동석 쪽을 보며, 이상한, 거리 때문에 좀 큰소리) 동석이냐?!

동석　　(일해 힘든, 물을 마시고, 소리치는) 어?!

은희　　너 그디서 뭐 하맨?!

동석　　(다시, 일만 하며) 집 져!

은희　　(이상한) 너 집 산?!

동석　　(일만 하며, 귀찮은) 그냥 가라게?! 꼭 뭐든 알라고 달려들고?

은희　　지랄.. (하다가, 눈을 가늘게 뜨고, 선아를 보고, 누군가 싶은)

선아　　(열심히 일만 하다, 문짝 뜯어진 창가로 은희를 무심히 보고, 이내 페인트 칠에 집중하는)

은희　　(선아를 보다, 동석 보며, 조금 작게, 선아를 턱으로 가리키고) 누(누구야)?!

동석　　(말하기 싫은, 일만 하는)

은희　　야, 너 다음 장엔 올 거?! 손님도 어멍도 기다려서!

동석　　(어멍이란 소리에 어이없이, 한번 보고, 일만 하는)

은희   (그런 동석을 답답하게 보고) 자식이 누나가 처묻는데, 무사 말을 안 하
         맨? (하고, 답답한, 동석에게 전화하고, 동석이 받으면, 선아 보며, 걱정) 야,
         너.. 저 여자, 죽을라고 물에 빠정, 해녀들이 구한 그 여자라? 야, 야, 넌 무
         사 여잘 만나도 저런 여잘 만나맨? 동네 사람들 죄다 걱정햄서, 불쌍한 느
         어멍 생각해서, 자식아, 너가 여잘 만나잰 하면 제대로 된 여잘 만나야지
         게, 무사 죽을라고 물에 빠진 여잘,

동석   (귀찮은, 대수롭지 않게, 전화 끊어버리는, 그냥 일을 하는)

은희   동석아?! (전화 끊고, 동석을 보며, 구시렁) 에우 진짜.... 만나도 꼭 지처럼
         팔자 드럽게 생긴 여잘 만나고.. (고개 젓고, 답답한 듯, 운전해 가는)

동석   (일을 하다가, 다시 물 마시고, 멀리 말이 뛰노는 걸 보며, 아래에 있는 선
         아에게, 덤덤히, 큰소리) 선아야!

선아   (땀 흘리며, 일만 하며) 어?

동석   (말만 보며, 큰소리로) 애기 말 좋아하냐?

선아   (페인트칠한 문짝을 반대편을 칠하려고, 뒤집다가, 잘못해, 문짝을 놓쳐,
         바닥에 떨어뜨리는, 순간 화가 나는, 열심히 잘하고 싶은데 맘대로 안 되
         는, 낼모레 재판 때문에도 예민한, 다시 문짝을 힘들지만, 이 앙다물고 들
         어 세우며, 말은 일상적으로 하는) 엄청! 예전에 내가 사준 노란 컵이 있는
         데, 그 컵을 좋아하는 이유가 컵에 그려진 말 때문!

동석   (말만 보며) 서울 출발하자!

선아   (일하다, 시계 보고, 일만 하며) 아직 시간 있는데?!

동석   (말만 보며, 일상적으로) 말 타고 가자!

선아   (힘든, 물병 들어, 물 마시며, 답답한, 일상적으로) 무슨 말을 타!... 나중에
         해, 나중에!

동석   (어느새 내려와, 선아 보며, 다짜고짜) 나중은 없어. 지금 해. 준비해. (하고,
         작업해 더러운 웃옷을 벗으며, 트럭 안으로 들어가, 바질 갈아입는)

선아   (그런 동석 슬쩍 보고, 일하며, 답답한) 말 타려면 오빠나 타. 난 일할 거
         야. (하며, 일하는)

동석   (트럭 문 열고, 가자는 뜻으로 경적을 울리는)

선아   (왜 저러나 싶어 보고, 다시 일하면) ?!

동석   (발로, 경적을 계속 울리는, 손으로는 웃옷을 입는)

선아   (일 멈추고, 동석 보며, 왜 저러나 싶다, 답답한)

씬4.　　목장 입구, 낮.

선아(서울 갈 준비를 한), 멀리 목장 안에서 동석(모자 쓴)이 주인(한수 여동생, 한숙)과 무언가 말하는 걸 보고 있는, 한숙, 가고, 동석, 한숙이 가면 달리는 말 사진을 찍는, 선아, 대체 동석이 말을 어떻게 구한다는 건지, 자신은 애가 올 걸 대비해, 집을 얼른 만들고 싶은데, 왜 이렇게 일방적인 건지, 편하려고 애써 숨을 고르지만 화가 나는, 잠시 후, 한숙, 말을 끌고 와 동석에게 말을 주고 가는, 동석, 말의 고삐를 잡고 나오다, 말을 타는, 목장을 한번 도는,

선아　(왜 저러나 싶다, 이제 뱃시간도 다가오는데, 시계 보고, 동석을 보며) 오빠, 미안한데, 나 자꾸 예민해져, 낼모레 재판도 신경 쓰이고, 열이 보러 가야 되는데 서울 가는 뱃시간도 놓칠 거 ..같고?

동석　(말만 타며, 편하게, 제 할 말만 하는) 제주 괸당문화 알지? 한 치 걸러 두 치면 다 아는 사이.. 여기, 아는 형, 동생 목장이더라고.. 진짜, 넌 말 안 타 볼 거야?

선아　(답답한, 작게 한숨 쉬고, 화 참고, 낮게) 그만하자, 배 놓쳐, 제주시까지 가려면, 내비로 보니까 한 시간 반이 더 걸리는데,

동석　(시계 보며) 한 시간 반밖에 안 걸리는데, 뭐? 세 시간이나 남았는데 뭐?

선아　승선 수속 복잡하잖아,

동석　(말 타고, 선아 앞에 와서) 절대 안 늦어. 이렇게 말싸움하는 동안에 말 탔으면 벌써 타고 갔겠다, 새끼야.

선아　(동석의 행동이 답답한, 예민함을 억누르며) ...안 타고 싶다고.

동석　(제 말만 하는) 타고 싶어 해보지?

선아　(진심, 답답한, 속도 상하는, 예민해지기도 한, 조금 큰소리) 싫다고, 난!

동석　?

선아　(맘 다스리고, 애써 진정하려 머릴 쓸어 올리지만, 잘 안 되는, 참고 말하는) 그냥 오빠나 타, 난 말 탈 시간 있음, 열이랑 같이 살 저(턱으로 집 쪽 가리키고) 집 더 짓고 싶다고, 내가 몇 번을 더 말해, 아까부터? 그리고 내

가 비행기 타고 혼자 가겠다고 해도, 군이군이 같이 배 타고 가자고 그러고..

동석 니네 애기, 엄마가 말 타는 사진 찍어 가면 좋아할 거 같은데?

선아 (말꼬리 자르며, 끝까지 자기 말만 하는 게, 답답한, 화를 참으려 하며) 우리 앤 말 인형이면 돼. 그냥 가자, 뱃시간 놓쳐.

동석 (제 핸드폰을 모자에 끼우는, 말 탄 상태에서 전경을 찍기 위한) 알았어. 그럼 이왕 말 탄 거, 딱 한 바퀴만 돌고 올게. 니 핸드폰으로 나 말 타는 거 찍어서 나 줘.

선아 (어이없는, 화를 참고, 제 핸드폰을 꺼내 들고) 가.

동석 이럇! (하고, 말을 시원하게 타는)

선아 (어이없는, 왜 저러나 싶은, 동영상을 찍는)

선아, 답답하게 동영상을 찍는데, 동석, 멀리서, 갑자기 유턴해, 선아에게로 달려와 얼굴을 핸드폰 화면에 바짝 들이대듯 하며, 윙크하고, '우-후!' 하며 다시, 신나게 달리는, 선아, 그런 밝은 동석 때문에 헛웃음이 나는, 선아, 못 말리겠군 하는 생각도 들고, 이젠 아까보다 편하게, 동영상을 찍는, 그때, 동석, 다시, 선아에게로 와, 말에서 내리는,

선아 (핸드폰을 주머니에 넣으며) 이제 다 탔어?

동석 (제 핸드폰을 모자에서 빼고, 말고삐를 선아에게 주며) 말 옆에 서서, 웃어. 딱 한 장만 찍고 가자.

선아 (어이없는, 시키는 대로 하는, 안 웃는) 찍어.

동석 웃어!

선아 (억지로지만, 웃는)

동석 빨리 안 가고 싶어? 활짝! 이렇게! (하고, 환하게 웃는)

선아 (어이없어, 환하게 웃는)

동석, 웃으며, 연속으로 사진을 찍는,

씬5. 목장에서 나와, 멀리 떨어져 있는 트럭으로 가는 길, 낮.

선아, 동석(선아가 찍은 동영상을 보며), 걸어가며,

동석   야, 동영상도 죽이게 잘 찍었다. 내가 찍은 말 동영상 너한테, 보냈어. 내가 찍은 니 사진도 이쁘지?

선아   (조금 어이없는, 편하게 웃으며) 오빠 왜 그렇게 꼴통 같은 성격이 됐어?

동석   (핸드폰 주머니에 넣고, 가며, 선아 보고, 투박하게) 내가 뭘?

선아   (걸어가며, 가끔 동석 보고) 어제 그제 일할 때도... 섬 갔다 와 피곤하니까 나한테 오지 말라 그래도 굳이 와서 일하고, 혼자 밤새고, 아까도, 자기 하고 싶은 건 반드시 다 해야 하잖아. 나중은 없다, 그러면서. 지금 당장 꼭 반드시 뭐든 자기가 하고 싶은 건 다 하잖아.

동석   (앞만 보며, 가며) 나중은 없으니까.

선아   (가며, 보고) 나중이 왜 없어?

동석   (걸어가며, 대수롭지 않게, 투박하게, 말하는) 아버지 돌아가시고, 엄마랑 누나랑 셋이 살 땐데.. 없는 살림에, 어느 날 엄마가 도살장에서 돼지 내장을 얻어다 볶았어. 근데 누나가 밥상 받자마자 내 몫까지 싹 다, 지 입에 아구아구 집어넣는 거야. 내가 성질이 나, 아, 쌍! 하면서, 냅다, 옆에 요강 단질 들어 누나 얼굴에 그냥 부어버렸지.

선아   (어이없고, 놀라, 멈춰 서며, 동석을 보며, 편하게) 못됐다, 진짜.

동석   (웃고, 가며) 오줌이 누나 입으로 코로 눈으로...

선아   (동석을 따라가는)

동석   누나가 울고불고.... 순간, 엄청 미안하더라고. 그래서, 담 날 학교 다녀와 미안하다고 말해야지 했는데.. (답답한, 너무 무겁지 않게, 마치 남 일처럼) 학교 다녀오니까, 누나가 바다에서 동네 해녀 춘희삼춘 등에 축 처져 업혀 나오드라고. 그게 누나랑 나랑 마지막.

선아   (순간 맘이 짠해지는, 멈춰 서서, 가는 동석을 보는) ...

동석   (가며) 그때 알았지, 쌍! 나중은, 없구나. (하고, 걷는)

선아   (동석이 안쓰럽기도 하고, 사람이 산다는 게 답답하기도 한, 가만 보다, 가는)

씬6. 목포로 가는 배 위, 낮.

선아, 난간에서 파도를 보고 서 있고, 동석, 바다를 등지고 난간에 기대서서 한라산을 보고 있는, 화면에는 한라산이 안 보이는,

선 아 .... (가만 보다, 파도를 보며) 이렇게 자꾸 파도만 보니까, 멀미 난다.
동 석 (투박하게) 너도 울 엄마처럼 바보냐?
선 아 (동석 보면) ?
동 석 뒤돌아.
선 아 (뒤돌면)
동 석 (턱으로, 한라산 가리키는)
선 아 (무심히, 동석이 가리키는 곳을 보는)

* 점프컷 - 인서트, 웅장한 한라산 전경 》

* 점프컷 》

선 아 (한라산 보며) ...와..!
동 석 (한라산을 보며, 투박하게) 나중에도 뭔가 사는 게 답답하면, 뒤를 봐. 이렇게 등만 돌리면 다른 세상이 있잖아.. (옥동 생각하며) 그저 바다만. 바보처럼.
선 아 (차분히, 보면)
동 석 (옥동 생각에 맘이 불편해, 답답하고 투박하게, 미간을 찡그리고 한라산만 보며) ..울 엄마 얘기야. (답답한, 남 일처럼 툭툭, 너무 무겁지 않게) 아버지가 배 타다 죽고, 동이누난 물질하다 죽고, 엄만 맬 바다만 봤어. 바로 등만 돌리면, 내가 있고, 이렇게 한라산이 턱하니 있는데.. 이렇게 등만 돌리면, 아버지 동이누나 죽은 바다도 안 볼 수 있는데... 그저 맬 바다를 미워하면서도 바다만... (하고, 선내로 가는)
선 아 (한라산 보다, 가는 동석을 보며, 편안하게) 나중에... 우리 열이 오면, 같이 한라산 가자?
동 석 (가며, 투박하게) 나중은 나중에 얘기해, 지금 말고. 말했잖아, 난 나중은

	없다고, 바람 분다. 대충 바람 쐬고 들어와. 난 잠 좀 자야겠다.
선아	(동석을 보다, 한라산을 가만 보다, 열이 줄 생각에 편안하게, 사진을 찍는)

씬7. 서울로 가는 도로 + 달리는 동석의 차 안, 안개가 자욱이 낀 어두운 새벽.

동석, 운전해 가고, 선아, 그 옆에서 미간을 찡그리며 자는,
그때, 옆에 차가, 안개 속에서, 튀어나와, 빵 하고 경적을 울리며 동석의 앞을 가로질러 가는, 동석, 놀라, '아 쌍!' 하다, 자는 선아 생각해 멈추고, 선아를 보면, 미간을 찡그리고 자는 게 답답하고 안된,

동석	(구시렁) 왜 저렇게 인상을 쓰고 자. (하고, 선아가 귀여운 듯 작게 웃으며, 안개 속을 진지하게 다시 운전해 가는)

씬8. 몽타주.

1, 서울의 도매시장, 일복 가게 안 + 밖, 낮.
동석, 빵을 하나 먹으며, 일복(몸뻬 바지) 파는 데, 가서, (이후, 옷 보는 것 점프컷으로) 옷들을 마구 골라, 하나하나 펼쳐서 디자인을 보거나, 원단이나 바느질 상태를 보는(점프컷으로), 진지한, 주인, '원단 진짜 좋아요, 코리아제! 바느질도 좋고, 이천 장 사면, 오 프로 깎아줄게요.' 동석, 빵 먹으며, 아무렇지 않게,

동석	이천 장에 십 프로?
주인	이천 장에 칠 프로?
동석	(옷 놓고, 미련 없이 나와, 다른 곳으로 걸어가는)
주인	(가는 동석 보며) 어이, 어이! 팔 프로!
동석	(그냥 가는)

주 인 (짜증) 뭐 저런 놈이 있어.

동 석 (빵 먹고 돌아보며) 들린다, 조심해라. (하고, 다시 앞 보며, 편하게 가는)

2, 장난감 상점 거리, 낮.
선아, 조금 예민한 듯, 장난감 상점을 두리번거리다, 한쪽에 놓인, 말 장난
감을 보고, 그걸 들어서 보고, 맘에 안 드는지, 놓고, 걸어가서, 다른 상점
으로 들어가, 그 안을 두리번거리며, 진지하게, 장난감을 찾는, 꼭 맘에 드
는 말 인형을 사고 싶은데 없는 게 답답한, 시계를 보는, 아이 만날 시간에
맞출 수 있을까 싶어, 맘에 조급함도 있는,

3, 다른 일복 가게 안, 낮.
동석, 옷 샘플들을 이것저것 진지하게 고르는,

주 인 샘플당 몇 장씩 살 거예요?

동 석 (샘플만 고르며) 이백 장씩! 로스 날 거 생각해서, 오 프로 더 얹어주는 거
맞죠?

주 인 (웃으며) 에이, 삼 프로?

동 석 (어이없게 보며) 장난치나!

주 인 (웃으며) 으이그, 알았어, 오 프로, 오 프로.

동 석 (그제야 웃으며) 진작 그러지? (물건 고르며) 다리 다친 건 다 났어?

주 인 그만그만.

동 석 (옷을 보고, 진지하게 고르며) 조심해, 병원 잘 다니시고.

4, 장난감 상점 안, 낮.
선아, 장난감들을 계산대에 놓고, 카드 주고, 전화하고 있는,

태 훈 (E, 화난) 내 허락도 없이, 니가 왜 열일 만나?

선 아 (예민한 느낌, 주인이 계산하는 것 보며, 애써 화를 안 내려 하지만, 답답
한, 차가운, 큰소릴 내는 건 아니다) 내가 왜 열일 만나는데 당신 허락을
받아야 돼?

주 인 (계산된 카드를 다시, 선아에게 주는)

선 아   (카드 받고, 물건 들고 나가며) 내가 당신한테 열이 만난다고 문자 한 건 그냥 예의야, 허락이 필요해서, 그런 게 아니라.

＊점프컷 – 공사장 앞, 교차씬 》
태훈, 차를 주차하고, 차에서 전화하며, 나와, 공사장으로 가며 전화하는,

태 훈   (불편한, 화 참고) 내일, 재판인데, 그날 보면 되잖아.
선 아   (걸어가며, 다른 장난감 상점을 살피며, 여전히 말 인형을 찾는) 재판 날은 재판 날이고, 열이 생일은 오늘이잖아. (장난감 상점의 주인 보고) 말 인형 있어요?
주 인   (없다고, 손사래 치는)
선 아   (답답한, 나와 밖의 동석의 차로 걸어가는)
태 훈   (답답한) 그럼 오늘 저녁 가족들 모임 있으니까, 낼 봐.
선 아   (말 인형을 포기한 듯, 걸어가며) 오늘 볼 거야. 열이한테 간다고 약속했어.

＊점프컷 – 시장 일각, 동석의 트럭 앞, 낮 》
동석, 땀 흘리며, 옷짐을 트럭에 싣고 있는,
선아, 장난감이 들어 있는 봉지 들고, 동석에게로 걸어오며,

태 훈   (답답한, E) 너, 약은 잘 먹니?
선 아   (순간, 화가 나는, 멈춰 서는, 신경 날카롭지만, 차분히) 내 약 얘기가 왜 나와? 지금?

＊점프컷 》
동석, 그 소리에 짐 챙기며, 선아를 보는데, 남편이구나 싶은, 무심히, 일에 집중하는, 트럭 정리하고, 선아의 손에서 장난감 담긴 봉지를 들어서, 차에 싣는, 그리고, 트럭 조수석 문을 열고, 선아와 눈을 마주치면, 타라고, 턱짓 하는,

태 훈   (E, 답답한) 좋아, 그럼 열이, 여섯 시까진 부모님 집에,
선 아   열 시. (하고, 차에 타는)

태훈   (E) 열이 아홉 시면 자. 여덟 시, 오십 분까지 데리고 와. (하고, 전화 끊는)

선아   (전화 끊으며, 예민한, 화나는, 참고, 안전벨트 하며, 조금 날카롭지만, 감추고) 장사할 옷은 잘 샀어?

동석   (투박하게) 너, 열받은 거 같다? 무슨 일?

선아   (잠시, 생각하다, 안전벨트 풀고, 예민한 듯한) 나 잠깐만 장난감 가게 좀 다시 갔다 올게. (하고, 가는)

동석   (걱정되는, 차에서 내려 따라가며, 투박하게) 뭐야?

선아   (장난감 상점으로 가며, 예민해지는, 답답한) 애기 말 쿠션을 못 샀어. 밤에 어두운 걸 무서워해서 안고 잘 수 있는, 말 쿠션을 사고 싶었는데 없더라고. 전화하면서, 꼭 사 갖고 간다고 했는데...

동석   (따라가며) 상가 끝에 쿠션 가게 있는데, 가봤어?

선아   (가며, 동석 안 보고) 갔었는데.. 대충 봤어. 다시 자세히 찾아볼게.

동석   (예민한 선아의 마음을 알겠는, 담담히, 따라가는)

씬9.   쿠션 가게 전경, 낮.

선아   (E, 조금 불안한 듯) 저거, 저거요.. 저거 말 같은데..

여주인   (E, 귀찮은) 어디요?

씬10.   쿠션 가게 안, 낮.

선아, 아주 높이 있는 선반을 올려다보고 있는, 조금 불안한 듯하고, 예민한, 차분하려 애쓰는,

여주인   (잘 안 보이는, 높이 쌓인 쿠션들 보며, 귀찮은) 어디요? 어디 말 쿠션이 있어?

선아   (손가락으로 가리키며) 저기 있잖아요.. 저기!

동석   (높게 쌓아 올린 물건들이 있는 선반 끝에, 말 쿠션이 투명비닐에 싸여 있는 게 보이는, 대가리만 보이고, 다른 물건들 속에 파묻혀, 잘 안 보이는,

유심히 보며) 아, 저거.. 밤색.... 맨 위에.. 구석에 처박혀 있는 거... 그러네, 저거 말 대가리네..

선 아   (주인에게) 저거, 꺼내주세요.

여주인   (난감한, 귀찮아, 팔고 싶지 않은) 아닌데, 그건, 기린 대가리 같은데....

동 석   (어이없단 듯, 주인 보며, 가볍게) 무슨.. 저게 기린 대가리예요? 기린 대가리 노란 바탕에 밤색 점이 있는 게 기린 대가리지, 저건 대가리 전체가 온통 밤색인데, 저게 무슨 기린 대가리야? 그리고 기린 대가리면 (손가락을 뿔처럼 만들어, 머리에 올리고) 뿔이 있어야지, (옆에 기린 쿠션을 들어 보이며) 이것처럼. 저건 뿔도 없고, 누가 봐도 딱 봐도 기린 대가리 아니고 말 대가리구만.

여주인   (귀찮은) 아니야, 저건 기린 대가리야.

선 아   (주인에게, 단호한, 말꼬리 끊으며) 기린이어도 좋으니까, 꺼내 주세요.

여주인   (손사래 치며, 귀찮은) 아우, 못 꺼내, 못 꺼내! 안 팔아! 우리 아저씨 배달 가서, 못 꺼내요, 저건!

동 석   (주변 보며, 사다리를 찾는) 사다리 어딧어요? 내가 꺼낼 테니까.

여주인   (옆에 부서진 사다리를 가리키며) 사다리도 부서졌다고? 우리 아저씨가 와야 고친다구요.

선 아   (난감한, 그러다 어느새 문 쪽으로 가는 동석을 보는) ?

동 석   (갑자기 문 열고, 옆 가게 주인에게 가서) 죄송합니다, 사장님! 사다리 좀 빌려주세요!

* **점프컷** 》
동석, 사다릴 들고 와, 한쪽에 사다릴 놓고, 조금 흔들며, 자세를 잡으려 하는,

동 석   이 사다리가 뭔가 부실하다.

선 아   (긴장한) 조심해.

여주인   (어이없는) 아이고, 별스럽다. 애 선물 하나 산다고.. 이 난리를 치고..

동 석   (웃으며, 농담) 어렵게 낳아 그래요. 인공수정 해서 어렵게 어렵게. (하고, 선아 보고, 농담을 이해하라는 듯 윙크하고, 오르는)

선 아   (어색한, 사다리 잡고, 긴장해) 조심해.

여주인   조심해요. 사다리가 영 부실하네.. 이거.

점프컷 》
동석, 흔들리는 사다리 위에서 처박혀 있는 말 쿠션을 다른 물건들 속에서 어렵게 꺼내려는데, 옆에 물건들이 다 흔들리는, 땀이 다 나는, 선아, 여주인, 걱정하는,

여주인   (호들갑) 그러다 물건 다 쏟네! 이런! 조심해요, 조심해!
선 아   (걱정) 조심해.
동 석   (물건만 꺼내려 하며) 아, 쫌 조용히 좀 해요들! 정신 시끄럽게! (초집중하며, 쿠션을 빼내려 하며) ..자자자자.. 나와라.. 나와.. 말아, 나랑 집에 가자.. (집중해, 간신히 말을 꺼내, 흔들며, 좋은, 큰소리) 말이다! 말! 우후!

그때, 쌓아둔 물건들이 와르르 다 떨어져 내리는,
선아, 여주인, 놀라, 피하고,
동석, 마저 쏟아지려는 물건 잡고,

동 석   (당황한, 여주인에게) 죄송합니다.

씬11.   어린이집 가는 작은 도로, 낮.

동석의 차가 와, 한쪽에 서는,

씬12.   동석의 차 안, 낮.

선아, 손거울을 보며 립밤을 바르는, 조금은 초조한 듯한,
동석, 그런 선아를 보며, 조금 신기한, 선아가 이쁘기도 한, 어색한 웃음 짓고,

동석	다른 엄마들도 다 너 같냐? 자식 보는데, 그렇게 꽃단장하고? 꼭 애인 만나는 거 같애, 너?
선아	(립밤 바르던 것, 가방에 넣고, 작게 웃고) 그 어떤 애인보다 난 열이가 좋아. (하고, 유치원 문만 보는, 살짝 긴장한)
동석	(엄마란 이런 건가 싶다, 열이가 부럽기도 하고, 선아가 기특해, 작게 미소 짓고) 긴장돼?
선아	(어린이집만 보며, 동석 안 보고) 꽤 오래 안 봤잖아. 설마, 열이가 날 못 알아보는 건 아니겠지? 첨이야, 이렇게 오래 안 본 거.
동석	(선아 보고, 어린이집에서 아이들 나오는 것 보며) 내려. 애들 나온다.
선아	(안전벨트 풀고, 말 쿠션을 들고, 다른 장난감 짐 들고 내리는)
동석	야, 웃어.
선아	(보고, 안 웃고) 전화할게. (하고, 어린이집 쪽으로 가는)
동석	(차를 돌리려 하는)

∗ 점프컷 – 어린이집 앞 》

한쪽에 어린이집 차가 놓인, 아이들 나와, 기사의 도움을 받아, 차에 타는, 선아, 벽에 붙어 서서, 아이들이 나오는 걸 보며, 긴장해 있는, 그때, 열이가 나오면, 갑자기 눈가 붉어 환해져, 장난감 봉지를 바닥에 놓고, 말 쿠션만 들어, 열이 앞에 불쑥 내미는, 열이, 조금 놀라, 말 보고, 돌아보면, 선아, 눈가 붉어, 환하게 웃으며, 두 팔을 벌리면,

열	(밝게) 엄마다! (하고, 안기는)
선아	(꼭 안고, 너무 좋아, 열이를 안고, 흔들며, 한참을 그렇게 있는)

∗ 점프컷 – 유턴하는, 동석의 차 안 》

동석, 백미러로 너무 이쁘게 두 사람을 보는, 입가에 따뜻한 미소 짓고, 차를 운전해 가는, 그 모습 느린 그림으로 보여지는,

씬13. 아쿠아리움, 낮.

열, 말 쿠션을 들고, 손에 차 장난감을 들고, 넋이 나가, 대형 수족관을 보는,

선아, 그 옆에서, 물고기들을 설명해주는,

선아   (웃음 띤) 저건, 상어, 저건 가오리, 저건, 해파리, 저건 가리비..

열   (밝게) 우와, (그러다, 말 쿠션을 보여주며) 근데, 난 말이 더 좋아. (하고, 말 쿠션을 안는)

선아   (문득 생각난) 엄마가 진짜 말 보여줄까?

열   진짜?

선아   그럼 진짜지. (바닥에 앉아, 열일 제 무릎에 앉히고, 핸드폰을 꺼내 동석이 찍어 보내준 말 동영상과 자신이 말과 찍은 사진을 보여주는)

열   (핸드폰 잡고, 흥분하는) 와와와! 엄마 말 탔어?

선아   (웃으며) 열이랑 탈라고 안 탔지?

열   (동영상 보며) 와! 말 엄청 크다! 엄마보다 크다? 아빠보다 크고! 말 산만 해?

선아   (귀여운, 웃으며) 아니, 산보단 작고, 열이 열 배는 돼.

열   (핸드폰만 보며, 좋은) 우와! 엄청 크네!

선아   (웃으며, 밝게, 좋은) 엄청 크지!

씬14.   돼지고깃집 안, 저녁.

동석, 사이다를 따라서 마시며, 예전 대리운전 할 때 친구 셋과 고기를 맛있게 먹는, 서로들, 기분 좋은,

동석   (친구들은 소주, 자신은 사이다를 부딪히며, 웃으며, 편하게) 얘얘 사람 무시하네, 얌마, 육지 만물상하고 섬 만물상하고 같냐?

친구1   (웃으며) 섬에서 장사 잘되면 얼마나 잘되냐? (옆에 된장찌개를 주며) 이거나 먹어, 돈 잘 번다, 뻥치지 말고.

동석   (된장찌개 한쪽으로 치우며) 난 된장 안 먹어. 그리고 뭐 뻥. 웃기는 애네, 애가. 너 대리운전 사업해서 얼마 벌어?

친구1	(웃으며) 엄청 번다, 자식아?
동 석	난 장사 잘됨, 월, 천은 번다, 자식아?
친구2	(웃으며) 이게 제주 가서 구라만 배웠나!
동 석	(웃으며) 넘 심했나? 크크크, 그래도 새끼야, (친구들 보며) 니들은 맨날 카드 장사지? (하고, 주머니에서 돈다발을 꺼내 흔들어 보이며) 난 있는 게 현찰이다! 새끼들아!
친구1, 2, 3	(웃으며, 놀라며, 돈다발 잡으려 하며) 야, 진짜네, 이거, 이거.
동 석	(돈다발 안 뺏기고, 주머니에 넣으며) 오늘 내가 쏜다! 맘껏들 마셔! (하고, 친구들 술 따라주고, 친구들은 동석 잔에 사이다를 따라주고) 살다 힘들면 제주 오고! 건강해라!
친구1, 2, 3	건강해라! (하고, 다들 마시는)

씬15. 유리로 된 이쁘게 꾸민 이층 노래방, 밤.

카메라, 창가로 보면,
선아와 열이(손에 말 쿠션을 들고), '바나나차차'와 동요를 부르며, 소파며,
여기저기 올라가며, 신난, 테이블엔 장난감이 모두 포장이 뜯겨 있고, 피자며, 음료병이며, 과자들이, 널브러진,
노래방 벽시계, 아홉 시 삼십 분이 넘어가는,
한쪽 선아의 가방에서 핸드폰 울리지만, 못 듣는,

씬16. 태훈의 집 앞, 밤.

태훈과 태훈의 형제 가족(동생과 동생처, 자는 어린아이들 둘을 각자 안은)들, 집에서 나오는,

태 훈	(화나고, 답답한) 미안하다.
동 생	열이 오면 전화 줘, 걱정된다.
동생처	(걱정) 꼭 전화 주세요.

태훈   네네.

동생 가족, 차를 타고 가고,
태훈, 집으로 들어가려다, 걱정되는, 선아에게 전화하며, 큰길로 나가보는,
선아의 전화는 통화 중인,
그때, 한쪽 트럭 안에서 동석, 선아와 전화를 하며, 차 옆으로 지나가는 태훈을 유심히 보는, 본능적으로 태훈인 걸 알겠는,

동석   (담담한) 어디긴, 난 니가 문자로 보낸 주소지로 와서 기다리고 있지, 왜 안 와?
선아   (E, 담담한, 차분한) 다 와가, 조금만 기다려.
동석   (태훈을 보며, 전화기를 내려놓고, 룸미러로 보면)

      * 점프컷 》
      태훈, 걸어가는데, 택시가 와서, 태훈 앞에 서는,
      선아, 자는 열이를 안고 내리며, 태훈에게,

선아   너무 늦었지? 차에 장난감 좀.
태훈   (화난, 참고, 차 안의 장난감을 꺼내 드는)
선아   (기사에게) 감사합니다.
기사   (가고)

      * 점프컷 - 동석의 트럭 안 》
      동석, 두 사람의 모습 보다, 보면 뭐 하나 싶어, 핸드폰 꺼내, 음악 틀고, 시선 돌려, 둘을 안 보는,

      * 점프컷 》

태훈   열이 줘.
선아   (열이와 헤어지는 게 조금 힘든, 슬픈) 집 앞까지 가. (하고, 자는 열이를 안고 가는데, 헤어지기 싫은, 꼭 안는, 열이와의 이별이 조금은 불안한, 슬픈)

태 훈 (가는 선아를 맘에 안 들게 보고, 속상한, 따라가며, 뒤에서 말하는) 열이 생일이라고, 어머니 아버지, 동생, 제수씨, 조카들까지 다 기다렸어. 내가 여덟 시 오십 분까지 오라고 했잖아. 니가 말한 시간은 열 시였고, 근데, 지금 열한 시가 다 돼가, 알아? 나중에 재판 끝나고도 이러면.. 그땐 가만 안 있을 거야.

선 아 (그냥 가기만 하는, 열이와의 이별이 슬퍼지는, 동석의 차를 지나쳐, 거의 집 앞에 다 온)

태 훈 열이 줘.

선 아 (열이 안고, 부탁조, 그러나 너무 처지지 않게) 열이, 내가 오늘 밤만 집에 데리고 가서 자고, 낼 데려다주면 안 돼?

태 훈 (화나는, 낮게) 열이 줘.

동 석 (노래 듣다, 무심히, 두 사람을 보는)

선 아 (맘 아픈, 애써 담담하려 하지만, 안 되는, 너무 처지지 않게) 내가 재판에서 이기면, 언제든 당신이 원할 때 열이 보게 해줄게. 오늘만, 데려가게 해줘.

태 훈 (화나는) 나 너 못 믿어. 애 줘?! 니가 애 데리고 가서, 안 오면?

선 아 (서운해도, 차분히, 설명하려는) 내가 왜 안 와? 재판이 있는데?

태 훈 (답답한) 전처럼 사고라도 나면? 그땐 어쩌려고? 애 줘. (하고, 선아에게서, 열이 뺏어 안는)

열 (잠에서 깬, 졸린, 작게) 엄마..

선 아 (속상한, 눈가 붉은) 열아, 엄마, 여기! (하고, 순간적으로 열이의 팔을 잡아, 뺏으려는)

열 (선아가 잡은 팔이 아파, 크게 우는) 앙, 팔!

∗ 점프컷 – 이후, 그림은 느린 그림으로 점프컷, 소린 실사로 느리지 않게 》
그때, 동석, 우는 열이 쪽을 보는, 뭔가 싶은,

태 훈 (버럭, E) 애 팔 아파! 그만해!

∗ 점프컷 》

선아	(이미 판단이 안 되는, 열이 팔을 더 잡으며) 열아, 엄마한테 와.
열	(울고)
태훈	(우는 것과 거의 동시에, 열일 안 뺏기려 몸을 틀고)

＊ 점프컷 》
동석, 놀라, 트럭에서 나와, 선아에게 뛰어가려는데, 차가 앞을 지나가서, 멈추게 되는,

＊ 점프컷 》
태훈, 그사이에, 열일 안고, 주머니에 있는, 차 키 꺼내 집 앞에 있는 차 문 열고, 차로 뛰어가, 차 안에 들어가, 문 닫는,

＊ 점프컷 》
선아, 뛰어와, 차 문을 열려 하는,

＊ 점프컷 》

태훈	(차 안에서, 시동 걸며) 애 팔 아프대잖아! 병원 가게 나와!
선아	(맘 아픈, 차에 타려, 차 문을 열려 하지만, 태훈이 잠근, 차 문을 두드리는, 눈물 나는, 속상한) 문 열어, 병원 나도 같이 가!
열	(계속 아파 우는)
태훈	(차 창문을 조금 열고, 선아에게, 버럭) 열이 아파 우는 거 안 보여?! 비켜! (하고, 시동 거는데)
선아	(태훈의 차 창문 쪽으로 와서, 두드리며, 울며, 열이가 많이 다쳤을까, 조금은 흥분한, 슬픈) 문 열어! 같이 가!

그때, 어느새, 동석, 와서, 선아의 팔을 낚아채, 차에서 멀리 떨어지게 하려는데, 선아가 다시 차로 가려 하면, 선아를 안고, 막아서고,

동석	(태훈에게) 가요! 빨리!
태훈	(동석을 보고, 화나, 그냥 차를 몰아 가는)

선 아   (동석의 팔 힘 때문에 못 움직이지만, 태훈의 차를 보며, 울며) 같이 가!

＊ 점프컷 - 태훈의 차 안 》

태 훈   (속상해, 운전해 가는, 열이가 우는 걸 속상하게 보고, 운전에 집중해 빠르게 가는)

씬17.   병원 응급실 앞, 주차장, 밤.

동석, 차 안에서 답답하게 있는, 잠시 후, 선아, 울다 지친 얼굴로 담담히 나와 동석의 트럭 쪽으로 오는(너무 처지지 않게), 트럭에 올라타는,

씬18.   동석의 트럭 안, 밤.

동 석   (별스럽지 않게, 담담히) 애는?
선 아   (애써 담담히, 안전벨트 하며) 링거 다 맞으면, 바로 퇴원한대, 의사 말이 좀 놀랐대.
동 석   애 못 봤어? (하고, 운전해 가는)
선 아   (창가에 기대, 창밖 보며, 막막한, 애써 맘 다잡으려 하지만, 안 되는) 어, 엄마, 안 보고 싶다고.. 엄마가 아프게 했다고 싫다고...
동 석   (답답한) ...전에 살던 집 간댔지? 거기가 어디야?

씬19.   선아의 아파트, 엘리베이터 안, 밤.

선아(생각 많은, 이대로 끝이면 어쩌나 싶은, 너무 불안한 모습은 아닌), 동석, 타고 있는,

씬20. 선아의 아파트 안, 밤.

선아, 들어와 집 안의 불을 켜고,

선 아　들어와, 물 마시고 가.

동 석　(현관에서 들어와, 집을 둘러보는, 온통 아이에 관한 것들이 있는) 집을 비워둬 그런가, 냉골이네. 보일러 리모컨 어딨어?

선 아　(주방에서, 잔을 씻어, 생수병 물을 따르며) 거실 쪽 벽.

동 석　(보일러 리모컨 찾아, 보일러를 올리고, 거실 커튼 치면, 야경이 보이는)

선 아　(물 두 잔 가져와, 한 잔은 동석에게 주고, 한 잔은 자기가 마시는)

동 석　(야경 보며(이때 모텔 위치를 봐두는), 물을 벌컥벌컥 마시고, 잔 주고) 푹 자고, 재판 끝나면 전화해. 난 그사이, 서울 온 김에 필요한 물건 더 사고 있을게. (하고, 현관 쪽으로 가는)

선 아　(담담히, 잔을 한쪽에 두고) 어디서 잘 거야?

동 석　여기.

선 아　?

동 석　말고, 저기. (하고, 거실 창 쪽으로 가서, 멀리 모텔 하날 가리키며) 저기 모텔 보여?

선 아　(다가와 보며) 어.

동 석　저기서 자게. (하고, 가는)

선 아　(동석의 배려가 고마운) ...고마워.

동 석　(현관문 열다, 답답한) 만약 낼 재판 지면,

선 아　(보는, 예민해지는)

동 석　(답답한) 그래, 낼 일은 낼 생각해라. 자. (하고, 가는)

선 아　(동석이 나간, 현관을 보고, 돌아서서, 거실로 가, 창문 열고, 아랠 내려다보는)

씬21. 아파트 엘리베이터 안 + 아파트 밖, 밤.

동석, 엘리베이터에서 생각 많게 서 있는, 일층에 도착하면, 빠져나와, 차

로 가려다, 선아의 아파트를 올려다보는, 그리고 손을 흔드는, 기분 좋으라고 짐짓 환하게 웃는, 선아가 그런 동석의 맘을 받아서, 작게 웃으려 하며, 손을 흔드는, 동석, 손 내리고, 트럭으로 가며, 웃음이 가시는, 담담히 타고 가는,

씬22. 선아의 아파트 안, 밤.

선아, 동석의 트럭이 가는 것을 보고, 거실 창을 닫고, 돌아서는데, 집 안이 모두 암흑이다, 다시 밖을 보면, 야경의 불빛들이 하나둘 꺼지는, 달빛에 비친 제 모습을 보면, 물이 턱선, 손끝, 옷 끝, 온몸에서 뚝뚝 떨어지는, 이 우울감이 너무 두려운, 눈물이 나는, 막막한, 그래도 이겨내고 싶은, 그렇게, 움직이지도 못하고, 서 있는,

씬23. 모텔 안, 밤.

동석의 핸드폰에서 음악이 흐르는, 동석, 샤워한 얼굴로 욕실에서 나와, 한쪽에 있는 봉지에서 맥주를 꺼내 잔에 따르고, 냉장고에서 얼음을 꺼내 맥주에 넣고, 창가로 선아의 집 쪽을 보며, 맥주를 마시며, 음악에 몸을 맡기고, 작게 흔드는, 재판 생각이 있지만, 이 순간은 잊고, 맥주 맛과 음악만 즐기려 하는,

씬24. 법원 전경, 낮.

씬25. 법원 주차장, 낮.

동석, 주차장에 세워놓은 차 안에서, 시계 보는,

씬26. 판사 사무실 가는 계단, 낮.

태훈(정장 차림), 올라가는, 그 뒤에, 선아(정장 차림), 올라가는,

선 아 (앞만 보고, 가며, 애써, 담담히) 열이 괜찮다며, 데리고 오지?
태 훈 (맘 아프지만, 답답도 한, 앞만 보고 가는) ..
선 아 재판 끝나자마자, 열이 데리고 바로 제주 갈 거야. 열이 짐은 우편으로 받을게.
태 훈 (판사 사무실을 노크하는)

씬27. 판사 사무실 안, 낮.

선아와 태훈, 판사 자리 앞에 나란히 앉아 있는,

태 훈 (판사 자리만 보며) 내가 재판에 질 리도 없지만, 지면, 항소할 거야. 그러니까, 니가 열일 제주에 데리고 갈 일은 없어.
선 아 (차분히, 앞만 보는) ..

그때, 직원, 문 열고,

직 원 판사님 들어오십니다, 일어나세요.

선아, 태훈, 일어나는,
판사, 들어와, 제 의자에 앉는,

판 사 착석하세요.
선아, 태훈 (앉는, 둘 다 조금은 긴장된)

씬28. 달리는 동석의 트럭 안, 한강, 낮.

선아, 조수석에 앉아, 고통스레, 흐느끼는,
동석, 담담히(?) 운전해 가는, 선아가 안됐지만, 자신은 짐짓 더 무심하게
행동하는 듯한,

＊ 점프컷 - 시간 경과 》
동석의 트럭이 계속 달리는, 낮에서, 해 질 녘이 되는, 석양이 지는,

선 아 (창가에 기대, 멍하니, 한강을 보는, 이제 어떻게 살지 싶다)
동 석 (운전해 가며, 시계 보고, 가볍게, 운전만 하며) …밥 먹자, 나 배고프다.

씬29. 식당 안, 저녁.

동석, 김치찌개 같은 것에 밥을 한 그릇 다 말아, 우적우적 먹고 있고,
선아, 열이 생각만 멍하니 하며, 한 수저도 안 뜨고 있는,

동 석 (밥을 먹다, 선아 보며, 맘 아파도 짐짓 아무렇지 않게, 그러나 자신도 모
르게 투박하게) 진짜 밥 안 먹어?
선 아 어.
동 석 (투박하게) 재판 진 거지, 인생 끝났냐? 밥 먹어?
선 아 (막막한, 그러나 너무 처지지 않게) 나가 있을게, 먹고 와. (하고, 나가서, 식
당 문 옆의 벽에 기대서서 열이 생각하는, 이제 나는 어쩌나, 내가 왜 아이
팔을 잡았나, 정신을 차려야 한다, 등등 생각이 많은, 맘 아프고, 스스로에
게 화가 나는)
동 석 (그런 선아 보고, 아랑곳없이, 선아의 밥도 들어, 마구 먹는)

씬30. 시내 큰 도로(강남 가로수길 같은), 밤.

선아, 제 몸을 팔로 안고, 미간을 찡그린 채, 생각 많게 걸어가고,
동석, 그 옆에서 걸으며,

동 석   (답답하지만, 별스럽지 않게, 앞만 보고, 가며, 툭툭 말하는) 항소한다며?
         그때, 이겨서, 애 데고 제주 가면 되지, 뭐가 문제야?

선 아   ...

동 석   대체 너 무슨 생각을 그렇게 해?

선 아   (안 보고, 걸어가며, 열이만 생각하는) 열이 생각.

동 석   열이 생각, 뭐?

선 아   (안 보고, 걷는 데만 집중하며(느린 걸음이 아닌, 생각에 빠져 있어, 조금
         빠르게도 느껴지는), 생각은 온통 열이에게 가 있어, 미간이 찡그려지는)
         열이가 이제 날 싫어하면 어쩌나, 미워하면 어쩌나, 다신 안 본다고 하면
         어쩌나, 그 생각.

동 석   (답답하지만, 짐짓 가볍게) 열이한테 전화해서 물어봐.

선 아   (맘 아픈, 화도 나는, 조금 강하게) 싫어. 무서워. 진짜 그렇다고 그럴까 봐.

동 석   (멈춰, 선아를 보다, 다시 빠르게 걸어가, 선아의 앞을 가로막는, 선아(멈춘)
         가 답답해, 조금 강하게) 그럼 어쩌자고? 어디까지 걸어? 지구 끝까지 걸
         어?

선 아   (눈가 그렁해, 동석 보고, 주변을 보는, 너무 맘이 아픈, 스스로에게 화도
         나는, 참으려 해도 눈물이 나는) 머리가 너무 아파. 열이 생각밖엔 아무것
         도 안 나. 다른 건 아무 생각도 할 수가 없어.

동 석   (안쓰럽지만, 답답한, 버럭) 다른 생각 해! 니가 그 생각만 하니까, 그렇잖
         아! 다시 항소할 생각! 좋은 변호사 살 생각! 열이 데고 와 살 집 지을 생
         각! 생각할라고 치면, 생각할 게 좀 많냐?!

선 아   (보며, 울며, 맘 아픈, 진심) 못 하겠어... 나도 그러고 싶은데, 안 돼.

동 석   (화나는, 답답한) 돼!

선 아   (너무 힘든, 동석 보며, 애원조, 나를 어떻게 좀 해줘 하고, 매달리고 싶은)
         안 돼. 도와줘, 오빠.

동 석   (순간, 선아의 얼굴을 두 손으로 잡고, 입을 맞추는)

선 아   (울며, 동석의 가슴을 조금 밀며, 맘 아픈, 고개 작게 젓고) 이런 거.. 말고.

동 석   (맘 아픈, 그러나, 바로 손 내리고, 선아의 손목을 잡고, 큰 걸음으로 가며,

앞만 보고) 좋아, 도와줄게, 따라와.

선아   (울며, 끌려가는)

씬31. 오락실 안, 밤.

사람들 제법 많은, 여기저기 밝게 게임들을 즐기는,
동석, 선아, 열심히 카 레이싱 오락을 하고 있는,

동석   (전투적으로, 오락만 하며, 투박하게) 어려서 그때처럼 그냥 오락에만 집
중해, 어떡하면, 이 게임을 이길까! 나처럼, 그 생각만 해! 다른 생각 말고.
(하고, 옆자리의 선아 보고) 어려서 오락 잘했잖아? (하고, 다시 제 오락기
에 집중하는)

선아   (스스로에게 화나는 걸 간신히 참고, 집중이 안 돼도, 오락을 해보려 하는
데, 차가 뒤집어져버리는)

동석   (보고) 다시. (하고, 제 게임에만 몰두하는)

선아   (다시, 이를 앙다물고, 오락에 몰두하려 하는데, 차가 출발하자마자, 뒤집
어지고, 다시 또 출발하면, 뒤집어지고를 반복하는, 울고 싶은)

동석   (게임만 하는)

선아   (몇 번을 반복해도 차가 뒤집어지면, 화난 듯, 제 인생 같아 울고 싶은, 속
도 상하는, 그냥 일어나 밖으로 나가는)

동석   (가는 선아를 보고, 게임에 몰두해, 결승선에 골인하고, 그렇게 게임을 끝
내고, 오락실 밖으로 나가는)

씬32. 오락실 밖, 번화한, 밤.

동석, 오락실을 나와, 주변을 두리번거리면, 선아, 멀리 앞서 걸어가고 있는,
동석, 뛰어가, 옆에서 걸으며, 화가 나는, 답답한,

선아   (동석 안 보고, 길가를 보며, 맘 아픈, 눈가 붉은, 조금 날카로운, 처지지 않

　　　　게) 걷고 싶어. 오빠, 가. (하고, 가는, 눈물이 나는, 맘 아픈, 힘든, 자꾸 스
　　　　스로에게 화가 나는)

동석　　(가는 선아의 팔 잡아 돌려세우고, 답답하지만, 참고, 투박하게) 집에 데려
　　　　다줄게, 차로 가.

선아　　(팔 뿌리치고, 걷기만 하며) 걷고 싶어.

동석　　(따라가며) 너, 가방 내 차에 있잖아. 돈도 없잖아.

선아　　(계속 열이 생각만 하며, 빠르게 걷는)

동석　　(옆에서, 걸어가며, 속상한, 화도 나는, 투박하게) 어지간히 해라. 망가질라
　　　　고 작정한 여자처럼 뭐 하는 거야? 몇 시간씩 차 안에서, 죽어라 울고불고
　　　　했음.. 새끼야, 정신을 차려야 할 거 아냐! 밥도 먹고! 물도 안 마시고, 애도
　　　　있으면서, 어떻게든, 살아볼라고 해야 할 거 아냐!

선아　　(멈춰 서서, 동석 보며, 맘 아픈, 그러나 격앙되지 않고) 내 전남편처럼 말
　　　　하지 마! 울 엄마처럼 말하지 마!

동석　　(속상해, 꼬나보듯 보는)

선아　　(맘이 너무 아픈, 화가 나는, 참으려 애쓰지만, 안 돼서, 조금 격앙되는) 대
　　　　체 선아야, 넌 언제까지 슬퍼할 거냐고, 언제 벗어날 거냐고, 묻지 마. 나도
　　　　내가 언제까지 슬퍼해야 되는지, 언제 벗어날 수 있는지, 몰라서 이러는 거
　　　　니까.

동석　　(맘 아프고, 답답하고, 화나 보는)

선아　　(맘 아픈, 비아냥, 조금 격앙된, 그러나 또박또박 말하는) 이런 내가 보기
　　　　싫어? 보기 싫음 떠나면 돼, 어릴 때 우리 엄마처럼, 전남편 태훈씨처럼. 안
　　　　잡아. (가며, 버럭) 냅둬, 나는 그냥! 이렇게,

동석　　(말꼬리 자르며, 버럭) 이렇게 살다 디지게?!

선아　　(맘 아픈) 그래! (하고, 맘 아프게, 다시 이를 앙다물고, 큰 걸음으로 걸어
　　　　가는)

동석　　(선아를 보다, 뒤따라가며, 화도 나도, 답답하지만, 참고, 투박하게) ..그래,
　　　　그래라, 쌍누무 것! 그래, 내가 너 같아도, 살맛 안 나겠다. 어려서 엄마는
　　　　저 살자고 딸 버리고 내빼고, 아빠는 사업 망했다고 자살하고, 남편한테도
　　　　이혼당하고, 우울증에 애까지 뺏겼는데, 니가 무슨 밥맛이 있어, 밥을 먹
　　　　고, 살맛이 나서, 기분 좋게, 행복하게 살겠어! 그래, 맘대로 해! 그래, 그냥
　　　　이렇게 살다, 죽든 말든 너 알아서 해!

선아   .. (울며, 가는, 맘 아픈)

동석   그러다 보면, 결국, 그 나물에 그 밥이라고, 니 아들도 커서, 결국은 너처럼
         되겠지.

선아   (멈춰 서는, 맘 아픈, 자신에게 화나는, 동석을 안 보는)

동석   (선아 앞으로 와 선아를 꼬나보며, 맘 아픈 비아냥, 냉소적으로) 맞잖아?

선아   (울며, 동석을 원망스레 보는)

동석   (맘 아픈 비아냥, 선아가 정신 들게 더 강하게 말하려는 듯) 아빠는 엄마가
         우울증 걸렸다고 버리고, 엄마는 이렇게 울다 결국은 단 한 번도 행복해
         보지 못하고, 죽으면... 애가 뭘 보고 배워, 지 인생을 재미나게 신나게 살겠
         냐?

선아   (맘 아프게 보는, 그 말이 사실이 될까 두려운)

동석   (맘 아프지만, 짐짓 모질게) 너 닮아 평생 망가지고 싶거나, 끝없이 기회만
         되면 죽고 싶거나, 자기 팔자 탓하며 우울해지겠지? 그게 아니면.. 나처럼
         막 살 거나?

선아   (맘 아파, 흐느끼다, 주저앉아, 두 손으로 얼굴을 가리고, 엉엉 우는)

동석   (선아가 안쓰럽고, 답답한, 한쪽으로 걸어가서, 길가 벽에 기대거나, 계단
         에 앉아, 길가를 보는) ... (그러다, 맘 추스르고, 우는 선아를 보며, 맘 아픈,
         눈가 붉어지지만, 애써 감정 없이, 투박하게) 슬퍼하지 말란 말이 아니야.
         울 엄마처럼 슬퍼(강조)만 하지 말라는 거지! 슬퍼(강조)도, 하고! 울기(강
         조)도 하고! 그러다, 밥(강조)도 먹고! 잠(강조)도 자고! 쌍! 어쩌다는 웃기
         (강조)도 하고, 행복(강조)도 하고!

선아   (맘 아파, 우는)

동석   (맘 아픈, 투박하게) 애랑 같이 못 사는 것도 머리꼭지 돌게 성질나 죽겠는
         데, 그것도 모자라 엉망진창 니가 망가지면.. 니 인생이 너무 엿 같잖아, 새
         끼야. ... (하고, 일어나, 가며) 다 울었음 일어나.. 걷자.

씬33.   한강 가는 길, 밤(앞 씬과 시간 경과된 느낌).

         선아, 동석, 나란히 커피를 마시며 걸어가는,

동 석 너도 알다시피 난 무식하잖아? 내가 알기 쉽게 설명해봐, 우울증이 오면 기분이 어떤지?

선 아 (울다, 진정이 된 듯한, 서글프지만, 뭔가 편안해진, 담담하게, 어둡지 않게) 설명할 수 없어.

동 석 그래도 해봐.

선 아 ..뭐랄까 .몸은 늘 물에 빠진 솜이불을 뒤집어쓰고 있는 기분.. 그리고 눈앞에 모든 게 깜깜하고... 지금처럼 분명히 불빛들이 많은데도 우울감이 오면... 아무것도 안 보여, 앞이 깜깜해져.

동 석 (참 이해가 안 된다 싶은) 자주?

선 아 아니, 어쩌다.

동 석 (커피 마시며, 투박하게) 별거 아니네, 다 착각이네.

선 아 (걸어가며, 동석이 가벼운 게, 편하고, 웃긴, 작게 웃음 지어지는)

동 석 뭘 웃어, 맞잖아? 착각이지? 그럼 뭐 그게 진짜냐? 불빛이 있는데, 깜깜해지는 게?! 나중에 또 그러면 이건 착각이다, 이건 가짜다, 지금 내가 정신이 살짝 돌아서 이런 거다, 머릿속으로 주문을 외워. 아님 나한테 바로 전화를 넣던가. 그럼 내가 말해줄게, 야, 새끼야, 착각하지 마, 정신 차려, 그렇게. (가볍게) ..근데, 그거 못 고쳐?

선 아 ... (고치려는 의지가 조금 생기는) 의사는 고칠 수 있대. 이제 상담 받아보려고.. 약만 먹으니까, 잘 안 낫나, 싶어서.

동 석 (담담히 가며, 선아가 공감도 되는) 그래, 뭐든 해봐? 밤이 돼도 밖이 이렇게 밝은데, 그게 안 보이고, 눈앞이 깜깜하면 오죽 무섭겠냐.

선 아 (위로받는 것 같은, 맘이 편해지는)

동 석 뭐든 해봐. 상담도 약도.. 돈은 있지?

선 아 (웃고) 어.

동 석 (농담처럼) 없으면 나한테 말하고.

선 아 (웃으며) 어.

동 석 (같이 따뜻하게 웃으며) 왜, 내가 돈이 없어 보여, 웃냐?

선 아 (웃으며) 아니.. 고마워서..

동 석 (웃으며, 농담) 고마우면 사귈래?

선 아 (웃고)

동 석 (농담조, 그러나 따뜻하게 웃으며) 왜? 그 정도로 고마운 건 아냐?

씬34. 한강공원, 어두운 새벽.

선아, 바람을 맞으며, 강을 보고, 있는, 차분한,
동석, 핸드폰에 이어폰 연결해 뭔갈 들으며, 핸드폰에 메모하는,
선아, 동석을 보고,

선 아   뭐 해?
동 석   일.
선 아   무슨 일?
동 석   물건 파는 거 녹음 정리. (하고, 이어폰 주며) 껴봐.
선 아   (이어폰을 끼면)
동 석   (E) 고등어고등어, 오징어오징어, 계란계란, 두부두부, 순두부순두부, 비지
         비지, 시금치시금치, 세발나물세발나물, 세발나물세발나물,
선 아   (동석의 톤이 웃겨, 웃음이 나는)
동 석   (E, 녹음 내용) 양배추양배추, 포도포도, 요쿠르트요쿠르트, 뻥이요 뻥튀
         기, 뻥이요 뻥튀기, 강냉이강냉이, 추억의 과자 센베이, 추억의 과자 센베이,
         양은냄비양은냄비, 스텐냄비스텐냄비, 후라이팬후라이팬, 펜치망치도라
         이바공구일체, 펜치망치도라이바공구일체, 윗도리아랫도리, 윗도리아랫도
         리...
동 석   (선아 보고, 안 웃고, 진지하게) 거기에, 윗도리아랫도리 빼고, 이번에 물건
         산 거, 새롭게 추가해야 돼. (핸드폰에 대고, 녹음하는, 진지하게) 분홍치마
         꽃치마, 엉빵의자 일방석, 고무신 긴장화, 애인처럼 뜨거운, 털신 털장화.
선 아   (진지한 동석이 웃긴, 깔깔대고, 편하게, 웃는)
동 석   (선아를 어이없단 듯 보고, 귀여운) 많이 웃기네, 얘가.

＊ 점프컷 – 인서트 – 해 떠오르는 장면, 시간 경과 》

＊ 점프컷 》

선 아   (웃음이 가시며, 뭔가 슬프기도 하고, 희망이 생기기도 하는) ...행복하고.. 싶다. 진짜.

동 석   (해만 보며, 맘 아픈 바람, 그러나, 처지지 않게, 담담히) .....나도.. 열나.. 진짜 열라리.. 그러고 싶다. (뭔가 울컥해져, 일어나 해를 등지고 가는)

선 아   (그런 동석 보며, 울컥해지는, 일어나, 옆으로 가, 동석의 손을 꽉 잡고, 동석을 보는, 눈가 그렁한, 동석을 이해하고, 공감하고, 응원하고 싶은 맘이다)

동 석   (걸으며, 그런 선아 보는, 그 맘 알겠는, 자꾸 눈물이 나려 하는, 참고, 자신을 잡은 선아의 손을 꽉 잡고, 주머니에 넣고, 가는)

그렇게 걸어가는 두 사람의 뒤에 해가 걸리면서 엔딩.